Unquiet
불안

불안

첫판 1쇄 펴낸날 2019년 8월 28일

지은이 | 린 울만
옮긴이 | 이경아
펴낸이 | 박남희

종이 | 화인페이퍼
인쇄·제본 | 한영문화사

펴낸곳 | (주)뮤진트리
출판등록 | 2007년 11월 28일 제2015-000059호
주소 | 서울시 마포구 토정로 135 (상수동) M빌딩
전화 | (02)2676-7117 팩스 | (02)2676-5261
전자우편 | geist6@hanmail.net
홈페이지 | www.mujintree.com

ISBN 979-11-6111-042-4 03890

* 책값은 뒤표지에 있습니다.

Unquiet
불안

린 울만 | 이경아 옮김

mujintree
뮤진트리

DE UROLIGE

/ 차례 /

▪ 일러두기

- 이 책은 Linn Ullmann의 《De Urolige》의 영어판《Unquiet》을 우리말로 옮긴
  것이다.
- 책 제목은 《 》로, 잡지 · 논문 · 영화 제목은 〈 〉로 표기했다.
- 옮긴이의 주는 본문에 괄호를 넣어 표기했다.

한나를 위해

제1부

함마르스 프렐류드

섬의 지도

그가 길잡이로 삼아야만 했던 유일한 지도와 해도는
기억이나 상상에 의지한 것들이었다.
그러나 그것으로도 충분히 명료했다.

－존 치버,《헤엄치는 사람》

보고, 기억하고, 이해하기. 이 세 가지는 당신이 어디에 있느냐에 따라 다르다. 내가 함마르스(잉마르 베리만 감독이 40년 동안 살며 작업했던 공간. 스웨덴 포뢰 섬에 있다―옮긴이)에 처음 왔을 때는 겨우 한 살 남짓으로, 나를 그곳으로 데려가 준 위대하고 고양된 사랑에 대해서 아무 것도 몰랐다.

사실 그 사랑은 셋이었다.

렌즈를 과거로 향하게 할 수 있는 망원경 같은 물건이 있다면 나는 이렇게 말할 것이다. 저기 봐, 우리가 있네. 실제로 무슨 일이 있었는지 한번 보자. 내가 기억하는 내용이 사실인지, 네가 기억하는 내용이 사실인지, 일어난 일이 정말 일어났는지, 과연 우리가 존재하기나 했었는지 의심이 스멀스멀 고개를 들면 나란히 서서 같이 저 망원경을 들여다보면 될 거야.

나는 정리하고 분류해서 번호를 붙인다. 그리고 이렇게 말할 것이다. 그때는 세 개의 사랑이 있었다고. 나는 지금 내가

태어난 해의 아버지와 같은 나이가 되었다. 마흔여덟. 어머니
는 스물일곱이었고 그 나이에 비해 훨씬 젊어 보이면서 동시
에 훨씬 나이 들어 보였다.

나는 그 세 가지 사랑 가운데 가장 먼저 온 사랑이 무엇인지
모른다. 그러므로 1965년에 어머니와 아버지 사이에 시작되었
고 그 사랑에 대해 내가 뭔가를 기억할 정도로 자라기도 전에
끝나버린 사랑으로 이 이야기를 시작해 보려 한다.

나는 여러 사진을 보았고, 편지를 읽었고, 두 분이 함께 보낸
시간에 대해 부모님이 들려준 이야기와 그 시간에 대한 다른
사람들의 이야기를 들었다. 하지만 사실 우리는 타인의 삶에
대해 많은 것을 알 수 없다. 하물며 각자의 부모에 대해서는 더
욱 알 수 없다. 부모가 무엇이 진실이고 무엇이 아닌지 눈곱만
큼도 괘념치 않는 타고난 능력을 발휘해 자신의 인생을 들려줄
만한 이야기로 각색하는 버릇이 있다면 진실은 오리무중에 빠
진다.

두 번째 사랑은 첫 번째의 확장판으로 부모가 된 연인과 그
들의 딸에 관한 것이다. 나는 부모님을 무조건적으로 사랑했
다. 사람들이 사계절이나 개월이나 시간을 당연히 여기듯이,
한동안 나는 두 분의 존재를 당연히 여겼다. 한 분이 밤이고 다

른 분은 낮이었기에 한쪽이 시작될 무렵 한쪽이 끝났다. 나는 어머니의 아이이고 아버지의 아이였다. 그러나 두 분도 아이로 남고 싶었다. 그 사실을 고려하면 우리 세 사람의 관계는 살짝 복잡해진다. 이렇게 말이다. 나는 아버지의 자식이자 어머니의 자식이었지만 **두 분**의 자식이 아니었다. 우리는 결코 셋이었던 적이 없다. 그래서 내 책상에 늘어져 있는 사진들을 죽 살펴보면 우리 세 사람이 함께 찍은 사진이 단 한 장도 없다. 어머니가 있고, 아버지가 있고, 내가 있을 뿐이다.

세 사람으로 구성된 별자리는 존재하지 않는다.

나는 어서 어른이 되고 싶었다. 나는 아이이기 싫었다. 다른 아이들이 두려웠다. 그들의 창의력과 예측 불가능성, 놀이가 무서웠다. 그래서 나는 어린이다움을 만회하기 위해 스스로 수많은 나로 분열해서 릴리풋의 군대가 될 수 있다고, 그러면 **우리**에게 힘이 생길 거라고 상상하곤 했다. 우리는 작지만 그 수는 많았기 때문이다. 나는 스스로를 쪼개서 이쪽에서 저쪽으로 행진했다. 아버지에게서 어머니에게, 어머니에게서 아버지에게. 내게는 수많은 눈과 귀가 달려 있고, 수많은 비쩍 마른 몸이 있고, 수많은 새된 목소리와 몇 가지 안무가 있었다.

세 번째 사랑. 그것은 **장소**다. 함마르스, 혹은 과거에는 **야우파**

달이라고 불렸던 곳. 그 함마르스는 아버지의 장소였다. 내 어머니의 것도, 다른 여자들의 것도, 아이들의 것도, 그 아이들의 아이들의 것도 아니었다. 한때는 우리가 그곳에 속한 것처럼, 그곳이 우리의 장소이기도 한 것처럼 느꼈다. 누구나 **자신의** 장소가 있다는 말이 사실이라고 하자. 나는 그렇게 생각하지 않지만, 혹시라도 그것이 사실**이었다면**, 함마르스는 나의 장소였다. 적어도 부모에게 받은 내 이름보다 더 나의 것이었다. 함마르스 여기저기를 어슬렁거리는 일은, 내 이름이라는 속박 속에서 어슬렁거리는 것처럼 갑갑하지 않았으니까. 나는 그곳의 공기와 바다의 냄새며 바위들, 소나무들이 바람을 맞으며 허리가 구부정해진 모습을 알아볼 수 있었다.

이름 짓기. 이름을 주고, 받고, 지니고 살다가 그 이름을 지닌 채 죽기. 어느 날 나는 아무 이름도 나오지 않는 책을 쓰고 싶다. 아니면 이름이 셀 수 없이 나오는 책. 아니면 나오는 이름마다 너무 평범해서 듣자마자 잊어버리거나 다 비슷비슷하게 들려서 구별을 할 수 없는 책. 내 부모님은 (고심에 고심을 거듭한 끝에) 내게 이름을 지어주었지만 나는 그 이름이 끝내 좋아지지 않았다. 그 이름에는 내가 보이지 않는다. 누가 내 이름을 부르면, 나는 깜박하고 옷을 입지 않은 채 나왔다가 사람들 사이에서 비로소 그 사실을 깨달은 것처럼 흠칫 놀란다.

2006년 가을, 그날 이후 내가 암흑으로, 일식으로 떠올리게 된 일이 일어났다.

테살리아의 아가니체로도 알려져 있는 테살리아의 천문학자 아글라오니케는 망원경이 아직 발명되지도 않은 시대에 살았던 인물이다. 하지만 그녀는 육안으로도 월식이 일어나는 시간과 장소를 정확하게 예측할 수 있었다.

나는 달을 끌어내릴 수 있다, 그녀는 이렇게 말했다.

아글라오니케는 어디로 가야하고 어디에 서 있으면 좋을지 알았다. 언제 무슨 일이 일어날지도 알았다. 그녀가 하늘로 손을 뻗자 하늘이 검게 변했다.

플루타르크는 《신부와 신랑에게 보내는 조언》에서 아글라오니케와 같은 여성들을 마녀라고 부르며 독자에게 조심하라고 경고한다. 결혼을 앞둔 여성들에게는 읽고 배우고 새로운 정보를 늘 받아들이라고 가르친다. 기하학을 잘 다루는 여성은 춤을 추고 싶은 유혹에 빠지지 않을 것이라고 주장한다. 박식한 여성은 어리석은 꼬임에 넘어갈 리 없다. 천문학을 배운, 분별력을 갖춘 여성이라면 다른 여자가 달을 **끌어내릴** 수 있다는 말을 하면 큰 소리로 비웃을 것이다.

아무도 아글라오니케가 언제 태어나 언제 죽었는지 정확하게 모른다. 다만 우리는 자신의 저서에서 그녀에게 비난을 퍼

부은 플루타르크조차 인정한 사실 즉, 그녀가 월식이 일어나는 시간과 장소를 정확하게 예측했다는 사실을 **알** 뿐이다.

나는 내가 어디에 있었는지 정확하게 기억하지만, 뭔가를 예측하는 능력은 없었다. 아버지는 시간을 정확하게 지키는 분이었다. 내가 어렸을 때 아버지는 거실에 있는 대형 괘종시계의 몸체를 열어 내부를 보여주었다. 진자. 놋쇠로 된 추. 아버지는 자신만 아니라 모든 사람이 시간을 엄수하리라 기대했다.

2006년 가을 아버지에게 이 세상에 머무를 시간은 일 년이 채 남지 않았다. 하지만 당시 나는 그 사실을 전혀 몰랐다. 아버지도 마찬가지였다. 나는 적갈색 문이 달린 하얀 석회석 헛간 밖에 서서 아버지를 기다렸다. 그 헛간은 영화관으로 개조된 곳으로 들판과 돌담, 군데군데 흩어져 있는 민가들에 둘러싸여 있었다. 그곳에서 좀 더 멀리 떨어진 곳에 다양한 새떼들—알락해오라기와 두루미, 왜가리, 도요새—이 서식하는 뎀바 늪지가 있었다.

우리는 영화를 볼 계획이었다. 아버지와 함께한 날은, 일요일을 제외하고, 언제나 영화를 보는 날이었다. 그날 우리는 무슨 영화를 보았던가. 납빛 이미지들로 가득한 장 콕토의 〈오르페우스〉였나? 잘 모르겠다.

장 콕토는 이렇게 썼다. "영화를 만들 때, 그 시간은 내가 꿈을 꾸는 잠이다. 그 꿈에 나오는 사람과 장소만이 중요하다."

그 영화가 무엇이었는지 생각하고 또 생각해 봐도 기억이 나지 않는다. 눈이 어둠에 적응하려면 몇 분이 걸린단다. 아버지는 이렇게 말하곤 했다. 몇 분. 그래서 우리는 늘 2시 50분에 만나는 것으로 되어있었다.

그날 아버지는 3시하고도 7분이 **지나도록** 오지 않았다. 그러니까 17분이나 늦었다.

아무런 징조도 없었다. 하늘이 불현듯 어두워지지 않았다. 바람이 나무들을 잡아끌며 흔들어대지 않았다. 폭풍우가 무르익는 기미도 없었고 나뭇잎이 미풍에 빙글빙글 돌지도 않았다. 동고비 한 마리가 잿빛 들판을 날아 저 멀리 늪지로 향했다. 그 외는 그저 고요하고 구름이 낀 오후였다. 그리 멀지 않은 곳에서 양들—그 섬에서는 양을 그들의 나이에 상관없이 전부 **어린 양**이라고 불렀다—이 평소처럼 풀을 뜯고 있었다. 고개를 돌려 주위를 둘러보는데 모든 것이 평소대로였다.

아빠는 시간관념이 어찌나 철저한지, 그 시간관념이 내 안에도 살아 있었다. 당신이 기찻길 근처에서 살아서 매일 아침 우레와 같은 굉음을 내며 지나가는 기차소리와 벽과 침대의 기둥, 창틀이 덜덜 떨리는 진동에 눈을 뜬다면, 시간이 흘러 더이상 선로 옆에서 살지 않아도 매일 아침 당신을 관통하는 기차의 굉음에 잠을 깰 것이다.

그 영화는 콕토의 《오르페우스》가 아니었다. 어쩌면 무성영화였을지 모른다. 우리는 녹색 안락의자에 앉아 피아노 소리가 들리지 않는 이미지들이 스크린에서 명멸하는 모습을 지켜보았다. 아버지는 무성영화의 명맥이 끊겨졌을 때 언어를 통째로 잃어버렸다고 말했다. 혹시 빅토르 시외스트룀 감독의 〈유령 마차〉(스웨덴의 소설가인 셀마 라겔뢰프의 소설 《환상의 전차》를 원작으로 한 무성영화—옮긴이)였나? 아버지가 가장 좋아하는 영화가 바로 이 〈유령 마차〉였다. **그에게 단 하룻밤은 지상에서 백년만큼 길다. 밤이건 낮이건 그는 주인의 분부를 이행해야 한다.** 〈유령 마차〉였다면 내가 기억을 못 할 리 없다. 뎀바의 그날에 대해 들판을 날아가던 동고비 한 마리 말고 내가 기억하는 것은 아버지가 늦었다는 사실 뿐이다. 아글라오니케의 추종자들이 달이 느닷없이 자취를 감추는 이유를 도무지 이해하지 못 한 것처럼, 나도 그 사실을 이해할 수 없었다. 플루타르크에 따르면 그 추종자들은 천문학을 배우지 않아 바보 같은 소리에 넘어간 여자들이었다. 아글라오니케는 이렇게 말했다: **내가 달을 끌어당기면 하늘이 어두워진다.** 아버지는 17분 늦게 도착했고 그 외에 상궤를 벗어난 일은 아무 것도 없었다. 그리고 모든 것이 변했다. 아버지는 달을 끌어당겼고 시간이 뒤틀렸다. 우리는 2시 50분에 만나기로 했다. 그렇지만 아버지가 헛간 앞에 차를 세운 시각은 3시 7분이었다. 아버지는 붉은 지프를 몰았다. 아버지는 속도를 높이고 요란한 소리를 내며 차를 몰기를 즐겼다. 그리고 새까만 박쥐 날개 모양의 커다란 선글라스를 꼈다. 아버지는 늦은 이유에 대해 아무 말도 하지 않았다. 자신이 늦었다는 사실을 몰랐다. 우리는 아무 일도 일어나지 않은 것처럼 영화를 끝까지 감상했다. 그날 이후 아버지와 함께 영화를 볼 날은 다시 오지 않았다.

***

아버지는 마흔일곱이던 1965년에 함마르스에 와 그곳에 집을 짓기로 마음을 먹었다. 아버지가 사랑에 빠진 곳은 굽이진 소나무가 몇 그루 서 있는 인적 없는 조약돌 해변이었다. 아버지는 그곳을 보자마자 찾아온 친숙한 느낌에 압도되었다. 아버지는 함마르스가 자신을 위한 장소라는 사실을 알았다. 아버지의 가장 내밀한 마음속에 자리 잡은 형태와 비율, 색깔, 빛, 수평선과 지평선에 대한 이상理想이 그곳에 공명했다. 그리고 그곳에는 소리와 관련해 관심을 끄는 것이 있었다. 사람들은 대개 실제로 소리를 들을 때 이미지를 **본**다고 믿는다. 알버트 슈

바이처 박사(독일 출신의 프랑스인 의사·철학가·음악가·신학자. 아프리카로 건너가 병원을 세우고 인도주의 활동을 한 공로를 인정받아 1952년 노벨 평화상을 수상했다―옮긴이)는 바흐에 대해 쓴 두 권짜리 저서에서 이렇게 주장했다. 물론 그날 아버지가 해변에서 무엇을 보고 들었는지 알 길이 없다. 하지만 이때 모든 것이 시작되었다. 엄밀히 말하자면 그건 아니다. 아버지는 오 년 전에 이미 그 섬에 왔었기 때문이다. 그러니 어쩌면 그때 모든 것이 시작되었을지 모르지만, 무언가가 언제 시작해서 언제 끝나는지 누가 알겠는가. 그러니 이야기의 순서를 위해 나는 이렇게 말할 것이다: 그때 모든 것이 시작되었다.

그들은 그 섬에서 영화를 찍기 시작했다. 그곳에서 아버지가 촬영한 두 번째 영화였다. 내 어머니가 될 여배우가 두 명의 여자 주인공 중 한 명을 연기했다. 어머니가 맡은 역할은 엘리자베트 보글러였다. 그로부터 함께 열 편의 영화를 찍는 동안 아버지는 어머니에게 수많은 이름을 준다. 엘리자베트에서 시작해 에바, 알마, 안나, 마리아, 마리앤, 제니, 마누엘라(〈마누엘라〉―두분이 뮌헨에서 함께 만든 영화다), 다시 에바, 다시 마리앤까지.

그러나 이 섬에서 부모님은 처음으로 같이 작업을 했고 거

불안

의 첫눈에 사랑에 빠진다.

내 어머니와 달리 엘리자베트는 줄곧 입을 다물고 있다. 영화가 시작되고 12분 동안 이유를 알 수 없는 침묵 때문에 간호사인 알마의 보살핌에 의탁해 침대에 누워 있다. 그녀의 침대는 병실 한가운데 놓여 있다. 병실에는 가구가 거의 없다. 창문과 침대, 스탠드가 하나씩 있을 뿐이다. 시간적 배경은 늦은 저녁이다. 자신을 간호사 알마라고 소개한 여자가 라디오를 틀어 채널을 이리저리 돌리더니 바흐의 '바이올린 협주곡 E장조'가 나오는 방송에 채널을 고정한다. 그녀가 나가고 엘리자베트는 홀로 누워 있다.

바이올린 협주곡의 2악장이 흐르는 가운데, 카메라는 엘리자베트의 얼굴에 시선을 고정한 채 족히 1분 30초 동안 머무른다. 화면이 점점 어두워진다. 그렇지만 아주 서서히 어두워지므로 보는 이는 변화를 거의 알아차릴 수 없다. 아니면 엘리자베트의 얼굴이 스크린에서 거의 분간되지 않을 즈음에야 비로소 알아차린다. 그렇지만 한참이나 그녀의 얼굴에 시선을 고정하고 있었기 때문에 이미 이미지가 보는 이의 각막에 새겨져 있다. 그것이 당신의 얼굴이다. 1분 30초가 흐른 후에야 비로소 그녀는 당신에게서 얼굴을 돌리고 숨을 쉬며 한 손을 이마에 올린다.

제일 먼저 내 시선이 가닿는 곳은 어머니의 입이다. 입 안과 그 주위의 모든 신경들. 그런 후 나는 고개를 살짝 기울인다. 어머니가 누워 있기 때문이다. 그러면 얼굴을 똑바로 볼 수 있다. 고개를 기울이면 어머니와 같은 베개를 베고 함께 누워 있는 기분이 든다. 영화 속 어머니는 매우 젊고 눈부시게 아름답다. 어머니를 바라보는 아버지를 상상한다. 내가 그 시선을 받고 있는 어머니라고 상상한다. 화면이 점점 어두워지는데도 정작 어머니의 얼굴은 빛을 발하더니 환하게 타올라 눈앞에서 사라질 것만 같다. 마침내 고개를 돌려 한 손을 이마에 올리는 순간 안도감이 찾아온다.

엄마의 손은 가냘프고 만지면 서늘하다.

***

어느 저녁 아버지는 촬영기사를 데리고 미리 점 찍어둔 한 곳으로 갔다. 여기에 집을 지을지도 모르겠어. 꼭 이렇게는 아니어도 이 비슷한 말을 했다. 알았어요. 그런데 잠깐만요. 촬영기사가 말했다. 나와 같이 좀 더 가 봅시다. 훨씬 더 좋은 곳을 보여드릴 테니까. 1965년의 그날 두 남자가 걸었던 것처럼 당신도 해변을 따라 걸어가면 길이 영원히 끝나지 않을 것 같은 기분에 사로잡힐 것이다. 그곳에는 곶도, 언덕도, 공터도, 벼랑도 없다. 풍경이 곧 변한다고 귀띔해주는 지리학적 또는 지질학적 구조물은 없다. 눈에 들어오는 풍경은 오로지 조약돌 해변이다. 시작하는 곳도 끝나는 곳도 보이지 않는다. 단지 계속될 뿐이다. 그 지점이 해변이 아니라 숲속이었다면 이야기가 이렇게 되었을 지도 모른다. 내 아버지가 안내를 받아 간 곳이 숲 한가운데에 있는 장소였고 아버지는 다름 아닌 그곳에 집을 짓기로 마음을 먹었다고. 두 남자는 그곳에 한동안 서 있었다. 얼마나? 오랫동안. 사람들 말로는 아버지가 **결심을 굳힐 만큼.**

네가 과장하는 버릇이 있다면, 마침내 내가 집으로 돌아왔다고 할 수도 있겠구나. 몇 년 후 아버지는 이렇게 말하곤 했다. **그리고 말솜씨가 그럴듯하다면, 첫눈에 반한 사랑 운운하겠지.**

나는 평생 집과 사랑에 대한 이 이야기와 함께 살았다.

아버지는 한 장소에 도착해 그곳이 자신의 장소라 선언했다. 자신의 것이라고 말했다.

하지만 아버지가 왜 일이 결국 그리 되었는지 설명을 하려고 할 때마다 언어가 발목을 잡아 결국 늘 이런 말밖에 하지 못했다. 마지막은 늘 이렇게 끝났다: **네가 과장하는 버릇이 있다면, 마침내 내가 집으로 돌아왔다고 할 수도 있겠구나. 말솜씨가 그럴듯하다면, 첫눈에 반한 사랑 운운하겠지.**

하지만 상대가 평범한 목소리를 지닌 사람이라면 어땠을까? 너무 크지도 않고, 너무 부드럽지도 않고, 확신에 차 있지도 않고, 유혹을 하려 하지도 않고, 비웃지도 않고, 감동을 주려 하지 않는 목소리라면? 그때 아버지는 어떤 단어들을 골랐을까?

자, 아버지는 그곳에 얼마나 있었을까? 과장과 말재주 사이, 집과 사랑 사이에서. 만약 아버지가 한참동안 그대로 서 있었던 덕분에 그곳에서 느낀 경외감을 깨닫고 그곳에 어느새 이름—집, 사랑—을 붙였다는 사실을 깨달았다면, 아버지는 분명, 고개를 가로젓고 계속 걷고 싶은 충동을 따랐을 것이다. **나는 싸구려 감상과 형편없는 극적인 장면을 혐오해.** 너무 짧게 서 있었다면 그 장소가 **아버지에게 다가오도록** 내버려두지 않고 결과적으로 그곳에 인생을 바칠 결심도 하지 않았을지 모른다. 아마 몇 분 남짓이었을 것이다. 바람에 허리가 구부러진 소나무들에 깃든 바람 소리와 귓전에 울리는 바람 소리, 바짓가랑이 속으로 들어온 바람 소리, 구두 굽에 밟히는 조약돌 소리, 손을 집어넣은 가죽 재킷의 주머니에서 짤그랑거리는 동전소리, 검은 머리물떼새가 모스부호처럼 빅-빅-빅하고 우는 날카로운 소리를 들을 수 있을 정도의 시간. 아버지가 촬영기사를 돌아보며 이렇게 말하는 모습을 그려본다: 이곳이 얼마나 조용한지 들어 봐.

첫 번째, 사랑. 통찰력이 빛나는 확신. 다음은 계획. 이곳에 즉흥적인 것이 들어설 여지는 **없을 것이다**. 절대 없다. 결코 즉흥적이지 않다. 모든 것은 가장 사소한 부분까지 미리 계획해 두어야 한다. 내 어머니가 될 여자는 계획의 일부다. 아버지는 집을 지을 것이다. 그러면 그녀는 그 집에서 아버지와 함께 살 것이다. 아버지는 그곳에 여자를 데려와 집을 지을 부지를 보여주고 이곳저곳을 가리키며 설명을 한다. 두 사람은 바위에 앉는다. 솔직히 이렇게 말한 사람은 어머니일 것 같다. **이곳이 얼마나 조용한지 들어봐요.** 아버지가 그 말을 했을 리 없다. 어머니에게든, 촬영기사에게든. 그 섬에는 수많은 소음들이 있었다. 대신 내 어머니가 될 여자에게 몸을 돌려 이렇게 말한다: **우리는 고통스러울 정도로 서로 이어져 있어.** 여자는 좋은 말이라고 생각한다. 약간은 불쾌하다고도 생각한다. 그리고 혼란스럽다고. 그리고 사실이라고. 그리고 어쩌면 살짝 진부하다고. 아버지는 마흔일곱 살이었고 어머니는 아버지보다 스무 살도 더 어렸다. 어느덧 어머니는 아기를 가진다. 영화 촬영은 오래 전에 끝났다. 집은 한창 짓는 중이다. 아버지는 어머니에게 쓴 편지들 속에서, 둘 사이의 큰 나이차에 대해 걱정을 한다.

나는 혼외 자식이다. 1966년만 해도 사람들은 이런 일에 눈살을 찌푸렸다. 불법적인 존재. 사생아. 애새끼. 서출. 뭐라고 부르건 중요하지 않았다. 나는 그랬다. 나는 포대기에 싸여 엄마의 품에 안겨 있었다. 아버지에게도 중요하지 않았다. 아이가 하나 더 생기든 줄든. 아버지는 이미 자식이 여덟이었고 악마 감독(그게 무슨 뜻이건 간에)과 바람둥이(이건 무슨 뜻인지 모를 수 없다)로 유명했다. 나는 아버지의 아홉 번째 자식이다. 우리는 모두 아홉이었다. 가장 큰 오빠는 한참 후 백혈병으로 죽었지만, 그때까지 우리 형제는 모두 아홉이었다.

엄마는 임신을 했고 그것은 손가락질을 받을 일이었다. **그녀**는 손가락질을 받았다. 왜냐하면 어렸기 때문이다. 어머니는 다른 사람들이 어떻게 생각하고 무슨 말을 하는지 꽤 신경을 썼다. 어머니는 당신의 아기를 사랑했다. 어머니들이 다 그렇듯이. 배가 불러왔고 뱃속의 아이는 딸이었다. **혼외로 생긴 아이.** 한편으로 어머니는 수치스러웠다. 모르는 사람들에게서 편지가 왔다. **네 자식이 지옥에서 불타기를.**

내가 태어날 때 그곳에는 엄마의 첫 남편이 있었다. 동료들의 말에 따르면 그는 **생기 넘치고, 좋은 기운을 옮기며 유쾌한 천성**의 의사였다. 어머니는 산고는 사실 그리 심하지 않았지만 남들의 눈을 의식해 비명을 지르고 고함을 쳤다고 했다. 그러면 의사였던 그가 몸을 숙여 어머니의 머리를 토닥이며 이렇게 말해 주었다고 했다. **다 됐어. 다 됐어.** 그는 자신의 아이가 아니라는 사실을 알았다. 두 분 다 따로 사랑하는 사람이 생겼지만

불안

아직 이혼까지는 가지 않았다. 그래서 노르웨이 법에 따라 나는 **그의** 딸이었다. 나—체중 2.8킬로그램에 신장 50센티미터로 화요일에 태어났다—는 의사의 딸이었다. 그래서 생후 몇 달 동안 나—혹은 그 여자아이—는 그의 성을 따랐다. 사진을 보면 그 아기는 볼이 통통하다. 나는 그 아기에 대해 잘 알지 못한다. 제 어머니의 품에 안겨 만족스러워 하는 것 같다. 아기는 아직 이름을 받지 않았다. 아기는 어머니가 남편과 함께 살았고 몇 년 후 할머니인 **난나**의 보금자리가 된 오슬로 드람멘스베이엔 91번지의 작은 아파트에서 어머니와 함께 살았다. 아버지가 쓴 편지들 가운데 드람멘스베이엔 91번지 주소로 보낸 편지가 많다. 스웨덴의 소도시인 백셰의 시영호텔에서 쓰는 노란색 메모지에 휘갈겨 쓴 편지들을 보면 이런 내용이 있다.

화요일 저녁
흑회색 글자
호텔은 좋아. 모두 친절하고. 그리고 나는 광막한 외로움으로 가득 찼어….

수요일 아침
어느새 아침이야. 내 방 밖으로 가을 분위기 완연한 나무 한 그루가 서 있고 오늘은 모든 게 한결 나아졌어…. 모든 것이 마비된 듯한 감각이 옅어졌어. 우리의 생각을 전부 글로 써야 한다면 나는 지난밤에 떠올랐던 암흑 같은 생각에 대해 당신에게 들려주겠지. 주로 육체로서의 나에 대한 생각이었어. 어떤 면에서 보면, 멘쉬(Mensch, 사람을 뜻하는 독일어─옮긴이)가 전반적으로 마모된 거야. 지금까지 경력을 쌓으면서 너무 내달렸더니 그 결과가 슬슬 나타나기 시작했어. 컨디션이 연달아서 좋은 날이 많지 않아. 나는 요즘 어지럼 발작과 체력이 고갈된 증상들, 열병과 우울증을 부르는 엷게 퍼진 불안감이 가장 두렵고 걱정스러워. 이런 증상에 내 히스테리가 한 몫을 하는 것 같아…. 터무니없게도 나는 깊은 자의식에 허우적대고 이 병증들을 수치스러워해 아무 손을 쓰지 못하는 것 같아. 아마 연상의 남자와 어린 여자 사이의 수수께끼와 관계가 있겠지.

마침내 어머니와 아버지, 그 의사가 법적인 아버지 자리를 둘러싼 문제를 풀기 위해 노르웨이 법정에 서야 하는 날이 찾아왔다. 세 사람은 화기애애했다. 분위기가 어찌나 유쾌한지 법정의 심리가 소소한 파티로 보일 정도였다. 아버지의 말에 따르면 유일하게 판사─얼굴이 길고 입술이 얇았던─가 옹고집처럼 굴며 상황을 처음부터 끝까지 설명해 보라고 몇 번이고 요구했다. 실제로 아이의 어머니와 성관계를 맺은 사람은 누구이고 **언제**였습니까? 법정에서 기나긴 하루를 보낸 어머니는 샴페인 한 잔을 마셔야 할 것 같았다. 하지만 그런 행운은 따르지 않았다. 아이의 아버지는 스톡홀름의 극장으로 곧장 돌아가야 했고 남편1은 병원으로 돌아가 당직근무를 해야 했다. 그렇다면 와인 한 잔 정도는? 세 사람이 와인 한 잔 할 자격은 되지 않을까? **어머니**는 확실히 자격이 있었고, 와인을 마셨다. 저녁이 깊어지기를 기다리면서 아이가 밤새 깨지 않고 자기를 바라며. 드람멘스베이엔 91번지의 아파트에서 아기 옆에 누워 아기가 잠에서 깨어 자지러지게 울지 않기를 바라며. 때로 아기가 밤새 울어 어머니는 혹시 어디가 잘못되었는지 어찌할 바를 몰라 발을 동동 구른다. 아기가 어디가 불편한가? 병이 났나? 이러다 죽는 걸까? 누굴 부르면 될까? 이 한밤중에 누가 일어나 밤의 어두움과 눈을 뚫고 도와주러 올까? 아침이 되면 보모가 온다. 그녀는 앞치마를 두르고 간호사가 쓰는 캡을 머리에 쓰고 어딘지 비난하는 듯한 표정을 하고 있다. 어머니는 그런 느낌을 받는다. 어머니는 따지고 들기 좋아하는 보모의 심기를 거스르고 직장에 지각을 할까봐 걱정스러울 뿐이다. **너무 피곤해요.** 어머니는 이렇게 말하고 싶지만 말하지 않는다. **이러다간 지각할 거예요. 그러니 제발 입 좀 다물고 나를 놔주면 안 돼요?** 그 아기가 세례를 받기까지는 그로부터 이 년의 시간이 흘러야 한다. 그래서 법정에서 보낸 그날, 판사의 결정에 의해 아기는 어머니의 성을 따르게 된다. 어머니와 아버지는 만나거나 전화로 이야기를 할 때면 딸을 **아기**와 **우리의 사랑스러운 아이**라고 불렀다. 또 스웨덴어와 노르웨이어로 작고 포근한 것 ─**낮**

잠과 단풍잎, 이불, 자장가―들을 의미하는 단어로도 부른다.

어머니와 아버지는 오 년 동안 함께했고 그 시간의 대부분을 함마르스에서 보냈다. 그 무렵 집은 다 지어졌다. 부부의 아이는 두 여자가 보살폈다. 한 명은 로자, 다른 한 명은 시리였다. 한 명은 통통하고 다른 한 명은 말랐다. 한 명에게는 사과 과수원이 있었고, 다른 한 명에게는 '**죽은 남자의 가슴에는 남자 열다섯 명이 있네, 요호호 그리고 럼 주 한 병과 호플라!**' 노래를 부르는 동안 엎드려서 아이를 등에 태워주는 남편이 있었다. 1969년 어머니는 딸을 데리고 함마르스를 떠났다. 사 년 후, 6월이 끝나가는 어느 여름 여자아이는 돌아왔다. 아버지를 만나러 온 것이다. 어머니를 떠나고 싶지 않았지만, 어머니는 매일 전화를 하겠다고 약속했다.

이제 그곳에는 잉그리드가 있다는 사실을 제외하면 모든 것이 그대로였다. 모든 것이 어머니와 여자아이가 떠날 때 모습 그대로 제 자리를 지키고 있었다. 대형 괘종시계가 똑딱똑딱 움직이며 정시와 30분에 댕댕 울렸고, 식탁보를 넣어두는 찬장은 삐걱거렸고, 소나무로 마감한 벽에 황금빛 햇살이 반짝 반사되어 바닥에 떨어지면서 긴 띠를 그렸다. 아버지는 여자아이에게 몸을 숙여 다정하게 말했다: **너를 만져도 되는 사람은 아마 엄마뿐이겠구나.**

불안

여자아이는 자그마하고 말랐으며 매년 여름 커다란 여행가방 두 개를 들고 함마르스에 왔다. 그 가방들은 누군가 집안으로 옮겨 놓을 때까지 마당에 우두커니 놓여 있었다. 여자아이는 차에서 튀어나와 마당을 빙 둘러 제 방으로 들어갔다가 다시 마당으로 나왔다. 허벅지 위로 깡총한 푸른색 여름 원피스를 입고 있었다. 아버지가 묻는다. 네 가방에 뭐가 들었니? 어째서 이렇게 자그마한 아이가 저렇게 거대한 여행 가방이 두 개나 필요한 거냐?

아버지의 집은 길이가 오십 미터였는데 점점 길어졌다. 이쪽 끝에서 저쪽 끝으로 가려면 영원히 걸어야 했다. 실내에서 달음박질은 절대 금물이었다. 아버지는 집에 가구를 채워놓고 매년 집을 조금씩 늘려나갔다. 집은 점점 길쭉해졌지만 높아지는 일은 없었다. 지하실도, 다락방도, 계단도 없었다. 여자아이는 7월 내내 그 집에서 지내곤 했다.

그는 여자아이가 오는 것을 두려워하고 있다. **안녕. 오랜만이구나.** 여자아이는 마당을 빙빙 뛰어다니고 있다. 파이프 청소용구 같은 두 다리와 옹이 같은 두 무릎을 한 어린 여자아이가. 아니면 춤을 추고 있다. 이 아이는 거의 언제나 복잡한 안무의 춤을 추고 있다. 그 아이와 대화를 시작할 수도 있다. 그러면 아이는 무슨 질문을 받건 대답을 하는 대신 춤을 추거나 그의 앞에 버티고 서 있을 것이다. 일종의 도전이다. 그러면 그는 미소를 지을 것이다. **이제 어떻게 하지? 무슨 말을 할까? 무엇을 할까?** 여자아이는 어머니와 떨어지고 싶지 않지만 한편으로는 아버지를 만나러 갈 날을 고대한다. 이곳과 집, 섬, 꽃무늬 벽지를 바른 자신의 방, 잉그리드의 요리, 드넓은 황무지와 조약돌 해변, 아버지의 섬과 소비에트 연방 (길을 잃고 거기까지 가버리면 다시는 집으로 돌아가지 못할 것이다) 사이에 놓인 회녹색의 바다까지 모든 것을 보고 그 모든 것이 늘 그 모습 그대로였고 앞으로도 그대로일 거라는 사실을 확인하고 싶다. 아버지는 갖가지 규칙을 정해 두었다. 여자아이는 그 규칙을 잘 안다. 그 규칙은 아이가 진짜 알파벳을 배우기도 전에 익힌 알파벳이다. A는 A고 B는 B다. 여자아이는 질문을 할 필요도 없다. Z는 언제나 Z가 있던 곳에 있으며 아이는 Z가 어디에 있는지 잘 안다. 아버지는 여자아이에게 화를 내는 법이 거의 없다. 하지만 얼마든지 무섭게 화를 낼 수 있다. **네 아버지는 성격이 불같아.** 어머니는 이렇게 말하곤 했다. 아버지는 불같은 화를 내고 고함을 칠 수 있다. 하지만 여자아이는 그 분노가 어디에 있는지 알기에 잘 피해간다. 여자아이는 말랐다. 슬라이드 필름처럼 말랐구나. 아버지는 이렇게 말한다.

어느 날 어머니는 아버지에게 전화를 걸어 잔소리를 한다. 아버지가 여자아이에게 우유를 챙겨 마시게 하지 않아서다. 그는 우유가 위장에 해롭다고 믿고 있다. 아버지는 온갖 것들이 위장에 좋지 않다고 믿는다. 특히 우유를 불신한다. 어머니는 우유는 아이에게 좋다고 믿는다. 그 사실을 모르는 사람이 없어요. 당신이 우유에 대해 한 말은 한창 자라는 아이에게 무엇이 필요한지에 대한 가장 기본적인 상식에 반해요. 어차피 딸의 양육에는 평소에도 별 관심이 없으면서 그나마 의견이라고 있는 것이 이런 것, 바로 **이런 것**인가요. 어머니의 목소리가 점점 새되고 톤이 높아진다. 어린아이들은 모두 우유를 마셔야 해요, 빼빼 마른 우리 아이는 특히나요…. 내가 아는 한 어머니와 아버지가 딸의 양육을 두고 설전을 벌인 적은 그때가 유일하다.

변화. 혼란. **어서 와라. 오랜만이구나. 얼굴 한 번 보자. 많이 컸구나. 예뻐졌고.** 그러더니 아버지는 사각형 프레임으로 여자아이의 얼굴을 보기 위해 양 엄지와 검지로 사각형을 만든다. 한쪽 눈을 감고 나머지 눈으로 그 얼굴을 볼 것이다. 사진을 찍을 것이다. 손가락으로 만든 프레임으로 아이를 볼 것이다. 아이는 꼼짝도 않고 가만히 서서 그 사각형을 진지한 표정으로 응시한다. 그것은 진짜 카메라가 아니다. 진짜 카메라였다면 아이는 얼굴을 찌푸리고 우스꽝스러운 표정을 지으며 사진 속 자신의 얼굴이 어떻게 보일지 궁금해 했을 것이다.

아이로 인해 하던 일을 바로 내려놓기. 혼자 있도록 내버려두지 않아 눈앞의 작업인 글쓰기를 방해받기. 하지만 그 여자아이가 여행가방 두 개를 들고 집에 도착해, 일 년 만에 또 다시 서로를 응시하는 바로 지금이야말로 그가 자신의 작업에서 떨어져 나오는 유일한 순간이다. 여자아이는 마당을 돌며 춤을 춘다. 그는 양손으로 카메라를 만들어 한 눈을 감은 채 그 카메라로 아이를 본다. 나는 그 가방들을 누가 집안으로 가지고 들어갔는지 모른다. 누가 가방의 내용물을 정리했는지도. 누가 원피스와 반바지, 티셔츠 들을 그녀의 방에 있는 작은 옷장에 걸어주었는지도. 아마 잉그리드일 것이다. 이윽고 그는 자신의 서재(집의 한쪽 끝에 있으며 아이의 방은 반대쪽에 있다)로 돌아가 작업을 계속할 수 있을 것이다.

여자아이의 어머니, 그러니까 7월을 제외한 나머지 열한 달 동안 아이를 키우고 우유가 아이들에게 좋다고 믿는 그녀도 방안에 오도카니 틀어박혀 평온한 시간을 갖고 싶을 것이다. 그녀도 글을 쓰고 싶고 아이의 아버지처럼 규칙과 알파벳을 원한다. 하지만 정작 그 욕구를 채울 수 없을 것 같다. 어머니의 알파벳은 끊임없이 변하기 때문에 여자아이는 아무리 애를 써도 따라갈 수 없다. 느닷없이 A가 L이 된다. 당황스럽기 짝이 없다. A는 A였지만 어느 순간 L이나 X나 U가 된다. 어머니는 글을 쓰기 위해 방마다 돌아다니며 틀어박혀 봤지만 효과가 없다. 그녀가 가는 곳마다 혼란이 뒤따른다.

내 신경이 배배 꼬여 있어. 어머니는 이렇게 말한다.

어머니의 신경이 배배 꼬여 있을 때는 정말이지 쥐 죽은 듯 조용해야 한다.

어머니와 여자아이는 오슬로 외곽의 스트룀멘에 있는 커다란 집에 산다. 모녀는 그밖의 여러 곳에서도 살지만 주로 스트룀멘에 있는 큰 집에서 산다. 그 집의 정원에는 장난감 집이 있다. 그 장난감 집의 안쪽 벽에 여자아이는 제 이름을 새겼다. 어머니가 어느 방을 고르건 여자아이는 졸졸 따라 들어와 뭔가를 원한다. 그림을 그리고 싶다고 한다. 질문을 하고 싶어 한다. 하고 싶은 말도 있다. **이걸 봐요!** 자전거를 타고 싶어 한다. 머리를 빗고 싶어 한다. 춤추고 싶어 한다. 얌전히 가만히 앉아서 아무 말도 하지 않겠다고 한다. **약속해요. 약속해요. 입도 벙긋하지 않을 거예요.** 다시 춤을 추고 싶어 한다. 결국 그 집에는 어머니가 차분하게 작업을 할 수 있는 방이 하나도 남지 않게 된다. 그러자 그녀는 지하실을 개조해 일부를 서재로 꾸민다. (스트룀멘의 그 집은 함마르스의 집과 다르게 점점 깊어지되 길어지지 않는다.) 하지만 여자아이는 그곳까지 어머니를 따라온다. 지하실의 엄마. 땅속의 엄마. 어머니는 책을 쓰려고 노력 중이지만 좀처럼 써지지 않는다. 여자아이는 어머니가 어디를 가든 찾아내고, 그럴 때면 어김없이 어머니의 집중력은 흐트러진다. 그리고 한 번 집중력이 흐트러지면 다시 되돌리는 건 **거의 불가능에 가까워.** 어머니는 이렇게 말한다.

어머니와 함께 있으면 아버지와 있을 때보다 매사가 훨씬 더 종잡을 수 없었다. 그것은 인생에서 비롯된 몇 가지 사실과 관련이 있었다. 아버지는 분명 제일 먼저 세상을 떠날 것이다. 그 일은 몹시 슬플 것이다. 하지만 아버지의 나이를 생각하면 전혀 예상하지 못할 일은 아니므로, 아버지의 죽음에 각오가 되어 있었다. 여자아이와 아버지는 이 사실을 분명하게 깨달았다. 그래서 매년 여름 서로에게 슬픈 이별의 인사를 건넸다. 두 사람은 이별에 능숙했다. 그러나 어머니에게 이별 인사를 건네는 것은 별개의 문제였다. 여자아이가 소리를 빽빽 질러대면 어머니는 꼭 안아주며 이렇게 달래곤 했다. **이제 울지 마. 다 컸잖니. 그러니 울지 마.** 어머니는 여자아이를 꼭 안고 주위를 두리번거리며 그녀의 몸 여기저기를 잡으려는 아이의 손을 떼어내려 했다. **누가 보는 거 아니야?** 어머니는 항상 남들의 시선과 생각을 의식한다. 소리를 빽빽 지르고 있는 이 아이. 의견 차이에 발끈하는, 갈비뼈가 만져질 정도로 말라깽이인 이 아이.

아버지는 어머니가 당신의 스트라디바리우스라는 말을 자주 했다. 그 말은 이런 뜻이다. 풍부하고 꽉 찬 음색을 내는 최상의 악기. 어머니는 이 말을 가슴 깊이 간직하고 늘 들려주었다. 네 아버지는 내가 자신의 스트라디바리우스라고 했어.

그녀는 내 바이올린.

나는 그의 바이올린.

이것은 어머니와 아버지 두 분이 은유로 서로를 유혹하는 한 가지 예다. 아버지나 어머니나 스트라디바리우스의 소리가 그에 비견할만한 다른 바이올린의 소리보다 더 낫지 않다는 사실을 입증한 수많은 연구 결과에 대해 알지도 못하고 관심도 없었다.

달리 생각해보면, 그런 연구들이 다 무슨 소용인가? **저 사람이 저걸 어떻게 하는지 나는 다 알아. 저건 그냥 뻥이야. 무대에서 공연하는 사람은 진짜 마술사가 아니야.** 객석에는 언제나 이렇게 중얼거리는 얼간이가 한 명 정도는 있다.

그런데 어머니와 아버지는 이곳에서 무엇을 만들었을까? 들어보라! 답은 여자아이다! 물론 한 가지는 확실하다. 그 여자아이는 스트라디바리우스가 아니다. 어머니가 떠났다며 울부짖는 조율 안 된 자그마한 오르간. 그런데 이렇게까지 매달리는 행동—왜 이러는 걸까? 이 아이는 머리가 온전하지 않나? 어떻게 된 엄마기에 항상 자기 딸을 두고 갈까? (사람들의 비난의 눈초리가 향하는 대상은 어머니였다. 결코 아버지인 적은 없다.) 어머니는 주위 사람들의 시선과 생각에 신경을 썼지만, 여자아이는 그런 것은 안중에도 없었다. 그 아이는 남들의 시선을 알아차리지도 못했다. 아이는 어머니에게 매달렸다. 다시는 어머니를 보지 못할 것이라고 생각하니 견딜 수 없었다. 아이는 다양한 원인의 죽음을 상상했다. 무엇보다 어머니의 죽음을 상상했다. 그리고 어머니의 죽음에서 비롯된 자연스러운 결과로 자신도 죽으리라 여겼다. 언제라도 일어날 수 있었다—어머니는 병으로 죽거나 자동차나 비행기 사고로 죽을 수 있었다. 심지어 살해될 지도 몰랐다. 어머니는 전 세계를 여행하기 때문에 우연히 전쟁 중인 나라에서 길을 잃고 헤매다가 총에 맞아 죽을 수도 있었다. 여자아이는 어머니가 죽으면 그곳으로 사라질 만큼 커다란 구멍을 혼자 뚫을 수 없었다. 아이는 누구보다 어머니를 사랑했다. 아이가 사랑—사랑이라는 단어 자체와 그 의미—에 대해 고민해 봤다는 뜻은 아니다. 누군가 이 아이에게 사랑에 대해 물었다면 자신은 어머니와 할머니(난나), 예수님(왜냐하면 어머니와 할머니가 예수님이 아이를 사랑한다고 말해주었기 때문이다), 고양이들을 사랑하지만 그중에서 어머니를 제일 사랑한다고 말했을 것이다. 아이는 언제나 어머니가 그리웠다. 어머니와 한방에 같이 있을 지라도 말이다. 그 아이의 사랑은 어머니가 견딜 수 있는 것 이상이었다. 아이를 키우는 일은 상상한 것보다 더 힘들었다. 두 팔과 다리와 커다란 치아와 **의견 차이.** 그녀는 아이가 잠들어 있을 때가 가장 좋았다. 사랑하는 내 어린 딸. 하지만 모두가 깨어있을 때는 감당하기 너무 버거웠다. 매달리는 아이. 매달리는 사랑. 아이는 마치 제 엄마 속으로 다시 들어오려는 것만 같았다. 어머니는 아이가 떨어지려 하지 않아 괴롭다는 사실을 결코 인정하지 않았을 것이다. 자신이 필사적인 갈망으로, 자신이 무엇이 되고 싶고 자신이 누구이며 사랑은 무엇이고 무엇이어야 하는지에 대한 질문으로 꽉 차 있다고 인정하는 일은 없었을 것이다. 아마 그녀의 가슴 깊은 곳에는 무조건적인 사랑을 받으면서도 동시에 혼자 평온하게 지내고 싶은 갈망이 자리 잡고 있었을 것이다. 하지만 아무에게도 속내를 털어놓지 않았다. 무조건적인 사랑과 호젓하게 지내고 싶은 마음을 동시에 바라다니 수치스럽고 이기적이기 때문이다. 어머니의 내면—어둡고 도금된 세계들—은 말끔하게 봉인되었다.

***

함마르스에서는 아무 것도 바뀌지 않았다. 아니다. 오히려 변화가 너무 점진적으로 일어나기 때문에 알아차리지 못한다는 말이 더 정확할 것이다. 그래서 아주 오랫동안—아버지가 자신이 늦은 줄도 모른 채 17분이나 지각을 하고 그것이 모든 게 끝났다는 선언이 된 셈이 될 때까지—여자아이는 과거에도 언제나 **지금** 이 순간의 모습과 똑같았으리라는 감각을 품고 살았다. 질서와 시간엄수. 의자들은 원래부터 있던 자리에 있었다. 사진들도 늘 걸려 있던 곳에 그대로 있었다. 창밖의 소나무들도 언제나 비틀려 있었다. 잉그리드가 집을 돌아다니며 먼지를 털거나 쿠션을 부풀릴 때면 땋아 내린 갈색 머리가 앞뒤로 튕기듯 흔들렸다.

이윽고 다니엘과 마리아도 여자아이와 같은 시기에 함마르스에 오기 시작했다. 둘은 여자아이보다 나이가 많았지만 그래봤자 아이들이었다. 그곳에서의 생활은 늘 이랬다. 바다와 바위들, 엉겅퀴, 양귀비꽃, 서아프리카의 사바나를 연상시키는 황무지에 둘러싸인 길고 좁은 집에서 낮에도 밤에도 지내는 생활. 이번 여름은 다음 여름과 똑같았다. 매일 저녁 6시면 여자아이와 함마르스 가족은 부엌에서 저녁을 먹었다. 잉그리드가 요리를 했고 맛은 언제나 훌륭했다. 저녁을 먹고 나면 모두 자갈을 깐 마당을 보고 있는 갈색 얼룩 벤치에 잠시 동안 앉아 있곤 했다. 마당에는 원래 차가 한 대뿐이었지만 차는 이내 두 대로 늘었다가 마지막에는 붉은색 지프 한 대만 서 있었다. 자전거를 넣어두는 창고 너머로 오솔길이 세 갈래로 나 있는 숲이 있었다. 아버지와 아이들이 벤치에 앉아 있으면 잉그리드는 서서―작은 달개지붕(벽에 가설한 외쪽지붕―옮긴이)을 올린 진한 갈색 나무 기둥에 살짝 기대―그날의 담배를 피웠다.

　갈색 얼룩 벤치는 따뜻하고 표면이 살짝 거칠었다―손으로 벤치를 훑으면 나무가시가 박힐 것이다. 집은 통나무와 석재로 만들었으며 주위에 돌담을 둘렀다. 저녁에 어른들이 각자의 신문을 읽을 때면 여자아이는 혼자 바다로 산책을 나갔다. 파도가 조각한 조약돌 해변이 비스듬히 누워 있었다. 여자아이는 잘박잘박 소리 나게 걸을 수 있을 때까지 바닷물 속으로 걸어갔다가 몸을 돌려 저 위의 집과 돌담을 바라보았다. 그러면 그 모든 풍경이 저녁 어스름 불빛에 거의 사라지고, 날이 가고 해가 가고 여름 뙤약볕에 색이 바랜 조약돌과 하늘만 남는다. 마치 누군가 그 풍경 위로 투명망토를 던진 것 같다. 하지만 완전하게 투명한 것은 아니기에 창문과 문틀이 수레국화와 같은 푸른색이었고 형체가 보였다. 그러니까 그곳에 집은 있는 것이다. 집이 완전히 모습을 감출 수는 없다.

　한 번씩 누군가 이렇게 말하곤 했다: 전망이 더 예쁜 쪽에 앉으면 어때요? 바다와 빛이 수평선 위로 움직이는 모습을 볼 수 있는 쪽으로요. 하지만 그들은 여전히 집 앞의 갈색 얼룩 벤치에 앉았고 그러면 잉그리드는 기둥에 몸을 기댄 채 담배를 피웠다. 그것은 마치 그곳에 있는 모두가 그 한 개비의 담배를 함께 피우는 것 같았다.

아버지는 매일 들어가 글을 쓰는 서재가 있었다. **나는 성실했다는 것 말고는 자랑거리가 없어.** 이것이 아버지의 입버릇이었다. 여자아이는 그 서재를 **그 사무실**이라고 불렀다. 그 사무실은 저녁마다 영화관으로 바뀌었다. 아버지는 까만 상자에서 하얀 캔버스 천 스크린을 꺼냈다. 불을 모두 끄면 영화를 시작할 수 있었다. 까만 상자는 아주 길고 폭이 좁아서 닫아 놓으면 관처럼 보였다—얇디얇은 지팡이 인간이 누울 수 있는 관. 그 상자는 여행 가방이나 핸드백처럼 용수철식 자물쇠와 손잡이가 달려 있었다. 그리고 낮 동안에는 뒤쪽 벽에 기대 있는 은색 선반 꼭대기에 놓여 있었다.

이윽고 8시가 되면 아버지가 상자를 열었다. 그러면 낮 동안 관처럼 보였던 상자가 팽팽한 돛처럼 벽을 다 뒤덮을 정도로 어마어마한 크기의 우윳빛 스크린으로 변모했다.

사무실에 유리 파티션과 벽을 세워 만든 작은 방에는 영사기들이 있었다. 여자아이가 함마르스에서 지내기 시작한 첫 몇 해 동안 아버지는 직접 영화를 틀었지만 나중에는 다니엘에게 영사기 조작법을 가르쳐 주었다. 다니엘은 영사기를 돌릴 때마다 십 크로네를 받았다. 여자아이는 영사기를 만져서도 안 되었는데, 어른들의 낮잠 시간에 소란을 피우거나 함마르스를 나서면서 문을 닫지 않거나 외풍을 받으며 앉아 있는 규칙위반 들보다 훨씬 더 엄하고 지각과 맞먹을 정도의 엄격한 금기여서 어길 시 십중팔구 벌을 받았다. 함마르스에서는 아무도 시간에 늦지 않았다. 여기서는 아무리 시간을 정확하게 지키는 사람도—약속 시간에 딱 맞춰서 나타나도—여전히 이렇게 말했다: **늦어서 미안해요.** 이런 말이 함마르스에서는 인사로, 여름이면 들리는 갈매기 울음소리만큼 익숙했다. **늦어서 미안해요.** 기대와 달리 몇 초가량 지각을 하면 이렇게 말했다: **용서해줘요. 지각을 했어요. 용서해 줄 수 있어요? 변명의 여지가 없네요!** 물론 이런 경우는 거의 없었다.

처음 몇 해 동안 여자아이는 저녁 6시 30분이면 혼자 영화를 볼 수 있도록 허락을 받았다. 아이는 발을 받침대에 올려놓은 채 커다란 안락의자에 앉았다. 까만 상자가 열려 있고 스크린에 영사된 이미지가 펼쳐졌다. 아이는 잔가지처럼 깡말랐다. 기다란 머리는 제멋대로 자랐고 이는 뻐드렁니였다. 아버지는 불을 끄고 문을 닫은 후 파티션 건너편에 자리를 잡았다.

"준비됐니?" 그가 소리친다.

"준비됐어요." 여자아이가 대답한다.

사무실은 창문을 모두 닫아 사방이 컴컴하고 고요하다.

"외풍이 들어오니?"

"아뇨."

"좋아, 그럼 시작한다!"

몇 해 후 여자아이가 손위 형제들과 어른들과 함께 영화를
보기 시작하자, 아버지는 템바의 라일락 군락 너머에 있는 낡
은 헛간을 영화관으로 개조하기로 했다. 여자아이가 아홉 살이
되던 여름, 빛이 새어 들어오는 커다란 열쇠구멍이 난 적갈색
의 육중한 문이 달린 영화관이 완성되었다. 그곳에는 좌석 열
다섯 개―모스그린색의 푹신한 안락의자―와 유리판 너머의
암흑 속에서 조용하게 돌아가는 최신식 코발트색 영사기 두
대가 완비되어 있었다.

함마르스의 집에는 문이 세 개 달린 작은 로비가 있었다. 문
하나는 현관으로, 그 문을 나서면 갈색 얼룩 벤치가 나왔다. 두
번째 문은 실내로 이어졌고 세 번째 문은 정원으로 나 있었다.
정원은 돌담으로 둘러싸여 있었다. 그 정원에 손님용 숙소로
쓰는 부속건물과 세탁장, 수영장이 있고 장미 덩굴이 꾸며져
있었다.
함마르스에서 여름을 보내기 시작한 몇 해 동안 여자아이가
가장 좋아한 곳은 세탁장의 건조실이었다. 건조실의 내부는 후
끈했다. 게다가 옷을 거는 빨래대 아래 바닥에는 아이가 몸을
웅크리고 들어갈 만한 공간이 있었다. 금방 세탁한 잉그리드와

아버지의 옷들이 물이 뚝뚝 듣거나 김이 나는 채로 건조실에 걸렸다. 아버지는 줄무늬 파자마와 플란넬 셔츠, 갈색 코듀로이 바지를 입었다. 그 옷들이 공간을 제일 많이 차지했다. 잉그리드는 몸집이 작고 여렸으며 옷이 별로 없었다. 스커트와 블라우스 몇 장 정도였다. 가끔 여자아이의 푸른색 원피스가 빨래대 제일 *끄트머리*에 걸리곤 했다.

여자아이는 수영을 썩 잘해서 풀에서 **몇 시간**이나 논다고, 아버지가 말했다. 아버지는 늘 과장을 했다. **몇 시간**은 아니에요. 여자아이는 이렇게 대꾸했다. 가끔 아버지는 정원으로 나와 이렇게 말했다. 입술이 완전히 파란색이야. 얼른 나와. 아버지는 여자아이가 감기에 걸리고 자신도 옮을까봐 걱정을 했다. 그래서 때로는 아이를 물에서 데리고 나오려고 자신의 작업을 중단하기도 했다.

집안의 창문은 모두 꼭 닫아두어야만 했다. 아름다운 여름 한낮에도 말이다. 아버지는 벌레와 외풍이라면 질색을 했다. 아버지와의 대화는 항상 이런 식으로 시작했다.

"외풍이 들어오는 것 같니?"

"아뇨."

"확실해?"

"네."

"네가 감기에 걸리면 싫어."

"감기에 안 걸렸어요."

"알아. 그래도 네가 감기에 걸리는 건 싫구나."

하지만 대개 여자아이는 놀고 싶은 만큼 풀장에서 놀 수 있었다. 평소에 아버지는 사무실에서 작업을 하고 잉그리드는 집안일을 하는 동안 다니엘은 더 큰 사내아이들이 하는 일이라면 뭐든 하고 놀았다. 여자아이는 그런 쪽으로는 전혀 관심이 없었다. 그러다가 수영이 지겨워지면 건조실로 들어가 몸을 웅크렸다. 아이는 그곳이 옷으로 가득 차지 않을 때가 가장 좋았다. 빨래대마다 옷이 걸려 있으면 여자아이가 들어갈 공간이 거의 없기 때문이다. 게다가 옷이 많을수록 더 더웠다. 기온만 높은 게 아니라 습도마저 높아서 꼭 정글에 있는 것 같았다. 건조실이 가득 차 있으면 기어서 들어가야 했다. 말 그대로 전투를 벌이듯 힘겹게 앞으로 나아갔다. 게다가 옷이 덜 말랐으면 커다란 동물이 혀로 핥아주는 것처럼 셔츠의 소매며 바짓단, 치맛단이 아이의 얼굴이며 몸을 철썩철썩 때렸다.

어느 날 잉그리드가 문을 열고 여자아이를 끌어냈다. 그녀는 건조실에 들어앉아 있으면 위험하다고 말했다. 잉그리드는 머릿결이 고왔다. 그녀는 평소에는 늘 머리를 땋았지만 파티에 갈 때면, 아침부터 머리를 롤러로 말아 뒀다가 저녁에 풀었다.

그러면 뒤로 늘어뜨린 머리가 구불구불하게 말려 있었다.

위험한 일들은 수도 없었다. 물론, 비닐봉지를 머리에 쓰기(질식사)나 젖은 속옷이나 수영복 하의를 입고 돌아다니기(방광염으로 사망), 피부에서 진드기를 떼어낼 때 엉뚱한 방향으로 비틀어 뜯기(패혈증으로 사망), 식후 한 시간도 지나지 않아 수영하기(경련으로 사망), 낯선 사람의 차에 타기(납치와 강간, 살해로 사망), 낯선 사람이 주는 사탕 먹기(중독, 납치, 강간, 살해에 의한 사망)처럼 주로 일상에서 마주치는 위험이었다―하지만 함마르스에서만 겪을 수 있는 위험도 있었다: 집 아래 해변에 밀려와 있는 표류물을 절대 만지지 마라. 그리고 술병도, 담배갑도, 샴푸통도, 외국어가 적힌 라벨이 붙은 깡통도, 외국에서 온 편지도 만지지 마라. 만지지 말고, 냄새도 맡지 말고, 절대 마시지도 마라(음독사). 외풍이 드는 곳에 앉아 있지도 마라(감기로 사망). 감기에 걸리지 마라(함마르스에서 추방되어 사망). 건조실에 들어가지 마라(질식사. 감전사도 가능). 늦지도 마라(지각을 하면 죽음만이 위안이 될 것이다. 그래도 지각을 할 배짱이 있다면 그에 합당한 벌은 죽음뿐이다). 이 여자아이에게 지도를 주면 그 지도를 잘 따라갈 것이다―아이는 단 하나의 규칙도 깨지 않지만 건조실에 들어가지 말라는 규칙은 예외다. 잉그리드는 몇 번이나 들어가지 말라고 했지만 아이는 여전히 몰래 들어가 온기에 폭 감싸였다. 하지만 그것도 아버지가 커다란 글씨로 경고 문구를 써서 건조실의 문에 테이프로 붙여놓은 노란색 메모지를 보기 전까지였다.

경고! 멱을 감고 노는 아이들은 잦은 건조실 출입을 엄금한다!

아버지는 아름다운 스웨덴어를 구사했는데, 여자아이를 부를 때는 종종 삼인칭 단수를 사용했다. **우리 딸, 오늘은 기분이 어떠니?** 아버지는 수영장을 언급할 때를 제외하면 절대 영어 단어를 쓰지 않았다. 그는 자신의 수영장을 몹시 자랑스러워했다. 풀밭 한 가운데 길게 뻗어 있는 그 수영장은 기다란 터키석 같은 청록색 드레스를 입고 몸에 보석을 주렁주렁 단 관대한 노부인 같았다. 길이는 육 미터, 한쪽 끝의 수심이 삼 미터인 사각형이며 색깔은 당연히 청록색이고 염소 냄새가 났다. 밤이면 말벌들이 수영장에 빠졌다―바닥까지 가라앉았거나 물에 떠서 버둥대고 있었다. 물론 거미와 딱정벌레, 무당벌레, 솔방울, 가끔은 참새도 같은 신세로 발견되었다. 아침마다 밤새 수영장에 빠져 있던 것들을 그물로 몽땅 걷어냈다. 이 일도 다니엘의 몫으로 한 번에 십 크로네를 받았다. 이른 새벽 노부인은 자신의 표면과 바닥을 기어 다니고 그곳에서 버둥대는 것들을 몸에 품은 채 길게 자란 풀과 키가 큰 소나무들에 둘러싸여 반짝거리며 누워 있었다―그곳은 지도 위의 찬란한 청록색 점이었다.

나는 아버지가 영국이나 미국인 기자들과 영화학도들과 영어로 이야기를 나누는 녹음을 들었다. 아버지의 영어는 억양이 강했는데, 스웨덴어와 독일어, 미국영어의 억양이 뒤섞여 있었으며 내가 들은 어떤 말소리와도 닮지 않고 전혀 아버지답지 않은 재즈 사운드 같았다—아버지는 이런 식으로 수다스럽게 말했다. **그래요, 그래. 포크너가 말했듯이, 당신이 말하는 이야기들을 당신은 절대 쓰지 않아요.** 아버지는 노르웨이어가 아름다운 언어라고 생각했으며 **부스케드라세**Buskedrasse라는 단어를 즐겨 발음했다. 사실 아버지는 노르웨이어로 여성용 바지정장을 의미하는 **부크세드라크트**buksedrakt를 그 단어로 착각한 것이었다.

매일, 그—여자아이의 아버지—는 수영장에서 아침 수영을 했다. 그러면 여자아이는 장미 덤불 뒤에 숨어서 그를 훔쳐보았다. 아버지는 아무 것도 입지 않은 채 수영을 하기에는 너무 늙었어. 애초에 수영을 하기에는 너무 늙었잖아. 아이 생각은 그랬다. 솔직한 심정! 물속에서 물장구를 치는 거대한 딱정벌레 같아! 그는 언제나 혼자 수영을 했다. 아침에 일어나면 제일 먼저 수영을 했다. 아침 식사는 그 다음이었다. 서재로 모습을 감추는 것도 그 다음이었다. 여자아이는 아버지가 그곳에서 무슨 일을 하는지 잘 몰랐다. 아버지가 줄이 쳐진 노란 공책에 뭔가를 쓰고 있다. 아이가 아는 건 그 정도였다.

그는 여름에는 글을 썼다. 그리고 나머지 계절에는 영화를 만들거나 연극을 연출했다.

때로 아버지와 어떤 여자가 손님용 숙소에서 **필름을 자르는** 작업을 했다. 그 시절에는 셀룰로이드 필름을 실제로 자르고 붙였다. 그는 여름 내내 〈마법피리〉의 필름을 잘랐다. 그럴 때면 숙소의 창문에서 쉬카네더의 대본과 모차르트의 음악이 흘러나와—그때가 그곳의 창문이 활짝 열려 있던 유일한 여름이었다—함마르스의 사람들은 모두 귀를 쫑긋 세웠다. 타미노가 처절하게 간청했다: **오 끝없는 밤이여! 당신은 언제 사라지나요? 언제 내 두 눈에 빛이 보일까요?** 그러면 코러스가 이렇게 대답했다: **곧이라네, 젊은이. 지금이 아니면 두 번 다시 오지 않으리.**

필름을 자르느라 바쁘지 않을 때면 아버지는 글을 쓰느라 바빴다. 그러다 오후가 되면 노란 종이 몇 장을 잉그리드에게 건넸다. 그녀는 아버지의 필적을 어렵지 않게 알아보았다. 그녀가 아니면 누구도 그렇게 할 수 없었다. 그녀는 아버지의 글을 타자기로 정서했다. 아버지가 글을 쓸 때면 어떤 이유로도 방해를 하면 안 됐다. 여자아이는 그 사실을 아주 잘 알았다. **성깔이 있어.** 어머니는 과거에 자신이 살도록 지어진 그 집으로 딸을 보내면서 단단히 일렀다. 성깔이 뭐에요? 아이가 물었다. 화를 낼 수도 있다는 거야. 어머니가 대답했다. 그러면 위험해요? 여자아이가 되물었다. 아니. 어머니는 이렇게 대답했지만 우물쭈물 덧붙였다. 혹시라도 네가 다른 사람을 아프게 하면 위험할 수 있어. 하지만 네가 화가 났거나 무서운데 그걸 겉으로 표현하지 않으면 뱃속에 커다란 혹이 생길 거야. 그렇게 되어도 위험해. 아빠는 뱃속에 혹이 있어요? 아니. 어머니가 대답했다. 아빠의 배에 혹 같은 건 없어. 하지만 가끔 화를 내고 마음에도 없는 소리를 할 수도 있어…. 고래고래 고함을 지르고… 그럼 **상대의** 배속에 혹이 생겨…. 아빠가 성깔이 있다고 한 말은 이런 뜻이야…. 아빠는 성격이 급해…. 성마른 사람이지…. 성마른 게 뭐예요? 여자아이가 물었다. 어머니는 한숨을 쉬었다. 그건 말이지, 네가… 음… 네가 성냥을 켰는데, 온 집이 활활 불타오르는 거야…. 아하, 알았어요. 여자아이가 대답했다. 이렇게 아이는 자신의 아버지를 방해해서는 안 된다는 사실을 잘 알게 되었다. 그래도 가끔 제 아버지를 방해했다. 아이는 서재 문을 두드리며 아버지에게 좀 와보라고 했다―자신의 방에 거미가 한 마리 나타났으니 잡아달라고 말이다. 당장 와서 거미를 잡아주지 않으면 그곳에서 단 1분도 더 못 있을 거라고 했다. 거미가 아니라 딱정벌레일 때도 있었다. 말벌일 때도 있었다. 아버지는 고함을 지르지 않았다. 버럭 화를 내지도 않았다. 다만 한숨을 푹 쉬고 자리에서 일어나 여자아이를 따라 거실을 가로지르고 주방을 지나 아이의 방으로 갔다. 아이는 너무 말랐다. 흡사 곤충들이 아이의 혈육인 것처럼 말이다. 아버지는 여자아이가 입버릇처럼 말하는 노르웨이어 단어를 좋아했다. **외엔스티케르.** 잠자리. 여자아이는 스웨덴어 단어들을 좋아했다. **트롤슬렌다**(잠자리를 뜻하는 스웨덴어—옮긴이). 그리고 아이는 제 아버지를 무서워하지 않았다. 아이는 말파리가 무서웠다. 장님거미도. 그리고 벌도.

세월이 흘러 여자아이가 커서 스웨덴어를 유창하게 말하게 되자 아버지는 그녀에게 언어를 바꿔 노르웨이어로 말해 보라고 했다. 그녀가 스웨덴어로 말을 할 때면 목소리가 높아지고 어린 시절의 목소리처럼 들리는데, 이제 다 컸으니 더 낮은 음조로 말해야 한다고 했다. 그런 목소리가 더 듣기 좋고, 나이와도 맞는다는 것이다. 아버지는 그녀가 모국어로 말하는 목소리가 더 좋다고 했다.

하지만 여자아이의 키가 113센티미터까지 자라 더이상 장미덤불에 숨지 못하고 방에 노래기가 나타나 아버지가 잡아주어야 한다며 방해할 수 없는 때가 왔다. 개미가 나타나도. 호박벌이 나타나도. 딱정벌레가 나타나도.

어쩌면 나는 그 아이를 다른 이름으로 불러야 할지도 모르겠다. 여자아이. 아니면 그냥 내버려둘 수도 있다. 아버지는 예순이 되자 함마르스로 자신의 아홉 아이들을 모두 불러들여 생일파티를 열었다. 1978년 여름이었다. 여자아이가 열두 살이 된 여름이기도 했다. 나는—앞으로 몇 번이나 볼 파티들 가운데 첫 번째 파티인—그 파티가 어떤 모습일 거라고 기대했는지 기억나지 않는다. 아이는 자신에게 그렇게 형제자매가 많다는 사실조차 깊이 생각하지 않았을지 모른다. 어쩌면 노르웨이가 수많은 주(州)로 구성되어 있다는 사실을 받아들이듯 자신의 가족관계도 그렇게 인식했을지 모른다. 그녀는 막 5학년을 마쳤고 조만간 어머니와 함께 미국으로 이주해 그곳에서 학교를 다닐 예정이었다. 노르웨이인 지리 선생님의 이름은 요르겐센이었는데, 이 선생님이 보고 싶어질 것이다. 아이는 지리를 잘 했다. 지도 읽기가 특기였다. 너는 나중에 커서 지도 제작자나 지명 연구가가 되면 되겠구나. 선생님이 말했다. 여자아이는 그것들이 뭔지 몰랐지만 지도와 관계가 있을 거라고 짐작했다. 이름과도 관계가 있다고 요르겐센 선생님이 말했다. 여자아이는 자신이 아홉 아이들 가운데 한 명이라는 사실을 잘 알았는데, 그것은 마치 세계에서 가장 높은 폭포 아홉 개가 노르웨이에 있다는 사실을 아는 것과 비슷했다. 여자아이는 그 폭포들의 이름을 적어 내려갔다. **마르달스포센부터 몽에포센, 베달**

스포센, 오포, 랑포센, 쉬셰달스포센, 람네피엘스포센, 오르말리포센, 순디포스까지. 이미 만난 다니엘과 마리아를 제외하면 다른 형제들은 사진으로밖에 보지 못했다. 보링스포센이 노르웨이에서 가장 높은 폭포라고 생각하는 사람들이 많은데, 그렇지 않다. 절대 아니다. 사람들의 생각이 얼마나 틀릴 수 있는지 잘 보여주는 예지. 요르겐센 선생님은 이렇게 말하곤 했다. 성대한 파티가 열리기 전날이었다. 아버지의 생일은 7월 14일로, 그날은 프랑스의 혁명 기념일이기도 했다. 여자아이는 마침내 자신의 형제자매를 만나게 되었다. 나머지 여덟 명을 한꺼번에 말이다. 여자아이는 집밖에 있는 갈색 얼룩 벤치에 앉아 기다렸다. 아이는 가끔 벤치에서 일어나 야생딸기를 따서 풀에 꿰어 노는 숲을 어슬렁거렸다. 그러다 다시 돌아와 벤치에 앉았다. 원래는 야생딸기를 엮어 목걸이를 만들어 언니들에게 선물할 생각이었다. 언니는 모두 넷이었다. 하지만 시간이 아무리 흘러도 그들이 오지 않자 아이는 딸기를 모두 먹어치웠다. 색이 바란 파란 원피스는 엉덩이를 간신히 가리는 정도였다. 허벅지와 양손을 모기에게 물어 뜯겼다. 벤치에 앉아 메뚜기가 돌담 위에서 잠에서 깨는 모습을 혼자 지켜보고 있으니 함마르스만큼 조용한 곳이 없었다. 차가 오면 멀리서도 소리가 들렸다. 평소에는 차 소리가 들리면 여자아이는 길로 나가 첫 번째 (가축 탈출 방지용) 도랑으로 달려갔다. 아버지의 말에 따르면 그 도랑이 그의 땅의 경계였다. 그곳까지 가서 양팔을 흔들면 오던 차가 방향을 돌려 돌아갔다. 그곳은 외부인을 환영하지 않았다. 하지만 오늘만큼은 여자아이는 길로 나가 사람들을 쫓아내지 않았다. 아버지는 이 빌어먹을 파티를 후회하고 있을지도 몰랐다. 처음 파티를 열자고 했을 때는 정말 좋은 생각—**유쾌한** 계획이잖아! —같았다. 아이들이 모두 파티에 모이지 않는가. 하지만 악셀 산데모세—아버지가 자주 인용한 작가—가 썼다시피, 모름지기 좋은 생각이다 싶은 것을 조심해야 한다. 그 **좋은 생각**에 너무 빠져들어 그 밖의 다른 것을 못 보게 될 수도 있다. 산데모세는 글쓰기에 대해서 쓴 말이었지만 파티에도 적용할 수 있다. 그뿐이 아니다. 여자아이는 애초에 이 파티가 전적으로 아버지의 생각이 아니라 잉그리드의 입김이 작용했으리라 짐작했다. **그의** 아이들을 모두 함마르스로 부른다면 **그녀의** 아이들도 올 것이기 때문이다. 잉그리드가 낳은 네 아이 중 막내인 마리아만 아니라 나머지 세 아이들도 전부 말이다. 잉그리드는 여자아이의 아버지와 결혼을 하려고 아이들을 두고 왔다. 그래서 언제나 두고 온 아이들을 그리워했다. 하지만 그녀의 새 남편은 두 사람이면 충분하다고 했다. 아이는 필요 없다고 말이다. 두 사람은 서로를 그토록 오랫동안 기다리지 않았나. 그동안 그는 수차례의 결혼과 염문을 뿌렸고, 그녀는 남작과 결혼을 했다. 아니, 백작이었던가. 그런 것이 사랑이다. 갈색 얼룩 벤치에 앉아 예전에 누군가 **그런 것이 사랑**이라고 말했다. 여자아이의 어머니는 아버지의 여자들에 대한 이야기가 나올 때마다 고개를 가로저었다. 그녀는 다섯 번째 아내에 대해 듣고 싶지 않았다. 네 번째 아내에 대해서도 듣고 싶지 않았다. **나는 그 사람들에 대해 듣고 싶지 않아.** 사람들은 바로 직전에 온 사람과 직후에 온 사람에 대해 듣고 싶어 하지 않는다. 어머니는 자신의 위치가 네 번째와 다섯 번째 사이라는 사실을 좋아하지 않았다. 끼어 있으면 뭐가 되나? 4와 $1/2$번째?

아버지는 일흔 번째 생일에는 아내들도 모두 부르겠다고 말하곤 했다. 아이들의 엄마들과, 아내도 어머니도 되지 않았지만 여하튼 어떤 식으로든 어떤 역할을 했던 여자들까지 모두 부르겠다고 말이다. 그 여자들을 뭐라고 불러야 할까? 하지만 지금 아버지는 일흔이 아니라 예순이다. 그리고 여자아이는 갈색 얼룩 벤치에 앉아 언니오빠들을 기다리고 있다. 파티가 열릴 내일, 아버지는 머리에 화관을 쓰고 뎀바의 계단에 선 잉그리드와 아이들에게 둘러싸여 사진을 찍을 것이다. 여자아이는 고개를 돌려 길 쪽을 바라보며 허벅지를 긁었다. 첫 모기가 문 것이 가장 달콤하지. 아버지는 그렇게 말하곤 했다. 물린 자국이 몸 어딘가에 나타난다. 갓 물려 하얗고 살짝 분홍 기가 도는 자국이 이렇게 외친다. **나를 긁어. 어서 긁어.** 모기에게 잔뜩 물리면 더이상 달콤하지 않다. 피부가 아플 지경이다. 물린 자국은

불안

더이상 소리치지 않는다. 그곳에서는 아무 소리도 들리지 않는다. 그리고 가려움에 밤에도 잠을 이루지 못한다. 제일 먼저 도착한 차 소리가 들리자마자 아이는 벌떡 일어섰다가 얼른 다시 앉았다. **사람들이 도착했어요!** 그들이 도착했다. 아이는 주위를 두리번거렸다. 다들 어디 갔을까? **아빠! 잉그리드! 다니엘! 마리아! 어서 와 봐요! 손님들이 도착했어요!** 잠시 후 첫 번째 차가 자갈이 깔린 마당으로 들어오더니 두 번째 차가 도착하고 다시 한 대가 더 들어왔다. 차에서 젊은 여자와 남자들이 내렸다. 여자아이의 언니오빠와 그들의 남자와 여자 친구들, 짐 가방과 실크 스카프, 붉은 입술, 웃음소리, 통 넓은 바지, 머리카락, 목소리도 함께 내렸다. 아버지는 어디에 있었을까? 모두 도착했을 때 그곳에 있기나 했을까? 아니면 서재로 도피했을까? 사실 그런 건 중요하지 않았다. 그는 위통을 달고 사는, 손님을 지독히 싫어하는 노인이었다. **여길 봐!** 나의 작은 가족이 여기 모였네! 점점 더 많은 사람들이 마당을 채워나갔다. 여자아이는 웃음을 터트렸다. 이들은 **작은** 가족이 아니었다. **큰** 가족이었다. 저길 봐—거기에는 얀이 있었다. 그는 장남으로 가장 현명하고 부인과 아이들도 있었다. 그리고 저기—런던에 사는 언니가 있다. 영화배우처럼 환하게 웃고 있다. 그리고 한쪽에는 비행기 조종사가 있다. 여자아이는 오빠 중 한 명이 매주 대서양을 횡단하는 비행기 조종사라는 사실을 알고 있다. 그는 모두

들 가운데 가장 키가 컸다. 아이는 그를 보자마자 누구인지 알아차렸다. 마당에 있던 그가 돌아섰다. 그의 시야에 여자아이가 들어오자 그는 짐 가방을 내려놓고 양팔을 활짝 벌렸다. 그는 훌쩍 높은 나무처럼 키가 크고 호리호리하고 아이가 본 그 누구보다 미남이었다. 여자아이는 나이에 비해서 **꽤 많은** 미남을 보았다. 아이가 얼른 오빠에게 달려가자 그는 여동생을 땅에서 번쩍 들어 올려 빙빙 돌렸다. 어찌나 빨리 돌렸는지 아이는 숨도 쉴 수 없을 것 같았다. 하지만 숨을 못 쉬기는커녕 물속에 있는 것처럼 천천히 눈을 떴다. 오빠의 품에 안겨 위에서 주위를 둘러보니 함마르스와 근방의 평평한 습지며 새끼양이건 다 큰 양이건 상관없이 섬사람들이 어린 양이라고 부르는 양들이 그곳에서 풀을 뜯는 모습, 낡은 석회석 농가만 아니라 포뢰 전체가 눈에 들어왔다. 노르스홀멘의 석회암 채석장과 템바 남쪽에 위치한 영국인 묘지부터 여자아이가 겨울에는 썰매를 탈 수 있다고 들은 울라하우의 모래언덕과 교회 옆의 오래된 식료품점, 수데르사드와 에케비켄, 노르스타 아우라르의 해변들, 저 멀리 솟은 랑함마르스와 디게르후부드의 굴뚝까지 이어진 지역이 모두 보였다. 오빠가 자신을 땅에 내려놓는다고 아이가 생각한 순간, 오빠의 팔이 더 길어지고 아이는 아까보다 더 높이 올라갔다. 이제 드넓은 바다와 수평선과 저 멀리 쳐진 철의 장막까지 보였다. 길을 잃고 그곳까지 가면 다시는 집

불안

으로 돌아갈 수 없을 것이다.

어머니가 다른 언니와 오빠들―그들은 실제로 존재하는 것 같지 않았다. 반만 태어났고, 반만 살아있고, 반만 기억되고, 반만 잊힌 존재들. 라일락 군락 속으로 사라졌거나 도랑에 설치한 가로대들 사이로 미끄러져 들어간 그림자 아이들. 저녁이 되자 뎀바에서 파티가 열렸다. 그리고 여자아이는 어느새 몸에 걸친 옷이 거의 남지 않게 될 정도로 전속력으로 빙글빙글 춤을 추었다.

아버지는 여자아이에게 줄이 쳐진 녹색 공책을 주며 매일 기억에 남은 일들을 써보라고 했다. 언니인 마리아도 매일 일기를 썼는데, 여자아이가 노트를 받은 나이보다 더 어릴 때부터 시작했다. 글로 써두지 않으면 다 잊어버릴 거야. 아버지가 말했다. 하지만 여자아이는 일기를 쓰고 싶지 않았다. 대신 비밀언어를 만들어서 비밀 표와 단어로 녹색 공책을 채워나갔다: **lvoefo qqjttfsS j tåmb.** 지도도 그렸다. 그렇게 그린 지도가 수백 장이었다. 대부분 포뢰의 지도였다. 측량이 너무 정확할 필요는 없다. 중요한 것은 경계였다. 갈색 얼룩 벤치 너머에는 자전거 창고가 있고, 그 창고 너머로는 오솔길이 세 갈래로 난 숲이 펼쳐져 있었다. 오솔길 하나는 바다로, 다른 하나는 작은 판잣 집으로, 나머지 하나는 아버지가 훗날 집을 한 채 더 짓고 싶어하는 공터 같은 들판으로 이어졌다.

아버지가 새로 지을 계획인 집—아버지는 자신의 집에 모두 이름을 붙였는데, 이 집은 **들판**이라는 뜻의 **엥엔**으로 지었다—은 말년에 잉그리드와 함께 살 보금자리였다. 두 사람은 여름에는 함마르스에서, 겨울에는 엥엔에서 지낼 생각이었다. 가끔 바다에서 불어오는 바람이 너무 거세서 함마르스에서는 잠을 잘 수가 없어, 아버지가 말했다. 그럴 때면 아버지는 아예 다른 곳에서 잠을 청했다. 잉그리드도 그랬다. 하지만 그 후 잉그리드가 죽고 아버지는 마음이 산산이 부서졌다.

어떤 여름은 추웠다. 그럴 때마다 사람들은 지금껏 가장 추운 여름이라고 말했다. 아버지는 비 오는 여름날을 제일 좋아했다. 아버지는 가장 끔찍한 악몽은 눈이 멀 것 같은 햇빛 속에서 펼쳐진다고 했다. 여자아이가 어렸을 때는, 라디오에서 남자 캐스터가 스웨덴 전역의 기온과 일기 예보를 모두 마칠 때까지 아버지와 잉그리드의 침실에 들어갈 수 없었다. 캐스터가 **비스뷔, 17**이라고 말하면, 해안은 청명했다. 그러면 여자아이는 제 방을 쏜살같이 튀어나가 집안을 달음박질 쳐 어른들의 침실로 들어가 그들을 깨웠다. 여자아이의 언니오빠들은 순서대로 엥엔에서 연인들과 배우자들, 아이들과 지냈다. 여자아이는 더이상 이 가족의 가장 나이어린 구성원이 아니었다. 수데

르산드에는 **칼베리아**라고 부르는 집이 있었는데 후에 팔아버렸
다. 그리고 함마르스에서 조금만 걸어가면 바닷가 근처에도 작
은 집이 한 채 있었는데, 그곳에서 오빠들이 여자 친구들과 함
께 머물렀다.

다른 아이들처럼 여자아이도 즐겨 목록을 만들고 수를 헤아
렸다. 그래서 누군가 아버지에 대해 물어보면 이렇게 대답할 수
있었다. 우리 아버지는 집이 네 채, 자동차가 두 대, 아내가 다
섯 명, 수영장이 하나, 아이들이 아홉, 영화관이 한 채 있어요.

아빠와 잉그리드는 엥엔에서 살지 못했다. 그러나 잉그리드
는 죽기 전에 그곳을 자신이 원하는 대로 꾸며 두었다.

얀은 그곳에서 아이들과 함께 몇 해 여름을 지냈다. 그는 한
때 기차 차장을 했는데 나중에 연극 연출가가 되었다. 《리어
왕》은 왕이 되고 싶은 사람이 아니라 사람이 되고 싶은 왕의
이야기다. 얀은 한 손을 들어 올리며 이렇게 말했다. 그리고 그
것이 무엇보다 어려운 일이지. 왕은 누구라도 될 수 있어! 얀은
우리 형제들의 수장이었다. 어느 여름 얀은 함마르스와 엥엔
사이에 뻗어 있는 황무지에 대형 천막을 치자고 제안했다. 그
러면 점점 늘어나는 가족이 생일 축하 파티 앞뒤로 며칠 동안
머무를 수 있을 거라고 말이다. 그러자 아버지는 그의 땅에 빌

어먹을 텐트를 치다니 어림도 없다고, 꿈도 꾸지 말라고 했다. 그건 너무 과하다고, 이곳에 왔다고 뭐든 원하는 대로 할 수 있다고 착각하게 두지는 않을 거라고 했다.

여자아이는 한동안 미국에서 살다가 조국인 노르웨이로 돌아갔다. 그녀는 결혼을 했고 아들을 낳았다. 아들은 할아버지의 이름을 따 올라브라고 지었지만 다들 올라로 불렀다. 그녀는 더이상 아이가 아니지만 예전에 그린 지도를 간직했다. 매년 여름 그녀는 엥엔에 머물렀다. 저녁이 되면 올라는 집 밖의 풀밭에서 공을 차며 놀았다.

말을 하지 않고 이야기를 전하는 방법—그 방법에 무슨 일이 벌어졌건, 아버지는 오후마다 영화관에서 영화를 보자며 무성 영화를 보여주었다. **너를 위한 교육이란다.** 그는 그녀가 아직 아이였을 때 이렇게 말했다. **주의 깊게 보거라.** 당시 영사기는 오케가 조작했다. 그 다음으로 세실리아가 왔다. 그녀는 당당하고 까무잡잡하고 아름다웠고 유리 판넬 뒤에서 맨발로 서서 아버지의 신호를 기다렸다. 허공으로 든 팔. 보일 듯 말 듯한 흔들림. 소등. 영화가 시작된다. 〈하오의 연정〉. 그곳에 얀이 있었다. 아버지의 다른 딸들도 있었다. 어느 여름 뎀바의 집으로 셰비가 찾아왔다. 그리고 그 후 그녀는 여름마다 그곳을 찾앗다. 몇 해 전 그녀와 아버지는 결혼을 했고 아들인 다니엘을 낳았다. 이제는 친구로 남아 매주 일요일마다 함께 저녁을 먹었다. 저녁을 다 먹으면 그녀는 아버지를 위해 피아노를 연주했다. 세비는 영화를 보러 온 날이면 커다란 모자를 쓰고 기다란 여름 원피스를 입은 채 황무지를 거닐곤 했다. 마치 해변의 프랑소와 질로를 찍은 사진 속에 등장하는 모습 같았다. 피카소가 양산을 든 그녀를 따라 달려가는 사진 말이다. 아버지는 양산을 든 세비를 뒤따라 달려가지 않았다. 대신 그녀를 기다렸고 마담이라고 불렀으며 영화를 한창 상영하는 중에 그녀가 커다란 버들가지 바구니에 담아온 땅콩과 물병으로 바스락거리는 소리를 내도 못 들은 척했다. 아무도 버들고리 바구니에 땅콩과 물병을 담아오지 않았다. 아무도 바스락거리는 소리를 내지도 않았다. 절대 모르고 지나칠 리 없는 행동이었다. 그런 오후면 다른 사람들도 다녀갔다. 그래서 언제 가도 그곳에 사람들이 있었다. 그들은 안으로 들어가서 자리에 앉기 전에 바깥에 놓인 벤치에 몇 분 간 앉아 있었다. 귀에게 적응할 시간을 주어야 하는 거야, 아버지가 말했다. 그리고 눈에게도. 무작정 들어갔다 나와서는 안 된다고 했다. 그리고 7월 중순, 정확하게는 아버지의 생일 이튿날인 15일에 마도요 떼가 뎀바를 가로질러 저공비행으로 이주를 시작했다.

"저길 봐!" 부리와 깃털로 만들어진 검은색 융단이 우리의 머리 위 상공을 가로지르는 모습을 아버지가 가리키며 소리 쳤다.

"뎀바를 떠나서 남쪽으로 여행을 시작하는구나."

아버지가 활짝 웃었다.

"대단하지 않니? 해마다 **정확하게** 같은 날이야!"

아버지는 시간을 잘 지키는 사람을 높이 평가하는 시간을 잘 지키는 사람이었다. 평가의 대상에는 새도 예외가 아니었 다. 게다가 아버지는 이별에도 독특한 재능이 있었다.

여자아이는 아들의 아버지와 결국 이혼을 했다. 그리고 일 년 후 새로운 남자를 만났다. 그 남자가 너를 아주 불행하게 만 들 거야. 아버지가 말했다. 약간은 드라마틱했다. 그 남자는 잘 생겼고 그녀는 사랑에 빠졌다.

어느 해 겨울 저녁, 그녀는 전화로 얀과 통화를 했다. 그는 새로 사귄 남자와는 잘 되어 가는지 물었고, 그녀는 남자가 떠 나버렸다고 말했다. 그러자 얀은 백혈병 중에서도 자신이 앓고 있는 유형은 생존율이 팔십 퍼센트 가량으로 높지만 요 며칠 밤은 악몽이나 다름이 없었다고 말했다. 고작 오십사 년을 머 물 수 있는 표를 받은 것 같다고 생각하면 기분이 싱숭생숭해 져. 그는 이렇게 덧붙였다.

***

새 남자는 그녀에게로 돌아왔고 두 사람은 다시 커플이 되었다. 결혼식 날, 두 사람은 교회로 뛰어오기라도 한 것처럼 숨을 헐떡거렸다. 시간이 흘러 딸이 태어났다. 그들은 딸의 이름을 에바라고 지었다. 여름이면 그녀의 가족은 함마르스로 와 엥엔에서 지냈다. 식탁 위 전등에는 테두리 장식이 매년 조금씩 낡아가는 주름진 노란색 갓이 씌워져 있었다.

***

매일 아버지는 붉은색 지프를 몰아 함마르스와 뎀바를 오고 갔다. 차로는 10분 거리였다. 오후 영화 상영 시간은 3시였다. 하지만 영화를 보려면 2시 50분에는 그곳에 와 있어야 했다. 언젠가 아버지는 함마르스와 뎀바 사이에 철로를 놓고 기관차로 영화관까지 오가고 싶다고 말했다.

영화가 끝나면 아버지는 차를 몰고 포뢰순드로 신문을 사러 갔다. 포뢰에서 포뢰순드까지 가려면 노란색 여객선 두 대 중 한 대를 타야 한다. 해협을 건너는데 5분밖에 걸리지 않는다. 여름 몇 달 동안에는 여객선들이 자주 오가지만 가을과 겨올에는 한 시간에 한 대뿐이다. 여객선은 언제나 시간을 철저하게 지킨다. 해협을 건너는 승객이 당신뿐이라고 상상해보라. 시월이 끝나가는 어느 날이다. 당신은 미친 듯 차를 몰고 온다. 여객선 선착장으로 난 도로는 직선으로 길게 뻗어 있어서 승무원들이 당신을 멀리서부터 볼 수 있다. 당신은 교회를 지나고, 황무지와 양떼, 소나무 숲, 낡은 풍차를 지난다. 그들은 당신이 보이지만 너무 늦어서 기다려주지는 않을 것이다. 그들이 개찰구를 닫는다. 그러자 창문을 닫아 두었는데도 기적 소리가 들린다. 이윽고 그들은 뱃머리에 걸쳐 놓은 경사로를 들어 올리고 포뢰순드로 출발한다.

***

그는 점점 늙어갔다. 그리고 많은 것들이 사라졌다고 말했다.
"어떤 종류의 것들이요?"
"단어들. 기억들."

그녀는 그때만 해도 이 말을 깊이 생각해보지 않았다. 아버지의 기억력은 그녀의 것보다 좋았다. 그런 점에서는 아무 것도 변하지 않았다. 그는 이름들, 날짜들, 역사적 사건들, 영화들, 무대 배경들, 음악들까지 다 기억했다. 그는 같은 이야기를

불안

몇 번이고 반복했다. 하지만 그건 언제나 그랬고 여름 레퍼토리의 일부였다. 어쩌면 같은 이야기를 또 하는 간격이 줄어들었을 지도 몰랐다. 하지만 다른 것에 비하면 그 정도는 거의 알아차릴 수 없는 징후였다.

엥엔의 식탁 위에 놓여 있던 노란 종이, 날짜는 없음.

사랑하는 얘야
막내딸!
(날씨야 어떻건) 여름과 함께 오는 너.
전할 수 있는 가장 따뜻한 환영의 인사를
너와 꼬마 올라(올라브?)
그리고 다정한 친구들에게 보낸다.
넉넉한 포옹과 함께.
아버지가.

아버지는 붉은색 지프로 요란한 굉음을 내기를 좋아했다. 아버지는 자신이 낸 우렁찬 엔진 소리를 사람들이 듣기 원했고, 그 소리에 사람들이 그가 오는 걸 알아채기를 원했다. 더이상 아이가 아니라 성인이 되어 두 아이의 어머니가 된 여자아이는 붉은 지프가 먼지구름을 자욱하게 일으키며 숲을 달리는 사진을 찍는다. 내가 만들어 내는 굉음이 얼마나 대단한지 들어 봐! 내가 얼마나 높이 솟구쳐 오르는지 지켜보라고! 마침내 아버지가 모는 차가 모퉁이를 돌아 점점 속도를 내나 싶더니 브레이크가 귀를 찢을 듯한 비명을 지른다. 아버지는 그저 재미로 가속페달을 한 번 더 밟고 엔진을 끈다. 아버지가 문을 열고 지팡이를 잡더니 용감하게 홀쩍 뛰어내린다.

정확하게 2시 50분이다.

"어떤 단어들이 사라져요?"

"음, 나도 몰라…. 내가 지프에 앉아 있어. 엔진은 껐고. 여객선에 다른 차는 한 대도 없어. 내가 승무원에게 손을 흔들어주면 그 사람도 내게 마주 손을 흔들지. 저 사람이 벌써 사십 년째 저 일을 하고 있구나 하는 생각을 해. 마침내 여름이 다 갔어. 잿빛이 돌아온 거야. 난간에 여자 한 명이 서 있어. 고개를 돌리고 있고 이십대로 보여. 나는 포뢰순드에 신문을 사러 가는 길이야. 그런데 난데없이 비가 쏟아지는 거야. 하늘에 구멍이 난 것처럼. 아가씨는 고개를 들고 하늘을 보지만 꼼짝도 하지 않아. 여객선이 고동을 울려. 비는 쏟아지고 나는 스위치를 켜…. 알겠니? 모든 게 그대로 멈춰서는 거야. 비가 내리기 시작하고, 여자가 고개를 들어 하늘을 보면 나는 스위치를 켠다고…. 오, 맙소사, 그걸 뭐라고 부르지…? 차를 타고 있는데 비가 흘러내리면 스위치를 키잖아. 그러면 그게 이쪽저쪽으로 획획획 움직이는 거, 그거?"

"와이퍼요?"

"바로 그거야! 와이퍼!"

"그걸 와이퍼라고 부른다는 사실을 잊으셨다고요?"

"뇌에 하얀 점이 생긴 것 같아. 잊어버려. 사라졌어. 요즘은 늘 그래. 단어들을 망각해."

눈이 어둠에 적응하기까지 몇 분이 걸린다. 무작정 들어갔다가 나오면 안 된다. 아버지는 같은 일을 몇 년째 반복해 왔다. 어떤 여름에는 머리와 턱수염을 손질하지 않고 내버려 둔다. 또 어떤 여름에는 말끔하게 밀어버린다. 오른쪽 뺨에 사마귀가 하나 있는데, 해가 갈수록 커진다. 거기에다 먹빛의 커다란 선글라스를 낀다. 아버지는 살이 조금 더 빠졌다. 그리고 나는 이제 아버지보다 키가 크다.

"아, 왔니." 아버지가 힘겹게 지프에서 내리며 말한다. "들어가기 전에 벤치에 잠시 앉아 있자꾸나."

***

2006년 가을, 우리는 차를 몰아 함마르스로 갔다. 운전은 남편이 했다. 우리는 딸을 차에 태운 후 동쪽으로 향했다. 8월이 시작된 후로 아버지를 만나지 못했다. 우리는 영화관 앞에서 만나기로 약속을 했다.

그곳으로 가기 며칠 전 우리는 전화 통화를 했다. 길지 않은 대화였다.

"뭘 볼 거예요?"

"음, 와 보면 알아."

"빨리 보고 싶어요."

"나도! 보고 싶으니 꼭 와."

"늘 보는 시간에 만나요?"

"늘 보는 시간에."

나는 가을의 잿빛에 잠겨 세실리아 곁에서 기다렸다. 세실리아는 달라르나에서 왔다. 그녀는 검은 머리를 길게 길렀고 어벙한 파카를 입었다. 그녀는 여름이면 언제나 맨발이었다. 잉그리드가 죽은 후 집안일과 관련된 현실적인 문제는 모두 세실리아가 맡아 처리했다. 오후에는 영사기를 돌렸다. 그녀는 영사기들을 만지도록 허락을 받은 유일한 사람이었고 아버지는 그것들을 이 세상의 그 무엇보다 사랑했다. **오래되기는 해도 여전히 근사한 예쁜이들이지.** 아버지가 말했다. **길을 잘 들이면 계속 쓸 수 있을 거야. 빌어먹을 디지털 쓰레기들은 지옥에나 가라고 해.**

가끔 가을이나 겨울에 손님들이 찾아오지만 대개 아버지는 혼자다.

시계를 확인하고 주위를 슬쩍 본다. 2시 52분이다. 그러나 길은 조용하다.

나는 세실리아에게 몸을 돌린다.

"아버지가 늦으시네요."

"그래. 가끔 그러시지."

"뭐라고요?"

세실리아가 양손을 주머니에 넣는다.

"종종 있는 일이야…. 별스러운 일이 아니라고."

"별스럽지 않다니…. 그게 지금 무슨 뜻이에요?"

나는 시계를 본다.

"2시 55분이에요."

"그래서 뭐? 어차피 3시 전에는 시작하지 않을 건데."

세실리아는 나를 쳐다보지도 않는다.

"세실리아, 아버지가 **늦게 오고 있어요**…. 내 아버지가 지각 중이라고요. 10분 전에 오셨어야 했어요. 그런데 걱정도 안 돼요? 나는 걱정스러워요."

비로소 세실리아가 한숨을 푹 쉬며 나를 바라본다.

"처음 이런 일이 일어났을 때, 나도 걱정스러웠어. 작년 겨울이었지. 6분인가 7분가량 기다렸는데도 오실 기미가 보이지 않는 거야. 그래서 네 아버지를 찾으러 나갔어. 알고 보니 차가 도로 밖으로 벗어나는 바람에 문을 열고 지프에서 내리다가 발이 걸려서 넘어지신 거야. 개울에 쓰러져계신 걸 내가 찾았어."

"그러면… 당장 아버지를 찾으러 가야죠!"

"그러고 싶으면 그렇게 해. 그 후로 자주 늦으셔. 도랑에 넘어져계시기 때문은 아니야. 곧 오실 거야. 많이 늦으시면 내가 차를 가져가서 모셔올게."

우리는 말없이 그렇게 서 있다. 다시 시계를 확인한다. 3시 5분이다. 동고비 떼가 들판을 가로질러 늪지로 사라진다. 그 뒤로 아무 것도 없다. 나는 모든 것이 예전과 똑같기를 원한다. 나를 둘러싼 모든 것이 예전 그대로이기를 말이다. 이곳의 풍경은 결코 변하지 않는다. 하지만 내가 어디에 서 있거나 서성거려도, 무슨 말을 하거나 생각을 해도, 어디를 보아도, 약속한 시간 **2시 50분**은 오래 전에 지났다. 바로 그때 지프 소리가 들린다. 이제야 차가 오고 있다. 도로를 부숴버릴 것처럼. 엔진의 굉음에 희미하게 들리던 새소리는 자취도 없이 사라졌다. 아버지의 선글라스는 너무 커서 얼굴을 모두 덮을 정도다―그 모습이 꼭 야행성 동물 같다. 아버지는 브레이크를 세게 밟고 문을 열고 지팡이를 움켜쥔다. 시간은 어느덧 3시에서 7분이 흘렀다. 17분을 늦은 것이다. 아버지는 선글라스를 벗고 양팔을 내게 뻗는다.

아버지는 이렇게 말하지 않는다: **늦어서 미안하구나.** 물론 이런 말도 하지 않는다: **지각한 나를 용서하렴.**

아빠가 내 어깨에 팔을 두르자 우리는 함께 영화관의 문으로 걸어간다. 나는 아버지의 곁을 바싹 파고든다.

"아! 너구나!" 아버지가 말한다. "잘 왔다! 오는 길은 힘들지 않았니? 이리 와, 어서. 들어가서 영화를 보기 전에 벤치에 잠시 앉았다 가자꾸나."

제2부

스풀들

회고록은 잘 되어가고 있습니까?

녹음기는 써보셨나요?

−사무엘 베케트가 토마스 맥그리비에게 보내는 편지에서

나는 목 아래쪽에서 고관절까지 척추가 비틀려 있다. 오로지 나만 그것을 볼 수 있다. 아마 숄더백 탓인 것 같다. 나는 소지품을 가방에 다 집어넣고는 꺼내는 것을 잊는다. 종종 가방에서 뭔가를 꺼내려고 하면 이런 저런 물건에 손을 찔린다. 이를 테면 부러진 안전핀이나 바늘에 말이다. 내 가방에 바늘이 왜 들어가 있는지 도무지 모르겠다. 나는 바느질을 할 줄도 모르고 어릴 때 펠트 쿠션을 만들어야 했던 5학년 이후로 뭔가를 꿰맨 적도 없다. 그 쿠션은 영원히 완성을 못 할 줄 알았다. 나는 바느질 수업이 지긋지긋했고 실력은 조금도 나아지지 않았다. 쿠션은 결코 완성하지 못할 것이고 완성을 하더라도 절대 예쁘지 않을 게 뻔했다. 다른 아이들은 모두 쿠션을 다 만들었지만 나는 여전히 쿠션에 매달려 있었다. 그동안 겨울이 되었고 며칠씩 눈이 왔다. 학교 일과가 시작될 때도 컴컴했고 끝날 때도 컴컴했다. 그런 날이 몇 주나 이어졌다. 마침내 쿠션을 완성하고 보니 바늘땀은 들쑥날쑥하고 벌어진 틈새로 충전재가 튀어나와 있기는 해도 붉은 구름 같았다. 하지만 편두통으로 고생하던 선생님은 그렇게 생각하지 않았다. **너는 바느질도 제대로 못하니!** 선생님이 언성을 높였다. 그 목소리는 화강암 계단에 울려 퍼지더니 구석구석 쌓인 지저분한 눈 더미가 녹기 시작한 학교 운동장으로 새어나갔다. 그 선생님은 언제나 암모니아 보강 사탕을 빨아먹는데, 숨결에서는 독특한 우유 냄새가 났다. 그리고 그 냄새는 늘 그녀 곁을 떠돌았다. 온몸의 땀구멍에서 뭔가가 뿜어져 나왔다. 나는 그것의 정체가 지겨움이라고 짐작했다. 그때는 이런 식으로 표현할 수 없었지만, 선생님은 내가 만든 쿠션에서 자신의 모습을 본 거라는 생각이 들었다—쿠션을 붙잡고 아무리 바늘을 놀려도 그녀는 끝내 제대로 바느질을 끝내지 못 할 것이다.

나는 한 번도 물레에 손을 찔려본 적이 없다. 백 년 동안 잠에 **빠져** 있지도 않았다. 물론 잠이 든 적은 있지만 백 년 동안은 아니다. 한 번에 네 시간 이상 자는 날이 거의 없다. 운이 좋으면 다섯 시간까지 잔다. 한번은 전나무의 잔가지에 손가락을 찔렸다. 여름이었는데, 가방에 그 전 해에 썼던 크리스마스 트리에서 떨어진 잔가지가 들어있었던 것이다. 도대체 왜 그것들이 거기에 들어가, 내 휴대폰과 지갑, 거울 아래에 깔려 있었는지 알 수 없었다. 나는 잔가지나 식물 줄기, 솔방울 조각 등에 손을 찔렸다—내 가방에 자리 잡은 숲이 가을 낙엽과 민들레,

서양톱풀, 풀을 키우나보다.

딸이 잘 가지고 있으라며 꽃이나 립글로스, 고무 머리띠, 나뭇잎 들을 맡긴다. 한번은 나무 그림을 주기도 했다. 키가 크고 푸른 잎이 무성한 나무로 줄기가 굵고 갈색이며 두 개의 커다란 가지가 하늘로 뻗어 있었다. 아직 내가 딸을 학교에서 데려오던 시절의 이야기다. 지금 딸은 같은 반 친구들과 함께 걸어서 등하교를 한다.

원래는 그 그림은 잘 펴서 냉장고 문에 붙여둘 생각이었는데, 가방에 오래 넣어둔 탓에 구깃구깃해졌다. **그건 엄마를 위해서 그렸단 말이에요. 엄마가 가지고 싶어 하지 않았어요?** 가끔 나와 딸은 빗을 같이 쓰는데, 그 빗도 내 가방에 들어 있다. 가끔 딸이 머리를 너무 세게 빗어서 머리카락 몇 가닥이 빠져 빗에 걸려 있다.

오랫동안 나는 가방에 내 아버지 아니 아버지의 잔재를 넣어 다녔다. 아버지는 2007년 여름에 돌아가셨고 그 후로 몇 년 동안 아버지는 다른 잡동사니와 함께 내 가방에 들어 있었다.

내가 가진 아버지의 잔재는 아버지가 이 세상에서 보낸 마지막 봄에 한 녹음 테이프 여섯 개였다. 아버지의 음성. 그리고 침묵. 그리고 내 목소리. 그리고 우연히 녹음이 되어 정확히 무슨 소리인지 구별이 안 되고 대충 잡음으로 분류할 수 있는 온갖 소리들. 녹음은 굵은 손가락 크기의 작은 회색 녹음기로 했다. 나는 그것들, 그러니까 녹음들을 어떤 식으로든 처리해야 한다고 생각했다. 그것들을 들어야만 했다. 내 아버지이므로. 아버지는 내 가방에 누워 있었다. 아버지를 넣어두기 더 좋은 장소가 분명히 있을 터였다. 이를테면 안전금고나 서류 캐비닛, 작은 함 같은 곳 말이다.

아버지는 많은 것들이 사라졌다고 말했다. **단어들**이 사라졌다고 했다. 아버지가 몇 년 더 젊었다면 늙어가는 일상에 대해 책을 썼을 것이다. 하지만 이미 연로할 대로 연로했기에 그런 일은 힘에 부쳤다. 아버지에게서 더 젊은 사람들의 활기를 더이상 찾아볼 수 없었다. 이런 식으로 생각이 꼬리를 물고 이어지자, 우리 사이에 책을 써보자는 이야기가 나왔다. 우리 중 누가 먼저 한 말인지 기억은 나지 않는다. 내가 아버지에게 질문을 하면 아버지는 대답을 한다. 그러면 나는 그 대화를 기록하고 나중에 얼굴을 맞대고 앉아 글을 다듬기로 했다. 책이 나오면 우리는 붉은 지프를 타고 북투어를 다녀도 될 것 같았다.

책을 쓰자는 이야기가 처음 나왔을 때 아버지는 여든 일곱이었다. 때때로 단어를 떠올리지 못하거나 혼동했지만 기억력은 나보다 좋았다. 계획 세우기. 이것은 우리 집안의 내력이다. 나는 대가족의 일원이다. 어머니 쪽과 아버지 쪽 가족 모두 대가족이다. 아버지는 여섯 명의 여자와의 사이에서 아홉 명의 아이를 낳았다─이 일에 대해서 아버지와 꼭 이야기를 해봐야 한다고 생각한 기억이 난다. 우리가 책을 쓰려면 그래야 한다. 왜냐하면 아버지가 **계획을 세워** 여섯 명의 여자와의 사이에서 아홉 명의 아이를 본 것이 아니라고 믿기 때문이다. 나는 계획한 아이가 **아니었다**. 어머니는 항상 가방에 피임약을 넣어 다녔지만, 그때는 약을 깜박하고 먹지 않았거나 귀찮아서 먹지 않았다고 말했다. 어느 쪽이 사실인지 나는 모른다. 그도 그럴 것이 매번 이야기가 달라지기 때문이다. 아버지는 낙태에 대한 의논은 짧고 건조했으며 결국 아기를 낳는 것으로 이야기되었다고 했다. 무슨 일이든 가능하고 아무 것도 결정되지 않은 계획 단계가 바로 내가 있는 곳이라는 사실을 깨달을 때 찾아오는 감정이 바로 행복이다. 계획은 희망보다 더 구체적이다. 게다가 시간적 여유가 있다. "우리는 죽음의 시간이 불확실하다고 말할 수는 있다." 프루스트는 사랑했던 할머니의 말년을 묘사하며 이렇게 썼다(실제로는 자신의 어머니에 대해 쓴 글이지만). "하지만 우리가 그렇게 말해버리면 스스로의 죽음의 시간은 모호하고 광활한 시간의 공간 속에 위치한 것이라 여긴다는 뜻이 된다. 우리는 죽음의 시간이 이미 밝아온 하루와 연결되었을지 모른다거나 죽음—혹은 죽음이 최초로 공격해 온 후 우리의 일부를 차지하고 우리를 놓아주지 않을 운명—이 불확실하기는커녕 바로 오늘 오후에, 다시 말해 다른 일을 하려고 계획해 둔 오늘 오후 어느 때고 찾아올 수 있다는 생각은 절대 하지 못한다." 아버지와 나는 죽음이 우리를 서서히 잠식해오기 시작했다는 사실은 고려하지 않은 채 계획을 세웠다. 이 년 동안, 여유 시간이 있다고 속단한 채 우리는 늙어가는 일에 대해 책을 쓰기로 했다.

중요한 것은 마음의 준비다(셰익스피어의 희곡 《햄릿》 5장 2막―옮긴이):

제목은 무엇으로 할까?

구성은 어떻게 짤까?

아버지에게 무슨 질문을 할까?

아버지는 궁금한 것은 무엇이든 물어보라고 했지만, 그것이 진심인지 확신할 수 없었다. 내가 말했다: 그 말은 못 믿겠어요. 그러자 아버지가 이렇게 대꾸했다: 정말이야, **뭐든 알고 싶은 게 있으면** 다 물어 봐. 그래서 내가 대답했다: 알았어요. 일단 시작해 보고요.

이 년 동안 우리는 책을 계획했다. 우리는 전화로 책에 대해 의논을 했다. 아버지는 전화통화를 좋아했으며 나의 부재중 메시지에 대해서 나름의 의견도 내놓았다. 아버지의 메시지는 짧고 무뚝뚝했다. 우리는 만날 때마다 책에 대해 이야기를 나눴다. 나는 함마르스로 아버지를 만나러 갔다. 대개는 여름이었지만 봄과 가을에도 이따금 그곳을 찾았다. 다른 이야기를 나눌 때도 있었지만, 그러지 않을 때는 항상 함께 만들 책 이야기를 했다.

때때로 아버지는 나중에 생각할 여지가 있는 말을 툭툭 던졌다: 이건 아버지에게 물어봐야 해, 메모를 해둬야겠어. 나는 아버지와의 대화를 기록하지 않았다. 늙어가는 것은 고역이며 매일 아침 앓고 있는 질병들(뻑뻑한 골반과 수면장애, 위통, 잉그리드를 향한 채울 수도 가눌 길도 없는 그리움, 활기 없는 몸, 남은 날을 생각하면 찾아오는 불안감, 치통 등)의 목록을 작성하는데, 항목이 여덟 개를 넘지 않으면 침대에서 일어난다고 한 아버지의 말을 지금도 기억한다. 한편 여덟 개를 넘을 경우, 아버지는 그날은 침대에서 나오지 않았다. 물론 그런 날은 거의 없었다.
"왜 여덟 개예요?"

"내가 여든이 넘었기 때문이야. 십 년 당 고장 하나씩은 날 만하잖니."

우리는 일정에 대한 이야기도 많이 나누었다. 아버지는 언제나 시간을 칼같이 지켰다.

그래서 우리는 이런 대화를 나눴다. 이 녹음은 낮 몇 시에 하면 좋을까?

11시에서 1시?

10시에서 1시?

10시 30분에서 1시?

격일로?

매일?

나는 비교적 녹음을 짧게 하는 쪽에 표를 던졌지만, 아버지는 더 긴 편을 선호했다. 늘 그런 식은 아니었다. 어릴 때 나는 가끔 서재에서 작업 중인 아버지를 찾아가 커다랗고 낡은 안락의자에 앉아 **대화**를 했다. 아버지는 그런 시간을 **앉아있기**라고 불렀다. 그 시간이 영원히 끝나지 않기를 바랐던 기억이 난다.

"오늘 앉아있기 시간을 잠시 가질까, 너랑 나랑." 내가 어릴 때 아버지는 이렇게 말했다. "11시쯤이면 괜찮겠니?"

"괜찮아요."

부엌의 잉그리드.

"아버지가 기다리고 계셔, 어서 들어가 봐."

사무실의 아빠.

"왔구나! 우리 막내딸, 오늘 어떻게 보내고 있니?"

"잘 보내고 있어요."

"잘? 잘이 무슨 뜻이지? 나는 공식답변을 듣고 싶은 게 아니야."

"공식답변이 뭐예요?"

"나는 뻔한 말을 듣고 싶은 게 아니란다. **잘 보내고 있어요. 잘.** 나는 **구체적으로** 네가 어떻게 하루를 보내는지 듣고 싶은 거야."

우리는 얼굴을 마주 보고 앉았다. 나는 내가 앉은 의자의 아주 작은 부분을 차지했다. 우리는 발판을 함께 썼다. 아버지는 갈색의 얇은 모직 양말을 신었고 나는 아마 한쪽은 파란 양말을 다른 쪽은 흰 양말을 신었고, 양쪽 다 그리 깨끗하지 않았다. 나도 짝이 맞는 깨끗한 양말을 찾아 신고 싶었지만 그랬다가는 늦을 것이 분명했다. 아버지는 우리의 발 위로 담요를 덮었다.

"외풍이 들어오는 것 같니? 춥지 않아?"

내가 재채기를 한 번 했다. 요란하게 한 것도 아니었다. 공기 중에 떠도는 먼지 때문에 가볍게 했을 뿐이었다.

아버지가 입을 꾹 다물었다.

"너, 감기 걸렸니?"

"아뇨, 안 걸렸어요."

"수영장에서 너무 오래 놀았어. 그럴 줄 알았다. 물속에 너무 오래 들어가 있었어."

"아니에요, 아빠. 정말이에요. 감기가 아니에요."

"좋아! 어차피 끝낼 시간이야. 오늘은 더 수영하면 안 될 것 같구나. 좀 누워야 하지 않을까? 잉그리드에게 네가 몸이 안 좋아서 잠시 쉬어야 한다고 전해 두마."

2006년 여름. 아버지와 나는 책과 앞으로 해야 할 일들에 대해 계속 계획을 세웠다. 책은 수많은 단계를 거쳐서 세상에 나올 것이다. 인터뷰를 하고, 녹음을 기록하고, 기록을 엮고, 본문을 쓰고, 편집을 해야 한다. 어마어마한 작업이다.

붉은 원피스를 입은 여자가 함마르스의 부속건물로 들어간다. 그녀는 라디오와 TV에서 활동하는 언론인이다. 나는 헝가리 출신의 포주였던 어너 춤퍼니시의 이름을 따 그녀를 어너라고 부를 것이다. 어느 날 어너는 잉그리드의 부엌에서 미트볼을 만들고 있다. 자전거를 타고 지나가는데 유리창으로 그녀의 붉은 원피스가 힐끔 보인다. 어떤 날은 아버지와 함께 갈색 얼룩 벤치에 앉아 있다. 두 사람이 키득거리고 있다. 또 어떤 날은 교회에서 열리는 연주회에 갈 계획을 세운다. 나도 가겠다고 두 사람을 따라 나선다. 우리는 지프에 끼여 앉는다. 아버지는 차를 빠르게 몬다. 교회에 도착하자 어너와 나는 부축을 해 줘야 할 사람이라도 되듯—그렇지 않다—늙은 아버지의 양쪽 팔을 꼭 잡는다. 아버지는 매일 지팡이에만 의지해 오래도록 걷는다. 하지만 오늘만큼은 함박웃음을 지으며 어너와 나를 양쪽에 끼고 통로를 걸어 들어간다.

2006년 늦은 여름. 전화가 울린다. 나는 윗길의 엥엔에 있다. 아버지는 아랫길의 함마르스에 있다. 우리는 몇 분만 걸으면 서로의 집에 갈 수 있지만, 얼굴을 맞대기보다 전화통화를 더 자주 한다.

"맞춰 봐." 아버지가 말한다.

"뭘요?"

"나 약혼한다."

"알았어요."

"내가 지어낸 소리라고 생각하지?"

"네."

아버지는 극적인 효과를 위해 잠시 침묵을 지킨다.

"네가 질투를 한다고 하더라."

"질투하지 않아요. 저는 아버지의 딸이에요."

"너는 질투를 해!"

"질투하지 않는다니까요. 저는 아버지의 여자 중의 한 명이 아니에요. 아버지의 딸이에요. 아버지의 약혼은 언제든지 환영해요. 저는 상관없어요."

2006년 가을. 전화가 울린다. 나는 오슬로에 있다. 아버지는 함마르스에 있다.

"우리 책에 대해서 생각을 해 봤다."

"그래서요?"

"생각을 해 봤어… 기술적인 부분을."

"아빠, 그런 건 걱정하지 마세요."

"아냐, 내 말을 들어 봐. 내게 생각이 있어. 어너는 어떠냐?"

"싫어요."

"어너는 라디오 기자야, 너도 알잖니, 응? 최고급 기재를 조달할 수 있어."

"그러겠죠."

"만약 그녀가 그런 방송기재를 함마르스로 가져오면 좋을 것 같은데…. 그러니까 우리의 인터뷰를 그녀에게 녹음하라고 맡기면 어떨까."

"단순한 테이프 녹음기로는 안 될 것 같으세요?"

"음질을 생각해서 그래."

"지금 그렇잖아도 테이프 녹음기를 사러 가는 중이에요."

"뭐? 지금?"

"아뇨, 지금 당장은 아니에요. 하지만 곧 갈 거예요."

"흠."

"아빠, 이건 **우리** 책이에요!"

"알았다, 알았어. 화 내지 마."

"화 난 거 아니에요."

"아니야, 너는 화가 났어. 네가 화가 나면 목소리에 표가 나거든."

2007년 봄. 경미뇌경색이 연속으로 왔다고 의사가 설명한다. 나는 경미뇌경색을 검색해본다. **뇌로 들어가는 혈류에 일시적으로 혼란이 오는 것.** 의학적으로는 이런 증상을 **일과성뇌허혈발작**이라고 한다. 아버지에게 일어나는 변화는 점진적이지만, 현실과 환상을 구별하는 능력과 기억력에 무슨 일이 벌어지고 있다. 내가 말하는 현실과 환상은 이런 뜻이다. 아버지는 더이상 꿈(이 상황에서 꿈이라는 단어가 정확한지 모르겠다)과 현실(이 단어도 마찬가지다)을 구별하지 않는다.

아버지의 뇌에 달린 창문은 모두 활짝 열려 있다. 사무엘 베케트는 이렇게 썼다: "이 둘 사이에 찾아온 크나큰 혼란. 현실과―이 반대가 뭐지? 뭐든 상관없다. 오래된 이인승 자전거."

아버지는 이렇게 말한다: "내 하루 일과에 대해서 약간만 말해 주마. 매일 오후 정각 1시에 나는 휠체어에 실려 주방으로 가서 오믈렛을 먹는단다."

아버지는 입을 다문 채 웃는다.

아버지는 언제나 입을 벌리고 웃었지만 볼 안쪽에 종기가 커져서 말을 하기 힘들어지자 입을 다문 채 웃게 되었다. 그러더니 이렇게 말한다: "**1시의 오믈렛.** 우리 책 제목으로 썩 잘 어울려, 안 그러니?"

우리는 그것을 **작업**이라고 불렀다. 혹은 **프로젝트**. 혹은 **책**. 사물을 부르는 이름을 정하는 일은 쉽지 않다. 날짜가 없는 노란 메모지에 아버지는 이렇게 쓴다:

사랑하는 내 딸아!
네게 전화해서 네가 원할 때 언제든지 '우리의 프로젝트'에 매달릴 수 있고 준비가 되어 있다는 말을 하고 싶었는데 결국 부질없구나.
포옹을 보낸다.
너의 늙은 아비가.

메모지에 얼룩이 남아 있다. 얼룩은 크고 둥글며 거기에 좀 더 작은 눈물방울 같은 얼룩이 이어져 있다. 이것이 얼룩이 아니고 어린아이의 그림이라면, 작은 바구니에 승객들을 태운 기구라고 생각했을 것이다. 내가 메모지 위에 커피 잔이나 와인 잔 같은 것을 놓아둔 모양이다.

얼룩 덕분에 메모의 단어 몇 가지가 유독 눈에 들어온다: **딸, 부질없다, 준비.**

최근에 이런 일이 자꾸 일어나는 것 같다. 누군가의 얼굴을 보면 다른 사람이 떠오른다. 이런 현상을 뭐라고 부르는지 모르겠다. 사라지는 윤곽들.

한동안 나는 아버지에 대해 아무 것도 기억나지 않았다. 아버지가 내게 쓴 메모들을 읽고 사진을 보아도 아무 것도 떠오르지 않았다. 여기서 **기억이 나지 않는다**는 말은 내가 아버지를 떠올리고, 모습을 머릿속에 그리고, 이런저런 상황에서 무슨 말을 하거나 행동을 했을지 상상하고, 목소리를 회상할 수 없었다는 뜻이다. 누군가를 애도하는 것은 그들을 기억하는 것이다. 그런데 나는 아무 것도 할 수 없었다. 애도도, 기억도. 나는 정처 없이 걸었다. 죽은 사람도 산 사람도 보이지 않았다. 남편은 자신의 시들 중 하나에 이런 구절을 썼다: **당신은 당신 아버지의 집으로 사라져 버렸어.**

아버지의 생전에 아버지의 이름을 딴 아카이브와 재단이 만들어졌다. 최종적으로 세 개의 재단이 설립되었는데, 한 곳은 아버지의 원고와 서신·사진, 다른 한 곳은 아버지의 집, 나머지는 아버지가 집이라고 부른 섬을 관리한다. 아버지가 돌아가

신 후, 아버지의 얼굴이 들어간 우표와 지폐가 발행되었다. 아
버지의 이름을 딴 길 끄트머리도 생겼다. 나는 비를 맞으며 그
길을 끝에서 끝까지 걸어본다. 그 길은 스톡홀름 중심부에 있
으며 왕립연극극장 근처다. 사실 그곳은 길이라기보다 길의 끄
트머리에 가깝다. 나는 끝에서 끝까지 왕복하며 걸음수를 세어
보지만 도착할 때마다 결과가 다르다. 그 길의 끝까지 가면 광
장이 나오는데, 그곳도 아버지의 이름을 땄다. 자전거가 잔뜩
세워져 있는 곳이다. 자전거 자물쇠들—검은색과 회색—이
바퀴를 휘감고 있다. 그중 한 대가 넘어져 나머지 자전거들까
지 서서히 넘어가는 중이다.

당신의 아버지에 대해서 우리에게 말해 줘요.

나는 고개를 가로젓는다.

아무 것도 기억나지 않는다고 차마 말할 수 없다.

언젠가 미국 화가인 조지아 오키프에 대한 책을 훑어본 적
이 있다. 그녀는 나이가 들자 뉴멕시코로 옮겨가 주변의 풍경
을 화폭에 담기 시작했다. 그녀의 언덕들은 붉고 적갈색이고
노란색이고 거대한 막처럼 생겼다. 식물과 하늘은 거의 보이
지 않는다. 그 책의 설명에 따르면, 그녀는 시점을 결합했기 때
문에 감상자가 그녀의 그림을 보면 자신이 보고 있는 대상을
아주 가까운 곳과 멀리 떨어진 곳에서 동시에 보는 듯한 느낌

을 받는다. 그래서 오키프는 이러한 시점을 **멀고도 가까운**Faraway Nearby이라고 불렀다.

1980년대 초, 사진가인 안셀 아담스가 그녀의 사진을 찍었다. 안셀 아담스와 조지아 오키프는 친구였고 같은 풍경을 탐색했다. 그는 오키프보다 연하였지만, 이 사진을 찍고 얼마 후 그녀보다 앞서 세상을 떠났다. 사진 속 오키프는 아흔이 넘었다. 아마 아흔두 살이었을 것이다. 그녀는 흰 셔츠에 까만 재킷을 입고 머리에는 하얀 스카프를 둘렀다. 목에는 흙과 빛, 모래를 혼합해 만든 것 같은 보석 목걸이를 하고 있다. 그녀의 표정은 가식이 없고 피부는 늙고 주름이 져 암석의 노두나 달의 분화구, 햇빛에 색이 바랜 뼈 같다. 이마는 넓고 눈빛은 단호하며 코는 잎이 다 떨어져나간 나뭇가지처럼 길고 굵고 꼭 다문 입술은 강단이 있어 보인다. 돌아가시기 오래 전 아버지도 사진 속 오키프와 같은 모습이었다. 이마며 코며 입. 모든 것이 기억 속에서 사라진 줄 알았는데, 이제 보니 안셀 아담스가 찍은 조지아 오키프의 사진에 모두 있었다. 나는 그녀의 얼굴을 가만히 바라보며 아버지를 떠올렸다.

"뉴멕시코에 갈까?" 내가 남편에게 말했다.

"당분간 여기서 지내면 안 될까?" 남편은 이렇게 말하며 내 손에 자신의 손을 겹쳐 얹었다.

나를 도와준 판매원은 열여덟 살가량으로 키가 크고 마른 체격에 머리가 길고 창백한 얼굴에는 여드름이 나 있었다. 그는 매장에서 느릿느릿 발걸음을 옮겼다. 그곳은 대형 쇼핑몰로, 한쪽은 휴대폰과 GPS 장비를 팔고 다른 쪽은 TV와 음향 기기를 팔았는데, 3층에서는 소형 전자 제품을, 4층에서는 가정용품과 주방기구를, 5층에서는 컴퓨터를, 6층에서는 카메라와 비디오 장비를 팔았다. 길고 가느다란 그의 손가락이 눈에 들어왔다. 마치 그 손가락들을 길을 감지하는 도구처럼 사용하는 것 같았다. 가끔 나는 특별한 이유도 없이 낯선 사람에게 말을 건다. 내 자신을 설명하는 것이다. 나는 그에게 테이프 녹음기가 필요하다고, 아버지를 인터뷰할 거라고 내 아버지는 여든여덟 살로 여든아홉 살을 앞두고 있다고, 시중에 나온 테이프 녹음기 중 제일 좋은 것을 사야 한다고, 연로한 아버지와 외딴섬에 들어앉아 기계 조작이나… 기계 결함으로 걱정하고 싶지 않다고 구구절절 늘어놓았다.

"요즘은 테이프 녹음기라고 하지 않아요." 청년은 이렇게 말하더니 바닥으로 시선을 떨구었다.

나는 그의 시선을 좇았다.

"그렇죠, 나도 그건 알아요. 어쨌든 내가 필요한 게 뭔지 알겠죠? 나를 도와줄 수 있어요?"

판매원은 곤충처럼 뻣뻣했고 이름표에 적힌 이름은 산데르였다. 나는 그가 행동이 재바르지 못한 건지 우아한 건지 좀처럼 분간할 수 없었다. 금방이라도 여기저기에 부딪힐 것처럼 보였기 때문이다. 그는 몇 차례나 뭔가에 부딪히려는 것처럼 보였다. 급기야 그 모습은 정교하게 짠 안무 같았다. 그는 매번 부딪히기 **직전까지 갔다가** 용케 피했다.

2007년 봄에 우리는 차를 몰고 함마르스로 향했다. 내 가방에는 새로 산 녹음기가 들어 있었다. 남편이 운전대를 잡았다. 딸 에바는 뒷좌석에 앉아 노트북으로 만화를 보았다. 에바는 새로 산 하늘색 헤드폰을 썼다. 남편이 간간히 차를 세우고 운전대에 이마를 대었다. 내가 무슨 일인지 물어보면 남편은 아무 일 아니라고 했다. 에바의 헤드폰은 물해파리 만했다.

몇 달 동안 나는 아버지와 만나지 않고 전화 통화만 몇 차례 했다. 아버지는 식탁에 앉아 와인 한 잔을 마시며 오믈렛을 먹고 있었다. 내가 들어가자 아버지는 고개를 들고 눈을 깜박였다. 나를 못 알아보셨나? 아버지는 내게 왕궁에서 왔냐고 물었다.

다음 순간 아버지는 살짝 손짓을 하며 내게 식탁에 앉으라고 하며 이렇게 말했다:

"오믈렛 드시겠소?"

나는 아버지와 눈을 맞추려고 애쓰며 자리에 앉았다. 하지만 아버지는 좀처럼 나를 보려고 하지 않더니 왕궁 마부로 봉직할 준비를 마쳤다며 점심만 다 먹으면 갈 수 있다고 했다.

"아빠. 저예요."

아버지는 시선을 접시에 고정한 채 계속 점심을 먹었다.

"아빠?"

여자들이 번갈아 아버지를 보살폈다. 그들은 출퇴근을 했다. 먼저 세실리아가 오고 그 후에 마야도 왔다. 세실리아는 모든 것을 감독했고 마야는 살림을 책임졌다. 물론 몇 명이 더 있었다. 그 마지막 여름 내가 함마르스에서 본 여자들은 여섯이었다. 아버지가 그렇게 원했다. **너는 바라는 것을 얻을 거야. 하지만 기대한 대로는 아니란다.** 아버지는 늘 이렇게 말했다.

애도가 반드시 절망과 동일할 필요는 없다. 잉그리드가 죽었을 때, 아버지는 산산이 부서졌다. 아버지는 절망했다. 죽고 싶지만 너무나 겁쟁이라 스스로 목숨을 끊을 수가 없다고 했다. **나는 일흔넷이야. 그러니 오로지 신만이 나를 이 세상에서 쫓아낼지 정할 수 있어.** 아버지는 이렇게 말했다. 아버지는 아들도 잃었다. 장남인 얀이었다. 내가 아이를 잃었다면 **절망**이라는 말로 그 감정을 다 말할 수 없을 것이다. **부서졌다**는 말도 마찬가지다. 어

불안

떻게 더 살아갈 수 있을지 상상도 되지 않는다. 하지만 아버지는 살아갔다. 얀이 죽었다. 그래도 아버지의 삶은 계속 이어졌다. 아버지의 인생에서 가장 중요한 존재는 자식들이 아니었다. 나는 여전히 지도와 해도—중요하고도 중요하지 않고, 가장 사랑하는 것이면서 가장 사랑하지 않는 것—로 시간을 보내느라 바쁘다. 비록 그것들이 나를 어디로도 데려다주지 않는다는 것을 알지만. 솔직히 말해서 나는 평생 내 부모님을 애도해 온 것 같다. 내 아이들이 내 앞에서 변해가듯 두 분도 내 앞에서 변해갔다. 그래서 나는 아직도 두 분에게 내가 누구인지 잘 모르겠다.

여전히 살아있는 사람을 애도할 수 있을까?

저녁이면 나는 지도를 따라 바다로 걸어 나간다. 새로운 장소에 와 있고 아직 주위에 무엇이 있는지 잘 모른다. 이곳은 무척 아름답고 마을은 **브란테비크**나 **실링에, 심리스함** 같은 낯선 이름들로 불린다. 지금은 겨울이고 바다에는 살얼음이 깔려 있다.

시아버지가 종종 하던 말을 기억한다: **나는 안장을 얹은 날에는 말을 타지 않아.**

할머니는 이렇게 말하곤 했다: **남자들은 바이바이!**

어머니도 이렇게 말하곤 했다: **남자들은 바이바이!**

그리고 아버지는 이렇게 말하곤 했다: **너는 바라는 것을 얻을**

거야. 하지만 기대한 대로는 아니란다. 이런 말도 했다: **흘러가버린 말은 날개로도 잡을 수 없다.** 아버지는 성직자의 아들이었다. 그래서 (스트린드베리 식으로) 루터를 인용하는 것이 아버지에게는 자연스러웠다. 그리고 이것들도 잊으면 안 된다: 청결함과 감정의 평정, 질서, 시간 엄수.

아버지가 분노에 대하여 이야기를 하던 중이었다—자식들에게 유전이 되었는지 궁금해 하던 분노.

"화났니?"

아버지는 애정을 담아 나를 **마이 하트**라고 불렀다. 아버지는 내가 화를 내는 모습을 본 적이 없었다.

"우리 사이에 풀리지 않은 문제는 없지, 그렇지?"

"없어요, 아빠."

"마음에 걸리는 것도 없지?"

"없어요, 아무 것도."

"다행이구나. 나도 없을 거라고 생각했어."

아버지는 분노를 흉악한 노여움이라고 했다. 아니면 뭐라고 부르면 좋을까? 짧은 폭발. 숨결의 상실. 성깔. 경멸. 멸시. 자기연민. **나는 마음이 부서졌고 이런 나를 위로해 줄 사람은 아무도 없어.** 폭식의 형태로 나타나는 분노. 화가 당신을 집어삼키고 당신이 화를 먹어치우는 일이 반복해서 일어난다.

네가 운이 나빠서 그런 분노를 짊어진 채 태어났다면 그것을 통제하는 법을 배워야 해. 아버지는 이렇게 말했다. 아버지는 젊었을 때 당신보다 더 나이가 많고 현명한 남자로부터 이런 조언을 받았고 이제 자신이 이런 조언을 전해줄 수 있어 기꺼울 따름이었다. 아버지가 말했다. 어떤 사람은 절대음감이 있어서 벌이 윙윙거리는 소리를 들으면 이렇게 말하지. **저 소리 들려? 반음 높은 솔이야.** 어떤 사람은 구두쇠야. 어떤 사람은 춤을 잘 추고 어떤 사람은 화가 많아. 몸은 대부분이 물이야. 그리고 그 물은 노여움의 정수지. 턱이 경직되고 이가 빠드득 갈리는 노여움에 휩싸이면 너는 그 어느 때보다 지독하게 난처한 상황이 될 거야. 이거 아니? 일과 관련이 되면 이런 노여움이 재앙을 불러올지도 몰라. 일터에는 그런 감정의 쓰레기가 들어설 곳이 없거든. 분노가 너를 집어삼키도록 하고 독을 탄 간 소시지처럼 날뛰면 결국 귀중한 시간을 낭비하고 성취하고 싶었던 모든 것과 스스로를 망치게 되고 말거야. 이튿날 모두에게 전화를 걸어 사과를 해야 한다는 사실은 말할 것도 없지. 당황스럽고 시간만 아까운 일이야. 너는 되돌릴 수도 없고 취소할 수도 없는 말을 누군가에게 무심코 했을지 몰라. 이미 다 쏟아 버렸지. 그것은 마음에 담아둔 말과 정반대야. **왜냐하면 흘러가버린 말은 날개로도 잡을 수 없거든.** 이걸 명심해라, 마이 하트. 이 교훈은 사회생활을 할 때만 아니라 연애를 할 때도 해당된단다. 너는 사랑이 풍부하다고, 내 마음속 사랑의 잔고는 바닥이 나지 않는다고 생각할 테지만, 주의를 기울이지 않으면 순식간에 사랑이 바닥이 났다는 사실을 깨달을 거야. 파산이지. 중요한 건, 우리는 정성을 다해서 각자의 역할을 한다는 사실이야. 네가 지금 무슨 일에 열중하고 있건(리허설, 영화 촬영, 연애) 이것 하나—**하나**—만은 알아두렴. 무슨 일을 하건 교훈을 주고 싶어 분노를 동원하면 꽤 효과를 거둘 수도 있어. 하지만 이때 그 분노 뒤에 숨은 근거는 감정적이 아니라 이성적이어야 해.

"아뇨, 아빠. 저는 왕궁에서 온 게 아니에요. 오슬로에서 왔어요. 아버지를 인터뷰하려고요, 기억 하세요? 우리는 해야 할 작업이 있어요."

나는 우리가 만나기로 했어요라거나 **잠시 앉아서 이야기를 나눌 거예요**라고 하지 않는다. 대신 **우리가 해야 할 작업이 있다**고 한다. 왜냐하면 **작업**은 마법의 단어이기 때문이다. 그 무엇도 작업을 방해할 수 없다. 우리는 꾀병을 부리지도 않는다—우리는 거짓말을 하고, 속이고, 한밤중에 소스라치게 놀라 잠에서 깨어 울면서 시계를 본다. 아침은 그리 멀지 않았고 침실용 탁자는 글로 뒤덮여 있다. 하지만 6시가 되면 우리는 침대에서 나와 일터로 향한다.

아빠와 나는 책을 쓰고 있다. 우리는 내일부터 시작할 것이다.

마야가 부엌의 조리대를 닦는다. 그녀는 내 아버지를 삼인칭

으로 지칭한다. 그분은 와인을 더 드시고 싶으세요? 그분은 오
믈렛에 빵을 더 드시고 싶으세요? 말은 느리고 목소리는 살짝
크다. 그녀가 개수대 위로 행주를 비틀어 짜자 회색 물방울이
뚝뚝 떨어진다. 그녀는 그 행주를 벽에 달린 작은 고리에 건다.

"그분은 막내따님이 보러 와서 기쁘지 않으세요?"

그녀는 아주 열심히 고개를 끄덕인다. 고개를 끄덕여 보이
면 상대방도 같이 끄덕이리라 기대하는 모습 그대로이다.

"오, 그럼." 아버지가 대답한다. 그러나 고개를 끄덕이지는
않는다. "그럼, 그렇고말고."

아버지는 나를 보며 한쪽 눈을 찡긋 한다.

사라진 것은 더이상 단편적인 단어가 아니었다. 어쩌면 전
체 어휘의 절반일지 몰랐다. 잊힌 단어들이 자갈 해변에서 시
작해 숲을 지나 함마르스에 있는 모든 방들까지 구불거리며
길게 이어져 있었다. 달이 뜨고 아버지가 그 단어들을 찾으러
밖으로 나가면 새들이 먼저 채갔다. 소음과 이미지들이 허둥
지둥 도망쳤다. 나는 속으로 생각했다: 아버지는 감각들을 잃
었는데 이제 와서 인터뷰를 어떻게 할 수 있겠어. 너무 늦었어.
하지만 돌이켜보면 **감각들을 잃었다**라는 표현은 어폐가 있다. 아
버지는 두꺼운 안경을 쓰고도 한쪽 눈은 아무 것도 볼 수 없지
만 다른 쪽 눈은 희미하게 사물을 볼 수 있다. 그런데 아버지의

책상 위에 놓인 다이어리에는 누군가가 **레이저 수술**—6월 18일 비스뷔 인피르마뤼 예약—이라고 적어 놓았다. 이 수술로 시력이 조금은 회복될 것이다. 한쪽 귀는 청력에 아무 문제가 없었다. 가끔씩 큰소리로 말을 해야 했는데, 내가 깜박하고 엉뚱한 쪽에 서거나 앉아서 청력을 상실한 귀에 대고 말을 했기 때문이었다. 어느 귀에 말을 해야 할지 내가 잘 기억해 두어야 했다. 아버지의 촉각은 일곱 배나 민감해진 것이 분명했다. 내가 아버지의 피부를 스치기만 해도 피부가 쓸려나가기라도 한 것처럼 움찔했다. 그래서 전처럼 자주 아버지의 볼이나 손을 만지지 않게 되었다. 아버지는 계속해서 주변에 열려있다가도 안으로 침잠해 갔다. 매일 아침 그것도 여든아홉 살의 나이에 잠자리에서 몸을 일으키기란 고된 일이다. 때로는 다시 잠을 청하거나 아예 일어나지 않는 것이 가장 현명한 결정일 수도 있다. 바로 이런 상태를 페소아가 《불안의 책》에서 쓰지 않았던가? "나는 이른 시간에 눈을 떴다. 그래서 오래도록 존재할 준비를 했다." **예전에** 함께 만들 책에 대해 이야기를 하다보면 가끔 페소아가 튀어나오기도 했다—페소아의 제목을 슬쩍하거나 이용해도 되지 않을까? 아니면 멋을 부려보면 어떨까. 하지만 우리는 가식적으로 굴고 싶지 않았다. 정확히 어느 정도의 가식을 허용할 수 있는지 가늠하는 방법이 있다. 하지만 작업 제목으로 '불안의 책'은 나쁘지 않았다. 어쩌면 이 작업을 다 끝날 즈음 다른 제목을 떠올릴 수도 있을 것이다. 하지만 시간이 흐르면서 아버지는 페소아에 대해 까맣게 잊어버렸다.

가게의 젊은 판매원이 소니에서 나온 작은 은회색 기기를 골라주었다. 타원형이고 내 손에 맞춤하게 들어갔다. 늘어감에 대한 책.

늙어가는 것은 일이다. 침대에서 일어나는 것은 일이다. 목욕도 일이고, 옷 입기도 일이고, 매일 필요한 만큼 신선한 공기를 마시는 것도 일이고, 다른 사람을 만나는 것도 일이다. 아무도 이 일에 대해 이야기하지 않는다.

"이 부분은 에필로그 같구나." 아버지가 말했다.

우리는 함께 지프를 타고 영화관으로 가는 중이었다. 본격적인 작업을 시작하기 일 년 전이었다. 어쩌면 이 년 전일 수도 있다. 우리가 막 책을 쓸 계획을 세우기 시작했을 즈음이었다. 예고도 없이 아버지가 가속페달을 밟았다. 차가 급가속을 해 튀어나가자 나는 좌석을 꼭 붙잡아야 했다. 아버지는 갑자기 길을 벗어나 숲으로 들어간 후 바다로 나가는 좁은 길로 접어들자 속도를 늦추더니 까마득한 절벽 끄트머리에서 브레이크를 꽉 밟았다. 나를 돌아보는 아버지는 입이 귀에 걸릴 정도로 환하게 웃고 있었다.

"무서웠니?"

"네."

"하하하."

"아버지가 그렇게 운전하시는 거 싫어요."

"하지만 너무 재미있는 걸!"

"재미있기는요!"

"어이쿠. 기분 풀고 이 늙은이가 재미 좀 보게 해 줘. 그 늙은이는 백 살인데다 아무 것도 기억을 못하잖니."

"아버지는 백 살도 아니고 기억력은 저보다 더 좋으세요."

"아무튼 우리 그 책 쓸 거지?"

"좋아요. 하지만 이렇게 운전하실 수는 없어요. 아직 죽고 싶지 않단 말이에요."

"책 제목은 '에필로그'라고 하자." 아버지가 말했다.

"봐서요."

"**봐서요?** 내 생각엔 우라지게 좋은 제목이야."

우리는 5월에 인터뷰를 녹음했다. 아버지는 7월 말 새벽 4시에 돌아가셨다. 그날 저녁, 긴 하루를 보낸 나는 녹음기를 꺼냈다. 녹음기는 내 가방에 들어 있었다. 나는 엥엔의 이층에 있는 침실 두 곳 중 한 방의 침대 끄트머리에 걸터앉았다. 가족은 아래층 거실에 모여 있었고 남편은 모두가 먹을 스프를 끓였다. 가끔 남편이 말없이 두 손으로 내 어깨를 가만히 짚었다. 모두 스프가 맛있다고 칭찬을 했다. 당근과 생강이 들어갔고 따뜻했다. 그리고 마음을 어루만져 주었다. 이런 상황에 더할 나위 없이 잘 맞는 스프라고 언니 한 명이 말했다. 아마도 잉마리에였을 것이다. 언니들은 그 **스프**처럼 아주 사소한 것(상황을 고려하면)조차 어떤 것도 놓치는 법이 없었다. 우리는 모두 엥엔에 모여서 함께 식사를 하고 분위기를 봐서 앞으로의 일에 대해서 잠시 의논을 하기로 했다. 아버지의 죽음을 알리고, 장례식을 치르는 일 등을 말이다.

나는 녹음기를 물끄러미 보았다. 그 기계는 내 손바닥 안에 쏙 들어갔다. 녹음을 할 때, 나는 아버지에게 장비는 잘 작동하고 있다고 했다. 우리가 이 작업의 기술적인 면을 말할 때면 장비, 그러니까 **녹음기**를 염두에 뒀다. 나는 녹음을 다 들었고 벌써 대화 내용을 기록 중이라고 했다. 모두 거짓말이었다. 함마르스에 갈 때마다 나는 아버지만큼 녹초가 되어 엥엔으로 돌아갔다. 나 좀 혼자 있게 해줘. 나는 남편과 에바에게 이렇게 말했다. 나는 방해를 받을 수 없었다. 아버지가 그럴 여지를 남겨주지 않았다. 그래서 남편과 딸은 섬의 북쪽에 있는 노르스홀멘으로 갈대와 조개를 따러 갔다.

시계를 보고 계산을 해보니 아버지가 숨을 거두고 열여섯 시간이 흘렀다. 나는 **재생** 버튼을 눌렀다.

지금까지 한 게 겨우 이것인가? 음질이 형편없었다. 마치 내가 모닥불을 피우고 그 한가운데에 아버지와 앉아있기라도 한 듯이 테이프에서 쩍쩍 갈라지고 타닥거리는 소리가 났다. 우리의 목소리는 잡음에 가려졌고, 아버지의 더듬거리는 말소리와 나의 새된 음성 사이에서 나는 단어와 단어를 분간할 수 없었다. 5분 후 나는 **정지** 버튼을 누르고 녹음기를 가방에 넣었다. 지독한 낭패였다. 차라리 외부 마이크를 썼으면 좋았을 텐데. 마이크는 아버지의 셔츠 깃에 달면 되었을 것이다. 물론 그 셔츠 깃에 마이크를 부착할 방법이 없기는 했다. 아버지는 내가 당신의 셔츠 깃을 만지작거리면 싫어했을 것이다. 그랬다면 아마 또 움찔했을 것이다. 아버지는 언제나 색이 바래고 낡은 플란넬 셔츠를 입었다. 두터운 플란넬 셔츠. 함마르스의 색상―연한 녹색과 회색, 붉은색, 갈색, 가을빛 오렌지색. 아버지는 아주 젊은 사람처럼 보이는 옷차림을 하기로 마음을 먹었고 그 결심을 절대 바꾸지 않았다. 이 세상에서 맞은 마지막 여름에 아버지는 옷을 입을 때도 도움을 받아야 했다. 아버지가 나무라면 그 낡은 플란넬 셔츠는 나무껍질이었다. 나는 기기로 아버지를 괴롭히고 성가시게 하고 싶지 않았다. 셔츠는 언제나 똑같았고 아버지의 피부가 어찌나 늙었는지 낡은 셔츠가 새 것처럼 보였다. 제일 위 단추는 늘 풀어놓았고 그 사이로 목젖 위로 섬세하게 늘어진 피부가 보였던 기억이 난다. 피부가 달걀처럼 연해서 마이크를 옷깃에 다는 건 생각조차 할 수 없었다.

문제는, 아버지를 인터뷰하려고 함마르스에 왔을 때 그런 상황에 있는 사람이라면 반드시 지녀야 할 기계에 대한 관심이나 적절한 기기가 내게는 없었고, 누가 봐도 명백한 나의 불찰이 빚은 결과는 음질이 형편없는 녹음 테이프 여섯 개라는 현실이었다.

끝내 그 녹음을 듣지 않았지만―사실 어느덧 녹음기도 없어졌는데, 아마 다시는 찾지 못할 것이라 확신했다―나는 그 녹음들을 종종 떠올렸다. 녹음을 들었던 5분은 내 마음 속에서 점점 자라서 우울할 정도로 길어졌다. 마이크가 우리의 목소리를 비롯해 방안에서 나는 소리를 빠짐없이 포착했고 쓱쓱 소리며 쿵쿵거리는 소리, 퍽퍽 깨지는 소리, 속삭임, 더듬거리는 소리로 불협화음을 작곡했다. 나는 왜 대화를 기록으로 남기지 않았을까? 이 인터뷰가 아버지와 나눌 마지막 대화가 될지도 모른다는 사실을 깨달았어야 했다. 인터뷰 동안 일어난 일을 모두 기록해 뒀어야 했다. 우리가 나눈 이야기만 아니라 그 밖의 모든 것을 말이다. 이를 테면, 그날의 날씨. 우리가 무슨 옷을 입었는지. 내가 어떤 원피스를 골랐는지 같은 이야기들. 나는 아버지의 서재에 갈 때면 예전부터 그랬듯이 원피스나 치마를 입었다. 주변에서는 끊임없이 뭔가가 일어났다. 서재 창문 밖에 서 있는 소나무가 바람에 산들거리며 흔들렸다. 테이프에는 이런 것들이 전혀 담겨 있지 않았다. 이것은 오로지 눈으로만 알아볼 수 있었다. 함마르스는 안으로 들어가면 밖에서 나는 소리가 전혀 들리지 않게 지어진 집이다. 소나무는 늘 그렇게 흔들렸다─나는 왜 이것에 대해 쓰지 않았을까? 아버지의 양손에 대해서는? 빛에 대해서는?

아버지가 돌아가셨다. 나는 엥엔의 이층 방들 중 하나에 놓인 침대 끄트머리에 걸터앉았다. 저녁 햇살이 방 안을 샅샅이 비추었다. 녹음기는 내 옆에 있었다. 자그마한 타원형 기계는 조용하다.

저 아래 함마르스의 집에는 아버지가 사람들에 들려 집밖으로 나갈 때를 기다리며 잠자듯 누워 있었다. 우리는 24시간 동안 그곳에 아버지를 뉘여 놓기로 했다. 자식들과 손녀와 손자들, 원하는 사람들이 함마르스에 와서 작별 인사를 할 수 있도록 말이다. 모든 사람이 원하거나 오고 싶어 하거나 올 수 있는 형편은 아니었다. 그날 밤 언니 한 명이 아버지의 옆방에서 잤다. 저 세상에서 처음으로 맞는 긴 밤을 홀로 지내시게 할 수는 없어, 언니가 말했다.

결국 내 손에는 방안의 모든 소리와 특히 듣고 있기 힘든 내 음성이 고스란히 들어 있는 녹음들만 남았다.

아버지가 나와 나란히 침대 _끄트머리_에 걸터앉아 녹음을 들었다면 뭐라고 했을까? **가장 중요한 건 귀야.** 아버지는 음질에 대해 불평을 했을 것이다. 녹음 기재. 기계를 다루는 솜씨. **이 스풀들은 쓰레기야!** 그리고 또 이렇게도 말했을 것이다: 마이 하트, 네 목소리는 너무 낭랑하고 가는데다 탑에 갇힌 공주처럼 비위를 맞추려는 것 같구나. 내게는 노르웨이어로 말하라고 했잖니. 그리고 이렇게 말했을 테지: **처음부터 전부 다시 해야겠구나.**

그 노인에게 소리치는 저 여자는 누굴까?

우리 아빠, 오늘은 좀 어떠세요?

나는 **정지** 버튼을 눌렀다.

잠시 후 **재생** 버튼을 눌렀다. 어쩐지 생각만큼 나쁜 것 같지 않았다.

우리 아빠, 오늘은 좀 어떠세요?

나는 **정지** 버튼을 누르고 녹음기를 가방에 다시 넣었다. 침대에서 일어나 새로운 계획을 짜기 시작했다.

아래층으로 내려가 가족과 어울린다.

스프를 먹는다.

잠자리에 들었다가 일어나고 잠자리에 들었다가 일어나고 잠자리에 들었다가 일어난다.

한 번에 하루씩 하기.

먼저 아버지를 땅에 묻고 애도하고 그 다음에—시간이 어느 정도 흐르고 나면—테이프를 들어보자.

나는 그 녹음기를 내 가방에 삼 년이나 방치해 뒀다가 다시 꺼내 책상 서랍에 넣었다―그리고 그곳에 들어간 물건들은 어느새 행방이 묘연해진다. 내가 아버지를 잃은 그 이듬해 남편도 아버지를 잃었다. 이제 우리는 모두 아버지를 여의었다. 매일 밤 지저분한 고양이가 우리 딸의 모래상자에 와서 볼일을 보고 갔다. 아무리 청소를 해도 집과 정원에서 고양이 오줌 냄새가 났다. 남편은 검은 머리를 길게 기르고 손목이 가느다란 아가씨와 사랑에 빠졌다. 우리는 포뢰로 이사를 가 그곳에서 일 년 동안 머물렀다. 남편은 그녀에게 이메일로 노래를 보냈다. 남편에게 그 이유를 묻자 그녀는 내가 아니기 때문이라고 대답했다. 우리는 다시 이사를 갔다. 오랫동안 나는 그 녹음기가 어디에 있는지 짐작도 하지 못했다.

아버지가 돌아가시고 칠 년 후 그 녹음기가 다락에 올려 둔 상자에서 불쑥 나타난다. 녹음기를 찾은 사람은 남편이다. 나는 휴대폰으로 아들 올라에게 전화를 건다. 올라는 이제 스물네 살이다.

"음질이 형편없어." 내가 말한다. "이유를 모르겠어. 이해가 안 돼. 이걸 나한테 판 판매원 말로는 시중에 나온 녹음기 중 최고라고 했거든."

"그거야 오래 전에는 그랬죠."

"칠 년 전이야."

"디지털 녹음기의 생애로 보자면 긴 시간이죠."

"알아. 그런데 이 녹음을 들어보면 소리가 꼭 백 년은 된 것 같아."

"확실히 들어보셨어요?"

"아니, 아직. 마지막으로 들었을 때는 정말 형편없었거든. 5분에서 10분 이상은 못 듣겠더라…."

나는 숨을 들이쉰다.

"그래서 말인데, 나를 좀 도와줄 수 있겠니? 이 녹음을 노트북이나 전화로 옮기는 방법이 있을 것 같은데…. 아니면 음질을 깨끗하게 할 수 있는 툴이나 앱이나 뭐 그런 거…. 너 혹시 실력 있는 음향 전문가를 모르니?"

올라는 올라대로 당장 처리해야 할 종이 상자들이 있다. 여자 친구의 집으로 이사를 하는 중이라 지금은 나와 이야기를 할 짬이 없다. 나는 녹음기의 사진을 보내도 될지 묻는다. 녹음기의 기종을 보면 음질개선을 위해 내가 어떻게 하면 좋을지 말해 줄 수 있을지 모른다.

"그냥 다 들어보시면 어때요?" 올라가 말한다.

"들을 수가 없어. 딱딱 끊어진다고!"

"어쩌면 스피커가 형편없어서 그런 지도 몰라요. 그러니까 녹음기는 소형인데다가 칠 년이나 방치되어 있었잖아요."

아들은 무한한 인내심을 보여준다. 이 아이의 목소리가 언제 이렇게 변한 걸까? 금방이라도 폭발할 것 같은 젊은 여자를 상대하는 어른 남자의 목소리다.

"모르겠어." 내가 대답한다.

"엄마, 이렇게 해 보세요. 일단 성능이 좋은 헤드폰을 연결해서 들으면 음질이 더 나아지는지부터 확인해 보세요."

"알았어."

"그런 헤드폰이 집에 있어요?"

"있어."

"그래도 음질이 나아지지 않거나, 할아버지와 엄마가 나누는 이야기가 여전히 안 들리면 문자 보내세요. 아셨죠?"

"알았어."

"이제 끊어야겠어요, 괜찮죠?"

"그래, 괜찮아."

나는 어딘가에서 헤드폰을 하나 찾아내 거실 소파에 앉는다. 깊은 밤이자 이른 새벽이다. 남편과 딸은 위층에서 잠들어 있다. 나는 **재생** 버튼을 누른다. 물속으로 다이빙해 들어가는 느낌이다.

잡음이 들린다. 적당한 표현을 찾아 말을 더듬더듬 가다듬는 침묵. 나는 양손으로 뭔가를 만지작거려 더 잡음을 만들어내고 있다. 만지작거리는 소리가 커서 때로는 우리의 목소리가 묻힐 정도다. 녹음기는 아버지의 휠체어와 내 의자 사이에 놓인 작은 목재 테이블에 놓여 있다. 나는 아버지의 말을 한 마디라도 놓칠 세라 끊임없이 걱정을 하며 아버지가 목소리를 낮출 때마다 녹음이 잘 되도록 녹음기를 들어 아버지 쪽으로 가져갔다. 내 손이 마이크를 건드릴 때마다 귀에는 천둥이 울리는 듯한 잡음이 들린다.

나는 그 여자에게 말하고 싶다―녹음기를 계속 만지작거리며 앉아 있는 그 여자에게. 그만 좀 만지작거려! 손은 허벅지 위에 올려 둬! 그 노인의 말에 집중해, 몇 주 후면 그분은 더이상 이 세상 사람이 아니야. 듣기가 민망하다! 하지만 나는 스위치를 끄지 않는다. 나는 **정지** 버튼을 누르지 않는다. 아버지는 내 기억보다 정신이 더 또렷하고 내 목소리도 그렇게 새되지 않다. 우리는 최선을 다하고 있다. 하지만 만지작거리는 소리가 자꾸 내 신경을 긁는다. 나는 내 손이 소리의 근원이라고 한 번도 생각해보지 않았다. 분명 내가 손가락을 꺾고 맞부딪히고 박수를 칠 수는 있지만, 손이라는 건 원래 조용하고 몸짓은 소리가 없고 만지작거리는 행위도 마찬가지다―아니면 그저 내 생각일 뿐이거나. "입이 두 개면 혼란스럽고 당혹스럽다." 앤 카슨은 기원전 4세기에 만들어진 작은 점토상들을 묘사하면서 이렇게 썼다. 이 점토상들은 모두 "둘 달린 입을 제외하면 거의 아무 것도 없다." 입이 있는 줄도 몰랐던 곳들에 입이 달려 있다면, 이제껏 당신이 몸에서 소리를 내지 않는 부분이라고 생각했던 곳들이 실제로는 소리로 가득 차 있다는 사실을 깨달으면 얼마나 혼란스럽고 당혹스럽겠는가. 마이크는 중요한 것과 그렇지 않은 것에 전혀 차이를 두지 않고 그곳의 소리를 몽땅 포착한다. 한편으로는, 중요한 것과 중요하지 않은 것 같은 카테고리로 나눠서 생각해 봐야 부질없다. 애초에 카테고리로 나눠서 생각하는 것이 부질없다. 나는 한 소리와 다른 소리를 구별하는 것에 너무 많은 시간을 허비한다. "하지만 살아 있는 모든 것은 너무 똑 부러지게 구별하는 실수를 저지른다."

릴케는 이렇게 썼다. "(모름지기) 천사들은 자신이 산 자들 사이를 걸어 다니는지 죽은 자들 사이를 걸어 다니는지 모를 때가 많다."

시간이 흐르니 만지작거리는 소리에서 비롯된 당혹감은 사진에서 자신의 모습을 봤을 때 느끼는 당혹감과 똑같다는 생각이 든다. 나는 사진을 찍을 때면 눈을 꼭 감아버리거나 인상을 쓰고 화들짝 놀란다. 내 목이 모습을 감출 수 있는 튜브라도 되는 것처럼 목을 잔뜩 움츠리기도 한다. 내 목은 길고 가는데 나이를 먹으면서 주름이 하나씩 나타난다―사진 속에서 나를 보면 어떤 표정을 지어야 할지 마음을 정하지 못한 얼굴과 눈이 있어야 할 자리에 두 개의 실금이 보인다.

여섯 개의 녹음. 아버지가 살아있다면 말을 멈춘 부분에 대해서 물었을 것이다. 침묵. 텅 빈 공간. 이 부분을 어떻게 설명해야 할까? 아버지라면 어떻게 했을까.

불안

여자 자, 우린 이 일을 오랫동안 계획했어요.

남자 우리가 오랫동안 이 일을 계획했지.

여자 맞아요.

남자 그런데 어제 밤에 믿기지 않을 정도로 불안하더구나.

여자 그러셨어요?

남자 그래. 불안해서 뜬눈으로 새웠어.

여자 왜요?

남자 뭐라고?

여자 왜 불안하셨어요?

긴 침묵.

남자 새 수면제를 먹어봤어.

여자 그런데요?

남자 나는 평생 열심히 수면제를 먹어댈 정도로 수면제 중독
이었어…. 로힙놀, 효과가 확실하지. 하루에 두 알씩. 거
기에 바륨 두 알을 더 먹어. 저녁에 바륨 두 알, 아침에
두 알.

여자 아침에요?

남자 그래.

여자 새벽에요? 잠을 조금 더 주무시려고요?

남자 그래.

여자 그 말은 간밤에 푹 주무셨다는 뜻이에요?

남자 지난밤은 잘 잤지, 그래. **푹 잔** 정도가 아니야. 밤새 유난
히 잘 잤어.

여자 그렇지만 이 경우에는… 그러니까 좋은 거죠, 그렇죠?

남자 그래…. 그래서 여기 우리가 있지…. 여기 내 서재에….
음향학 전문 건축가가 설계한 곳. 이 방에 있는 모든 것
은 유일한 용도인 음악 감상을 위해 설치되어 있어…. 여
기는 내 방이야.

여자 맞아요.

남자 맞아.

여자 하지만 아까 시작할 때는 이 프로젝트가 너무 불안해서
잠을 못 이뤘다고 하셨잖아요. 그렇다면 가끔 일어나서
취소를 하실 생각을 하셨다는 거예요?

남자 그래.

여자 **취소**를 생각하셨고… 이 일이 불안해지셨고요?

남자 그래.

여자 그러면 그냥 잠을 못 이루고 누워 계시면서 무슨 생각을
하셨어요?

남자 (목청을 가다듬고) 내가 준비를 더 잘 했어야 했다고 생각했어. 우리가 먼저 대화를 나누면서 준비를 한 후에 거기서부터 시작했으면 좋았을 거라고 생각했지.

여자 흠.

남자 그런 생각을 해봤어. 모호했지만.

침묵. 그가 목청을 가다듬는다.

남자 왜냐하면 아침이 다가올수록 더 불안해지거든.

모두 합쳐 여섯 개의 녹음이 있다. 각각의 녹음은 두 시간이 조금 넘는 분량이다. 아버지와 내가 서재로 들어가 녹음기를 사이에 두고 앉았을 즈음 우리는 무척 불안한 기분에 휩싸였다. 그 느낌을 지금까지 기억한다. 우리의 목소리를 들어보면 그 불안감을 느낄 수 있을 것이다. 수줍음. 우리가 낯선 도시에서 외국어로 이야기를 해야만 하는 것 같았다. 테이프에서 침묵은 전혀 침묵이 아니고 털털거리고, 뚝뚝거리고, 만지작거리고, 더듬거리는 소리다. 때로는 다른 때보다 아버지의 음성이 더 깨끗하게 들린다. 때로는 다른 때보다 내 음성이 더 깨끗하게 들린다. **깨끗하다**는 표현이 여기에 적당한지 잘 모르겠다―마치 빛과 공기를 다루는 문제 같다.

여자 이 서재를 만드신지 오래 됐죠.

남자 오래 됐지.

여자 1967년이었던가요?

남자 그래…? 오, 잘 모르겠어.

여자 1967년이 맞을 거예요. 이 집에서 제 어머니와 같이 사셨을 때 지으셨잖아요.

남자 그게 67년이었어?

불안

여자 네. 제가 66년에 태어났잖아요. 그리고 이 집은 67년 여름에 완공됐고요.

남자 흠, 그렇구나….

긴 침묵.

남자 네가 67년에 태어났다고?

여자 아뇨. 66년에요.

남자 66년?

여자 네.

남자 맙소사!

여자 어쨌든….

남자 (말을 자르며) 너를 봐서 좋구나!

여자 저도 아버지를 봐서 좋아요.

남자 (우물쭈물하며) 그럼 올해 몇 살이냐?

여자 마흔.

남자 마흔? 하느님 맙소사! 언제 그렇게 나이를 먹었어?

나는 아버지를 떠올려 보려 하지만 좀처럼 이미지가 떠오르지 않는다. 아니 어쩌면 떠올릴 수 있을지도 모른다. 가축 탈출방지 도랑이 죽 나 있는 숲속 좁은 길에 있다고 상상하면, 커다란 여성용 붉은 자전거를 타고 오는 남자 노인이 보인다. 자전거의 모습이 그 노인보다 더 또렷하다. 주위 풍경은 온통 청회색인데 자전거의 붉은색이 폭발하듯 눈을 찌른다. (빨간 자전거의 붉은색을 제외하면) 도드라져 시선을 끄는 것이 전혀 없다. 그곳은 원래 그랬다. 엄격. 근엄. 자전거를 탄 남자는 얼굴이 없다.

나는 아버지가 책상에 구부정하게 앉아 돋보기로 사진들을 살펴보는 사진을 갖고 있다. 사진 속 아버지는 체크무늬 플란넬 셔츠 위에 얇은 갈색 울 카디건 차림이다. 그리고 야위어 보인다.

아버지는 자전거 안장에 당당하게 앉아 느긋하게 페달을 밟는다. 한쪽은 숲이고 다른 한쪽은 바다다. 자전거에는 짐바구니가 달려 있고 바퀴가 크고 프레임이 섬세하다. 아버지는 몸이 꼿꼿하고 야위었다. 입고 있는 코듀로이 바지는 갈색, 카디건은 녹색, 울 모자도 녹색이다. 그리고 뮌헨에서 만든 우아한 갈색 울 양말에 실용적인 신발을 신고 있다.

아버지의 양말은 잉그리드가 수선했다. 서재에 놓아둔 그녀의 반짇고리에는 실패들이 가지런히 쌓여 있었다.

아빠와 잉그리드는 좁은 복도와 작은 문서보관실을 사이에 두고 각자의 서재가 있었다. 잉그리드는 자신의 서재에서 아버지의 원고를 타자로 정서하고, 가계부를 쓰고, 편지에 답장을 하고, 일기를 썼다.

바느질 실은 양말과 같은 색상이거나 아마 살짝 더 연한 색이었다. 마치 그녀가 고친 부분마다 작은 빛이 아로새겨진 듯이 말이다. 아버지가 책상에 앉아 있을 때면 잉그리드는 집안 구석구석을 돌았다. 아주 가끔 말없이 가만히 앉아 고개를 숙이고 바느질을 했다(양말들, 셔츠들, 침구들). 나는 잉그리드가 작은 천 조각들을 이어 붙여 만든 소박한 이불을 깔고 덮고 잤다. 내가 스물여섯 살이 되던 해, 잉그리드는 병이 났다. 위암이었다. 그녀가 죽었을 때 나는 슬픔이 아버지의 심장을 찢어 놓을까봐 두려웠다.

자전거를 타는 노인은 엉겅퀴를 닮았다. 키가 크고 말랐고 녹색이니까. 그는 주위 풍경에 너무나 완벽하게 녹아들어서 잘 알아볼 수도 없다. 오직 자전거만 보인다. 엉겅퀴는 함마르스로 이어진 길을 따라 자라고, 개울 주위와 멀리 황무지에서도 자란다.

내가 어릴 때 아버지는 침대에 들어간 내게 곧잘 책을 읽어주었다. 아버지는 한 챕터를 끝까지 다 읽으면—우리는 한 챕터를 다 읽으면 불을 끄고 잠을 자기로 약속을 했다—책에서 눈을 떼고 내게 물었다. "하나 더? 우리 하나 더 읽을까?" 아버지는 아스트리드 린드그렌이나 마리아 그라이프, 토베 얀손의 책을 읽어주었다. 때로는 시나 시의 일부를 낭송하기도 했다. 아버지는 시를 좋아하지 않는다고 했다. 하지만 가끔 책을 읽다가 마주친 시구나 연 하나를 노란 메모지에 베껴 적은 후 접어서 바지 주머니에 넣어 다니곤 했다.

내가 침대에 들어가 이불을 덮고 누우면 아버지는 가장자리에 걸터앉았다. 아버지도 나도 접어놓은 메모지를 펼치는 손에 시선을 고정했다. 다 펼치는 데는 시간이 걸렸다. 아버지가 종이를 다 펴는 동안 아무도 입을 열지 않았다. 침대 옆 작은 테이블에는 스탠드가 켜져 있었다. 나는 고운 머리를 길게 길렀다. 나는 머리가 훨씬 더 길고 반짝반짝 윤이 났으면 좋겠다고 생각했다. 난나는 매일 아침저녁으로 머리를 백 번씩 빗으면 그렇게 될 거라고 했다. 의자에는 여름을 지내면서 훌쩍 큰 바람에 작아져버린 색 바랜 푸른색 원피스가 걸쳐져 있었다.

"준비됐니?" 아빠가 마침내 종이를 다 펼치자 이렇게 묻는다.

"다 됐어요." 내가 대답한다.

"준비 다 된 거 확실하니?"

"네."

"정말 확실해?"

"아빠! 그렇다니까요."

　　나는 내 심장을 듣는다

　　내 심장이 있다

　　나는 내 심장을 듣는다

　　내 심장을 알 때,

　　별들이 산산이 부서졌다는 것을 알 때

　　나는 내 심장을 듣는다

　　내 심장이 있다

"이게 다야."

"흠."

"다시 읽어줄까?"

"아뇨, 됐어요. 그러실 필요 없어요."

"어떻게 생각하니, 좋은 것 같아?"

"잘 모르겠어요."

풍경은 단조롭다. 나무들은 옹이가 져 있다. 길은 부드럽게
휘어진다. 바다는 회색과 투명한 푸른색과 녹색이 거미줄을 짜
듯 뒤섞여 있고 잔잔하다. 바다는 산소 부족으로 죽어가는 중
이다. 때로 해수면이 유독 조류로 뒤덮인다. 이 조류는 이쪽 벽
에서 저쪽 벽까지 죽 깔려 있는 낡은 융단처럼 작은 구멍이 나
있다. 자전거는 붉은색이고 바퀴가 지나갈 때마다 자갈이 밟히
는 소리가 난다. 자전거의 붉은색이 어찌나 선명한지 무엇과
비교를 해도―이를 테면 엉겅퀴 말고도 함마르스로 난 길가에
자라는 양귀비―자전거에는 못 미친다. 자전거는 내가 생각해
낼 수 있는 그 어떤 붉은색보다 더 붉다. 붉은 물건들을 목록으
로 만들어 보지만 그 무엇도 충분히 붉지 않다. 아빠가 죽고 땅
에 묻히고 흙으로 돌아가 육신이 사라진 후라도―나는 더이상
아버지의 얼굴도 그릴 수 없다―그런 때가 찾아와도 그 자전
거의 붉은색만큼은 또렷하게 기억에 남을 것이다.

불안

우리는 언제나 도착보다 출발을 더 잘 했다. 아빠는 내가 태어났을 때도 그리 젊지 않았다. 그때 아버지는 지금의 내 나이인 마흔여덟 살이었고, 나보다 항상 마흔여덟 살이 더 많다. 작별인사를 할 시간이 찾아올 때마다 나는 어쩌면 이것이 마지막일지도 모른다는 생각을 하곤 했다.

언제부터 아버지에게 보여주기 위해 몸단장을 하게 되었는지 기억나지 않는다. 나는 손목이 너무 가늘어서 끼기만 하면 스르르 흘러내려 사라져버리는 작은 팔찌를 끼고(나도 모르게 빠졌거나 풀려서 잃어버린 자질구레한 장신구를 얼마나 찾아다녔는지 모른다) 머리를 전부 넘겨서 단단하게 하나로 묶었다. **얼굴을 가리면 안 돼.** 일곱 살. 우리는 작별 인사를 하지 않을 거야. 아버지가 말한다. 아버지는 작별 인사를 하면 밤에 잠을 이룰 수 없고, 불안과 위통이 생긴다. 착륙과 이륙을 위한 아버지의 활주로는 길고, 도착과 출발은 금세 끝나지 않는다. 우리는 아무 일도 아니라는 듯 행동할 것이고, 평소의 어조로 일상적인 일에 대해 이야기할 것이다. 우리는 집밖의 갈색 얼룩 벤치에 나란히 앉아 있다. 자동차를 기다리고 있다. 가야 할 시간이다. 아버지는 내 이마에 입을 맞추고 나를 꼭 안으며 말한다. 안녕이라는 말은 하지 말자꾸나.

아버지는 가능한 함마르스를 떠나지 않는다. 하지만 결국에는 잉그리드와 함께 차에 올라타 떠나야 할 것이다. 눈이 내리면 집은 텅 빈다. 잉그리드는 집안 구석구석을 쓸고 닦을 것이다. 하지만 몇 주만 지나면 그곳에 더이상 아무도 살지 않는다는 사실을 금방 알 수 있다. 그도 그럴 것이 구석마다, 침대 아래마다 먼지가 쌓이고 죽은 파리들이 창틀에 떨어져 있기 때문이다. 여름에는 문과 창문을 꽁꽁 닫아둔다는 규칙에도 불구하고 파리들이 들어왔다. 그 집은 여름만 되면 찾아와 그곳을 소리로 가득 채웠던 사람들에게도 방해 받지 않은 채 잿빛에 잠긴 그 모습 그대로다. 겨울을 기다렸던 그 집은 고요하고 은은한 어스름한 빛에 자신을 활짝 연다. 이곳은 아버지가 스톡홀름에서, 칼라플란의 아파트에서 간절히 고대하는 장소이자 집이다; 포뢰의 겨울은 젠체하지 않는다. 그곳은 그 모습 그대로다. 한편 여름은 다른 사람들의 비위를 맞추면서 요구가 많고 고집스러우며 밝고 요염하다: **내가 얼마나 아름다운지 봐. 나의 붉은 양귀비꽃들과 드높은 푸른 하늘과 서아프리카의 사바나를 닮은 황무지를 봐.**

그래서 우리는 다시 한 번 그 벤치에 앉아 작별인사를 한다. 어쩌면 그 반대다: 우리는 작별인사를 하지 **않는다.** 벤치는 바람이 들이치지 않는 그늘에 있다. 집의 다른 면이 바다를 보고 있어 풍경이 더 아름답다. 하지만 우리는 그곳에는 거의 앉지 않는다.

나는 내 가족의 여자들과 그녀들의 가방과 그 내용물에 대해 생각한다. 예를 들어 외할머니 난나는 내 외할아버지의 재를 가방에 넣어 다녔다. 난나는 두 볼이 발그레하고 통통했으며 불쑥 하이힐을 신고 멋을 부리기도 했다. 전쟁 중에 난나와 할아버지는 어린 두 딸과 함께 토론토에서 살았다. 할아버지는 토론토 하버의 남쪽 센터 아일랜드에 있으며 리틀 노르웨이라고 불렸던 노르웨이 왕립공군기지의 교관이었다. 기지의 목적은 노르웨이 북부에서 벌어질 전투에 대비해 젊은 공군을 육성하는 것이었다. 어느 날 할아버지는 비행장에 계시다가 프로펠러에 머리를 맞았다. 할아버지는 몇 년 후 뉴욕의 병원에서 돌아가셨다. 뇌종양이었다. 나는 프로펠러와 뇌종양 사이에 직접적인 관계가 있는지 없는지 도저히 알아낼 수 없었다. 두 분의 딸들은 금발 머리에 피부가 희고 키가 크고 말랐다. 나는 언젠가 어린 여자아이들은 다 비슷하게 생겨서—금발의 어린 여자아이는 금발의 다른 여자아이와 닮았고, 검은 머리의 어린 여자아이는 검은 머리의 다른 여자아이와 닮았다—서로 구별하기 쉽지 않다는 내용을 읽은 기억이 난다. 실종사건을 담당하는 어느 미국 형사가 한 말이었다. 2007년 가을 아버지가 돌아가시고 얼마 지나지 않아 텍사스의 갤버스틴 만의 수역에서 여자아이의 시신이 발견되었다. 시신은 푸른 플라스틱 상자에 들어 있었으며 그곳에 최소 이 주는 방치되어 있었다. 당시에 아이가 누구인지, 어쩌다가 그 상자에 담기게 되었는지 아무도 몰랐다. "우리의 삶은 이름 붙이기였다." 시인인 군나르 비욜링이 이렇게 썼다. 나는 담당형사가 그 아이에게 **베이비 그레이스**라는 이름을 지어줬으며 여자아이들이 모두 비슷하게 생겼기 때문에 수사가 난항을 겪었다고 말한 것을 지금도 기억한다.

하지만 여자아이들은 다른 여자아이들과 비슷하지도 않고 이렇게 생각하지도 않는다: 쟤는 나를 닮았네. 그 아이들은 이렇게 생각한다: 아무도 나처럼 생기지 않았어. 나는 나를 닮은 유일한 사람이야.

전쟁이 마침내 끝나고 두 딸을 데리고 노르웨이로 출발하는 첫 번째 배에 올랐을 때, 난나는 짐이 꽤 많았다. 난나는 두 딸을 데리고 자신의 슬픔과 오렌지 한 상자, 옷가방 여러 개와 남편의 재가 든 유골함을 넣은 소지품 가방—걸쇠가 달려 난나가 열거나 닫을 때마다 딸깍 소리가 작게 나고 둥근 손잡이가 달린 광택이 나는 검은색 가방—을 고국으로 가져갔다. 그들을 태운 배가 베르겐의 부두에 정박하자, 두 여자아이는—그

중 한 명은 훗날 내 어머니가 되었다—미국에서 온 배를 맞이하기 위해 부두로 나온 사람들에게 오렌지를 던져 주었다.

남자 나는 성한 눈이 하나뿐이고 **그것**만으로는 잘 보이지 않아. 몇 달 후에 비스뷔 병원에서 수술을 받을 예정이야. 병원에서는 내가 시력을 되찾을 수 있을 거라는 구나. 그때까지는 여기에 앉아서 음악을 듣는 것 말고 할 만한 일이 별로 없어. 환상적이야. 지난 세월 동안 엄청난 컬렉션을 만들어 놓았으니까… 이 책들 전부하며… 음악… 내 선반에 꽂아둔 **음반들**까지.

아버지는 휠체어—전축과 음반 콜렉션을 보관해 둔 선반에서 팔 길이만큼 떨어져 있었다—에서 대단히 힘겹게 팔을 뻗어 떨리는 손으로 바늘을 들어 음반에 내려놓는다. 나는 이 장면을 머리에 그린다. 이 순간에 대한 기억이 없다. 기록도 없다. 녹음만 있을 뿐이다. 쉭쉭 소리와 한숨 소리, 뚝뚝 소리, 아버지가 희미하게 끙 하시는 소리, 뒤이어 이렇게 묻는 내 목소리. 도와 드려요? 그리고 아버지의 목소리. **아니야! 싫어! 내가 싫다고 했어!**

남자 어렸을 때 오페라에 가도 된다는 허락을 받았어. 그것이 모든 일의 시작이었지.

여자 오페라에 누가 데려다 줬어요?

남자 뭐라고?

여자 누가 아버지를 오페라에 데려다 줬나요?

남자 숙모인 안나 폰 시도우. 거대한 모자를 쓰고 아주 부자셨지.

침묵.

남자 내 기억에… 내가 열 살이나 열두 살이었을 거야. 난생
처음 본 오페라는 〈탄호이저〉였어…. 바그너의 〈탄호이
저〉…. 그리고 일종의 열병 같은 흥분을 경험 했어…. 그
날 밤 열병에 걸리고 말았지…. 정말 재미있었단다…. 그
때가 몇 년 도인지 모르겠어.

여자 음, 1928년이었을 거예요, 스톡홀름에 사셨던 열 살 때
일이라면요.

남자 그래, 그럴 거야.

여자 오페라를 보고 온 그날 밤에 대해 좀 더 이야기해 주세요.

남자 몹시 아팠어. 열병에 걸렸거든.

여자 겁이 나셨어요?

남자 아니.

여자 지금도 여전히 감동을 받으세요, 그때처럼?

남자 그럼.

여자 그때처럼 강렬하고요?

남자 오, 그렇다마다…. 그렇기는 해도 바그너는 이제 뒤로 밀
려났지만…. 너도 들어보면 좋겠구나…. 이게 어떻게 작
동하는지 보여 주마.

　·

**남자가 더듬더듬 레코드판을 틀려고 애를 쓴다. 라디오가 최대 음
량으로 터져 나온다. 비발디에 대해 무슨 이야기를 하는 여자 음성**

이 들린다.

남자 아니, 이게 아닌데.

여자 그건 라디오예요. 아버지가 라디오를 트셨어요.

남자는 모든 스위치를 끄고 다시 더듬더듬 조작한다. 여자가 도와
주려고 하지만 비키라는 말만 듣는다. 남자가 음반을 튼다. 이번에
는 베토벤의 '피아노 협주곡 4번 G장조'다.

남자 이것보다 더 훌륭한 음악은 없어. 바흐를 제외한다면 말이
다.

한참동안 음악소리만 들린다.
여자가 테이프에 대해 무슨 말을 하는데 무슨 말인지 알아듣기 힘
들다. 남자가 그녀의 말을 끊는다.

남자 (큰소리로) 나는 말하고 싶지 않아. 베토벤에 대해서는 차
라리 입을 다물겠어. 나는 베토벤과 동시에 말하지 않을
거야.

여자 죄송해요. 저도 이제 그만 말 할 게요. 그냥 듣기만 해요.

음악이 돌연 멈춘다.

남자 이건 나중에 들어도 돼. **(초조하게)** 그때 전부 다 들으면
　　　돼. 연주시간은 35분 정도야.

여자 네, 그렇게 해야 할 것 같아요… 전곡을 다 듣기… 입을
　　　다물고요.

남자 그래. 아니면 가서 네가 직접 음반을 사도 돼.

여자는 대답하지 않는다.

남자 그나저나 우리가 무슨 이야기를 하던 중이었지?

나는 아버지에게 남은 시간이 며칠이나 몇 시간밖에 남지 않았을 무렵 양손과 발, 얼굴의 일부분에 퍼져 있던 푸르스름한 기운을 떠올린다. 이런 증상을 일반적으로 피부의 반문斑紋이라고 하며 노르웨이에서는 **푸른 마블링**이라고 부른다. 아버지는 임종하는 순간, **뭔가 다른 것**이 되셨다. 마블링은 두세 가지 색상이 뒤섞여 대리석 같은 무늬를 만들고 표면—돌·종이·목재·피부—을 현재나 과거의 상태와 다른 것으로 바꾸는 과정을 말한다. 나는 지금 시제를 현재와 과거 중 무엇으로 써야 할지 잘 모르겠다. 10세기 중국 송나라의 소이간蘇易簡의 저술을 모아 엮은 《문방사보》에는 종이의 대리석 무늬를 처음으로 언급한 글이 있는데, 그 종이가 바로 일명 '유사flowing sand'라는 장식지다. 아버지에게 이불을 다시 덮어주다가 반문이 생긴 발을 봤을 때도 나는 이런 생각이 전혀 떠오르지 않았다. 푸른색도, 종이도, 심지어 포뢰에 아주 많이 있는 유사조차도. 대신 어머니가 아버지에게 늘 하던 말이 떠올랐다. **"그 아이가 정말 당신 자식인지 의심이 들면 아이의 발을 보세요. 당신 발과 똑 닮았어요. 다리도요. 길고 말랐죠."**

남자 나는 집밖을 산책하는 중이야. 걷다보면 내 옆에 누가 있는데 모르는 사람이야. 익명의 인물이지. 잠시 후 내가 이 사람에게 말을 걸어. 이 집은 근사하군요. 그러면 그 사람이 대답하지. 네. 정말 뿌듯하시겠어요.

남자가 여자에게 비밀을 털어놓기라도 하듯 몸을 앞으로 숙인다.

남자 (**중얼거리며**) 그런데 나는 이 집을 지은 사람이 아니야. (**의자에 기대며 목소리를 키운다.**) 내가 그 사람에게 말해: 하지만 나는 이 집을 지은 사람이 아니에요! 그러면 무슨 일이 일어나는지 아니?

여자 아뇨.

남자 낯선 사람이 깜짝 놀라서 나를 빤히 바라보며 이러는 거야. 그렇지만 이 집은 당신이 세웠잖아요!

침묵.

남자 그리고 수많은 상황에서… 꿈들이… 그 낯선 사람이 내가 되면서 이렇게 말해: 의심의 여지가 없는 사실이에요.

여기 있는 집을 지은 사람은 당신이라고요. 이건 당신 집
이에요.

긴 침묵.

남자 그럴 때마다 나는 겁이 나.

아버지는 입안에 난 종기 때문에 일부 단어를 제대로 발음
하기 힘겨워 한다. 가령 **섹슈얼리티**나 **콘트랙터, 스톡홀름 오페라**처
럼 다음절이거나 복합어를 발음할 때면 소리가 혀와 종기, 입
술 사이에 갇힌다.

여자 그게 왜 겁이 나세요?
남자 그건 아무 것도 아니야. 넌센스라고. 그 사람이 그러지.
　　　당신이 이걸 전부 만들었어요. 그래서 내가 이렇게 말해:
　　　그건 건축가였어요…. 그리고… 그리고… 그대로 집을
　　　지은 사람은 시… 시공업자였고.
여자 그런데 **넌센스**라는 건 무슨 뜻으로 하신 말씀이세요?
남자 넌센스라는 건 그 사람들이 하는 말이… **심각한 오해**라는
　　　거야! 나는 이 집을 짓는 일은 아무 것도 하지 않았어.
여자 하지만 그 집은 아버지의 본질을 드러내고 있잖아요? 아

버지는 이곳에서 사십 년 넘게 사셨고 이 집의 외관을 어떻게 바꿀지 손수 결정하셨어요.

남자 그래, 내가 그랬지. 외관을 어떻게 만들지 결정을 했지. 내가 방마다 가구를 넣고 벽마다 그림을 걸었어…. 그게 내가 한 일이지…. 그렇지만 그건 엄밀히 말해서 건축이 아니야. 나는 이 집에 관한한 형용할 수 없을 정도로 수동적이었어. 너는 상상도 못 할 거야. 그 사실에 나는 두려움과 놀라움을 동시에 느껴.

***

남자 내 병의 시작은 작년 8월 12일로 거슬러 올라가. 어느 날 아침 코피가 흐르기 시작했지. 하마처럼 피를 흘렸어. 세면대에 서 있는데 피가 콸콸 흘러내렸단다.

긴 침묵.

남자 의사에게 전화를 하니 이러더구나. 괜찮습니다. 노인에게는 이런 일이 일어납니다만, 이제 괜찮으실 겁니다. 그런데 말이야. 며칠 후에, 그 추… 출혈 후에… 아마 8월 20일이었을 거야. 수영장으로 풍덩 뛰어들었는데, 세상에 내가 바닥으로 가라앉는 거야.

여자 가라앉으셨다고요?

남자 가라앉았는데 다시 뜰 수가 없는 거야. 몸을 밀어올리고 발을 차내고 했지만 아무 소용이 없었지.

침묵.

남자 결국에는 간신히 수영장 벽을 붙잡고… 가장자리로 올라 갔어…. 그리고… 그리고… 마침내 밖으로 기어 나올 수 있었지. 내 평생 처음으로 죽음이 얼마나 불쾌한지 실감 할 수 있었어. 그런 경험은 난생 처음이었거든.

여자 돌아가실까봐 기겁을 하셨어요?

남자 그래. 하지만 결국에는 두려움이 잦아들더구나.

여자 아.

남자 그런데 그 일이 있고 이틀 후에, 다시 수영장으로 떨어져 서 돌처럼 가라앉았어.

남자는 시력이 온전한 한쪽 눈으로 여자를 응시한다.

남자 나는 간신히… 오, 그래! 간신히 몸을 움직여서 계단으로 갔어. 하지만 이상한 일도 다 있다 싶더구나…. 바닥으로

불안

가라앉아서 수면으로 떠오르지 못하다니 정말 묘했지. 그래서 의사에게 전화를 걸었어. 코피가 났다고 알렸던 바로 그 의사 말이야…. 그런데 이번에는 그 사람 목소리가 완전히 달랐어. 당장 병원으로 오세요. 우리가 살펴볼 수 있게요! 지금 상태가 치명적일 수도 있어요. 제발 서두르세요!… 음, 그러려면 그래야지…. 그래서 스톡홀름으로 가서 의사에게 검사를 받았어. 생각해 낼 수 있는 모든 종류의 검사를 받고 난 후에야 내가 앓는 병이 독특하면서도 흔하다는 사실을 알아냈어.

침묵.

여자 그래서 그게 뭐였어요?
남자 뭐가?
여자 어디가 안 좋으셨던 거냐고요.
남자 뭐가?
여자 의사의 진단 말이에요.

침묵.

남자 나는 꿈을 많이 꿨어. 플롭티콘flopticon 영화처럼 아무 재미도 없는 꿈을….

아버지는 **플롭티콘**이라고 했지만 **발롭티콘**(balopticon, 환등기—
옮긴이)을 말하려고 한 것이다. 슬라이드.

남자 …내가 봐야 하는 오래된 환등기 영화 같은.
여자 밤에, 주무실 때요?
남자 영화는 낮에도 거기에 있어. 내가 깨어 있을 때도. 밤에
도 낮에도.

침묵.

남자 얼마 후에 폐렴에 걸렸어. 폐렴에서 회복되자 균형감각
이 슬슬 사라지더구나. 걷기만 하면 쓰러졌지. 언제든지
그렇게 될 수 있었어. 어디를 가건. 걸어가다가 쓰러졌
지. 내 빌어먹을 몸뚱이 여기저기에 검고 푸른 멍이 나타
났어…. 생각해보니 꽤 재미있더구나…. 그래서 생각을
해 봤어…. 왜 그런 상황을 재미있게 느끼는지 말이야….
어릴 때 서커스를 보러 가는 것이 재미있었어. 나는 숙
모인 안나 폰 시도우와 함께 갔어. 큰 모자를 쓴 분 말이
야…. 그리고… 그리고… 광대들이 공연장으로 들어왔다

가 뒤로 나자빠졌지. 공중제비를 돌고 구르다가 서로 부딪혔어. 나는 그런 게 배꼽 빠지게 웃기다고 생각했거든. 넘어지는데, 그것과 약간 비슷하다 싶더구나…. 음…. 넘어지면 그런 생각이 들어. 내가 넘어지는 건—이 사실을 이해해야 해—키가 182센티미터인 남자가 넘어져서 어디를 다치거나 아니면 공중제비 같은 걸 해서 가구에 털썩 내려앉거나…. 아무튼 결국 어떤 꼴이 되건… 뭔가 우스꽝스러운 구석이 있어. 사람들은 항상 그런 일을 우습다고 생각하지, 역사를 통틀어서… 나는 넘어져… 넘어지고… 그 어느 때보다 그게 아파.

여자 불쌍한 아빠.

남자 그리고 그 꿈들이 있지.

여자 꿈들이요?

남자 나는 이 익명의 사람이 나로 변해서 이렇게 말하는 꿈을 꿔. 정말 근사한 집을 지으셨군요. 그러면 내가 말하지. 나는 이 집을 짓지 않았어요. 이 집에 누가 사는지도 몰라요. 그러면 그 사람이 이렇게 대꾸해. 그건 **당신**이잖아요. **당신**이 바로 이 집에 사는 사람이에요.

여자 그리고 그 상황이 무섭고요?

남자 나는 무서워, 그래.

여자 도대체 왜 무서우세요?

남자 이게 다 묘한 장난질 같은 느낌이 자꾸 들어…. 수많은
사람들이 개입된 암묵적인 약속 같은 거.

침묵.

바로 이때 아버지가 고개를 들어 나를 바라본다.

남자 자! 너도 이제 알겠지! 이 일이 지난 한 해 동안 나의 즐
거움이었어…. 너 춥니?
여자 아뇨.

침묵.

남자 그때는 수첩에 여전히 글을 썼어. 이제는 더이상 쓰지 않
아….

여자가 남자의 말을 끊는다.

여자 매일, 아버지와 저는 우리가 바로 여기, 아버지의 서재에
서, 다음날 오전 11시에 만나자고 수첩에 쓰고 있어요.
남자 그래, 나도 알아. 하지만 그건 달라.

여자 죄송해요. 아버지 말을 제가 끊었어요. 무슨 말씀을 하려던 참이었는데.

남자 나는 코피가 났다고 수첩에 써뒀다고 말하려고 했어. 이렇게 썼지. 바로 여기에서 나의 혼란이 시작된다. 바로 여기에서 나의 꿈들과 환상이 무시무시한 방식으로 현실에 난입하기 시작한다.

실제로 아버지는 이렇게 말했다: 바로 여기에서 나의 혼란이 **끝난다**. 하지만 나는 이렇게 말하려던 것이라고 생각한다. 바로 여기에서 나의 혼란이 **시작된다**. 그해 봄 아버지는 단어를 혼동하기 시작했고 때로 하고 싶은 말과 정반대로 말했다. **끝난다**는 분명 **시작한다**를 의미할 것이다. 물론 내 짐작이 틀렸을 수도 있다.

60년대에 엄마와 아빠는 늘 루머를 몰고 다녔다. 엄마의 얼굴은 얼굴이 아닐 정도로 적나라하게 드러났다. 엄마의 얼굴은 끊임없이 여러 부위로 조각났다가 다시 조합되었다. 엄마의 얼굴과 눈, 입술, 머리카락, 쉽게 상처받을 것 같은 불안한 모습, 모든 위대한 여배우들이 입 주변과 입 안의 부위로 모든 감정을 전달하는 그 방식에 대해서까지 너무나 많은 말이 나오고 글이 쓰였다. 그러나 그 누구도 엄마의 귀에 대해서는 이야기하지 않았다. 어렸을 때 나는 엄마 옆에 누워서 엄마의 머리카락을 쓰다듬는 게 좋았다. 그때는 아름다움이나 사랑을 표현하는 말을 몰랐다. 그저 다른 아이들처럼 사물의 크기 즉, 어떤 대상이 큰지 작은지에 관심이 더 많았다. 엄마는 발도 귀도 다 컸다. 엄마와 나는 황금색 기둥이 서 있고 분홍색 꽃무늬 시트가 깔린 더블베드에 나란히 누워 있곤 했다. 엄마가 책을 읽거나 전화 통화를 하는 동안 나는 엄마의 머리카락을 만지작거리곤 했다. 그럴 때 엄마의 전화 통화는 **남자들은 바이바이**라는 말로 끝나기 일쑤였다. 그럴 때면 벽에 대고 말하듯 엄마는 고개를 모로 틀었다. **남자들은 바이바이**. 난나도 **남자들은 바이바이**라고 했다. 한번은 빌리 이모가 **남자들은 바이바이**라고 하는 말을 들었다. 나는 빌리 이모의 말이라면 항상 귀를 쫑긋 세우고 들었다. 빌리 이모는 붉은 곱슬머리에 바닥까지 닿는 모피 코트를 갖고 있었으며 (이 코트는 트론드헤임에 있는 집의 복도 벽장 안쪽에 걸려 있는데, 이모가 이 옷을 입은 모습은 거의 보지 못했다) 남편과 다섯 아이를 낳아 키웠고 풀타임 매장 매니저로 일을 했다. 이모는 하루에 담배 두 갑 정도를 피웠고 매주 새 책을 읽었다. 엄마에게는 구혼자들이 많았지만, 그들 중 아무도 좋아하지 않았던 것 같다. 페넬로페처럼 엄마는 운명의 남자가 찾아오기를 기다렸다. 침대 옆의 작은 테이블에는 하얀색 코브라 전화기가 있었다. 엄마는 항상 그 전화기를 애용했다. 엄마는 노출 정도가 다양한 실크 네글리제 차림으로 느긋하게 침실에서 보내는 시간을 좋아했다. 엄마 곁에 바짝 붙어 누워서 엄마의 얼굴에서부터 머리카락을 어루만질 때면 두 귀가 얼마나 근사한지 잘 알 수 있었다. 엄마의 귀는 소라고둥만큼 컸다. 내귀를 그 귀에 갖다 댔다면 먼 바다의 소리가 들렸을 것이다. 우리는 거실에도 전화기가 있었다. 붉은 코브라. 그 전화기는 쉴새 없이 울렸다. 엄마는 전화 벨소리를 더이상 못 견딜 것 같으면 붉은색과 흰색 전화기를 모두 뽑아서 냉동고에 처박았다.

여자 엄마에 대해서 말해주실 수 있어요?

남자 베토벤에 대해서 생각을 해 봤어. 그 사람이 어떻게 **멘쉬**
    Mensch를… 정확하게 그러니까 너의 감정에… 감정.

여자 네?

남자 말뫼에서 오케스트라의 리허설이 있었어. 그리고 독주자
    는 셰비(에스토니아 계 스웨덴인인 피아니스트―옮긴이)였지….
    연주곡은 G장조 협주곡. 나는 그때 셰비를 처음 만났어.

여자 하지만 저는 제 어머니에 대해서….

남자가 여자의 말을 끊는다.

남자 너도 이런 건 모를 거야. 드레스 리허설 말이다. 대부분
    독주자와 오케스트라가 지휘자의 지휘로 함께 연주하는
    건 그때가 처음이야…. 우리는 지금 백사십 명에 대해서
    이야기를 하는 거야…. 대형 오케스트라지…. 그리고 말
    뫼 시립 극장은 대형 공연장이고…. 거대한 객석에 나 혼
    자 앉아 있는데, 셰비가 무대로 걸어 나오더구나. 그녀는
    붉은 드레스를 입고 있었어. 문득 이보다 아름다울 수 있
    을까… 내 평생 이렇게 아름다운 여성은 처음 봤다는 생

불안

각이 들었어. 나는 십 열인지 십오 열인지에 앉아 있었어. 어디에 앉아 있었는지 잘 모르겠어. 그리고 리허설이 시작되었어. 붉은 드레스를 입은 세비가 피아노에 앉았어. 그러자 그녀의 전념이랄지 열정이 그 대형 오케스트라의 단원 모두에게 불을 붙였어. 그 거대한 연주홀까지 말이야.

침묵.

남자 나중에 다들 점심을 하러 가는데 지휘자가 와서 이렇게 말했지. 그 아가씨와 만나보시겠어요. **그 아가씨는** 스무 살도 채 되지 않았어…. 나는 이미 그녀를 사랑하게 되었어. 그녀는 몰랐겠지만. 물론 그때는 나도 몰랐어. 나는 갑자기 시골 호박이라도 된 것처럼 수줍어서 쩔쩔 맸지. 아뇨, 괜찮아요. 그러지 않아도 돼요. 그러자 지휘자가 이러더구나. "알았습니다. 편하실 대로 하세요. 우리는 지금 카페테리아로 점심을 먹으러 갈 겁니다. 그냥 간단한 점심이에요." 그래서 내가 말했지. 음, 그럼 저도 같이 갈 수 있겠군요…. 그래서 우리는 이야기를 나눴고… 커피를 마셨어…. 샌드위치는 맛있었어. 그 카페테리아의 샌드위치가 아주 맛있었지…. 이윽고 우리는 온 세상이 다 알아볼 수 있도록 사랑에 빠졌어. 그리 오래 걸리지 않았지. 그래, 그렇게 된 거였어. 셰비와의 댄스는.

여자 그러면 엄마는요?

남자 뭐라고?

여자 엄마에 대해서 이야기를 들려주실 수 있는지 물었잖아 요. 셰비는 다니엘의 엄마에요.

남자 뭐?

여자 셰비는 다니엘의 엄마라고요. 저는 **제** 엄마에 대해서 무 슨 이야기를 해 주실지 궁금했어요.

긴 침묵.

남자 그 사람은 여기저기 여행을 다녔고 나는 그이의 경력을 아니 여행을 뒤따랐어. 얼마간 시간이 흐른 후에 우리는 편지를 주고받게 되었어. 수도 없이 편지를 썼지…. 어딘 가에 믿을 수 없을 만큼 많은 편지가 남아 있을 거야. 그 러던 어느 날… 네가 아는지 모르겠지만, 나는 스톡홀름 의 그레브 투레가탄에 방 하나짜리 아파트가 있었거든.

여자 네, 저도 알아요.

남자 오, 그래? 그랬구나.

여자 저를 그 아파트에서 가졌다고 엄마가 말해 줬어요.

남자 뭐라고?

여자 제 어머니요.

남자 그래…?

여자 어머니는 그레브 투레가탄의 아파트에서 저를 가졌다고 생각하세요.

남자 정말이야?… 그랬던 거야? 음…. 그랬을 지도 모르지. 우리는 그 아파트에서 거듭해서 만났어…. 그러다가, 짠…. 작았지만 좋은 아파트였어. 주방이며 욕실, 선반, 침대…. 그래, 그랬을 지도 몰라. 그리고 그 모든 건 '베토벤 협주곡 G장조'와 함께 시작되었단다.

남자가 여자를 물끄러미 본다.

남자 질문들, 질문들, 질문들─음악에 대한 질문들은 다 어떻게 된 거야?

여자 음, 있죠. 제 어머니… 그러니까 아버지와 제 어머니와 사랑에 대해서 저도 질문이 있었어요.

남자는 한참 동안 여자를 응시한다.

남자 사랑은 완전히 다른 문제야. 나는 이 이야기에 사랑을 끌어들이고 싶지 않구나. 사랑이 일정한 역할을 했다는 점은 분명해. 가령, 바로 여기 말이야. 이 연주를 잘 들어봐.

아버지는 베토벤의 음반을 전축에서 꺼내 커버에 다시 끼운다. 아버지가 휠체어에 앉은 채로 손을 뻗어 다른 음반을 꺼내거나 꺼낸 음반을 제자리로 돌려놓을 때마다, 나는 운전자들이 자동차 창문으로 팔을 쑥 내밀어 톨게이트의 바구니에 동전을 떨어뜨리는 모습이 떠오른다.

아버지는 슈베르트의 〈겨울 나그네〉를 튼다. 우리는 스물네 곡 중 마지막 곡을 듣는다. 이윽고 아버지가 앉은 채 다시 손을 뻗어 바늘을 들어올린다. 그러자 방안으로 정적이 내려앉는다.

남자 음성이 완벽하리만치 맑아―내가 지금 말하고 있는 게 바로 그거야. 첫 번째 화음에서부터….

아버지가 입을 다문다. 그리고 전축을 바라본다.

여자 (머뭇거리며) 그 이야기를 좀 더 해주실 수 없어요?
남자 생기가 넘쳐. 그 곡을 듣고 있으면 마치 생명력이 몸으로 주입되는 것 같지. 상황에 따라, 가령 서재에 혼자 있으

불안

면 울음이 터져. 나는 눈물이 흔한 남자가 아니지 않니.
너도 알다시피. 결코 아니야. 하지만 이곳에 홀로 앉아서
내 음반들을 듣고 있으면 눈물이 차오르는 거야. 살아있
다는 느낌이 한껏 고양되는 거지. 내 말뜻을 알겠니?

엄마는 아빠보다 한참이나 어린 나이에 아빠를 만났다. 그때가 스물일곱 살이었고 몹시 아름다웠다.

엄마는 내가 태어났을 때 아빠가 스톡홀름에서 비행기를 타고 와서 침대에 누워 있는 엄마에게 녹색—에머랄드—반지를 선물했다고 말했다. 아빠는 반지를 선물하고 갓 태어난 딸—노랗고 쭈글쭈글한—을 일별하고 다음 비행기로 스톡홀름으로 돌아갔다.

병원에서 하룻밤을 보낸 후 엄마는 개인실로 옮겨야 했다. 왜냐하면 산부인과 병동의 다른 산모들이 어머니를 혐오의 눈빛으로 바라보았기 때문이다. 병실에서 아기를 안고 있을 때면 어머니는 감히 책을 읽지도, 눈을 붙이지도, 천장을 바라보지도, 창밖을 내다보지도 못했다. 오직 자신이 낳은 어린 것을 바라보는 것 외에 아무 것도 할 수 없었다. 침대에 누워서 눈만 멀뚱멀뚱 뜨고 있으려니 지겨웠다. 하지만 (왔다가 갔다가 또 왔다가 가는) 간호사들에게 산모가 아기를 사랑한다는 사실 외에 다른 생각을 품게 만들 빌미를 주느니 차라리 죽는 게 나았다. **남편이 아닌 외간 남자와 눈이 맞아 애를 배는 짓을 해서는 안 되었던 나쁜 엄마가 여기에 있다는 생각을 그 누구도 하게 둘 수는 없었다.**

어머니에게 모유와 함께 나오는 눈물에 대해 이야기를 해 준 사람이 있을까? 아마도 어머니는 눈물을 부끄러워했을 것 같다. 행복해야만 하는 여자. 어머니를 계속 따라다니며 괴롭히지만 받아들이고 싶지 않았던 불안함이 수치스러웠으리라 생각한다. 마땅히 되어야 하는 대로 혹은 될 거라고 상상한 대로 이루어지는 것은 아무 것도 없다는 길 잃은 의심 또한 수치스러웠을 것이다.

어머니와 아버지는 태어난 아이를 뭐라고 불러야 할지 좀처럼 정하지 못했다. 시간은 자꾸 흘러갔다. 다른 문제들은 모두 결정이 되었다. 여자아이가 태어난 지 몇 주가 되자 아버지는 두 분이 함께 로마에 갈 수 있도록 어머니가 수유를 중단하고 가슴을 다시 블라우스 속으로 넣은 후 아버지에게 돌려주어야 한다고 결정을 내렸다.

어머니는 어릴 때 가지고 놀았던 인형의 이름을 따서 아이의 이름을 짓고 싶었다. 어머니가 가장 아꼈던 인형은 베아테였다. 나는 그 인형에 대해 아무 것도 모른다. 머리가 금발이었을까? 아니면 검은머리였을까? 어머니는 어렸을 때 지치지도 않고 인형들을 가지고 놀았다. 옷을 입혀주고 벗겨주고, 밤이면 자장가를 불러주고 아침이 되면 산책을 시켜주었다. 그러다가 그 인형들이 하나씩 죽었다고 선언한 후 밤에 몰래 빠져나가 묘지에 묻고 울어주었다.

아버지는 여자아이에게 자신의 어머니 즉, 아이의 할머니의 이름을 붙여주고 싶었다. 눈동자도 머리카락도 모두 검은색이었던 할머니의 이름은 카린이었다. 전문 간호사였으며 아직 젊

불안

은 나이였던 카린은 순식간에 목사의 아내이자 세 아이의 어머니라는 역할을 받아들인 자신의 모습을 깨달았다. 할머니는 삼십 년 동안 매일 일기를 썼다. 그 일기에 자식들과 살림살이, 지인들, 남편, 교회의 신도들, 변화하는 계절, 명절과 평일, 병과 죽음에 대해 썼다.

할머니가 돌아가신 후 아버지는 할머니가 평소 쓰던 일기장 외에 비밀 일기장도 지니고 있었다는 사실을 알게 되었다. 그 비밀 일기장에 할머니는 이렇게 썼다.

내 이야기는 점점 온 가족의 이야기가 되어버리는 것 같다.

그 여자아이는 두 돌이 거의 다 되어서야 비로소 세례를 받았으며 제 발로 신도석 사이를 걸어갔다. 아버지는 **노르웨이 스트룀멘 스빙엔 3번지**에 사는 여자아이에게 이런 편지를 썼다:

내 딸의 세례일

1968년 6월 5일 수요일

이것은 편지다:

사랑하는 나의 막내딸에게. 오늘 너의 세례일을 맞아서 평소보다 더 네 생

각이 나는 데다, 식이 진행되는 동안 네가 무섭고 지루할까봐 이렇게 네게 편지를 쓰고 있단다. 지금 너는 다른 모든 것들이 흥미롭기는 해도 내 알 바 아니라는 듯 네 어머니에게 바짝 매달려 있겠지. 그런데 몇 달 전에 코를 훌쩍거리던 자그마한 네가 내 다리 사이에 우뚝 섰을 때 나는 역시 아빠라고 생각했다는 걸 지금 말해주고 싶구나…. 사진 속 너는 아주 튼튼하고 생기로 가득해. 때로는 막 명령을 내린 작은 장군처럼 보일 때도 있어. 나는 네 눈빛이 마음에 든단다. 너가 핏덩이 아기가 아니라 몸집이 작아도 어엿한 한 명의 사람 같아 보이거든. 우리가 언젠가는 서로를 잘 이해할 날이 올 거라는 예감이 들어. 뭔지 콕 집어낼 수는 없지만 우리는 어떤 공통점이 있을 거야. 네가 마르지 않는 회복력으로 세상에 맞서나가리라 믿는다. 그건 아주 좋은 일이란다, 분명히.

어머니는 세례를 해주려는 성직자를 찾느라 얼마나 힘들었는지 아느냐며 구구절절 사연을 풀어놓지만, 아이는 그 이야기에 흥미가 없었다. 여자아이는 그 성직자—모두가 거절했을 때 유일하게 승낙해준 사람—가 얼마나 친절하고 선한 사람이었는지에 대한 구구절절한 사연은 더 관심이 없었다.

여자아이는 한 귀로 듣고 한 귀로 흘려버렸지만, 아마 세례식은 이렇게 진행되었을 것 같다. 어머니가 그곳에 있었고 곁에 굽 높은 구두를 신고 멋을 낸 장밋빛 볼의 난나도 있었다. 성직자도 그곳에 있었다—모두가 거절했을 때 유일하게 승낙

불안

해줬고 너무나 친절한 사람. 여자아이가 제 발로 신도석 사이를 걸어간다. 아이는 노르웨이의 전통의상인 **뷰나드**를 입었다.

부모가 여자아이에게 붙여준 이름은 **카린 베아테**다. 두 여자의 이름. 아버지와 어머니가 각각 하나씩 골랐다. 하지만 아무도 그 이름으로 아이를 부르지 않았다. 아무도 아이를 카린이라고 부르지 않았다. 베아테라고 부르는 사람도 없었다. 카린 베아테라고 부르는 사람 또한 아무도 없었다. 여자아이가 성인이 되자 이중 이름은 마치 고상한 식기라도 되듯 결혼이나 이혼 같은 특별한 경우에만 쓴다. 그 외의 날에 그녀는 완전히 다른 이름으로 불린다.

남자 그 녹음기 작동하니?

여자 작동하죠.

남자 (회의적인 어조로) 확신해?

여자 확신해요.

남자 알았다. 네가 그렇게까지 말한다면….

여자 음, 이걸 제게 판 청년이 한 말에 따르면 시중에 나온 것 중 최고래요. 게다가 우리 목적에도 꼭 맞고요.

남자 꼭 맞아… 정말?

여자 네, 음질이 아주 훌륭해요.

남자 아.

여자 고도로 정교한 기기예요.

남자 그렇구나.

여자 아무튼 지금까지 우리가 한 건 테이프에 다 들어 있어요. 제가 다 확인했어요(이건 거짓말이다). 그리고 조만간 전부 글로 옮길 거고요. 그러면 다음 과정을 어떻게 진행할지 의논해 봐야 할 거예요.

남자 뭐라고?

여자 어떻게 진행할지요.

남자 그렇지.

여자 오늘은 좀 어떠세요?

남자 오늘은 달게 자다가 막 일어났어…. 서재에서 음악을 듣고 있는데, 갑자기 피곤이 몰려오는 거야. 그래서 그 사람들에게 물었지…. 여기서 일하는 사람들…. 그녀들이 출퇴근을 해, 알다시피. 그녀들에게 내가 누울 만한 곳을 아는지 물었어. 그랬더니 내 침대에 누우면 된다는 거야. 그녀들이 내 신발을 벗기고 이불을 덮어주고 커튼을 쳐줬어. 나는 순식간에 잠에 빠졌어. 그리고 지금은 여기에 있고.

여자 푹 쉬신 것 같으세요.

남자 뭐라고?

여자 푹 쉬신 것 같다고요.

남자 그래, 푹 쉰 것 같아….

여자 파티 준비는 다 되셨어요?

두 사람이 웃음을 터트린다.

남자 아니, 하지만 지금까지 이런 대화가 정말 즐거웠어…. 진해정 하나 먹을래?

남자는 사탕이 든 갑을 흔든다.

스풀들   165

남자 (망설이듯) 이게 적절한 행동일까? 우리가 여기 앉아서…
알잖니?

여자 여기 앉아서 뭘요?

남자 여기 앉아서 진해정을 빨아 먹는 것?

여자 우리는 하고 싶은 건 뭐든 할 수 있어요, 아니에요?

남자 응, 그건 안 돼.

여자 우리가 하고 싶은 건 뭐든 할 수 있다고 생각하지 않으
신다고요?

남자 음… 너는 뭐든 하고 싶은 대로 해도 괜찮아. 하지만 나
는 안 돼.

여자 하고 싶은 대로 하실 수 없다고요?

남자 그래. 내 생각에는… 나는 점잖게 행동해야 해. 나는 주
인공이니까…. 이 인터뷰들의 대상 말이야.

여자 네, 그건 사실이에요. 그럼 점잖게 행동하시는 게 좋겠어
요.

남자 (여자의 손을 잡으며) 네 손이 차갑구나.

여자 네, 제 손은 차가워요.

남자 설마 뭐에 걸린 건 아니지, 그렇지?

여자 당연히 아니죠! 방금 손을 씻었는데 수돗물이 찼어요.

침묵.

불안

여자 그리고 아버지가 뭐에 걸리시면 손이 **따뜻해져요** — 그러니까, 편찮으시면요.

남자 하지만 네 손은 차가워져 — 네가 아프면.

여자 네, 아마도요.

남자 흠.

여자 하지만 저는 아프지 **않아요**!

남자가 몸을 앞으로 기울여 이마를 여자의 이마에 댄다.

남자 네 코가 따뜻하구나.

여자 어제 아버지 코는 차가웠어요.

남자 우리가 무슨 이야기를 하던 중이었지?

여자 나이 먹는 거요. 거기에 혹시 무슨 좋은 점이 있는지 여쭤보고 싶었어요. 그러니까….

남자 늙어가는 거?

여자 네, 늙어가는 거요.

남자가 웃음을 터트린다.

여자 기대하시는 일이 있으세요?

남자 아니, 그런 말은 못 하겠구나. 그게 어떤 식으로 일어날 지 모르겠어.

여자 추우세요? 카디건을 가져다 드려요?

남자 춥기는. 여기 온도는 완벽해. 나는 인생의 어떤 부분들은 도저히 견딜 수가 없었어. 그런데 나이가 들면 이 견딜 수 없는 부분들—아니면 전에는 참을 수 없다고 규정했 던 것들—이 나를 쥐고 있던 손아귀에 슬슬 힘이 빠져서 물 먹은 누더기처럼 가라앉고 가라앉다가 끝내 녹아버리 는 거야. 그래서 어떤 면에서는 예전에 자신을 괴롭혔던 이런저런 속박에서 풀려나게 돼. 한편으로는 그만큼 놓 쳐버리는 것도 많아. 그건 확실해. 나는 내게서 떠나버린 것들을 무엇보다 애달파 할 줄 알았어. 그런데 그렇지 않 아. 한때는 중요하다고 생각했지만 이제 내게서 떠나버 린 것들을 나는 애달파 하지 않아. 성… 성적… (**남자는 나 팔을 부는 듯한 소리를 낸다**) 예를 들면 성적 관심. 그건 사라 져. 완전히. 그리고 그건… 아무렇지도 않아. 그냥 스르르 녹아 없어져. 이따금 여자들, 어떤 여자들 말이야. 아름다 운 여자들, 매력적인 여자들이 관심을 보일 수 있어. 그 러면 그 사람은 당연히 이런 생각을 하겠지. 오 이거 참 신나고 근사한 일이군… 하지만 요점만 말하자면 말이 지, 다음 순간 이런 생각이 드는 거야. **오 세상에, 내가 지금**

불안

무슨 짓을 하는 거야…. 아니야, 아니야, 아니야, 아니야…. 근사한 생각이기는 하지만…. 그래, 성적 관심은 완전히 별개의 분야야. 다른 색깔들. 다른 형태들. 그리고 그 아가씨들, 숙녀들, 여자들은 매력적이었어. 이걸 어떻게 표현하면 좋을까? 네가 나이가 들면 이 부분이 완전히 사라지고 없어. 슬그머니 자취를 감추어서 그것이 사라졌다며 애석해할 생각도 들지 않아. 그럴 거야. 적어도 나는 그래…. 나도 왕년에 여자라면 꽤나 좋아했잖아. 우쭐거릴 생각은 아니다만…. 오, 내가 카디건을 안 입고 있네. 내 카디건 못 봤니?

여자 입으시게요?

남자 아니, 여기 이렇게 걸쳐두고 싶어. 내 어깨 위로.

여자 이렇게요?

남자 그래, 그렇게. 자, 계속하렴. 무슨 이야기 중이었지?

여자 여자들에 대해서 이야기를 하고 있었어요.

남자 뭐라고?

여자 우리는 여자들에 대해서, 아버지가 여자들을 꽤나 좋아하셨다는 이야기를 하고 있었어요.

남자 일과 관련된 내 삶의 상당 부분은 여자를 향한 어마어마한 애정을 축으로 돌아갔지.

여자 여자들의 영향력이 어떤 방식으로 아버지의….

스풀들

남자가 몸을 앞으로 숙이며 여자의 말을 끊는다.

남자 상상할 수 있는 모든 방식으로.

한동안 내 친할머니인 카린은 아들의 네 번째 결혼인 셰비와의 결혼에 문제가 있다는 걱정이 들었다. 아들의 불륜행각에 대한 소문은 끊이지 않았고 어느 저녁 할머니의 가장 음울한 의혹이 사실로 드러났다. 아들에게 여자가 또 **생겼다.** 게다가 또 아이가 태어날 예정이었다. 아들의 아홉 번째 아이가.

할머니의 일기를 읽다가 나는 내 존재를 처음으로 언급한 부분과 마주친다.

1966년 3월 8일

잉마르가 저녁에 전화를 해서는 극장에서 늦게까지 일을 하고 있다며 와달라고 했다. 우리는 꼬박 두 시간 동안 이야기를 나누었고 그 결과 내 예감은 몽땅 다 사실로 드러났다. 그 아이들이 이 어려운 시기를 잘 헤쳐 나가기를! 신의 가호를!

새 여자는 임신 4개월째였다. 좋은 소식이 아니다. 카린은 심장이 약한데, 느닷없이 칼로 찌르는 듯한 통증이 자주 온다. 카린은 심장마비를 일으킨 지 닷새 만에 숨을 거둔다. 그녀의 남편인 에릭은 병원에 입원 중이다. 그의 종양이 양성이라고 밝혀지고도 모두 그가 먼저 세상을 뜨리라고 짐작한다. 이런저런 일들로 할머니는 생의 마지막 며칠 동안 심경이 복잡했다. 할머니는 자신의 심장이 약하다는 사실을 알지만 좀 더 살 수 있으리라 생각한다. 할머니는 지쳤지만 여전히 해결하지 못한 문제들이 잔뜩 남아 있다. 그중에서 가장 큰 고민거리는, 막내아들이 새로 만나는 여자가 임신을 했다고 털어놓은 일이다.

할머니가 1966년 3월 8일에 쓴 일기로 보건데, 할머니는 극장으로 와달라는 아빠의 전화를 받은 그날 저녁에 나의 존재에 대해 알게 되었다고 보면 될 것 같다. 내가 태어날 거라는 사실을 말이다. 뱃속에 든 4개월 남짓한 아기. 그 무렵이 되면 태아의 심장박동이 또렷하게 들린다. 아빠와 카린은 꼬박 몇 시간 동안 이야기를 나눴고, **예감은 몽땅 다 사실로 드러났다**고 일기에 쓰기에 이르렀다.

나는 할머니의 일기에서 모종의 위안을 받는다. **몽땅. 다. 예감. 사실.** 나는 한참 만들어지고 있는 누군가 혹은 무언가다. 실제하는 것이다. **사실.**

하지만 내가 생겼다는 소식은 할머니의 심장에 도움이 되지 않는다. 왜냐하면 카린에게 그날 저녁 아들의 이야기가 아무런 위안도 되지 않기 때문이다. 그 아들에게 이미 여덟 명의 자식과 네 명의 아내가 있다는 사실을 떠올려보라. 이혼 수당과 양육비는 말할 것도 없다. 이 모든 상황의 재정적 측면은 그것만으로도 책 한 권은 나올 정도다. 절대 시시한 이야기가 아니다.

나는 할머니가 **그 아이들**이라고 쓴 사람들 중에 나와 어머니 도 포함되어 있었다고 믿고 싶다: **그 아이들이 이 어려운 시기를 잘 헤쳐 나가기를!**

할머니는 돌아가시기 나흘 전인 3월 9일에 이런 일기를 남겼다:

오늘 저녁에 잉마르에게서 놀랍도록 커다란 대만철쭉 한 그루를 받았다. 렌이 내게 가져왔다. 잠시 후 잉마르가 직접 전화를 해서는 어제 이야기 를 들어줘서 고마웠다고 했다. 그 자리에 앉아서 잠자코 그 아이의 이야 기를 들어준 일이 잘한 일이었을까? 어쨌든 내가 잔소리를 시작할 기미 만 보였더라도 그 아이와의 사이에 벽이 생겼으리라는 사실만큼은 안다. 그리고 잉마르도 자신이 고군분투할 때 옳은 일을 하도록 언제나 내 기도 와 진심이 함께 하리라는 사실을 알고 있다.

대만철쭉은 다년생 식물로, 키가 백오십 센티미터까지 자라 는 상록수 관목이다. 잎은 짙은 녹색이다. 만개한 꽃들은 송이 가 크기도 하고 작기도 하며, 홑겹이기도 하고 여러 겹이기도 하다. 꽃잎의 색깔은 붉은색과 분홍색, 연어색, 보라색, 흰색 등 이며 어떤 종류는 두 가지 색이 섞여 있다. 이 식물은 응달에서 가장 잘 자란다. 그리고 독성이 있다. 소나무처럼 대만철쭉은 중국의 시인 두보의 시로 영생을 얻었다.

카린은 이렇게 썼다: **잉마르도 자신이 고군분투할 때 옳은 일을 하도록 언제나 내 기도와 진심이 함께 하리라는 사실을 알고 있다.** 할머니의 심장은 이 일기를 쓴 뒤 나흘 더 뛰었다. 내 할머니는 신을 믿었다. 그러므로 나는 할머니의 기도가 그 심장보다 더 오래도록 살아 숨 쉬었을 것이라 믿기로 했다.

옳은 일을 하는 방법. 할머니는 무슨 뜻으로 이런 표현을 썼을까? 옳은 일을 하는 것이란 무엇을 의미할까? 내 아버지가 셰비와 이룬 가정을 깨지 말아야 했다는 뜻일까? 아마도. 하지만 동시에 새 여자와 아직 태어나지 않은 아이에 대한 책임을 지는 것 또한 옳은 일이라고 믿었을 것이다. 아들은 도저히 양립할 수 없는 곤란한 상황에 처했다. (혹은 할머니는 그렇게 생각했다.) 이쪽에는 셰비와, 저쪽에는 새 여자와 아직 태어나지 않은 아이. 나머지 아내들과 아이들, 경제적 의무는 말할 것도 없다. 할머니는 다른 변수들을 전부 고려할 수 있었을까? 아버지가 내 어머니를 만나고 곧 여자아이가 생겼을 때 다니엘은 고작 세 살이었다. 카린이 아들과 며느리 내외를 찾아가면 셰비는 피아노를 치고 자신이 연주한 곡들에 대해 열정적으로 이야기를 했다. 카린은 아들과 셰비의 아름다운 집, 넓은 정원,

환한 방들을 흠모했다.

여자아이가 생기기 몇 해 전인 1962년 12월 26일, 내 할머니는 이렇게 썼다:

오늘 우리는 잉마르의 아들인 다니엘 세바스티안의 세례식에 다녀왔다. 음악실은 초를 밝힌 높다란 크리스마스 트리로 아름답게 꾸며져 있었고 바로 옆에 세례 테이블이 놓여 있었다. 우리가 샴페인 잔을 들자 에릭이 그 테이블 위에 누워서 커다란 눈을 말똥말똥 뜨고 그를 바라보는 어린 다니엘에게 몇 마디 말을 했다. 그곳은 아름답게 꾸며져 있었고, 우리는 셰비의 부모와 그 아이의 언니 부부가 몹시 마음에 들었다. 모든 것이 완벽했다. 셰비는 이제 전보다 훨씬 더 활기에 넘쳐 보인다. 그리고 그 아름다운 집에서 아들 가족은 무척 행복해 했다. 모든 것이 하얀 눈에 덮여 있었다.

여자 연세가 드시면서 아버지에게서 떠나버린 게 또 있어요?

남자 나이가 들면서?

여자 네, 아버지가 그러셨잖아요. 나이가 들면 단어와 기억이 떠나버린다고요. 또 다른 것들이 사라진 게 있는지 궁금해요. 사라져서 후회스럽거나 그렇지 않은 것들요.

남자 후회스럽거나 그렇지 않은 것? 모르겠구나. 한때는 중요하다고 여겼던 일상적인 평범한 일들이 있었지만 더이상 중요하지 않아.

긴 침묵. 테이프에서 잡음이 들린다.

남자 (불안한 듯) 하지만 여기 이 자리에 있으니 즉흥적인 대답이라도 해야 할 것 같아. 네 질문에 즉흥연기라도 해야만 한다는 그런 느낌이 들어. 어쩐지 작위적인 느낌이야.

여자 그럼 이 질문은 그냥 넘어갈까요?

남자 그래.

여자 그럼 그렇게 해요. 아버지가 늙는 것도 일이라고 하셨잖아요. 그 말 기억하세요?

남자 아니.

불안

여자 음, 어쨌든 아버지가 그렇게 말씀하셨어요. 늙는 것도 일이라고요.

남자 늙는 게 뭐라고?

여자 일이라고요.

남자 내가 그렇게 말했어?

여자 네, 그러셨어요. 이제 더 늙으셨는데, 여전히 늙는 것도 일이라고 생각하세요?

남자 늙어가는 건 아주 힘들고 사람을 녹초로 만들고 긴 시간에 걸쳐 벌어지는 아름답지 않은 일 같아.

여자 그렇군요.

남자 하지만 그게 본질이야…. 그게 본질이지!… 어떤 것은 중요해. 또 어떤 것은 중요하지 않지. 가령 음악은 점점 내게는 본질적인 것이 되었어…. 음악 따위엔 관심도 없던 때가 있었지. 하지만 지금은 내게 아주 중요한 것이 되었어… 이 카디건을 벗고 싶구나. 몸에서 열이 나.

여자 더우세요?

남자 그래, 더워.

여자 화가 나세요?

남자 아니, 화가 나는 게 아니야. 내 대답이 형편없다는 생각을 하면서 앉아 있을 뿐이다.

여자 저는 그렇게 생각하지 않아요…. 잘 되고 있는 것 같아요.

남자 음, 그렇다면 다행이고. 네가 그렇게 생각한다니 다행이야. 나는 지금 내가 아닌 다른 사람인 척하거나 우쭐하지 않으려고 꽤 노력을 하고 있단다.

아버지보다 어머니가 신을 더 쉽게 믿을 수 있었다. 어머니는 어린 시절의 신앙심을 간직했다. 저녁 기도. **하늘에 계신 우리 아버지, 하느님의 이름이 거룩하게 하시며.** 신은 고요했다. 하지만 어머니의 주위는 바람 잘 날이 거의 없었다. 신의 고요함은 신이 한쪽 귀로 예사로 들을 뿐만 아니라 우주만큼 큰 귀로 듣고 있다는 뜻일지도 몰랐다. 그래서 이 고요함 속에서 어머니는 원하는 누구나가 될 수 있었고 수치심 없이 사랑할 수 있었다.

트론드헤임에서 자란 어머니는 난나와 빌리 이모와 함께 작은 아파트에서 살았다. 푸른색의 비더마이어 소파 위 벽에는 장교모를 쓰고 미소인 듯 아닌듯한 표정으로 여자아이의 어머니를 내려다보고 있는 늠름한 군인의 푸른색 초상화가 걸려 있었다.

여자아이는 어머니가 이야기를 할 때, 가령, 어머니가 외할아버지에 대해 이야기를 할 때. 더 주의 깊게 들었어야 했다. 외할아버지는 정말 프로펠러에 머리를 강타 당했을까?

하지만 여자아이는 아주 어릴 때부터 어머니의 이야기에 의문을 품었다.

여자아이는 엄마처럼 예쁘지 않았다. 아이의 얼굴은 내내 변했다. 한 장의 사진처럼 똑같아 보인 적이 없었고 사진을 찍을 때마다 그 전 사진과 생김새가 다르다. 그런 점에서 볼 때 여자아이의 이름을 둘러싼 이야기는 그녀의 얼굴을 둘러싼 이야기와 잘 맞는다. 사진 속 여자아이는 입을 이상하게 만든다. 아주 어릴 때도 그러더니 커서도 여전하다―입술을 뾰로통하게 오므리고 눈을 가늘게 뜬다.

요전 날 나는 어린 시절 사진을 가득 모아 놓은, 연갈색 합성가죽으로 장정한 앨범을 우연히 찾았다. 나는 수도 없이 사진을 찍었다. 푸른색 접이식 의자에 나란히 놓인 한 쌍의 헝겊 인형을 찍은 거의 비슷한 두 장의 사진 같은 것들을 말이다. 이사진들은 함마르스에서 찍었다. 내게 카메라를 준 사람은 아빠였을 것이다. 아니, 잘 모르겠다. 엘링 샬리손 거리의 아파트에서 찍은 사진도 있다. 그 사진에는 나와 엄마가 황금색 기둥들이 달린 커다란 침대에 앉아 있다. 어머니는 붉은색 나이트가운을 입고 있고 머리카락이 우리 둘 위로 흘러내려 있다. 우리가 사진을 찍기 직전에 어머니는 재빨리 브러시로 머리를 빗었을 것이다―우리는 자동셔터 기능으로 사진을 찍었다. 나는 치아교정기 위에 리테이너(치아유지장치―옮긴이)를 끼고 있다. 나는 밤에는 리테이너를 끼고 잔다. 밤마다 리테이너를 제 자

불안

리에 끼우려고 입에 손을 넣어 한참 끙끙거린다. 작은 고무 밴드들과 갈고리들과 손가락들이 입 안으로 쑥 들어간다. 우리는 황금색 침대기둥들이 서 있는 침대에 앉아 있고 엄마가 한 팔로 나를 꼭 안고 있다.

　나는 흰색 윗도리와 붉은색 코듀로이 치마 차림이다. 엄마는 잠에서 막 깼다. 머리는 서둘러 브러시로 빗었지만 눈에는 여전히 잠기운이 남아 있는 게 보이기 때문이다.

소년 시절 아빠는 달라르나에서 여름을 보낼 때면 구불구불 이어지는 시골길을 자전거를 타고 달렸다. 아빠의 가족은 두브네스에 집이 한 채 있었다. 그 집을 보롬이라고 불렀다. 아버지는 편지로 할아버지에 대해 말해 주었다. 할아버지는 목사였고 이름은 에릭이었다. 그때는 아빠를 푸라고 불렀다. 할아버지와 아버지는 자전거를 타고 언덕을 오르내렸다. 에릭이 앞장을 서고 푸가 약간 뒤처져 뒤를 따랐다. 두 사람은 에릭이 설교를 할 교회로 가는 길이다.

"아버지와 나, 우리는 이런 식으로 세상을 배회할 거야." 푸가 말한다.

내게는 아빠가 쓴 푸른 공책 다섯 권이 있다. 공책마다 아버지의 글과 오래된 가족사진이 들어 있다. 가끔 아빠는 사진들을 펼쳐놓고 앉아 돋보기로 요모조모 뜯어보고 앨범에 붙어 있던 사진들을 잘라 내 공책에 붙였다(아버지는 공책이 수백 권이나 있었는데, 워크북이라고 불렀다). 그리고 사진을 붙이고 남은 여백에 글을 썼다. 이따금 사진 위에도 글을 끼적이곤 했다.

불안

그 공책 하나에는 아빠의 친할머니 사진이 한 장 있다. 실용적으로 보이는 버튼업 블라우스를 입고 넓은 얼굴이 도드라져 보이는 증조할머니는 큰 가슴이 푸근해 보인다. 어깨에는 하얀 카디건을 걸치고 머리에는 과일과 꽃 장식이 정교하고 우아한 넓은 테의 봄 모자를 쓰고 있다. 나는 사진을 찍기 몇 시간 전의 증조할머니를 상상해본다. 거의 백 년 전 어느 이른 아침. 증조할머니는 외출을 하려는 참이다. 옷은 잘 다려 빳빳하고 단추도 끝까지 다 잠가져 있다. 맵시 있고, 단정하고, 아름답다. 할머니의 눈길이 우연하게도 꽃과 과일로 테두리를 장식한 화려한 모자에 닿는 순간이 머릿속에 그려진다. 그 모자는 다른 모자들을 압도하며 모자 선반에 놓여 있다. 그리고 조금 과하게 크고, 조금 과하게 여성스럽고, 조금 과하게 과일이 주렁주렁 달려 있다. 간단히 말해서 모든 요소가 조금 과하다. 이 모자에 가려 다른 모자들은 존재감마저 희미해졌다. 할머니는 눈을 빛내며 계획을 바꾼다. **모자 계획.** 짐작건대, 누구나 모자를 쓰면 모자 계획이라는 것이 생긴다. 무슨 일이 일어나는가 하니, 할머니가 마음을 바꾼다. 할머니는 여자아이처럼 발끝으로 서서 (모자 선반이 다른 선반들보다 높이 달려 있다) 점찍은 모자를 집는다. **아,** 하고 살짝 감탄하며 과일-꽃 모자를 머리에 쓰고 손목을 살짝 움직여 원래 쓰려고 했던 작고 얌전한 모자를 선반에 되돌려 놓는다.

사진 속 증조할머니의 한쪽에는 어린 푸가 있고 반대쪽에는 푸의 형인 다그가 있다. 두 소년은 할머니를 향한 애정에 몸을 꼭 붙이고 있다. 푸는 미심쩍어하는 눈빛으로 사진을 똑바로 쏘아보고 있다. 푸의 나이는 네 살가량이다.

아빠는 사진 밑에 이렇게 기록해 두었다: **할머니의 모자.**

여기에 불빛으로 환히 밝힌 도시와 지붕들, 그늘진 거리, 교회의 첨탑, 잎이 다 져버리고 시들시들한―유령 같은―나무 몇 그루가 담긴 사진 두 장이 있다. 아버지의 공책에서 도시의 풍경을 보는 것은 제발트의 소설을 읽는 것과 비슷하다. 나는 아버지가 언제나 어딘가에 속해 있었던 사람이라고 생각한다. 아버지에게는 함마르스가 있었다. 극장이 있었다. 영화 스튜디오도 있었다. 나는 몸이 근질거려 절대 정착할 수 없는 사람이었다―서랍 가득 지도를 넣어두고도. 그런데 아버지의 공책에 실린 도시의 풍경에서는 몹시도 깊은 고독감이 느껴진다. 소외감 말이다. 가장자리 여백에 아버지는 커다란 대문자로 이렇게 써두었다: **안전함이 미치는 가장 내밀한 곳에서 살기.** 아버지가 무슨 뜻으로 이렇게 썼는지 궁금하다. 그곳―안전함이 미치는 가장 내밀한―은 그리 안전한 장소로는 느껴지지 않는다. 오히려 들어가지 못하도록 금지된 곳으로 들린다. 설령 어찌어찌해서 들어간다고 해도 분명 곧장 쫓겨날 것이다. 사방에서 경계

불안

를 순찰하고 높은 담장이 서 있어서, 나는 다른 사람들처럼 이곳에 속하지 않는다는 익숙한 감각이 느껴진다.

여기 아빠의 젊은 시절 사진이 있다. 이제 아무도 아빠를 푸라고 부르지 않는다. 그런 애칭으로 불리기에는 너무 커버렸다. 아버지는 머리를 뒤로 넘기고 일요일에 입는 가장 좋은 옷을 입었다. 하얀 셔츠의 깃과 넥타이의 검은 매듭, 어쩐지 잘 맞지 않는 정장 재킷이 보는 이의 시선을 사로잡는다. 몇 년도 사진일까? 1935년이나 1936년일 것 같은데, 확실히는 모른다. 아버지는 사진에 찍히는 게 싫었던 것 같다. 입을 꾹 다물고 미소를 짓지도 않았다. 입술은 이 사진을 찍기 위해 할머니에게 빌려온 것처럼 모양이 가지런하고 섬세하다. 두 귀는 크고 툭 튀어나왔고 눈에는 속내를 숨기는 듯한 눈빛이 서려 있다. 아버지는 짐짓 꾸며낸 무심함과 의심(그 사진보다 십이 년 어린 푸의 눈에서도 똑같은 눈빛을 본 적이 있다), 환심을 갈구하며 헌신하려는 마음이 뒤섞인 표정으로 앞을 응시한다—타인에게 배신을 당했을 때 아버지가 어떻게 할지 종잡을 수 없다. 그 사람의 음식에 침을 뱉을까? 키스를 간구할까? 아니면 그 자리를 박차고 나가 다시는 돌아오지 않을까?

지금 나는 아빠가 구부정하게 몸을 숙이고 보았던 사진들을 구부정하게 몸을 숙여 보고 있다.

내 마음의 눈에 아버지의 상이 맺힌다. 여든이 넘은 노인이 열일곱 소년의 사진을 찬찬히 바라보고 있다. 그 소년은 더이상 푸라고 불리지 않고 속내를 감춘 듯한 눈빛을 하고 있다. 여든 노인이 공책의 여백에 뭔가를 써 두었다. 단 두 단어. 그 페이지에 써야 할 단어를 다 쓰기 위해—소년의 얼굴 위에까지 글을 쓰지 않으려고—아버지는 평소처럼 검은색 펠트촉 펜으로 아이처럼 커다란 대문자로, 왼쪽에서 오른쪽이 아니라 위에서 아래로 썼다:

자
위
하는
자

오랫동안 내가 떠올릴 수 있는 유일한 이미지는 아버지가 숨이 끊어진 채 누워있는 모습이었다. 아버지는 시트를 깔고 이불을 덮고 있지만 더이상 이 세상 사람이 아니었다. 이 이미지는 존재하지 않는다. 하지만 한동안 이것 때문에 다른 이미지들이 전부 흐릿해졌다.

아버지는 함마르스의 집에 있는 당신의 침대에서 하얀 베개를 베고 누워 있다. 바깥은 구름이 끼어 우중충하다. 나는 아버지가 마지막 숨을 쉬었을 때 아침이 밝아오던 중이었는지, 커튼의 틈새로—아버지가 돌아가실 때 커튼이 쳐져 있었다—한 줄기 빛을 보았는지 모른다. 아버지는 늑대와 늑대의 습성에 대해서 아무 것도 모르면서 새벽 4시 경을 **늑대의 시간**이라고 불렀다. 아버지는 그 늑대의 시간에 숨을 거두었다. 누군가 아버지의 얼굴을 체크무늬 손수건으로 동여매어 정수리에 나비 모양으로 매듭을 지어 놓았다. 아마도 마지막 나날 동안 아버지 곁을 지켰던 여섯 여자들 가운데, 망자에게 무엇을 해야 하는지 아는 사람이었을 것이다. 스카프 같은 천으로 얼굴을 동여매면 입이 벌어진 채 그 상태로 사후경직이 되는 사태를 방지할 수 있다. 누군가 아버지의 눈도 감겨 주었다. 우리는 입을 벌리거나 눈을 뜬 채 천국에 가지 않아도 될 것이다. 베개를 베고 누운 아버지의 모습이 기묘해 보인다.

나는 매듭을 **헐겁게 하고 푸는** 동작을 상상해 본다. 아이들의 모자와 목도리, 신발 끈을 헐겁게 하고 풀어줬던 모든 순간을 떠올리며 침대의 가장자리에 앉아 손을 뻗어서 바보 같은 나비매듭을 풀어버릴지 고민을 한다. 아빠는 이런 나비매듭을 한 채 돌아가셔서는 안 된다. 그러나 다음 순간 호기롭던 생각이 사라진다. 오늘 가족이 아버지와 작별 인사를 하러 올 것이라는 사실이 떠오른다. 우리는 여름마다 아버지의 생일을 맞아 모두 모였다. 우리는 아버지가 모든 비용을 댄 푸짐한 식사를 했다. 아버지는 대개 우리와 함께 먹지 않고 나중에 들렀다. 그럴 때면 우리는 아버지가 오기 전에 미친 듯이 뒷정리를 했다. 식탁에 잔이나 병이 남아 있거나 싱크대에 그릇이 들어가 있는 일은 절대 없었다. 눈에 들어오는 모든 것이 깔끔해야 했다. 아버지가 돌아가신 것을 확인한 후 우리는 한 번에 한 사람씩 아버지가 누워 있는 방으로 들어가기로 정했다. 이 작별인사가 앞으로 이어질 각종 절차의 시작이었다. 내 차례가 되자 나는 방으로 들어가 침대 끄트머리에 걸터앉아 양손을 허벅지 위에 올린다. **헐겁게 하지도 풀지도** 마. 나비매듭은 농담처럼, 비웃음처럼 그대로 남을 것이다. 나는 사후경직이 언제 진행되는지 모른다. 내가 손수건을 풀어버리면 입이 툭 벌어질지 그대로일지도 모른다.

불안

남자 나는 모든 면에서 신을 믿지만 그분의 의지를 이해할 수 있으리라 기대하지는 않아. 신은 어느 음악에나 깃들어 있어. 위대한 작곡가들은 자신이 경험한 신을 우리에게 음악으로 이야기해주는 거야. 나는 그렇게 믿어. 헛소리가 아니야. 내게 있어서 바흐는 불변의 요소야.

여자 하지만 늘 의심을 품으셨잖아요?

남자 바흐에 대해서는 아니야.

여자 아뇨, 신에 대해서 말이에요.

남자 말도 안 되는 소리. 이제 다 끝났어. 그런 시간은 지나갔어. 불신과 의심, 그런 것들에 대해서 떠들어댈 기력이 남김없이 사라졌어.

여자 의심에 종지부를 찍을 만한 특별한 사건이라도 있으셨어요?

남자 서서히 일어났지, peu a peu (조금씩이라는 뜻—옮긴이). 잉그리드가 죽은 후에 신의 의지에 대해 명료하게 깨닫게 되었다고 말하는 편이 정확할 것 같구나…. 나는 경계 밖으로 나갈 수 있어. 하늘과 바다로 둘러싸인 여기 함마르스에서. 그러면 느낄 수 있을 거야… 존재를.

가끔이지만, 여자아이는 아버지의 갈색이나 녹색 카디건을 빌릴 수 있었다. 그 카디건들은 팔꿈치에 가죽을 덧대었고 군데군데 깁고 짜깁기를 한 자국이 있었다. 아이에게 그 카디건은 너무 커서 바닥에 끌릴락말락할 정도였다. 매일 아버지는 해변을 따라 자신의 여성용 붉은색 자전거를 탔다. 여자아이는 폭 싸이듯 그 카디건을 입고 문가에 서서 아버지가 좁은 길을 따라 사라지는 모습을 지켜보았다. 포뢰에는 어딜 가나 돌이 있다. 조약돌 해변에. 자갈이 깔린 길을 따라. 집 주위에— 돌담들. 가장 크고 오래된 바위인 석회암 무더기들은 **라우크**라고 불린다. 어느 해 여름, 여자아이는 제 자전거를 타고 오빠 다니엘과 함께 섬의 반대편에 있는 돌무더기들을 탐험하러 갔다. 다니엘은 동생이 너무 마르고 연약한데다 잘 넘어져서 가축 탈출 방지용 발판 사이로 빠질까봐 걱정을 했다.

무려 사억 년 전에 형성된 괴석들이 바다에서 솟아올라 하늘을 찌를 듯하다. 돌무더기는 머리를 닮았다. 거대하고 기괴하게 생긴 노인의 머리. 여름철이면 그 바위에 꽃이 피고 풀이 돋아 아이들이 올라가 논다.

불안

다니엘과 여자아이는 작기는 해도 각자 방이 있었다. 두 아이의 방은 집의 한쪽 끝에 벽을 사이에 두고 나란히 붙어 있었다. 아버지는 두 아이가 각자의 방문에 그림을 그리고 글을 써도 내버려 두었다. 아이들은 샤워실과 화장실을 함께 썼다. 물이 부족했기 때문에 샤워는 일주일에 한 번만 하고 소변을 본 후에는 변기의 물을 내리지 않는 것이 규칙이었다. 하지만 여자아이는 마음대로 물을 내렸기 때문에 다니엘은 동생이 언제 화장실을 사용했는지 알지 못했다. 다니엘은 여자아이보다 네 살 위였으며 방문에 **fuck**이라고 썼다. 잉그리드는 그 표현은 너무 심하다고 지적했다. 아이들이 방문에 마음대로 그림을 그리고 글을 쓰게 내버려두는 것과 'fuck'이라고 써도 방치하는 건 별개의 문제라고 했다. 하지만 아빠는 전혀 개의치 않았다. 그래서 그 이야기는 그렇게 끝이 났다. 아이들은 각자의 방을 원 없이 엉망으로 만들 수 있었다. 하지만 나머지 공간에서는 그럴 수 없었다. 그곳은 언제나 완벽한 질서가 지배했다. 잉그리드가 그렇게 되도록 책임졌다. 모든 것에는 각자 주어진 장소와 시간이 있었다. 하지만 아이들은 제 방을 마음껏 어지럽힐 수 있었다. 아무도 방을 치우라고 다그치지 않았다. 그것은 그집의 규칙 같은 것이었다. 아이들이 아버지를 찾아오면 어른들은 아무도 이렇게 말하지 않았다. **가서 방을 치워.** 여자아이의 방은 작고 꽃무늬 벽지가 발라져 있었다. 침대 옆 작은 테이블에는 여자아이의 라디오가 있고 벽장 꼭대기의 상자에는 여름마다 읽었던 낡은 잡지들이 빼곡하게 들어차 있었다. 바닥에는 침대 아래로 텅 빈 여행가방 두 개가 반쯤 들어가 있었다.

아버지의 서재 문이 닫혀 있으면 노크를 하지 말아야 했다. 그럴 때 아버지는 대개 책상에서 글을 쓰는 중이기 때문이었다. 아니면 다니엘에게 독일어를 가르치는 시간이거나. 여자아이는 다니엘이 아버지에게 듣는 독일어 수업에서 빠져나오기 위해 **말 그대로 뭐라도** 하지 않을까 궁금했다. **Ich bin der Geist, der stets verneint! Und das mis Recht; denn alles, was entsteht, ist wert, daß es zugrunde geht**(나는 항상 부정하는 정신입니다. 그리고 그것이 맞습니다. 발생하는 것은 모두 멸망할 가치가 있으므로—옮긴이). 아버지는 이렇게 말하고 껄껄 웃었다. 이제 곧 독일어 수업을 시작할 시간이다. 다니엘은 서재의 의자에 앉아 있다. 여자아이가 서재를 갈 때마다 앉는 바로 그 의자다. 여자아이는 실수로 이쪽으로 와 버렸다. 어쩌다가 여기까지 오게 되었는지 모르겠다. 원래는 다른 곳에 있어야 할 시간이었다. 이를 테면 발레 연습실을 겸하는 차고나 자신의 방이나 디저트로 먹을 야생딸기를 따러 밖에 있어야 했다. 하지만 어슬렁거리다 아버지의 서재까지 오게 되었고 덕분에 문틈으로 오빠—길고 검은 머리카락을 이마와 눈까지 늘어뜨린 채 양손으로 턱을 괴고 있는—를 훔쳐볼 기회를 얻었다. **Ich bin der Geist, der stets verneint.** 독일어 문법은 결코 어린아이가 이해하기를 바랄 수 있는 영역이 아니다. 게다가 지금은 한창 여름방학이 아닌가—이 부분이 가장 최악이다. 여자아이는 이 수업에 다니엘 엄마의 입김이 작용했으리라 확신하고 있다. 아버지가 아들에게 독일어를 가르쳐야 한다고 강하게 밀어붙이는 사람이 바로 그녀라고 말이다. 아이들의 엄마들은 때때로 그런 생각을 떠올린다—**아버지가 어느 정도 책임을 떠맡아야 옳다.** 지금 이곳에서 여자아이는 의자에 앉아 양손으로 턱을 괴고 있는 오빠를 문틈으로 지켜보고 있다. 바로 그때 아이가 무슨 소리를 낸 모양이었다. 백 군데나 되는 모기 물린 자국 중 하나를 벅벅 긁었을지 몰랐다. 그도 그럴 것이 아버지가 고개를 돌려 여자아이를 똑바로 바라보기 때문이다. 오빠도 고개를 들고 동생을 바라본다. 여자아이는 맨 피부와 푸른색 옷이 다 보이는 가느다란 문틈 옆에 서서 안을 들여다보며 벅벅 긁는 소리를 내고 있다. 무슨 말이라도 하려다가 그러지 않기로 한다—짧은 치마와 뒤로 꽉 묶은 머리, 파이프처럼 가느다란 두 다리를 못 알아볼 리가 없다. 누구도 선뜻 입을 열지 않는다. 지금 이 시간은 여자아이의 순서가 아니다. 여자아이는 독일어를 배워야 하는 당사자도 아니다. 아버지가 벌떡 일어나 서재를 성큼성큼 가로지르더니 여자아이에게 눈길조차 주지 않고 문을 꼭 닫는다.

아빠와 여자아이는 약속을 했다. 그 약속이 그의 다이어리에 적혀 있었다. 아니 수첩이라고 해야 할지도 몰랐다. 그런 식으로도 불렀기 때문이다. 수첩은 아빠의 책상에 놓여 있었다. 모든 것에 제각각 장소와 시간이 있었다. 아버지와 여자아이가 **대화를 나누는 일**에도 시간이 배정되었다.

여자아이가 원피스를 잡아당겼다. 푸른색이고 여름이 지나는 동안 아이가 훌쩍 커버린 바람에 너무 작았다. 아이는 이쪽 의자에 앉았고 아빠는 다른 쪽 의자에 앉았다.

한참 동안 아빠는 절망에 가까운 표정으로 아이를 바라보더니 이렇게 말문을 열었다. "문제는 말이지. 우리가 나이 차이가 너무 많이 난다는 거야. 우리는 함께 나눌 이야깃거리가 별로 없어."

여자아이는 무슨 말을 해야 할지 몰라서 앉은 자리에서 그냥 꼼지락거렸다. 이야기를 나누는 동안 아이는 제 아버지가 몹시 난처한 속내를 숨기지 않는다는 사실을 알아차렸지만, 그렇다고 자신이 어떻게 해야 하는지 떠오르지 않았다. 두 사람의 사이에는 사십팔 년이라는 시간이 있었다. 사십팔 년은 정말로 긴 세월이고 축지법을 쓰듯이 순식간에 그 간격을 좁혀버린 척 할 수 있는 문제가 아니었다. 솔직히 나이 차이가 많이 난다는 말은 아버지가 하기에 적절한 말이 아니었다. 부녀의 나이차는 엄연한 사실이고 어차피 그 누구도 어떻게 해보거나 해결할 수 없으니 말이다. 여자아이는 아버지에게 갖고 싶은 의자에 대해, 이 세상에서 가장 좋은 그 의자에 대해 말했다.

"그건 뭔가에 대한 메타포니?" 아버지가 물었다.

"네?"

"이따금 이것이 꼭 이것이 아니라 저것일 수도 있어. 이런 걸 메타포라고 하지. 그러니까 내 말은, 네가 말한 의자가 네 머릿속에서는 다른 것을 상징하니? 네가 지금 생각하는 있는 대상? 네가 꿈꾸는 것?"

"아뇨, 그건 아닌 것 같아요."

"그렇다면 마법 의자 같은 거니?"

"아뇨!" 여자아이가 한숨을 폭 쉬었다. "그냥 의자에요."

아홉 살이 되자 여자아이에게 제 전축이 생겼다. 그 전축은 원래 숲의 옆에 있는 낡은 차고에 제 자리가 있었다. 그 차고는 발레 연습실로 개조했다. 여자아이는 몇해째 발레 수업을 듣는 중이었다. 그리고 아버지와 어머니는 이 사실에 매우 흡족해 했다. 아버지는 여자아이에게 발레 무용수가 되고 싶으면 차고 에서 하루에 두 시간씩 연습을 해야 한다고 했다. 그러더니 차 고에 소나무 마룻바닥을 깔고 벽에 바도 만들어 주었다. 발레 슈즈에 바르라고 송진 한 상자를 주문하기도 했다. 제대로 된 발레 연습실들은 무용수들이 미끄러지거나 넘어지지 않도록 송진을 구비해 둔다. 바람이 꽤 부는 날이면 차고 지붕 위로 솔 방울이 후두둑 떨어지곤 했다. 쿵 하고 솔방울들이 지붕을 치는 소리가 들리자마자 데굴데굴 지붕을 굴러 내려와 빗물 홈통으로 톡 떨어지는 소리가 이어졌다.

아빠가 말했다: "네가 그걸 쓸 수 있지 않을까?"

"책요?"

"그래."

"늙어가는 일에 대해서요?"

"그래."

"그럼 아버지는 그 책이 일종의… 인터뷰집이라고 생각하세요?"

"네가 꼭 이름을 붙이겠다면, 그래."

"굳이 이름을 붙이지 않아도 상관없어요."

"하지만 뭐든 이름을 붙여주는 게 좋지 않겠니."

"그 이야기는 언제든지 다시 할 수 있어요."

"내게 좋은 제목이 있어."

"어떤 제목인데요?"

"총잡이 호색한의 죽음."

"네?"

"언젠가는 '총잡이 호색한의 죽음'이라는 제목으로 영화를 찍고 싶었어. 그런데 이 제목에 딱 들어맞는 영화를 아직도 못 만들었지 뭐냐."

모든 것에는 이름이 있다. 매일 오후 다섯 시, 아빠는 **붉은 악의Red Menace**라고도 부르는 볼보를 몰고 그날의 신문을 사러 섬의 반대편에 있는 키오스크로 간다.

아버지는 그 키오스크에 갈 때 항상 다니엘을 데리고 간다. 이따금 여자아이도 따라간다. 원래는 잉그리드와 마리아와 남아서 저녁상을 차리는 걸 돕거나 식탁을 장식할 야생화를 꺾어오거나 디저트용 야생딸기를 따러 숲에 다녀온다. 하지만 가끔 아빠와 다니엘이 석간신문을 사러가는 길에 여자아이도 따라나선다. 아이는 뒷좌석에 앉는다. 다니엘은 조수석에 앉는다. 아마 여자아이는 아홉 살이고 다니엘은 열두 살일 것이다. 아버지는 차를 급하게 몬다. 좁은 길에서의 규정 속도나 안전한 속도보다 훨씬 더 빠르다. 하지만 앞에서 예쁜 아가씨나 여자가 자전거로 혹은 걸어서 다가오면 속도를 늦춰 다니엘과 함께 그 여자를 요모조모 뜯어본다. 그녀가 어떻게 생겼는지, 어떻게 움직이는지 지켜보는 것이다.

여자아이는 뒷좌석에 앉아 있다. 아이의 체구에 비해 자리가 매우 넉넉하다. 아이는 양팔을 쭉 뻗고 날개를 파닥이는 새처럼 흔들어보지만 아무도 관심을 주지 않는다. 거기에 있다는

불안

사실을 잊었는지도 모른다. 여자아이는 남자아이와 다르다.

"아홉!" 아버지가 기어를 일단으로 바꾸며 걷거나 자전거를 타고 지나가는 여자를 향해 미소를 지으며 말한다. 그 여자도 미소로 화답한다.

"여덟!" 다니엘이 손을 흔들며 말한다.

그러자 아버지가 다시 속도를 높이기 시작한다. 점점 속도를 높여서 그들이 지나가는 주위로 흙먼지와 작은 돌들이 회오리치듯 날아올라 사방으로 날아간다. 여자아이는 **구구구** 소리를 내기 시작한다. 아버지가 차를 어찌나 빨리 모는지 곧 하늘로 날아오를 것만 같기 때문이다. 한쪽으로는 숲이, 다른 쪽으로는 바다가 쉭쉭 지나간다. 길을 따라 쏜살같이 달려 눈앞에 펼쳐진 황무지도 지나치며 질주한다. 얼마 후 걷거나 자전거로 마주오는 또 다른 여자가 저 앞에 보인다. 그러면 아버지는 속도를 다시 늦춘다.

"일곱!" 다니엘이 소리친다.

"아니야, 여덟이지!" 아버지가 대꾸한다.

목요일마다 잉그리드는 싱싱한 대구 요리를 냈다. 여자아이가 정말로 싫어하는 게 있다면 그것은 바로 생선이었다. 이제 발트해에는 대구가 씨가 말랐지만, 젊거나 아니거나 여자들은 여전히 그 길을 따라 걷거나 자전거를 탄다.

스풀들

여자 잠시 일으켜 세워 드려요? 앉을 수 있게 뭘 좀 받쳐드릴
　　　까요?

남자 뭐라고?

여자 일어나 앉으시겠어요? 아니면 그냥 누워 계시겠어요?

남자 네 마음대로 하려무나.

　　한 번은 녹음을 아버지의 침실에서 했다. 그날 아버지는 컨
디션이 좋지 않아 침대에서 일어날 수도 없었지만 정해 놓은
작업은 그대로 하자고 했다.

　　**여자가 일어나 창문으로 다가가 커튼을 젖힌다. 남자가 한손으로
　　눈을 가린다. 여자가 돌아서서 남자를 바라본다.**

여자 너무 밝아요?

남자 조금 눈이 부시구나.

　　여자가 커튼을 친다. 그리고 침대 옆으로 돌아간다.

여자 누워서 하시겠어요? 일어나시겠어요?

남자 누워있고 싶어….

여자 괜찮으세요?

남자 모르겠구나…. 지난 사흘간 지독했어.

여자 그러셨어요?

남자 지독한 사흘 낮과 사흘 밤이었지.

여자 말해 주세요.

남자 커튼 걷어주겠니?

여자가 일어나 창문으로 다가간다. 커튼을 걷고 남자에게로 돌아선다.

여자 바다를 보고 싶으세요?

남자 아니.

여자 어두운 편이 좋으세요?

남자 그래.

여자 완전히 컴컴하게요?

여자는 커튼을 다시 치고 침대가로 돌아와 자리에 앉는다.

남자 (**힘없는 목소리로**) 그래도 여전히 서로 볼 수 있잖아. 이렇
게 컴컴해도?

제3부

뮌헨으로

…풍경이 아니라 감정을 찾아서.

－귀스타브 플로베르,《마담 보봐리》

오슬로에 있는 난나의 방 둘 주방 하나짜리 아파트는 마치 난나가 훨씬 더 큰 집에 사는 것처럼 꾸며져 있다. 벽마다 크고 작은 그림과 모사화가 빽빽하게 걸려 있다. 그중에서도 사람들의 시선을 한 몸에 받는 그림은 푸른색 비더마이더 소파 위의 벽에 걸린 제복을 입은 할아버지의 푸른색 초상화지만, 나는 암적색의 중국 장식장 뒤로 거의 보이지 않게 집어넣은 작은 모사화가 가장 흥미롭다. 그림 속 여자는 푸른 바다를 바라보며 푸른색 해변에 서 있다. 우리는 그녀의 얼굴을 볼 수 없다. 보이는 것은 기다란 하얀색 드레스와 길게 기른 금발 머리뿐이다. 머리가 얼마나 긴지 드레스의 벨트로 머리의 끝부분을 묶어서 흩날리지 않게 했다. 한 해가 가고 두 해가 가도 금발머리 여자는 난나의 집 벽에 걸려 있으면서 한 번도 고개를 돌려 우리에게 얼굴을 보여주지 않은 채, 갈망하고 기다리며 먼 바다를 물끄러미 바라볼 뿐이다. 나는 그림 속 여자가 내 어머니라는 걸 안다.

"아니야, 엄마가 아니야." 난나가 말한다. "네 엄마는 뭉크가 죽었을 때 어린애였어."

나는 어깨를 으쓱한다. 나는 내가 뭘 아는지 잘 안다.

커피 테이블도 책으로 뒤덮여 있는데, 대부분 소설이다. 그 옆으로 전차 선로와 스카르프스노 전차역이 내려다보이는 창가에는 선명한 붉은색과 검은색의 장미꽃무늬 천을 씌운 차분한 느낌의 안락의자 두 개가 놓여 있다. 그 창가가 그 집에서 가장 볕이 잘 들고 내가 즐겨 앉아 있는 곳이기도 하다. 창가에는 화초를 키우는 화분도 여러 개 있는데, 어떤 식물은 녹색 넝쿨손이 창문을 휘휘 감고 판유리를 가로지르며 자라는 중이다. 그리고 난나는 이 화분들 사이에 가장 예쁘고 가장 값비싼 뮤직박스를 놓아두었다. 뮤직박스의 태엽을 감을 때는 반드시 천천히 감아야 한다. 게다가 시계태엽을 감듯이 오른쪽으로 돌려야 한다. 그것이 바른 방향이다. 혹시라도 성급하게 굴어서 너무 빨리 감거나 엉뚱한 방향으로 돌리면, 기계장치가 망가져 뮤직박스에서 더이상 소리가 나지 않는다. 몇 개나 되는 뮤직박스는 보석함으로도 쓰이는데, 마호가니로 만들었고 뚜껑에 장식이 새겨진 것들이 가장 귀하다. 난나는 그중에서도 밝은 노란색 나무에 붉은색 벨벳으로 안감을 댄 작은 뮤직박스를 가장 아낀다. 온통 붉은색인 뮤직박스 안에는 작은 도자기 인형 두 개가 있다. 여자 인형은 분홍색 드레스를 입었고 남자 인형은 연푸른색 왕자 옷을 입고 있다. 뚜껑을 열면 언제나 이 인

불안

형들이 '에델바이스'의 선율에 맞춰 잠시 춤을 춘다. 에델바이스의 가사를 아는 난나가 또렷한 음성으로 구슬픈 비브라토를 곁들여 노래를 부르는 바람에 정작 뮤직박스의 가냘픈 선율이 들리지 않는다.

창가에 놓아둔 안락의자 중 하나의 왼쪽에는 연한 갈색 나무로 만든 길고 가느다란 네 다리가 달린 난나의 반짇고리가 위태롭게 서 있다. 그 반짇고리에는 골무가 스물세 개나 들어 있다. 작은 칸으로 나뉘어져 실패와 바늘, 단추들을 따로 넣어 두는 제일 위 칸을 꺼내면, 그 아래로 실타래와 뜨개질용 대바늘과 코바늘이 들어 있는 넓은 공간이 나온다. 주방은 윤이 반들반들 나는 짙은 색의 목재가구로 꾸며 놓았는데, 난나는 식사시간마다 안락의자와 똑같은 장미꽃무늬 직물로 만든 테이블 매트를 식탁 위에 깔라고 시킨다. 나는 하얀 양초들에 불을 붙이고 주방 그릇장에서 녹색 접시와 연두색 린넨 냅킨, 묵직한 나이프와 포크 등을 꺼낸다. 주방은 어찌나 협소한지 한 번에 한 사람밖에 들어갈 수 없다. 침실의 폭 좁은 더블베드는 손으로 직접 기워 만든 퀼트로 덮여 있다. 난나는 그것과 똑같은 퀼트 이불을 만들어 주겠다고 내게 약속을 했다. 최고급의 퀼트는 만드는데 몇 년이 걸려. 난나가 이렇게 말했다. 매일 저녁 잠자리에 들기 전 할머니는 퀼트를 곱게 개어서 책장 아래에 달린 서랍에 넣어둔다. 할머니는 내가 어렸을 때처럼 한 침대에서 같이 자는 걸 좋아하지만, 나는 평소에는 접어서 난나의 침대 아래에 넣어두는 간이침대에서 혼자 자는 게 더 좋다. 난나는 내게 팔베개를 해주고 싶어 하지만 나는 싫다. 할머니는 팔이 가늘고 살점이 없어서 그 위에 누우면 아프기 때문이다. 게다가 가끔 시트에는 얼룩이 져 있다. 난나는 침대 위 벽에 내가 몇 해 전에 그린 그림을 압정으로 꽂아 두었다. 나무 아래에 서 있는 여자아이를 그린 그림이다. 그림에는 회색과 검은색의 블록체로 굵게 이런 제목이 적혀 있다: '난나와 나무'. 침실 한쪽 벽은 책이 차지해 있고 가장 넓은 선반에는 작은 전축을 놓으면 딱 들어맞을 공간이 남아 있다.

난나의 집에 손님들이 오는 날이면 나는 침대에 누워서 책을 읽거나 음반을—작게—듣는다. 그래서 거실에 모인 손님들이 무슨 소리라도 들을 일이 없다. 가끔 난나의 여자 친구 가운데 누군가가 침실 문을 열고 안을 빼꼼 들여다본다. 손님이 화장실에 가려면 침실을 가로질러 가야 한다. 난나의 친구 한 명은 커다란 안경을 쓰고 도톰한 입술을 붉게 칠했다. 그녀가 살금살금 침대 옆을 지나가는데 그 모습이 꼭 이렇게 말하는 것 같다. 나는 신경 쓰지 마. 나는 쥐처럼 조용하단다. 이것 봐. 나는 아무도 귀찮게 하지 않을 거야. 나는 거의 보이지도 않잖니. 그러면서 손을 자꾸 흔든다. 그러면 나도 마주 손을 흔든

불안

다. 또 어떤 여자 손님은 키가 크고 말랐고 겨울철 자작나무처럼 머리가 하얗게 새었는데, 말소리가 탁하게 쉬었다. 벽으로 새어 들어온 목소리들 가운데 그 목소리를 들은 기억이 난다. 그녀가 담배를 무척 많이 피우며 힘들게 살았다는 이야기를 난나에게 들은 적이 있다. 그녀는 방으로 들어와 화장실로 가다가 중간에 우뚝 멈추고는 똑바로 서서 나를 본다. 나는 읽던 책을 내려놓고 침대에서 그대로 몸을 웅크린다. 그녀는 앙상한 양팔로 팔짱을 끼더니 내게 몇 학년이며 학교생활은 잘 하는지 묻는다. 나는 사 학년이며 잘 하고 있다고 대답한다. 인형 같은 자그마한 체구에 머리를 빗어 올리고 바로 다림질 한 예쁜 옷을 입으며 속이 울렁거릴 것만 같은 진한 비누 향 향수를 뿌리는 세 번째 여자 손님은 언제나 침대 가장자리에 앉아 내 머리를 쓰다듬는다. 그녀는 한 마디도 하지 않고 나도 입을 열지 않는다. 그녀가 그렇게 말없이 한참을 앉아 있으면 혹시 화장실을 가야만 한다는 사실을 잊은 게 아닌지 궁금해진다.

나는 혼자서 지낼 수 없기 때문에 엄마가 집을 비울 때면 난나가 우리 집으로 오거나 내가 난나의 집에서 지낸다. 난나가 시간이 없으면(난나가 시간이 없으면 엄마는 울면서 머리를 마구 헝클어트린다. 난나가 시간이 없다니, **하하하.** 난나는 시간이 뭔지나 아나? 난나는 시간이 없는 게 어떤 건지 눈곱만큼도 몰라!) 나는 엄마의 커다란 아파트에서 여러 보모들 중 한 명과 남겨진다. 내가 더이상 아기가 아닌데도 엄마는 보모들에게 전화를 한다. 내가 벌써 열 살이고 곧 오 학년이 되는 데도 말이다. 한 보모가 오면 다른 보모는 간다.

베르그 부인은 피아노를 칠 줄 알고 음식 솜씨가 뛰어나고 펄럭거리는 옷을 입고 종종거리고 돌아다니다가 자신이 너무 형편없는 보모인 것 같다며 눈물을 흘린다.

"그저 네가 행복하기만 하면 돼." 베르그 부인은 식탁에 앉아 앞에 놓아둔 찻잔은 건드리지도 않은 채 코를 훌쩍인다. 나는 그녀 옆에 서서 팔을 토닥이며 행복하다고 말해 준다.

"나는 알아⋯." 그녀가 흐느낀다. "네가 엄마를 그리워하고 네 곁에 내가 아닌 엄마가 있기를 바라는 걸 안다고."

그러면 나는 엄마가 그립지 않다고 말한다.

그녀는 콧물을 닦고 눈물이 범벅이 된 얼굴로 나를 바라본다.

"그럼 너는 나도 조금은 좋아하니?"

그녀가 나를 와락 안는다. 그녀에게서 입 냄새와 양배추 냄새가 난다. 손을 쓰지 않고 코를 움켜쥘 줄 알았으면 좋겠다. 이럴 때는 숨을 참는 것 외에 방법이 없다.

"저도 아줌마 좋아해요."

나는 거짓말을 하고 있다는 사실을 아줌마가 알아채도록 티를 낸다. 그녀는 설령 진심이 아니라고 하더라도 그 말을 듣고 **싶어 한다.**

나는 지도를 그리고, 표를 만들고, 목록을 짠다. 나는 깡마른 체구에 안색이 파리하고 발레 수업을 듣고 예의바르게 미소를 지으며 더이상 보모를 원하지 않는다. 나는 그들이 병이 나서 죽어버리거나 호주 같은 곳에서 보모 제의를 받기를 바란다. 호주만큼 먼 곳은 없을 테니까. 이번에 엄마가 집에 돌아오면 나를 꼭 안아주고 다시는 집을 떠나지 않으면 좋겠다.

베르그 부인이 관두자 새로운 베르그 부인이 온다. 새로운 베르그 부인은 이전 베르그 부인보다 나이가 더 많고 체격이 더 크다. 추천서의 수준도 더 떨어진다. 그녀는 턱에 수염이 나서 족집게로 뽑으려고 하지만 손을 떤다. 그녀는 족집게를 칫솔을 넣어두는 욕실 유리잔에 넣어둔다. 그녀는 그 족집게를 내가 슬쩍한다는 사실을 알지만, 족집게가 없어질 때마다 새로 산다. 내가 칫솔 컵에서 족집게를 찾아 슬쩍하리라는 사실을 알면서도 왜 족집게를 항상 칫솔 컵에 넣어두는지 도무지 알 수가 없다. 그녀는 손을 떠는 모습을 내게 보여주고 싶어 하지 않는다. 그래서 언제나 테이블 위에 내려놓은 손 위로 다른 손을 포갠다. 저녁이면 우리는 카드놀이를 한다. 그녀는 늘 내게 져준다.

보모를 괴롭히고 싶다면, 보모의 약점을 알아내야 한다. 베르그 부인의 약점은 매주 금요일 저녁 TV에 나오는 데릭 경감

역으로 유명한 독일 배우 호르스트 타페르트다. 베르그 부인은 한 주가 끝나갈 즈음, 셰리주 한 잔과 땅콩을 담은 작은 그릇을 앞에 놓고 녹색 소파에 앉는다. 마치 그런 식으로 온몸의 긴장을 푸는 것 같다. 그녀의 양손은 한 번도 떨지 않고 셰리주 잔을 입으로 가져간다. 3주 연속으로 나는 거실로 몰래 들어가 플러그를 뽑아 버렸다. 나는 데릭 경감이 화면에 나올 때까지 기다린다. 조금 더 기다린다. 데릭 경감이 베르그 부인을 향해 돌아서서 비애에 잠긴 커다란 눈으로 그녀를 바라볼 때까지 기다린다. 이 세상의 불행은 전부 그 두 눈에 집어넣을 수 있다. 그리고 베르그 부인이 셰리주 잔을 입으로 가져가는 순간이자 행복한 기분이 온몸으로 퍼져나가는 순간, TV 화면에 불이 나가고 베르그 부인은 어둠 속에 홀로 남겨진다. 그녀는 어떻게 TV가 꺼지는지 짐작도 하지 못한다. 내가 관계가 있으리라 짐작만 할뿐 정확히는 모른다. 한 달 후 베르그 부인은 엄마에게 관두겠다는 편지를 쓴다. 그녀는 당장 관두고 나가고 싶다고 한다. 따님은 머리가 이상해요. 이렇게 쓴다. 그리고 이렇게 덧붙이는 것도 잊지 않는다. 어머니로서, 엄마는 **배가 가라앉기** 전에 자신에 대해 조금 덜 생각하고, 경력을 위해 전 세계를 돌아다니는 일을 중단하고 딸부터 돌보아야 한다고.

엄마가 집에 있을 때면 우리는 엘링 샬리손 거리에 있는 커다란 아파트에서 단 둘이 지낸다. 엄마는 아침 늦게까지 자고 저녁식사로 계란프라이를 만든다. 계란프라이가 저녁식사는 아니다. 그래서 엄마와의 저녁식사는 언제나 파티 같다— 엄마와 나는 사랑과 저녁의 개척자들이다. 밤이 되면 우리는 한 침대에서 잔다. 끼니는 먹고 싶을 때 먹는다. 4시나 5시처럼 정해진 시간이 아니라 우리가 먹고 싶은 시간에 말이다. 엄마는 '스파게티 알 라 카프리'라고 하는 통조림의 내용물로 스튜를 푸짐하게 끓이는 법을 안다. 엄마가 만든 스튜에는 토마토소스와 소시지, 미트볼, 파프리카 약간, 허브 소금, 설탕이 들어간다. 사다 놓은 달걀이나 '스파게티 알 라 카프리'가 없으면 택시를 타고 비슬레트에 있는 중국 식당으로 간다. 나는 오독오독 씹어 먹는 죽순과 마름을 잘 먹는다. 그곳에 가면 나는 디저트로 오렌지 주스와 아이스크림을 주문해도 된다. 아이스크림을 시키면 타원형의 접시에 바닐라 맛과 딸기 맛, 초콜릿 맛 아이스크림 세 덩이가 장식용 파라솔과 웨이퍼와 함께 나온다. 웨이퍼는 마지막의 즐거움으로 남겨두었다가 달달한 크림을 음미하며 먹는 것이 이 디저트를 맛있게 먹는 비결이다.

한 번씩 난나가 와서 우리와 함께 외식을 한다. 난나는 레스토랑에 갈 때면 가장 좋은 옷으로 차려 입는다. 예쁜 원피스를 입고 하이힐을 신는다. 엄마는 치렁거리는 카프탄(소매가 넓고 헐렁한 긴 원피스—옮긴이)차림에 자꾸 초조해 한다. 배가 고프기 때문이다. 엄마는 와인 한 잔을 주문한다. 한 잔 더 시킨다. 엄마의 신경이 배배 꼬이고 있다. 다른 신경이 탈 없이 버티도록 잡아 줄 신경이 하나도 남아 있지 않다. 엄마를 자극하는 모든 사람들. 나는 엄마의 머릿속이 어떻게 생겼는지 궁금하다. 여종업원이 주문을 받으러 온다. 우리가 가면 항상 같은 종업원이 주문을 받는다. 엄마는 환한 미소를 지으며 그 종업원에게 남편이 잘 지내는지 묻는다. **이제 괜찮아요? 집에 다시 왔다고요? 어머나, 잘 됐네요! 혼자서 모든 책임을 다 짊어지는 게 결코 쉽지 않죠.** 엄마는 마지막 남은 신경줄까지 다 동원해 이 대화를 조율한다. 종업원이 가자, 난나는 미국을 마흔두 차례나 오고갔기 때문에 그곳에서 자신을 모르는 사람이 없다고 말한다.

"미국에서요?" 엄마가 되묻는다.

"뭐라고…?" 난나가 당황한 표정으로 되묻는다.

"방금 미국에서 엄마를 모르는 사람이 없다고 하셨잖아요." 엄마가 대답한다. "미국 사람들이 전부 다 엄마를 안다는 말씀이세요?"

"거기 가면 나를 아는 사람들이 많아. 그러니 그런 셈이지." 난나가 되묻는다. "내가 미국을 마흔두 번이나 다녀왔다는 사실을 너는 자꾸 잊어먹는구나."

"많다는 거예요? 아니면 전부라는 거예요?" 엄마가 재차 묻는다.

"뭐라고…?"

"미국에서는 **모든** 사람이 다 엄마를 알아요? 아니면 엄마를 아는 사람들이 **많아요?**"

"내가 말해 줄게." 난나는 이렇게 말하고는 스스로 장난꾸러기의 눈빛이라고 말할 것 같은 눈빛으로 나를 바라본다. 엄마를 무시하기로 한 것이다.

"내가 말해 줄게. 몇 년 전에 케네디 공항에 도착했는데, 세관 직원이 나를 알아보더라. 그 사람이 뭐라고 했게?"

나는 고개를 가로젓고 걱정스러운 눈빛으로 엄마를 바라본다.

"그 사람 말이…." 난나는 몸을 앞으로 숙이며 운을 뗀다. "그 사람이 그러더구나. 음, 혹시 울만 부인이 다시 우리 도시를 방문해 주신 건가요? 뉴욕에 다시 오신 걸 환영합니다!"

엄마가 창밖을 응시한다.

"왜 과장을 안 하면 말을 못하시는 거예요?" 엄마가 조용하게 말한다.

"내가 과장을 왜 하니." 난나가 대꾸한다.

"항상 과장하시잖아요." 엄마가 쏘아붙인다. "엄마가 떠는 허풍이 이젠 지긋지긋하고 피곤해요."

나는 별명이 많다. 아빠는 나를 **나의 작은 중국인**이라고 부른다. 왜냐하면 내가 얌전하고 예의바르게 웃기 때문이다. 사실 아빠가 신문에서 읽은 내용이 아니면 중국에 대해 아는 게 있는지 의심스럽다. 아버지는 중국 음식을 절대 먹지 않는다. 아니 과일과 채소, 마늘, 향신료, 소스가 들어간 음식은 먹지 않는다. 엄밀히 말해 잉그리드가 만든 음식이 아니면 배탈을 일으킨다. 1977년, 나는 열한 살이다. 아버지가 중국에 대해 아는 게 있다면 평소에 읽던 중국 시 덕분이다. **좋은 비는 언제 내릴지 안다.** 아빠가 나를 **나의 작은 중국**인이라고 부른 이유는 중국 여자들이 늘 미소를 짓고 예의바르게 행복하며 감정을 드러내지 않는다고 여기기 때문일 것이다. 그리고 나는 원하기만 하면 언제든지 그렇게 행동할 수 있다. 난나는 다른 무엇보다 내가 알아두어야 할 예의범절과 좋은 매너에 대해 꽤 열심히 가르친다:

전차를 타면 나이든 사람들에게 자리를 양보한다.

사람을 만나고 헤어질 때는 고개를 숙이며 적절한 인사말을 한다.

접시의 음식을 먹을 때는 감사 인사를 하고 바닥을 싹싹 비운다.

문법에 유의하고, 얼굴과 귀·목·손을 매일 씻고, 손톱을 다듬고, 나이프와 포크는 각각 오른쪽과 왼쪽에 놓고, 어른에게 말을 걸 때는 성으로 부른다(**어떤 뒷골목을 가야 이름으로 부르**

면 될까요,라고 물을 수 있을지).

에스컬레이터 위에서는 오른쪽에 서 있고 왼쪽으로 **걸어간다.** 연극이나 영화를 보러 가서 자리를 찾을 때는 이미 자리에 앉은 사람들을 마주보면서 좌석을 따라 이동한다(**코앞에서 다른 사람의 엉덩이를 보고 싶은 사람은 아무도 없다!**).

감정을 겉으로 드러내지 말고 어떤 상황에서든 예의바르게 행동한다.

아빠는 여행을 좋아하지 않지만 지금은 독일로 떠나 뮌헨에 집을 장만했다. 아빠는 잉그리드를 데리고 스웨덴을 영원히 떠났다. 아버지는 가고 싶어 하지 않았지만 선택의 여지가 없었단다. 네 아버지는 나쁜 짓을 하지 않았어. 엄마는 이렇게 덧붙인다.

"네 아버지는 다른 사람들처럼 세금을 다 냈어. 신문에서 떠드는 말은 신경 쓰지 마."

"신문에서 뭐라고 해요?"

"네 아버지가 탈세를 했다고. 하지만 그런 적 없어."

"엄마는 확신해요?"

엄마는 한숨을 푹 쉬며 고개를 들어 천장을 본다. 대답을 해줄 수 있는 신경은 셋, 둘, 하나가 남는다.

"물론, 확신하고말고."

아빠가 나를 **나의 작은 중국인**이라고 부른다는 사실을 엄마가 알았다면, 말도 안 된다고 했을 것이다. 엄마는 내가 언제나 미소를 띤 채 예의바르게 행동하지도 않고, 감정을 속으로 품고 있지도 않는다고 생각한다. 엄마는 나를 마우스라고 부른다. 엄마와 아빠는 서로가 딸을 어떤 별명으로 부르는지 모른다. 솔직히 아빠가 독일로 이사를 갔어도 나는 아무렇지 않다. 나는 아버지를 그다지 생각하지도 않고 그가 함마르스에 없을 때는 어디에 있는지 관심도 없다. 엄마가 집에 없으면 나는 늘 엄마가 보고 싶다. 엄마가 문을 나서는 순간부터 돌아오는 순간까지 내내 그립다. 엄마를 어찌나 그리워하는지 몸이 하나 더 필요할 지경이다. 하나는 내가 쓰고 다른 하나는 엄마를 그리워하는 용으로.

내가 거의 두 살이 다 되어 세례식을 앞두고 있을 때, 아버지는 내게 이런 편지를 썼다. **네가 쉼 없이 갈망하고 희망하기를 기원한다. 갈망하지 않으면 우리는 살아갈 수 없으니까.**

이게 무슨 뜻일까? **갈망하지 않으면 우리는 살아갈 수 없으니까?** 아버지가 광기를 의미했을 리 없다. 굶주림도 아니다. 바로 공포다. 나는 언제나 엄마를 그리워한다. 그런데 또 다시 엄마가 나를 두고 떠났다. 이번에는 미국이다. 다음에는 너도 데리고 갈게. 엄마는 이렇게 말했다. 하지만 지금 당장은 오슬로에 남아 학교를 마치라고 한다. 그동안 난나가 나를 봐주기로 했다. 엄마는 몇 달 동안 미국에 가 있을 예정이다. 나는 엄마를 잃을 까봐 겁이 난다. 다시 돌아오지 않고 이대로 사라져버리면 어쩌나 무섭다. 하지만 아빠가 **쉼 없이 갈망하기**라고 썼을 때 염두에 둔 의미는 두려움이 아니다. 엄마와 나는 전화 통화를 하고 끊기 전에 항상 다음 통화를 할 시간을 정한다. 그날이 바로 오늘이다. 바로 지금 말이다. 약속 시간 30분 전부터 전화기 옆에서 보초를 서듯 기다리고 있으니 벌써 배가 아파오기 시작한다. 마침내 벨이 울린다. 약속한 시간보다 3분 빠르다—그러나 엄마가 아니다. 난나에게 전화를 건 명랑하고 쾌활한 여자다. 왜 엄마가 아닐까? 왜 엄마는 약속 시간 3분 전에 전화를 걸어 나를 이 두려움으로부터 구해주지 않을까? **쉼 없이 갈망하기.** 그리고 왜 이 여자는 이토록 명랑한 음성으로 난나를 찾을까? 그녀는 내 엄마가 죽었다는 사실을 모르나? 난나는 수화기를 받아 몇 마디를 주고받고 얼른 전화를 끊는다. 할머니는 그 여자에게 미국에서 국제전화가 곧 올 거라고 말한다. 나는 등을 꼿꼿하게 세우고 의자에 앉아 꼼지락거리고 있다. 난나는 전화를 끊고 나를 바라본다.

"거기 앉아서 엄마 전화를 기다리고 있으면 걱정만 찾아올 거야." 난나가 말한다.

"나는 아무에게도 시중들지(wait on—옮긴이) 않아요."

"누군가에게 **시중드는 것**(wait **on**)이 아니라 누군가를 **기다리는** (wait **for**) 거지."

"나는 누구도 기다리지 않아요."

난나가 손목시계를 본다. 할머니는 왜 시계를 볼까?

"시계는 왜 보세요?"

"몰라, 그냥 보는 거야. 이유 없어."

"걱정되세요?"

"그럴 리가. 걱정할 이유는 전혀 없어. 내가 왜 걱정을 하겠니?"

"엄마가 전화를 하지 않으니까요."

"전화는 곧 올 거야."

죽음에 이르는 방법은 셀 수 없이 많다. 비행기 추락. 살인. 색전증. 이제 집에 있는 시계들이 전부 약속한 시간을 지났다. 사람들은 훌쩍 종적을 감춘다. 엄마는 전적으로 이 세상의 일부라 할 수 없는 곳을 떠돌고 있다. 어쩌면 절벽에서 추락했을 수도 있다. 나는 엄마가 떨어지고 떨어지고 떨어지는 모습을 떠올린다. 약속한 시간에서 15분이 지났다. 엄마가 땅에 묻히면 난나와 나는 손을 맞잡고 교회에 앉아 있게 될까? 결국 울음이 터진다. **갈망하지 않으면 우리는 살아갈 수 없으니까.** 내가 얼마나 두려움에 떨지 알면서도 엄마가 나를 기다리게 만들 가능성은 얼마나 될까? 엄마에게 무슨 일이 일어났을 가능성은? 약속

한 시간에서 45분이 지났다. 나는 의자에서 일어나 똑바로 선다. 의자에서 일어나 똑바로 선다. 일어선다. 일어선다. 똑바로 서서 울부짖기 시작한다.

"애가… 히스테리를 부리네." 난나가 중얼거린다.

나는 바닥에 서서 큰소리로 울부짖는다. 바닥을 가로지르며 큰소리로 울부짖는다. 난나가 전화기를 움켜 쥔 채 눈으로 나를 좇는다. 그리고 의사에게 전화를 한다.

약속한 시간에서 한 시간이나 지났다. 그래서 나는 엄마의 넓은 아파트를 이 방에서 저 방으로 돌아다닌다. 나는 멈추고 싶지 않다. 울음을 그치고 싶지도 않다. 나는 십만 년 동안 이렇게 서성거렸고 앞으로 올 십만 년 동안 또 이렇게 서성거릴 수 있다. 애도하기 위해 자음은 필요 없다. 모음만 있으면 된다. 이 한 가지 소리면 충분하다. 나는 이 소리로 하늘을 꿰뚫을 것이다. 울부짖으며 서성거리는, 바로 이 행동에 마법이 있다. 단, 그 마법은 내가 돌아다니며 울부짖는 동안에만 효과가 있다. 집은 물건으로 가득하다. 엄마처럼 물건을 많이 가지고 있는 사람도 없다. 엄마는 물건을 그대로 두고 새 물건을 사들인 후 그것들을 다시 내버려둔다. 전 세계에 엄마의 물건이 가득 있는 아파트와 주택과 호텔방 들이 있다. 꽃병들과 볼들, 인형들, 사진들, 큰 소파들, 커피 테이블들, 실크를 씌운 의자들, 더 많은 사진들, 주홍색 커튼들, 실크로 만든 조화들, 발판들, 드레스들, 침대 커버들, 그림들, 책상들, 옷장들, 여행 가방들, 깔개들, 접시들…. **우리는 이대로는 살 수 없다.**

약속한 시간에서 두 시간이 훌쩍 흘렀고 이제 아무도 엄마가 살아 있다고 내게 말해줄 수 없다. 아무도 그럴 거라고 장담할 수 없다. 난나는 그만 하라고 내게 애원한다. 그녀는 이렇게 말한다.

"엄마가 일이 늦어지는 거야. 누구라도 늦을 수 있어. 전화할 짬이 나서 전화기를 찾으면 전화할 거야."

"엄마에게 아무 일도 생기지 않았다고 맹세하실 수 있어요?"

난나는 선뜻 대답하지 못한다.

"나는 아무 것도 **맹세할** 수 없어. 하지만 아무 일도 없다는 건 잘 알아."

그 정도로는 충분하지 않다. 나는 다시 울부짖으며 서성거리기 시작한다. 그리고 난나를 저주한다. 나를 붙잡아 세웠기 때문이다.

초인종이 울린다. 의사다. 아니 비보를 전하러 온 목사가 분명하다. 나는 그런 장면을 영화에서 봤다. 목사도 경찰도 아니다. 신은 구원해주지 않는다. 내가 이 큰 집에서 이 방에서 저 방으로 계속 오가며 울부짖는다면, 결코 멈추지 않는다면, 잠시

불안

도 울음소리가 잦아들게 하지 않으면서 방방마다 계속 돌아다닐 수 있다는 점을 증명해보일 수 있다면, 엄마를 되찾을 수 있다. 나는 절대 멈추지 않을 테다. 난나가 의사를 불렀다. 저 의사는 아는 사람이다. 키가 크고 말랐으며 목소리가 늘 쉬어 있는 여자다. 힘든 삶을 살았으며 항상 팔짱을 끼고 서서 학교생활을 잘 하고 있는지 묻는 바로 그 여자다. 그 여자가 이곳에 와서 고개를 가로저으며 말한다.

"이건 정상이 아닙니다."

팔짱을 꼈다. 난나가 그녀에게 무슨 말을 했는지 나는 모른다. 의사는 청진기를 꺼내 내 심장소리를 들어보려고 이 방에서 저 방으로 나를 따라 오지만 결국 포기한다.

저 의사는 엄마가 언제 전화해 줄지 말해줄 수 있나? 신이 내게 뭘 원하는지 말해줄 수 있나? 엄마가 살아있는지 내게 알려줄 수 있나? 의사는 청진기를 가방에 다시 넣고는 난나에게 **안정시킬 수 있는 것**을 주는 방법 외에 다른 길이 없다고 말한다.

"하지만 이 상황은 약이 해결책이 아니에요." 의사는 양팔을 허공으로 던지며 한숨을 폭 쉰다.

의사가 가자 난나가 주방으로 들어간다. 나는 조금도 진정되지 않은 채 방에서 방을 돌아다닌다. 내 행군은 복도에서 시작되어 주방을 가로지른 후 식당, 독서실, TV 룸까지 갔다가 다시 처음부터 되풀이된다. 난나는 내가 곁을 지나갈 때마다 작은 소리로 내 이름을 부른다. 그녀는 엄마가 죽었다고 생각하지 않는다. 무슨 일이 갑자기 생겨서 전화를 못 찾았을 거라고 생각한다. 이런 일도 일어난다. **젠장. 전화를 걸지 않으면 무슨 일이 벌어질지 안다면 내 딸이 제 시간에 전화를 걸겠지.** 난나는 이렇게 생각할 지도 모른다.

"이리 와, 아가." 난나가 나를 부른다. "이리 와 봐. 네게 하고 싶은 이야기가 있어. 손을 줘 봐."

나는 난나에게 손을 내밀지만 울음을 그치지 않는다. 다만 전보다 살짝 잦아들었을 뿐이다. 한참이나 울부짖으며 걸어 다니느라 기운이 다 빠졌다.

난나는 내게 물을 한 잔 따라준다. 그녀는 의사가 주고 간 알약을 반으로 자른 후 내게 반쪽을 삼키라고 한다. 남은 반쪽은 자신의 가방에 넣어둔다.

"이제 저녁을 먹을 거야." 난나가 말한다. "그러면 엄마가 금방 전화를 할 거야, 약속해."

난나는 내가 약을 삼키는지 확인하려고 빤히 바라본다.

"혹시라도 오늘 저녁에 전화가 오지 않으면, 그렇다면 내일 아침에는 전화가 올 거야."

난나가 내 머리를 쓰다듬어준다. 손가락으로 마구 엉켜있는 머리카락을 쓸어내린다.

"네 머리부터 다듬어야겠구나." 난나가 이렇게 말하는데, 나

불안

는 다시 울음이 터진다.

난나가 나를 달랜다. 나를 꼭 안고 쉬, 쉬, 쉬라고 하면서 달랜다. 아기를 달래는 것처럼. 상냥하고 부드럽고 반복적으로. 우리는 주방에 서 있다. 그렇게 내 울음이 잦아들 때까지 난나는 나를 두 팔로 꼭 안아준다.

"엄마가 전화를 하지 않은 데는 그럴만한 이유가 있어." 난나는 이렇게 속삭인다. 그리고 내 손을 잡고 네 번 꼭 쥔다.

이런 뜻이다. **너는 나를 사랑하니.**

그러면 나는 난나의 손을 세 번 꼭 쥔다. 이런 뜻이다. **네, 그럼요.**

그러면 난나는 내 손을 두 번 꼭 쥔다. 이런 뜻이다. **얼마나.**

그러면 나는 난나의 손을 아플 정도로 세게 쥔다. 이런 뜻이다. **이만큼요.**

"아야." 난나는 이렇게 말하며 얼른 손을 뒤로 빼지만 화를 내지 않는다. 그녀는 작은 바나나 샌드위치를 만들고 내게 민담을 모은 책인 아스비에른센과 모에의 책을 가지고 오라고 한다. 나는 식탁의 한쪽 끝에 앉고 난나는 반대쪽 끝에 앉는다. 주방의 조명등이 푸른색이다. 잠자리에 들 시간은 벌써 지났다.

"흐느낌은 눈물보다 오래 간단다." 난나는 이렇게 말하며 식탁 위로 몸을 내밀어 내 입가에 묻은 빵조각을 털어준다.

엄마가 속이 다 비치는 기다란 실크 나이트가운 차림으로 내 방에 성큼성큼 들어온다. 머리는 사방으로 뻗어있고 눈 밑으로 화장이 시커멓게 번져 있다. 엄마는 방금 전 TV에서 어린 여자아이들과 거식증을 다룬 뉴스 보도를 봤다. 엄마는 내 이불을 걷더니 앙상한 내 옆구리를 보고 탄식을 했다. 아빠는 내가 세례를 받던 날 내게 보낸 편지에서 이렇게 썼다. **지금 너는 다른 모든 것들이 흥미롭기는 해도 내 알 바 아니라는 듯 네 어머니에게 바짝 매달려 있겠지.** 하지만 더이상은 아니다. 나는 그 누구에게도 **매달려** 있지 않다. 나는 엄마의 손에서 이불을 홱 빼앗아서 다시 덮는다. **나가요. 가라고요.** 엄마는 나를 **언제나** 걱정하는 게 아니다. 나를 걱정하는 시간 사이에는 며칠이나 몇 달이 자리 잡고 있다. 엄마가 하는 걱정이란 **내 아이가 죽으면 어쩌지** 같은 종류다. 그런데 엄마는 지금 집에 있기 때문에 걱정을 멈추지 않는다. 낮에도 밤에도, 밤에도 낮에도, 낮에도 밤에도. 엄마가 집을 비운 동안 하지 못한 걱정을 모두 따라잡고 싶어 하는 것 같다. 걱정을 나눠서 떨어져 있는 날이나 달, 해에 균등하게 분배할 수는 없다. 그 어떤 것도 균일하지 않다. 나는 자라고 있다. 하지만 그 성장에 계획이나 방향이 있을 리 만무하다. 내가 못 생겼나? 아니면 예쁜가? 내가 진짜 여자아이인가? 내 치아와 두 발은 너무 크고, 내 두 손목은 너무 가늘고, 두 눈은 여전히 어린아이의 눈이다. 나는 아이로 남고 싶지 않다. 엄마가 죽으면 나는 어떻게 해야 할까? 엄마가 다음에 집을 비우면 나는 흑백영화에서 본 높은 사람처럼 단검을 오른쪽에서 왼쪽으로 그어 내 배를 가르고 피와 내장을 몽땅 쏟아내고 싶다—그리고 마지막으로 누군가에게 내 머리를 베게 할 것이다. 나는 어떻게 하는지 안다. 뎀바에서 아빠와 함께 〈하라키리〉라는 영화에서 다 보았다. 두 번. 나는 죽고 싶지 않다. 나는 살고 싶다. 하지만 엄마가 죽으면 이 세상에서 내가 있을 곳도 사라진다.

**

엄마와 난나는 사진이 많다. 두 사람은 미소를 지으며 카메라를 향해 포즈를 취하고 있다. 한편 나는 누군가 카메라를 들이대면 숨는다. 내 얼굴은 동그랗고 안색이 파리하고 두 볼이 통통하다. 이마로 늘어뜨린 앞머리는 풍성하고 눈까지 내려왔으며 두 다리는 너무 앙상하다. 엄마는 내가 **꽤 골칫거리**라고 생각한다. 열두 살에 버르장머리가 없다. 좀처럼 웃지도 않는다. 엄마를 자꾸 밀어낸다. 괴상하다. 게다가 점점 요구사항이 많아진다. 나는 난생 처음 토슈즈를 받고 빙글빙글빙글 돈다. 내 발목에 분홍색 실크 리본을 두 번 교차하도록 묶는다. 나는 발레 슈즈의 끈을 잘 묶지만 머리는 잘 묶지 못해서 늘 조금 헐 겁다. 댄스. 댄스. 댄스. 머리가 뭉치고 머리카락이 튀어나오고 흘러내린다. 나는 머리를 제대로 묶으라는 잔소리를 듣는다. 등을 곧게 펴고, **포앵트**에 더 힘을 주고, 고개를 들고, 팔을 뻗고, 시선을 고정하고, 열의를 키워야 한다는 말을 듣는다.

엄마는 내 이불을 다시 젖혔다. **엄마라도 다짜고짜 내 방으로 들어와 내가 덮고 있는 이불을 걷을 수 없다.** 나는 내 몸을 세상에 보이는 게 싫다. 내 나이트가운이 닳아서 엄마가 찢어진 솔기를 만지작거린다. 엄마가 소리를 지른다. 엄마가 집에 있을 때면 가끔, 나는 엄마가 다시 여행을 떠나길 바란다. **너는 너무 말랐어. 말라도 너무 말랐단 말이야. 지금보다 더 먹어야 해. 지금은 먹는 양이 부족해.**

나는 태어났을 때부터 말랐다. 그러니 그건 어떻게 해 볼 수 있는 문제가 아니다. 하이디는 자신도 뼈만 앙상하게 태어났다고 했다. 하이디는 내 친구다. 모두 우리가 닮았다고 했지만 나는 그렇게 생각하지 않는다. 하이디는 예쁘다. 나이는 열세 살 반이다. 나보다 많다. 그리고 몸매가 예쁘다. 남자아이들은 하이디를 좋아한다. 우리는 자매일 수도 있다. 그래서 우리는 자주 함께 어울린다. 하이디는 자신의 몸에 대해 걱정하지 않는다. 혹은 자신의 어머니에 대해서. 혹은 방향이 없다는 것에 대해서도. 그녀는 사람으로 가득 찬 커다란 방을 혼자 걸어가면 자신에게 어떤 일이 생길지를 걱정한다.

　나는 옷장에 청바지가 두 벌 있다. 똑같이 생긴 청바지다— 만약에 내가 그 바지 두 벌을 동시에 그러니까 바지 위에 바지를 겹쳐 입으면 어떻게 될까? 내 몸이 불어나 좀 더 풍만해 보이는 착각을 일으킬 수 있을까? 나는 바지 두 벌을 입었다가 벗었다가 다시 입어 본다. 아무래도 몸에 꼭 달라붙고 느낌이 좋지 않다. 이렇게 하면 살집이 있어 보일까? 엉뚱한 부분들이 불룩하게 튀어나와 있다. 나는 학처럼 다리를 벌리고 걸어 본다. 마치 막 오줌을 싼 어린아이 같다. 학교의 여자아이들은 나를 이상하게 본다. 남자아이들은 나를 보지 않는다. **오줌이 누고 싶어진** 나는 화장실에 들어가 문을 잠그고 바지 두 벌을 내리려고 한다. 그런데 바지가 잘 내려가지 않는다. 두 벌을 벗을 수가 없다. 바지 하나가 다른 하나에 끼였기 때문이다. **나는 끼고 말았다.** 나는 여자아이가 아니라 청바지에 더 가깝다. 그런데 어찌나 오줌이 마려운지 정말로 **오줌을 싸거나** 아니면… 아니면 시간 그 자체와 이 어리석고 비협조적이며 아이 같은 자그마한 몸뚱이를 산산조각 낼 정도로 어마어마한 비명을 질러야 한다. 됐다! 나는 오줌을 눌 수 있다.

여자아이들이 웅성거리고 후다닥 뛰어오는 소리가 들린다. 누군가 화장실의 문을 두드린다.

"무슨 일이니?"

"왜 소리를 지르는 거니?"

"아무 일도 아니야. 가."

피겐쇼우가 여자 화장실로 들어온다. 마침 그날은 그녀가 휴식시간 감독을 한다. 나는 그녀가 보이지 않는다. 화장실 문을 잠그고 들어앉았기 때문이다. 그러나 피겐쇼우가 근처에 있으면 공기가 확 달라진다. 마치 점보제트기가 당신이 서 있는 곳에 착륙하기라도 한 것처럼 공기가 검고 탁해진다. 놀란 여학생들이 동시에 말을 쏟아내기 시작한다.

"그 애가 저기 있어요."

"문을 잠가 버렸어요."

문을 세 번 요란하게 두드린다.

"무슨 일이야? 너 괜찮니?"

"네."

"그러면 지금 당장 문 열고 밖으로 나와!"

나는 청바지를 올리고 다른 한 벌은 최대한 작게 뭉쳐서 변기 뒤에 숨긴다. 마침내 걸쇠를 열고 문을 연다.

피겐쇼우는 덩치가 크고 다부지며 아귀처럼 생겼다. 그녀의 남편인 탱크도 초등학교 교사다. 그는 키가 크고 호리호리하

불안

다. 나는 그 둘이 섹스는 하는지 궁금하다.

"왜 소리를 질렀니?"

그녀가 으르렁거리듯 묻는다.

"소리를 질러요?"

"화장실에 들어가서 문을 잠그고 소리를 지른 사람이 너 아
니야?"

"아뇨?" 내가 대답한다. "저 아닌데요."

하이디는 뚱뚱한 사람도 있고 마른 사람도 있다고 한다. 세
상은 원래 그런 법이란다. 바지 두 벌을 겹쳐 입다니 어리석은
생각이었단다. 몸매를 볼륨 있게 보이게 하기는커녕 그저 바지
를 겹쳐 입은 사람으로 보이게 만들 뿐이란다. 화장실에서 비
명을 질러서 상담선생님까지 나서게 한 사람이 나라는 사실을
이제 모르는 사람이 없단다.

하이디는 고장 난 카세트테이프를 고칠 수 있는 유일한 여
자아이다. 그녀는 뒤엉킨 테이프를 다 풀고 연필로 조심스럽
게 테이프를 다 되감을 때까지 절대 포기하지 않는다. 테이프
가 카세트 플레이어에서 걸리거나 테이프의 리본이 어떤 식으
로건 빠지는 경우가 있다. 이런 일은 언제나 순식간에 벌어진
다. 그럴 때면 테이프 리본이 뒤엉키는 쉭 하는 소리가 나지막

하게 들린다. 그런 일은 말벌에 쏘인 것처럼 되돌릴 수가 없다. 나라면 카세트를 마구잡이로 만지작거릴 테고, 그러면 테이프 리본이 뚝 끊어지고 카세트가 완전히 고장날 것이다. 하이디의 손이 나보다 더 섬세한 것도 아니다. 우리가 손을 비교해 본 것은 아니다. 손을 비교하면 불운이 오기 때문이다. 우리는 얼굴이 창백한 여자아이들일 뿐, 우리가 길을 걸어가도 아무도 눈여겨보지 않는다. 누가 누구인지 구별하기도 힘들 정도로 금발머리에 손이 작은 여자아이들이다. 하지만 아무도 모르는 사실이 있다. 하이디의 손은 뭉치고 엉킨 것이 있으면 그게 카세트 테이프건, 신발 끈이건, 여자아이의 머리카락이건 나는 흉내도 못 낼 솜씨로 다 풀 수 있다. 내 머리카락이 엉켜 있으면 하이디는 쓸데없이 머리카락을 끄집어 당기거나 뜯어내지 않고도 다 풀어준다.

밤이 되면 우리는 테이프를 듣는다. 우리는 이웃에 살며 원하면 아무 때고 서로의 집에서 잔다. 허락을 받지 못하면 그녀의 부모님과 내 보모가 잠이 든 후 몰래 집을 빠져나간다. 난나가 나를 보는 날이면 몰래 빠져나가는 것은 꿈도 꾸지 못한다. 난나는 그 큰 아파트를 이쪽에서 저쪽으로 서성거리며 밤을 새우곤 하기 때문이다. 하지만 대체로 우리는 큰 어려움 없이 원하는 때에 서로의 집에서 밤을 보낸다. 물론 하이디보다 내가 조금 더 자주 같이 밤을 보내고 싶어 한다. 내가 더 열을 올리는 쪽이다. 때로 하이디는 별로 내키지 않으며 다른 사람과 따로 계획이 있다고 말한다.

하이디의 방은 벽이 노란색이고 내 방은 흰색이다. 밤이면 모든 것이 어스름에 묻힌다. 이따금 우리는 발끝으로 살금살금 걸으며 다른 방을 둘러보기도 한다. 나는 아파트에 살고 그녀는 주택에 사는데, 우리는 서로의 집의 벽과 바닥, 구석구석을 자신의 집처럼 잘 안다. 집안의 아무 것도 위치를 바꾸거나 재배치하지 않았고 가구들은 평소 자리에 그대로 있는데도, 식구들이 잠이 들면 모든 것이 사뭇 다르게 보인다. 밤이면 방들이 열병에 걸린 것만 같다.

내 방의 창문들은 길고 두터운 주홍색 커튼 뒤에 가려져 있다. 엄마가 천을 골랐고 재봉사에게 가져가 커튼으로 만들었다. 내 침대보도 커튼과 색을 맞췄다. 나는 신발상자 크기의 검은색 카세트 플레이어가 있다. 한쪽 끝에 손잡이가 달려 있어서, 하이디의 집에 자러갈 때면 그걸 챙겨 간다.

하이디가 실제로 존재하지 않았다면 나는 가상으로라도 그녀를 만들어냈을 것이다.

그녀의 아버지는 내 아버지와 동갑이다. 두 사람 다 머리가 희끗희끗하다. 겨울이 되면 하이디의 아버지는 녹색 울 코트를 입었는데, 내 아버지도 그런 코트를 가장 즐겨 입는다. 두 사람다 살짝 열린 문 뒤에서 자신만의 생각에 깊이 빠져 있다. 한 사람은 노르웨이에서, 또 한 사람은 독일에서. 하이디의 아버지는 악몽을 꾼다. 이따금 벽을 통해 새어나오는 그의 비명소리가 들린다. 하이디는 전쟁에 관한 악몽들이라고 귀띔을 해준다. 그녀의 아버지는 잠이 들면 꿈이 폭주한단다. 누구도 어찌해볼 도리가 없다. 그를 생각하면 마음이 아프다.

"들어가서 네 아버지의 손을 잡아드리거나 할 수는 없어?"

하이디가 고개를 가로젓는다.

그녀의 부모님의 침실은 문이 꼭 닫혀 있다. 비명소리가 마치 기도소리처럼 들린다. 하지만 내가 들었던 그 어떤 기도와도 비슷하지 않다. 나는 침대 밑에서 난나가 하는 기도를 알고 있는데, 이것과는 완전히 다르다.

꿈이 폭주하는 어른 남자.

아버지도 저런 꿈을 꿀까? 아니면 어머니는?

그 악몽만 아니면 밤은 고요했다. 하이디와 나는 서로의 집으로 밤을 보내러 갔고 우리의 목표는 동이 틀 때까지 깨어 있는 것이었다. 밤을 꼬박 새기 위해 우리는 잠이 쏟아지려고 하면 얼른 얼굴을 담그려고 침대 아래에 냉수가 든 볼을 가져다 두었다.

여름이 다가오자 엄마가 집으로 돌아왔다. 엄마는 파티를

불안

열기로 한다. **파티를 열거야.** 엄마가 사랑스럽고 유쾌한 모습에 활력으로 가득 찬 채 이렇게 말한다. 하이디는 그날 우리 집에서 자고 갈 것이다. 우리는 잠을 자지 않고 있다가 어른들을 몰래 관찰하기로 했다. 한동안은 여기저기 돌아다니며 진짜 손님이라도 되는 듯 행동하자고 했다. 하지만 결국에는 사람들의 웃음소리와 음악소리, 말소리를 자장가 삼아 나란히 잠이 들어버린다. 우리는 이튿날 느지막하게 일어난다. 눈을 떠보니 손님이 아무도 없다. 아침 햇살이 그때까지 남아 있던 지난밤의 기운을 싹 몰아낸다. 지저분한 술잔과 와인 병이 사방에 널려 있고 유리창에는 파티 손님들이 그곳으로 나가려고 손을 댄 것처럼 기름진 손자국들이 찍혀 있다. 하이디는 창문을 열어서 환기를 해야 한다고 말한다. 엄마는 파티에서 춤을 출 때면 거실을 빙글빙글 도는데, 나는 그러다 고꾸라지지 않을까 걱정이 된다. 한동안은 엄마의 다리 사이를 종종거리고 돌아다니며 엄마가 지나갈 통로에 있는 것들을 몽땅 치우려 한다. 하지만 평생 엄마의 다리 사이를 능숙하게 지나다닐 수는 없다. 어느 순간 드러누워 잠을 청해야 한다.

하이디와 나는 아침에 같이 눈을 뜨고 밤에 같이 잠든다. 이따금 내가 그녀를 너무 꼭 안아서 그녀는 이러다가 목이 조이겠다고 한다.

***

여자아이들은 발레 수업에서 기절을 한다. 처음에는 쿵. 요란한 소리. 쓰러짐. 이것은 자연재해나 마찬가지다. 극도로 혼란스러운 상황이 벌어진다. 한 여자아이가 기절하면 모두가 물과 냅킨, 타월, 튀튀, 잡지, 팔랑팔랑하는 공책을 가지고 달려온다—아무튼 부채로 쓸 수 있는 물건이면 뭐든 들고 온다. 노련한 여성의 손들이 올라가고, 구조를 하고, 이마를 쓰다듬고, 정신을 차린다. 기절과 부활. 이런 일은 늘 일어난다. 도시는 지진 후 원래대로 돌아온다. 여자아이들은 정신을 차리고 길고 호리호리한 다리로 비틀거리며 선다. 그렇게 인생은 흘러간다.

엄마가 브로드웨이에서 춤을 추고 노래를 부르는 역을 제안받았다. 춤도 노래도 모두 젬병인 엄마가.

"미국으로 이사 하고 싶니?" 엄마가 물었다.

"또요?"

"그래."

"아뇨! 너무 싫어요."

불안

엄마와 내가 처음 미국에서 살았을 때 나는 다섯 살이었다. 우리는 LA의 커다란 집에서 살았으며 나는 코가 길쭉하고 고무 수영모를 쓴 강단 있어 보이는 여자에게 수영을 배웠다. 그녀는 절대로 웃지 않았다. 하지만 수영 수업이 끝나면 항상 막대아이스크림을 하나 주었다. 엄마는 비누를 쓰지 않으려는 남자 친구가 있었는데, 그 사람을 **프렌치맨**이라고 불렀다. 그 남자는 머리를 깎거나 치약으로 이를 닦으려고도 하지 않았다. 그건 정치적인 행동이라고 엄마가 설명해 주었다. 나는 그의 허벅지에 앉아 그의 머리카락으로 내 얼굴을 감싸곤 했다. 그의 머리카락은 검고 뻣뻣하고 큰 바다 밑바닥 같은 냄새가 났다. 엄마는 그가 이 세상에서 제일 똑똑한 사람이라고 했다. 엄마에게는 다른 남자친구도 있었다. 내 기억에 그의 이름은 딕이나 존이었다. 잘 모르겠다. 이름은 어렵다. 이름을 주고, 가지고, 기억하고, 함께 살고, 없애기는 어렵다. 어쩌면 밥일지도 모른다. 그는 자신이 세계에서 가장 큰 장난감 가게라고 부르는 곳으로 나와 엄마를 데리고 가주었다. 그리고 원하는 것을 다 고르라고 했다. 그는 품이 넉넉한 셔츠와 나팔바지를 입었으며 내게 사랑한다고 말했다. 그가 나를 **정말로 사랑한다**는 뜻이 아니라는 것쯤은 나도 알았다. 엄마는 LA에서는 누구나 설령 진심이 아니라도 **너를 사랑해**라는 말을 입에 달고 산다고 했다. 엄마는 자신의 커다란 코를 톡톡 두드리며 말했다: **그러니까 이런 것들을 찾아낼 코를 가지고 어떤 일에도 압도당하지 않는 태도가 중요한 거야.**

딕(또는 밥)은 엄마와 나를 돌아보았다. 그의 얼굴에는 환한 미소가 걸려 있었다. 그는 장난감 가게를 사랑했다. 그의 입과 양쪽 귀가 보였지만, 그의 눈은 보이지 않았다. 절대 벗지 않는 커다란 선글라스 뒤에 감춰져 있기 때문이다.

우리는 막 쇼핑을 시작한 참이었다.

"이건 어때?" 그가 알루미늄 포일 냄비를 우리에게 보여주며 물었다.

"이걸 스토브에 올려놓고 몇 분만 기다리면, 팝팝팝팝, 냄비가 팝콘이 한가득 담긴 솥이 되는 거야."

엄마와 내가 그 냄비를 보았다.

"이걸 두 개 살 거지, 그렇지?" 그의 목소리에는 초조함이 배어 있었다.

그는 카트에 팝콘 냄비 여섯 개를 담았다.

장난감 가게 남자친구는 쉬지 않고 담배를 피웠다. 궐련부터 시작해서 가는 담배, 파이프 담배, 물담배까지 종류도 다양했다. 장난감 가게에서는 진짜 담배처럼 생긴 달콤한 담배 사탕을 물었다. 엄마와 나도 그 사탕을 하나씩 받았다. 그를 따라

다니는 일이 쉽지 않았다. 엄마가 내 손을 잡았다.

"이건 어때?" 그가 멀리서 소리쳤다. 목소리는 들리는데 그의 모습이 보이지 않았다.

그는 어느 순간 나타났다 싶으면 다음 순간 사라졌다. 이번에 나타난 그는 금발머리 인형을 들고 있었다. 푸른 눈동자에 길고 고양이 수염 같은 검은 속눈썹이 달려 있고, 손목과 허벅지가 통통하고, 배를 누르면 눈물을 주르륵 흘리는 인형이었다.

장난감 가게는 바닥에서 천장까지 꽉 메운 진열대들 사이로 난 길고 좁은 통로로 나뉘어져 있다. 천장에 달린 등에서 녹색 형광불빛이 퍼져 나온다. 우리는 카트 두 개를 장난감으로 가득 채운다. 대부분 인형과 인형 옷들이지만 욕실에서 가지고 놀 수 있는 커다란 물고기도 있다. 엄마의 남자친구는 나를 번쩍 들어 올려 카트에 내려놓고 장난감 탱크와 총으로 가득 찬 통로를 따라 카트를 밀며 쏜살같이 달린다. 마치 물속을 향해 하는 기분이다. 엄마가 깔깔 웃으며 우리를 좇아 달려온다.

아름다운 트로이의 헬렌의 시절, 그녀에게 구혼한 사람들의 명단을 누군가 만들었다. 그런 명단 중 어떤 것은 가짜―아폴로도로스(구혼자 서른한 명)가 작성한 것과 헤시오도스(구혼자 열한 명)가 작성한 것, 히기누스(구혼자 서른여섯 명)가 작성한 것을 조합해 만들었다.

엄마는 여자아이 같은 작은 목소리로 이렇게 말했다. "나는 그 사람들을 **보기만** 해도 원하는 사람을 아무나 얻을 수 있어."

엄마는 종종 남자들을 **그 사람들**로, 여자들을 **우리**로 불렀다.

우리가 찢어지는 목소리를 내면 그 사람들이 좋아하지 않아.

우리는 너무 열을 올리면 안 돼―그러면 그 사람들이 겁을 먹고 도망칠 거야.

내게는 표지가 빳빳한 붉은 공책이 있다. 나는 일기를 쓰지 않는다. 나는 목록을 만든다. 그중에는 이런 것도 있다:

보모의 수.

남자친구의 수(엄마의).

내가 이사를 다닌 횟수.

돈이 생기면 살 물건들.

반에서 제일 예쁜 여자아이들.

내가 읽은 책들.

내가 본 영화들.

열세 살까지 남은 날.

열여섯 살까지 남은 날.

열여덟 살까지 남은 날.

미국에서 산 시간(단순 방문이 아닌, 살았던).

엄마와 내가 두 번째로 **그곳에서 살기 위해** 대서양을 건넜을 때 나는 열 살이었다. 우리는 반 년 예정으로 갔다. 엄마의 구혼자들이 선물을 사주었다. **러시아 남자**는 내게 벨루가 캐비어가 든 커다란 병을 선물로 주었는데, 엄마는 그가 소련에서 밀수로 빼냈다고 했다. 그 캐비어는 뉴욕의 호텔 스위트룸의 부엌 조리대에 올려놓았다. 그 스위트룸은 아파트 같았다. 나는 내 방이 따로 있었지만, 처음에는 엄마가 나를 한침대에 재워주었다. 호텔의 이름은 나바로였다. 마치 내가 만들어낸 곳처럼 들린다. 어떤 지도를 봐도 나오지 않는 가상의 도시처럼 말이다. 하지만 내가 만들어 낸 이름이 아니다. 발레리나인 마고트 폰테인이 불빛이 어둑하고 두꺼운 양탄자가 깔린 호텔의 복도에서 내 옆을 지나갔다. 그녀는 엄마보다도 훨씬 더 예뻤는데, 내 머리를 토닥이며 말했다. **아주 착하구나, 얘야, 아주 착해.** 캐비어 병은 푸른색과 황금색이었고 전부 내 것이었다.

엄마는 이야기를 할 때 앞뒤가 맞지 않는 이야기를 자주 했는데, 나는 그것들을 이리저리 끼워 맞춰 훨씬 더 말이 안 되는 이야기를 만들어내곤 했다. 엄마는 철의 장막에 대해 자주 말했다. 나는 그 무렵 철의 장막에 대한 지식이 약간 있었다.

"함마르스의 아빠 집에서 그걸 볼 수 있어." 내가 말했다.

"설마, 그건 안 보여." 엄마가 말했다.

"볼 수 있어." 내가 말했다.

"네가 보는 건 **수평선**이야." 엄마가 말했다. "철의 장막이 아니라."

엄마는 그 단어를 몇 번이나 되뇌었다.

"수평선. 수평선. 수평선."

생각의 기차를 따라가는 방법. 엄마의 생각은 이내 탈선했다. 엄마의 인생에 러시아 남자가 등장했다가 이후 모습을 감춘 일은 수수께끼였다. 엄마는 말을 하고 또 했다. 엄마가 입고 있는 푸른색 실크 나이트가운은 캐비어 병처럼 푸른색이었다. 이따금 주방의 조리대 위에 보드카 한 병도 놓여 있었다. 그게 바로 러시아인들의 방식이다—그들은 철의 장막을 뚫고 나오면서 여자 친구들을 위해 보드카를, 그녀들의 딸들을 위해 캐비어를 가져 온다. 그 러시아 남자친구가 어둠을 무서워한다고 엄마가 말했다. 그래서 그가 늘 밤에도 우리 방에서 머무르고 내가 엄마의 침대에서 잘 수 없다는 것이다. 하지만 그 러시아인은 다 큰 어른이었고 **자만심이 강해서** 자신이 겁을 먹었다는 사실을 남에게 들키고 싶어 하지 않는다고 했다. 나는 아무 대꾸도 하지 않았다. 나는 엄마의 말을 듣지 않아도 되는 복도로 나갔다. 그리고 얼마 후 방으로 돌아갔다가 다시 나왔다. 이따금 나는 엘리베이터를 타고 다른 층으로 갔다. 그것은 다른 나라로 여행을 가는 것과 비슷했다. 널찍한 호텔 복도는 다 똑같아 보였다. 실제로는 그렇지 않지만. 복도 바닥에는 어디나

불안

양탄자가 깔려 있고 천장에는 육중한 샹들리에가 매달려 있었다. 게다가 복도를 걸으면 끝도 없이 문을 지나고, 또 지나고, 또 지나갔다. 복도마다 고유의 공기가 있었다. 공기의 무게를 달 수 있었다면 층마다 다 달랐을 것이다.

나는 벨루가 캐비어를 다 먹었다. 마지막 한 알까지 남김없이 먹어치웠다. 객실의 주방 조리대에 줄 세워 놓은 두툼한 식빵에도 두껍게 발라 먹었다. 나는 꼭꼭 씹어서 꿀꺽 삼켰다. 검은 캐비어의 짭조름하고, 끈적거리고, 퀴퀴한 맛이 좋았다.

엄마가 잘 때는 절대 깨우면 안 된다. 잠든 엄마를 깨우면 엄마는 다시 잠들지 못한다. 그러면 그날 밤은 엉망진창이 된다. 그날 밤만이 아니라 그 다음 밤도 그렇고, 그 다음 밤도 그렇고, 그 후로도 계속 그런 밤이 이어진다.

나는 엄마에 대한 꿈을 꾸곤 했다. 늘 같은 꿈이지만 항상 조금씩 달랐고, 언제나 서로를 향해 소리를 빽빽 지르다 어느새 엄마가 스르르 사라지는 걸로 끝났다. 꿈에서 나는 엄마를 찾기 시작한다. 선반과 찬장들, 소파 아래와 욕조를 미친 듯이 뒤진다. 엄마는 커튼 뒤에 숨어 있을까? 혹시 주홍색 커튼 뒤? 아니면 난나의 반짇고리 안? 주방 서랍의 포크와 나이프들 사이?

엄마가 《마담 보봐리》를 읽으며 침대에 앉아 있다. 그러다가 고개를 들고 나를 바라보며 프랑스 작가가 쓴 소설이라고 말해 준다.

"무슨 내용이에요?"

"엠마라는 여자에 대한 이야기야."

나는 열린 문가에 서서 고개를 끄덕인다.

"밖에 나가서 놀아." 엄마가 말한다. "아니면 읽을 만한 책을 찾아서 침대로 와. 너도 읽어."

나는 고개를 끄덕인다.

"하지만 우리 둘 다 조용히 해야 해." 엄마가 덧붙인다. "조용히 하지 않으면 책을 읽을 수 없잖니."

엄마는 머리를 풀어 내렸고 눈 주위가 거뭇거뭇하다. 엄마의 클렌저로는 눈 화장이 전부 다 지워지지 않는다. 저녁과 아침이면 눈 주위가 거뭇하고 화장품이 번져 있다. 한 번은 내가 손가락에 침을 뱉어서 남은 화장 얼룩을 지워보려고 했다. 좀 지저분하기는 해도 엄마는 **으웩**이라고 하지 않았다. 단지 너무 세게 지우려고 하지 말라고만 했다.

몇 해 후 나도 《마담 보봐리》를 읽는다. 그리고 엠마가 어떻게 생겼을지 상상을 해 본다. 그녀도 틀림없이 눈 주위가 거뭇거뭇할 것 같다. 플로베르가 그녀의 눈가에 대해 언급을 했을 것 같지는 않다. 대신 그는 이렇게 쓴다. "그녀의 외모에서 가장 아름다운 곳은 눈이었다. 눈동자는 갈색이었지만 속눈썹 때문에 검은 색으로 보였다." 하지만 문지르고 문질러도 절대 지워지지 않는 거뭇거뭇한 자국이 눈가에 있다는 말은 어디에도 없다.

그 남자는 하얀 정장을 입었고 그 여자보다 훨씬 나이가 많았다. 그 여자는 막 열일곱 살이 되었다. 칼 아저씨는 여자를 좋아하고 사기꾼으로 알려져 있었다. 그 여자의 어머니인 내 난나가 딸이 얼른 집에 오기를 기다리며 열어 둔 창가에서 서성거렸다고 엄마가 말해 줬다. 칼 아저씨는 매너가 좋았고 미남이었다. 하지만 믿어서는 안 될 사람이었다. 도대체 무엇에 씌었기에 난나의 딸은 그런 남자와 데이트를 할까? 왜 다른 사람이 아닐까? 왜 하필이면 그 남자일까?

몹시 추운 저녁이었다. 크리스마스를 코앞에 둔 어느 날이었다. 두 사람은 영화를 보러 갔다. 아마 뭘 좀 먹고 허기도 채웠을 것이다. 와인을 마셨을까? 술을 마시면 기분이 좋아진다는 사실을 그녀는 언제 처음 깨달았을까? 자유의 감각을 느꼈을까? 수치심을 느끼지 않게 되었을까? **마지막, 마지막, 마지막이야. 결코 남에게 말하지 않을 거야. 하지만 이걸 멈추고 싶지 않아.**

두 사람은 공원을 통과해 집으로 걸어가는 중이었다. 어느 순간 그가 벤치에 앉아서 잠시 이야기나 하자고 했다. 어느새 눈발이 떨어지기 시작했고 벤치에 앉아 노닥거리기에는 너무 추웠지만 말이다. 그의 손이 슬며시 치마 안으로 미끄러져 들어와 가터를 만지작거리고 허벅지를 애무했다. 그의 손은 추위에 곱은 데다 작고 차가웠다. 그가 그녀의 팬티를 끌어내리자 그녀는 안 된다고 했지만 그는 아랑곳하지 않고 그대로 팬티를 벗겼다. 결국 두 사람은 그 벤치에서 밤을 보냈다. 그것이 첫경험이었다. 그녀는 그 추위를 기억한다. 차가운 벤치. 차가운 손.

그들이 걸어서 집으로 가는 길에—그는 그녀를 집에까지 데려다 주겠다고 고집을 부렸다—그는 그녀에게 크리스마스 선물로 무엇을 원하는지 물었다. 그해는 1955년이었다. 그들은 〈블루 스웨이드 슈즈〉에 맞춰 춤을 췄을지도 모른다. 어쩌면 그녀는 그런 구두를 떠올렸을지도 모르겠다. 푸른색 스웨이드 구두를 말이다. 다만 그녀는 빨간 구두를 갖고 싶었다. 그녀는 코와 목, 입, 눈, 다리 사이에서 한기를 느꼈을 수도 있다. 그래서 병에 걸리고, 창가를 떠나지 않고 서성이던 어머니가 화를 참지 못하고 손찌검을 하지 않을까 겁이 났다. 나는 난나가 누구를 때리는 모습이 상상이 되지 않는다. 하지만 난나는 화가 나서 통제가 안 될 때면 내가 아니라 엄마를 때렸다.

엄마는 칼 아저씨에게 빨간 하이힐을 갖고 싶다고 말했다. 그가 구두의 사이즈를 묻자 37이라고 거짓말을 했다. 엄마는 자신의 발이 늘 부끄러웠다. 엄마는 발이 커서 무려 39.5인 데다 오른쪽 엄지발가락에는 작은 보라색 혹이 나 있었다. 칼 아저씨가 이런 사실을 알까봐 전전긍긍했다.

1955년의 크리스마스 이브에 엄마는 사이즈 37의 빨간 하이힐을 선물로 받았다. 그녀는 저녁 내내 구두에 발을 억지로 밀어 넣고 걸어 다녔다. 발이 몹시 아팠지만 상관없었다. 칼 아저씨는 그녀를 향해 미소를 지었고 그녀는 고마움을 모르는 사람으로 보이고 싶지 않았다.

빨간 하이힐은 그날 크리스마스 이브에 처음으로 포장을 뜯은 선물 중 하나다. 게다가 저녁은 길다. 마침내 방에 혼자 있게 되어 구두를 벗어보니 발은 벌겋고 퉁퉁 부었고 스타킹 한쪽은 구멍이 나 있다. 그녀는 자신의 바늘과 실을 꺼내서 스타킹을 깁기 시작한다—그녀도 엠마가 한 일을 했을까? 계속 바늘에 손가락을 찔려서 입으로 가져가 빨았을까?

불안

나는 우리가 다시 미국으로 옮겨간다는 이야기가 진심이라면 내 조건을 들어주어야 갈 수 있을 거라고 엄마에게 말한다. 나는 열두 살이었고 조건을 내건다.

내 조건은 이것이다: 발레 수업을 계속 하고 고양이를 키우고 싶다.

"빌어먹을 고양이를 키우도록 해." 엄마가 말한다. "네 맘대로 해. 나는 모든 게 다 지겹고 신물이 나. 너무 지쳤어."

미국에서 하이디에게 전화를 거는 건 전화비가 너무 비싸서 안 돼. 대신 편지를 쓸 수는 있지. 엄마가 말한다. 그것이 한 가지다. 다른 하나는 아이들은 나무 근처에 살아야 한다는 것이다.

좋은 부모가 되기 위한 엄마의 규칙은 다음과 같다.
1. 아이들은 우유를 마셔야 한다.
2. 아이들은 나무 근처에 살아야 한다.

엄마는 내가 살 집으로 뉴욕에서 차로 두 시간 걸리는 작은 마을의 크고 노란 집을 고른다. 그 작은 마을에는 나무가 많다. 그 나무들의 품종이 뭔지 나는 모른다. 큰 집들과 키 큰 나무들, 짙푸른 풀밭. 나는 엄마가 나와 함께 그 집에서 살지 않으리라 직감한다. 엄마는 때로는 뉴욕에서 지내고 때로는 작은 마을에서 지내며 두 곳을 오갈 것이라고 한다. 그리고 나는 나무들과 함께 살게 될 것이다.

그 집의 주인은 뚱뚱하고 안경을 썼으며 작은 발을 굽 높은 펌프스에 쑤셔 넣은 육십대 여자다. 그녀는 우리에게 집을 보여주고 엄마에게 집 열쇠를 넘기기 전에 유용한 조언을 해 주

불안

려고 한다. 주방을 시작으로 주 거실과 이층의 침실들을 둘러보는 지겨운 투어가 끝나자 집주인은 자신이 **응접실**이라고 부르는 방으로 우리를 데려간다. 그녀는 베란다와 정원으로 난 문을 열며 무슨 말을 하려고 입을 연다. 그러나 그 순간 엄마가 그녀의 말허리를 끊는다.

"정원이네요!"엄마는 기쁨에 찬 탄성을 지른다."**나무들이 있는 정원**이네요."

엄마가 내 손을 덥석 잡는데, 나와 손을 맞잡고 정원으로 뛰쳐나가 빙글빙글 춤을 추면서 집주인과 새 이웃들에게 모든 것이 얼마나 근사한지 내심 보여주고 싶어 하는 속셈이 느껴진다. 나는 손을 잡아 빼며 뻣뻣하고 뚱하게 군다. 그리고 오십 겹이나 되는 여자아이의 지방 속으로 들어가 버린다. 그리고 이렇게 속삭인다.

"나를 만지지 마!"

한쪽 가슴이 자라는 중이다. 왼쪽 젖꼭지는 보라색으로 변해가며 만질 때마다 아프다. 마치 호박벌이 가슴 안으로 날아다니는 것 같다. 오른쪽 젖꼭지는 부드럽고 전과 변함없이 분홍색이며 크기는 고양이의 코만 하다. 나는 풀잎보다 더 얇다. 나는 미국이 밉다. 나는 어머니가 밉다.

엄마는 밖으로 뛰어 나가더니 정원에서 춤을 추기 시작한다. 햇빛을 받은 머리카락이 환하게 빛난다. 엄마는 춤을 출 줄 모른다. 그러니 엄마의 생각만큼 춤추는 모습이 매혹적이지 않다. 뚱뚱한 집주인 여자가 입을 굳게 다물어 버린다. 그녀와 나는 나란히 서 있다. 나는 푸른색 스니커즈를 신고 있다. 그녀는 노란색 펌프스를 신고 있다. 집주인은 어쩌면 노란색을 좋아하는 사람일지도 모르겠다. 집도 노란색이고 거실의 커튼도 구두도 모두 노란색이다. 그녀는 무슨 말을 하고 싶은 것 같은데 우물쭈물하더니 결국 마음을 다잡고 엄마를 소리쳐 부른다.

"그런 행동은 좀… 제발 하지 마세요…. 누가 풀밭을 망가뜨리는 모습은 보고 싶지 않아요!"

엄마가 우뚝 멈춰 서서 잠시 숨을 고른다. 저 뚱뚱한 여자가 뭐라고 했지? 엄마는 아름다운 머리카락을 뒤로 넘기고 과장되게 발끝으로 걸으며 우리가 서 있는 곳으로 돌아온다. 마치 풀밭을 건드리지 않고도 풀밭 위를 걷고 춤 출 수 있는 대가라는 사실을 우리에게 보여주려는 것 같다. 엄마는 그 집을 보자마자 세를 얻기로 마음먹은 이유가 정원이었다는 말이 차마 나오지 않는다. 평생 바로 **이** 집과 **이** 정원을 찾아다녔노라고, 이번에는 모든 것이 완벽해야 한다고 차마 말하지 못한다. 이미 오슬로에서 집과 정원, 나무들, 방의 사진이 실린 부동산 팜플릿을 스무 개, 어쩌면 그 이상을 구해서 침대에 모두 늘어놓고 거기에 실린 다양한 집들을 살펴보았고 그러다가 푸른 나무들로 둘러싸인 이 커다란 노란 집의 사진을 본 순간 이렇게

불안

중얼거렸다는 사실을 차마 말하지 않았다: 이곳이 바로 우리가 살 집이야. 그녀에게는 딸이 있었다. 나무를 오르내릴 아이가.

엄마는 집주인에게 이런 이야기는 입도 벙긋하지 않는다. 그녀의 커다란 덩치에 압도되었고 쓸데없는 충돌을 일으키고 싶지 않다. 게다가 계약서 서명도 이미 끝냈다. **그러면 나무에는 절대 올라가면 안 된다는 뜻인가요?** 엄마는 감히 묻지 않는다. 이번만큼은 모든 것이 잘 풀려야 했다. 아이들은 평화와 질서, 예측가능성이 필요하다. 좋은 집과 좋은 정원, 좋은 동네. 나무들 그리고 우유. 엄마는 딸이 자신을 떠날 것만 같다. 뭔가가 손에서 미끄러져 나갈 것만 같다. 모녀 사이는 무척 가까웠다. **그런데 요즘 아이가 거리를 둬. 대답을 할 때도 무시하는 것 같아. 내 딸은 그렇게 살갑고 빛으로 가득했는데. 머릿결도 반짝거렸고. 그런데 요즘 나를 바라보는 아이의 눈에는 천 개의 비난이 서려 있어. 그저 나의 어린 딸로 남아줄 수는 없는 걸까.**

응접실의 벽지는 무늬가 화려하다. 소파도 마찬가지다. 아이들이 응접실에서 음식을 먹지 못하게 하세요. 집주인이 강조한다.

그 고양이의 가격은 천 달러다. 눈처럼 하얀 실로 복잡하고 정교하게 짠 코트 같은 기다란 털에 기질도 복잡한 페르시아 고양이.

"매일 잊지 않고 꼭 털을 빗어주어야 해요." 고양이 번식업자가 말한다.

그 번식업자는 페르시아 고양이처럼 생긴 여자로, 그 집에는 고양이가 한 마리가 아니라 스무 마리 넘게 산다. 그녀의 얼굴은 쭈그려서 한데 모은 듯하다. 분홍색 코와 앙증맞은 두 귀, 몽롱한 녹색 눈이 달린 자그마한 얼굴에는 살짝 당황한 듯도 하고 낙담한 듯도 하고 상처받은 듯도 한 표정이 어려 있다. 몸은 수척하다. 허리까지 내려오는 구불거리는 머리를 하나로 높이 묶었다. 잠시 엄마가 고양이 대신 번식업자를 집에 데려올지도 모른다는 생각이 들었다.

나는 고양이의 이름을 수지 졸리로 정했다. 미국으로 오는 비행기에서 정한 이름이었다. 그리고 지금 우리, 시차에 아직 적응하지 못한 어머니와 딸은 고양이 번식업자의 거실에서 분홍색의 꽃무늬 천을 입힌 삐걱거리는 의자에 앉아 있다. 테이블과 창틀은 흰색과 녹색의 고양이 모양 도자기 상들이 장식

하고 있다. 그녀는 우리에게 작고 검은 잔에 담긴 미지근한 립
톤 티를 대접했는데, 티백이 여전히 둥둥 떠 있다. 그녀가 주방
으로 가 접시에 크래커를 담는 사이 엄마는 티스푼이 없다는
사실을 깨닫는다. 엄마가 새끼손가락으로 티백을 컵에서 꺼내
자 탁자보에 차가 뚝뚝 떨어진다. 엄마는 필사적으로 주위를
둘러보며 티백을 올려놓을 컵받침을 찾아보지만 그런 것은 없
다. 하는 수 없이 티백을 다시 컵에 되돌리자 컵에서 퐁당 소리
가 작게 난다. 엄마는 연하게 우린 차를 좋아한다. 엄마의 차는
혀가 델 정도로 뜨겁고 연해야 하며 컵에 티백을 바로 넣지 말
고 찻주전자에서 찻잎을 우려서 내야 한다. 내가 아는 것은 이
게 다다. 내가 더 어렸을 때 종종 했던 일 중에는 엄마가 피곤
하거나 두통이 있을 때 차를 우리는 것도 있었다. 차와 이마 마
사지. **너는 손이 야무지구나.** 엄마는 늘 이렇게 말했다. **배배 꼬인
신경을 풀어주는 손이야.**

엄마가 빌린 자동차를 고양이 번식업자의 집 앞에 세우는데
고양이 오줌 냄새가 확 풍긴다. 엄마는 공기 중으로 커다란 코
를 내밀고―역설적이게도 어머니의 미모를 망치면서 동시에
강조하는 코―킁킁거리며 말한다:

"고양이 오줌 냄새만큼 지독한 냄새는 없다니까! 너 정말 고
양이를 키울 거니?"

대화. 차. 이런 일에는 시간이 걸린다. 미국과 노르웨이 사이의 국제전화에서 고양이 번식업자는 어머니를 직접 만나야 한다는 조건을 끝내 거두지 않았다. 그녀는 아무에게나 고양이를 팔지 않는다. 상대가 영화계의 스타거나 말거나 그녀의 유일한 관심사는 자신이 파는 고양이들이 잘 사는 것이다. 그래서 그녀는 나름대로 승인 절차를 만들었다. 사실 면접을 하고 난 후로도 고양이를 집으로 데려 갈 수 있다고 장담할 수는 없다. 우리가 탁자에 둘러 앉아 차를 마시며 크래커를 먹자 그녀는 돈을 위해 고양이를 번식시키는 게 아니라고 몇 번이고 강조한다.

"**약간은** 돈 때문인 것 같은데." 내가 노르웨이어로 중얼거린다. 나도 고양이가 천 달러나 한다는 사실을 안다.

엄마는 딸이 그렇게 비꼬는 걸 좋아하지 않는다. 그런 태도는 늘 상황을 악화시킨다. 그리고 무례하다. 그래서 상황은 또 악화된다. 엄마는 번식업자에게 거실과 고양이 도자기상, 길고 구불거리는 머리카락에 대해 듣기 좋은 말을 늘어놓는다. 그 머리카락을 **파도처럼 구불거린다**고 한다. 엄마의 다리 위로 훌쩍 뛰어올라와 공처럼 몸을 말고 잠이 들어버린 뚱뚱한 고양이에 대해서도 칭찬을 잊지 않는다. 엄마는 고양이 냄새나 미지근한 차, 얼룩진 탁자보에 대해서는 아무 말도 하지 않는다. 엄마가 쇠막대기를 바라보면 쇠막대기는 어머니의 시선을 한몸에 받고 사랑받고 있다고 느껴서 스스로 제 몸을 구부릴 것이다. 나는 말을 아낀다. 나는 엄마처럼 상대의 마음을 움직일 힘이 없다. 나는 이가 너무 크고 입안은 보정장치로 가득해서 쓸 만한 말을 할 수 없다. 게다가 나는 다른 사람들이 주목받고 사랑받고 있다고 느끼게 할 능력이 없다. 나이가 제각각인 페르시아 고양이들이 가구로 가득찬 방 여기저기에 드러누워 있다―거실 의자와 마찬가지로 고양이 코처럼 분홍색 천을 씌운 쿠션이 잔뜩 놓여 있는 소파들과 소파 아래로 고양이털이 잔뜩 들러붙은 양탄자들, 가장 큰 도자기 상들이 놓여 있는 창틀, 열기를 호흡하고 뿜어내고 삐걱거리는 거대한 라디에이터 아래에. 번식업자는 자신은 원래 아이가 있는 집에 고양이를 파는 건 반대하는 입장이라고 어머니에게 말한다. 나는 우람한 고양이를 어머니의 다리에서 몰아내고 대신 내가 냉큼 앉는다. 솔직히 나는 엄마의 다리에 앉을 나이는 벌써 지났다. 나도 안다. 하지만 상관없다.

"나 갈래요." 내가 노르웨이어로 소곤거린다. "그냥 가요. 저 아줌마 이상해."

엄마의 분노가 경고도 없이 치솟는다. 엄마는 여전히 미소 지은 얼굴로 번식업자를 보고 있지만 나는 엄마의 피부에 돋은 소름에서 분노를 감지할 수 있다. **다 커서 무거워진 주제에 내 다리 위에 올라앉아 징징거리고 건방지게 굴어서 모든 일을 복잡하게 꼬아버리는 이 꼬맹이.**

"**여자**가 되기란 쉽지 않죠." 어머니가 말한다. 자신에게 하는 말이기도 하지만 그 번식업자에게 하는 말이기도 하다. 그러자 번식업자가 그 말이 맞는다는 듯 고개를 끄덕인다.

엄마가 **여자**라는 단어를 입에 담을 때는 그 단어에 강조 표시가 붙는다. 나를 포함해 모두의 눈에는 엄마가 **여자**임에 대해 이야기를 할 때면 단순히 성별이 **여자**라는 것보다 훨씬 더 복잡한 뭔가를 말하는 중이라는 사실이 확연히 보인다. 가령 나는 **여자** 근처에도 못 간다, 나는 **여자**와 반대되는 존재다, 라고 말할 때 말이다. 나도 어리지만 여자인데 나를 언급할 때는 강조표시가 없다. 학교에서 증류를 배우는 시간에, 엄마를 천 도에서 증류하면 **여자**의 에센스만 남겠다고 생각한 기억이 난다. 나는 엄마의 다리에서 일어나 주방으로 간다. 집으로 데려갈 수 있는 고양이를 찾을 수도 있으니까. 내 고양이를. 그러기로 약속을 했다. 엄마는 꼭 그렇게 되게 해 줄 것이다. 엄마는 미리 정한 시간에 전화를 걸겠다는 약속만 빼고 다른 약속은 모두 지키니까.

네 엄마는 이 세상에서 제일 진실한 거짓말쟁이야. 일말의 존경심을 드러내며 아빠가 이렇게 말했다.

그들, 그 두 사람, 어머니와 아버지는 잃어버린 아들들 같다.

각자 나름의 방식에 뿌리를 내리고 각자의 세계에 살고 있으며 통통한 송아지를 이곳으로 데려와 자신들을 위해 도축하리라 기대하고, 먹고 즐기고 죽고 다시 부활하고, 사라졌다가 다시 발견되고, 재미있는 놀이와 게임을 절대 끝내려고 하지 않는 사랑받는 어린 아이들 같다.

엄마와의 약속은 이런 내용이었다. 고양이를 한 마리 키우게 해주면 하이디를 두고 엄마를 따라 미국으로 가겠다. 나는 살찐 송아지를 키우겠다는 게 아니다. 나는 고양이를 원한다. 나는 어린아이이고 싶지도 않다. 하지만 앞으로 몇 년 동안은 어린아이로 지내는 것 외에 선택의 여지가 없다.

주방을 가로지르는데 발밑에서 바스락 소리가 난다. 사방에 고양이 화장실 모래가 떨어져 있다. 뚱뚱한 흰 고양이가 문가에 둔 고양이 화장실에 앉아서 똥을 싸고 모래를 화장실 밖으로 차내는 중이었다. 조리대 위 접시에는 반쯤 먹다 만 햄 샌드위치가 있다. 엄마와 그 이상한 여자는 여전히 거실에서 이야기를 나누는 중이다. 나는 이 방 저 방 어슬렁거린다. 시차 탓인지 열기 탓인지 고양이 오줌 냄새 탓인지, 새벽에 꾸는 악몽—눈부신 전깃불이며 구불거리듯 움직이는 표면들—속에서 돌아다니는 기분이다.

몇 년 전 엄마가 한동안 고군분투했던 책 작업을 마무리 지을 때였다. 엄마는 매일 스트룀멘의 집 지하실에서 몇 시간 씩 글쓰기에 몰두했다. 덕분에 종이 더미는 점점 쌓여가고, 신경은 배배 꼬이고, 컬러 TV를 사고, 엄마가 빙글빙글 춤을 추다 넘어져서 침대까지 부축을 받아야 할 지경이 되었다. 그때 엄마는 펑펑 울면서 더이상 참을 수 없다고 말했다. **남자들은 바이바이.** 그 와중에 전화는 계속 울리고 모든 사람들이 엄마를 귀찮게 했지만 결국 책이 완성되었다. 그 책이 미국에서 출판되자 나는 엄마와 함께 뉴욕에 있는 대형 서점에 가서 몇 시간 동안 엄마와 나란히 커다란 테이블 뒤에 앉아 있었다. 그 동안 사람들은 줄을 서서 책을 사고 속표지에 엄마의 사인을 받았다. 그들은 대개 여자들이었다. 어떤 사람들은 내 볼을 토닥였고, 어떤 사람들은 눈물을 터트렸고, 어떤 사람들은 사진을 찍었다. 제1장에서 엄마는 이렇게 썼다. "나는 사랑에 대해, 인간인 것에 대해—고독에 대해—여자인 것에 대해 쓰고 싶다." 이 주제들은 글쓰기 소재로는 훌륭하게 보인다. 언젠가 나도 어른이 되리라. 하지만 아쉽게도 아직도 몇 년 후의 일이다. 미국으로 건너온 해 나는 열두 살이다. 나는 어린 시절이 조금 더 빠르게 흐르면 좋겠다. 내가 아이라서 싫다. 다른 아이들도 싫다. 그들이 나를 보는 표정도, 수군거리는 것도, 예쁜 머리카락도, 비밀도 다 싫다. 하이디가 보고 싶다. 하이디도 아이지만 그 정도는 이해한다. 미국에 온지 고작 사흘이 지났지만 벌써 하이디

불안

가 보고 싶다. 시간이 더 빨리 흐르는 방법을 찾으면 정말 좋을 텐데.

번식업자의 침실로 짐작되는 방을 열어본다. 잠자리 정리도 해놓지 않은 좁은 침대에 새끼 고양이 여섯 마리가 뒤엉켜 있다. 고양이들은 내가 토닥여주려고 손을 뻗을 때까지도 인기척을 알아차리지 못한다. 나그네쥐만한 가장 작은 고양이가 공처럼 말고 있던 몸에서 머리를 뻗어 하악 거리며 내 손을 깨문다. 순간 소리를 질렀지만 방안은 고요하다. 내가 손을 치우려고 하자 고양이가 다시 내 손을 물었는데, 이번에는 꽤 힘이 들어가 있다. 물린 데가 아프다. 하이디가 깨진 콜라 병 조각으로 내 손을 찔렀을 때와 비슷하다. 그때는 내가 피를 흘려야만 했다. 하이디와 나는 피를 흘려야만 했다. 우리 몸에서 나온 피를 섞어야만 피로 맺은 자매가 될 수 있기 때문이다. 내가 손을 들어 올리자 고양이가 딸려 올라와 대롱대롱 허공에 매달려 있다. 다른 고양이들이 그 무리의 구성원 하나가 사라졌다는 사실을 알아차린 듯 만 듯 살짝 움직인다. 하이디는 고통이 고통을 상쇄시킨다고 했다. 어쩌면 그 말이 옳을 것이다. 고양이는 몸의 대부분이 털이고 나머지는 이빨 몇 개와 발톱, 심장, 뼈다. 나는 손을 흔들어서 고양이를 떼어낸다.

나는 냄새 나는 방들을 되짚으며 돌아가 거실의 문간까지 간다. 엄마와 번식업자는 소파에 붙어 앉아서 평생 친구 사이라도 되는 듯 대화에 푹 빠져 있다. 엄마는 고개를 들어 나와 눈을 마주친다.

"고양이 한 마리가 나를 할퀴었어요." 나는 이렇게 말하며 손가락을 쫙 펼친다. 엄지손가락과 둘째손가락 사이의 부드러운 피부에서 핏방울이 새어나온다.

"얼른 손을 씻어." 엄마가 말한다.

"광견병에 걸릴지 몰라요." 내가 말한다. "아니면 파상풍. 좀 세게 물렸어요."

내가 몇 걸음 다가간다.

"이것 좀 보세요! 피범벅이에요!"

나는 눈을 까뒤집는다.

번식업자가 나를 보더니 다시 엄마를 본다. 우리가 노르웨이어로 이야기하는 바람에 그녀는 우리가 무슨 말을 하는지 알아듣지 못한 것이다. 엄마는 미국에 가면 영어로 말을 하라고 늘 말한다. **영어를 써야한다는 걸 잘 기억해 둬. 안 그러면 무례한 거야.** 나는 번식업자의 못생긴 녹색 눈동자를 바라본다. 엄마가 천 달러를 준다고 해도 우리에게 고양이를 내 줄 것 같지 않다.

내 행동 탓에 **승인 절차**가 위태로워졌다. 멍청한 아이!

"딸아이가 손이 문에 끼었나봐요." 엄마가 그 여자를 보고 미소를 지으며 상냥하게 설명한다.

엄마라면 기어이 원하는 결과를 손에 넣을 수 있지 않을까?

불안

엄마라면 구름의 모양을 바꾸고 심장을 더 빨리 뛰게 할 수 있다.

엄마가 몸짓으로 내게 얼른 와서 무릎에 앉으라고 부른다. 그리고 내 손가락에 입을 맞춰준다. 그곳이 아픈 곳은 아니지만 그래도 기분은 좋다.

보모들이 그 노란 집으로 왔다가 간다. 여자아이를 돌보는 것이 그들의 일이다. 아침에 여자아이를 깨우고, 밥을 먹이고, 숙제를 도와주고, 뉴욕의 발레 교실에 데려다 주고, **이 빌어먹을 촌구석**인 작은 마을까지 데리고 오고, 밤에는 잠을 재워주는 것이다.

어머니는 이번에는 보모 둘을 쓰는 편이 현명하다고 생각했다. 두 사람 중 한 명이 일을 제대로 못 하면 다른 한 명이 책임지고 처리하면 된다. 여자아이는 말을 잘 듣지 않고 고집불통에 더이상 **마우스**가 아니다. 어머니는 온갖 뼈와 입, 두 무릎, 치아 교정장치, 양육비로 구성된 덩어리를 가장 잘 보살필 수 있는 방법을 알아내야 한다. 어머니에게 매달리고 동시에 밀어내며, 지금은 물론 앞으로도 영원히 혼자 책임져야 할 팔다리 달린 덩어리 말이다. 긴 머리에 사랑스러운 외모를 한 여자아이의 어머니는 신경을 쓸 일이 너무 많다. 해야 할 일도 많다. 그해는 1978년이고 어머니는 곧 마흔이다. 그녀가 치렁치렁하고 수수한 드레스를 입고 중앙에 서 있으면 모든 사람들이 그녀에게 다가와 아는 척을 하고 입을 맞추고, 토닥거리고, 손으로 찌르고, 부딪히고, 흔들고, 머리카락을 쓰다듬고, 배를 문지르

불안

고, 핥고, 코를 비틀고, 칭찬을 하고, 비난을 하고, 노크를 하고, 전화를 걸고, 공격하고, 기분을 상하게 하고, 떼로 몰려든다. 그런데도 여자아이의 아버지는 **손가락하나 까닥**하지 않는 것 같다. 그녀에게 빌어먹을 손가락 하나라도 움직여 도움을 주지 않는다. 가라앉는 배에 대해 누군가 **그**에게 편지를 쓰고 있을까? **그**에게 그의 아이가 어디에 있는지 혹은 **그**가 어디에 있는지 누군가는 묻고 있을까? **그**를 귀찮게 하고 성가시게 한 사람이 있을까? 누군가는 그—**아버지로서**—가 자유를 누린다며 마음대로 재단하고 있을까? 아무도 없다. 아버지는 이미 자신의 마귀들과 싸우기에도 힘이 부친다.

어머니가 눈알을 굴린다.

"우리끼리 알아서 살아야 해, 마우스." 어머니는 딸에게 이렇게 말한 후 꼭 안아준다. "우리 둘 뿐이야."

보모 두 명이 스웨덴에서 온다. 두 사람은 각각 스물두 살과 스물네 살이며 빨려 들어갈 정도로 아름답다. 엄마는 두 사람에게 여자아이를 돌보는 대가로 큰돈을 약속한다. **배가 가라앉지** 않도록 지키기 위해 한정 없이 자원을 쏟아 붓는다. 두 사람이 한 달에 받는 돈은 천 달러다. 엄마는 원래 천 크로네라고 말하려고 했는데 그만 천 달러라는 말이 불쑥 튀어 나왔고 실언을 되돌릴 수 없었다고 나중에 여자아이에게만 살짝 털어놓는다.

스웨덴 아가씨들이 어머니의 목에 팔을 두르고 키스 세례를 퍼부으니 차마 입이 떨어지지 않았다. 엄마는 사람들을 실망시키는 게 싫다. **어려운 문제야. 너도 알다시피. 나는 사람들이 실망하는 걸 견딜 수 없어.** 때로 여자아이는 말을 들어주는 유일한 사람이고 위로를 할 줄 아는 유일한 사람이다. 여자 친구들은 어머니에게 딸에게 속마음을 털어놓아서는 안 된다고 충고한다. 어른은 자신의 아이와 친구가 되어서는 안 된다고, 어른이면 **어머니**가 되라고 친구들이 말한다. 엄마도 적어도 원칙적으로 그들과 같은 생각이므로 좋은 부모가 되기 위한 규칙들의 목록에 이 내용을 덧붙인다.

1. 아이들은 우유를 마셔야 한다.
2. 아이들은 나무 근처에 살아야 한다.
3. 어머니는 딸과 친구가 되어서도, 딸에게 속마음을 털어놓아서도 안 된다. 어머니는 누가 어머니고 누가 딸인지, 누가 성인이고 누가 아이인지 명심해야 한다.

아버지가 들려준 여러 이야기에서, 젊은 여자들은 언제나 **빨려 들어갈 정도로 아름다웠는데** 특히 **빨려 들어갈** 정도에 강조점이 찍혀 있었다. 이 점 덕분에 그 이야기들이 더 흥미로웠다. 전화가 온다. (그 노란 집에서는 전화기도 노란색이다. 숫자를 누르는 단추와 검은색 전화선이 달려 있고 벨소리가 워낙 커서 전화가 올 때마다 화들짝 놀란다). 뮌헨에 있는 아버지로부터 온 전화다. 딸은 아버지에게 뉴욕 외곽의 작은 마을로 이사를 왔으며 지금은 **빨려 들어갈** 정도로 예쁜 스웨덴 보모들과 살고 있으며 미국 생활을 무척 잘 하고 있다고 전한다.

시간이 흐르면서 엄마가 노란 집으로 돌아오는 횟수는 점점 줄어든다. 매일 아침 나는 거리 끝까지 걸어가 통학버스를 기다린다. 나는 공원처럼 넓은 부지에 들어선 여학교에 다닌다. 교복은 녹색 점퍼스커트와 흰색 블라우스, 갈색 구두, 녹색 니삭스다. 이 교복을 입으면 치마단 아래로 앙상한 무릎이 튀어나온다. 나는 나보다 어린 학생들의 반에 배정된다— 애송이 조무래기들인 열한 살짜리들의 반이다. 비쩍 마르고 몹시 굶주린 듯한 인상에 가슴이 뾰족한 교장선생님은 내 영어가 아직 부족하다고 설명한다.

"네가 또래 여학생들과 비교될 수 있는 상황으로 너를 넣으면 너는 갈피를 잡지 못할 거야." 교장선생님이 말했다.

"**갈피를 못 잡는다구요?**" 엄마가 차분하게 대꾸하며 나를 힐끔 본다. 우리는 교장실에 있는 커다란 가죽 의자에 나란히 앉아 있다.

"그렇습니다." 교장선생님이 대답한다.

내가 잡아먹을 듯 교장선생님을 바라본다.

"그건 너무 극단적이지 않나요?" 엄마가 작은 목소리로 항변한다. "그러니까, 이 아이가 **갈피를 못 잡을** 리 없어요."

"무엇보다 학생들이 이곳에서 안전하다고 느껴야 합니다." 교장선생님이 말한다.

키가 큰 아치 창문들이 늘어선 교실은 넓고 환하다. 학생들은 모두 예의바르게 전학 온 학생에게 인사를 한다. 담임선생님은 프렌치 양으로 담당은 영어다. 그녀가 어찌나 아름다운지 아빠가 **빨려 들어갈** 정도라고 한 말의 의미가 이해될 정도다. 단지 이야기의 재미를 위해 양념처럼 집어넣는 표현이 아니라 실재하는 것이다. 실체가 있고 신에게 선택된 여자들만이 뿜어낼 수 있는 무엇 말이다. 프렌치 양은 무시무시할 정도의 미美가 칠판 앞에서 물질화한 존재다. 어찌나 완벽하게 몸단장을 했고 매력이 넘치는지 교실을 돌아다니면 딱딱 소리가 난다. 선생님의 말소리는 부드러워 마치 속삭이는 듯하다. 그래서 반 아이들은 그녀의 말을 하나라도 놓치지 않으려고 몸을 앞으로 쑥 내밀고 듣는다. 나는 교실 뒷줄에 앉아서 눈을 꼭 감고 있으므로 선생님을 보지 않아도 된다.

딱 한 번 나는 프렌치 양와 단 둘만 있은 적이 있다. 새 학교에 전학을 간 바로 첫 날이었다. 나는 그 시간을 간신히 버텼다. 솔직히 꼭 그렇다고는 할 수 없다. 그날 열병에 걸리기 때문이다.

프렌치 양은 교복을 보관해 두는 창문도 없는 작은 방으로 나를 데려간다.

"세상에서 제일 예쁜 원피스는 아니야." 그녀의 음성은 여자친구들끼리 이야기하는 것처럼 다정하다.

"하지만 금방 이 교복에 익숙해 질 거야." 그리고 이렇게 말한다. "어쨌거나 아침마다 뭘 입을지 고민은 안 해도 되잖니."

그녀가 등골이 오싹해지는 웃음소리를 내며 살짝 웃는다.

그리고 내게 니삭스를 내민다. 나는 바닥에 앉아서 타이즈 위에 삭스를 신는다.

"아니, 아니야." 그녀가 말한다. "타이즈 위에 니삭스를 덧신을 수는 없어. 먼저 타이즈를 벗어야 해."

"하지만 타이즈는 벗기 싫어요. 춥단 말이에요."

"오, 하지만 니삭스 아래에 타이즈를 신는 건 허용되지 않아." 비단결처럼 부드러운 목소리에 크림처럼 고운 피부다. 그녀의 실크 스타킹은 반짝거렸고, 십중팔구 가터벨트를 부착하는 종류다. 그녀의 귀고리가 반짝거리고 옷깃에 꽂은 은제 브로치가 빛난다. 나는 프렌치 양이 여자아이들을 미워하지 않는지 궁금하다. 그녀는 너무나 사랑스럽고 우리는 너무나 못생겼다. 특히 내가 말이다. 교복실 벽에 타원형 거울이 걸려 있다. 나는 일단 거울 앞에 서본다. 프렌치 양이 우유 빛깔의 싸늘한 안개처럼 내 뒤로 슬며시 다가온다. 니삭스가 따끔거린다. 그녀가 내 어깨에 한 손을 얹는다. 우리는 거울에 비친 우리 모습을 잠시 바라본다. 원피스 치맛단 아래로 내 양 무릎이 크고 푸른 지구의처럼 쑥 나와 있다.

매일 전날 것보다 더 아름다운 새 맞춤 원피스. 혹시 프렌치 양은 일부러 이러는 걸까? 설마 자신의 미모를 더욱 빛나게 하기 위해 내 추함과 앙상한 몸매와 아직 여물지 않아 미숙한 태도가 필요한 걸까?

내 고양이는 창문이 달린 커다란 붙박이장에서 산다. 나는 매트리스를 그 벽장으로 가져가 눕는다. 몸이 뜨겁고 속이 불편하다. 나는 한겨울에 니삭스를 신은 탓이라고 말한다. 나는 비단처럼 보드라운 고양이의 긴 털을 빗어주어야 한다는 사실을 까맣게 잊었다. 그 결과 털들이 서로 뒤엉켜 도저히 풀 수 없는 상태가 되고 말았다. 스웨덴 보모들이 털을 빗어보려고 한다. 한 명이 고양이를 무릎 위에 꼭 붙들고 있고 다른 한 명이 자신의 브러시와 빗에 물을 묻혀 최대한 조심스럽게 빗는다. 그러나 조심한다고 해도 너무 힘을 줘서 빗기는 바람에 털이 왕창 빠져버린다. 보모들의 빗질이 끝나고 보니 고양이의 몸 구석구석에 털이 뭉텅뭉텅 빠져 있다.

스웨덴 보모 한 명이 앞머리를 내린 소년과 사랑에 빠진다. 사실 그는 소년이 아니라 스물다섯 살인데, 앞머리를 내려서 소년처럼 보인다. 그는 노란 집을 수많은 방과 목소리와 음악이 있는 달짝지근한 연기 소굴로 변모시킨다. 연기와 달콤함이 우리 모두를 에워싼다. 동네 사람들은 이 집에서 벌어지는 상황을 탐탁하지 않게 여긴다. 그들은 엄마도, 스웨덴 여자들도, 비쩍 마른 여자아이도, 방치된 고양이도 그 동네에 어울리지 않는다고 생각한다.

푹 파인 옷을 입은 싱글맘이 오간다.
문제가 있어 보이는 스웨덴 아가씨들이 오간다.
비쩍 마른 여자아이(말을 걸면 눈을 꼭 감아버리는)가 오간다.

매일 오후 저녁을 먹기 전 두 명의 스웨덴 아가씨는 아무도 먹고 싶어 하지 않는 괴상한 양념 맛이 나는 스튜를 끓인다. 나는 확실히 먹고 싶지 않다. 작고 하얀 뼈들이 걸쭉한 소스 위로 삐죽 튀어나와 있다. 스튜는 스토브 위에서 그대로 부글거리며 졸아간다. 어느 날 이웃에 사는 린든 부인이 차를 함께 하자며 우리를 초대한다. 옆마을은 앨리스 쿠퍼와 베티 데이비스 같은 유명인이 방문했다고 뽐을 낸다. 그렇다고 해서 천박한 스웨덴 보모 두 명과 브로드웨이 스타의 비쩍 마른 딸이 그 두 사람과 비교가 될까? 린든 부인은 자녀가 많은데, 맏이가 나와 동갑인 딸이고 내가 가고 싶었던 공립학교를 다닌다.

"너, 파티에 간다며." 엄마가 전화로 말한다.

"파티가 아니야." 내가 말한다. "차 마시러 가는 거야."

"음, 뭐든…. 이번 기회에 새 친구들을 사귀면 되겠네." 엄마가 말한다.

나는 고개를 끄덕인다. 엄마는 내가 고개를 끄덕이는 모습을 볼 수 없으니 내가 대답을 하지 않으면 짜증을 낸다. 엄마는 내게 잊지 말고 머리를 빗고 착하게 굴라고 당부한다.

나는 다시 고개를 끄덕인다.

"지금 보모 중 아무하고 이야기를 할 수 있을까?" 엄마가 묻는다. "잊지 말고 네게 머리 빗으라고 말해 주라고 일러두고 싶은데."

"나도 기억할 수 있어요."

"알았어."

"그래도 보모 언니들에게 이야기하고 싶어요?"

"아니야. 네가 잘 기억한다니 그럴 필요 없겠네."

"알았어요." 내가 대답한다. "이제 끊어야겠어요."

전화기 반대편에서 엄마의 숨소리가 들린다.

"저 숙제가 있어요, 됐죠?"

"마우스⋯." 엄마의 목소리가 흔들린다.

"네. 왜요?"

"잊지 마. 착하게 굴어야 해."

"나는 늘 착해요."

엄마의 망설임이 느껴진다. 내 말에 반박하고 싶은 것이다. 엄마는 **내가 늘 착하게 군다고** 생각하지 않는다. 사실 엄마는 이 이야기를 꼭 해야만 한다고 느끼고 있다. 상황이⋯ 악화되기 전에⋯ 엉킨 부분을 풀고⋯ 배가 가라앉기 전에⋯. 그러나 엄마는 지금 그럴 시간이 없다. 누군가가 엄마를 기다리고 있다.

"너는 착하게 굴고 **싶을** 때나 착하게 굴지." 엄마는 이렇게 대꾸한다. 하지만 못 미더워하는 기색은 이미 사라지고 없다. 마침내 우리는 작별인사를 나눈 후 전화를 끊는다.

린든 부인은 치즈와 크래커, 주스, 차, 그리고 어른들을 위해 커피를 차려놨다. 푹신푹신한 소파 네 개가 커다란 커피 테이블 주위에 놓여 있다. 소파는 모두 분홍색이다. 나는 손을 뻗어 크래커를 하나 집어 든다. 지금 내 행동을 아무도 알아차리지 못했으면 좋겠다. 왜냐하면 린든 부인이 아직 "마음껏 먹으렴"하고 권하지 않았기 때문이다. 소파에는 작은 쿠션들이 잔뜩 쌓여 있다. 자리를 옮기려면 그 쿠션 더미를 헤치고 가야하고 커피 테이블에 올려 둔 쟁반에서 뭔가를 집으려면 몸을 앞으로 쑥 내밀어야 한다. 크래커가 맛있다. 얇고 바삭거리고 짭조름한 것이 칩 같지만 칩이라기보다 더 든든한 음식에 가깝다. 아마 허브나 입자가 거칠게 분쇄된 밀가루가 크래커의 맛을 내는 비결 같다. 나는 하나 더 집어서 치즈를 약간 펴 바른다. 린든 부인이 나를 보고 웃으며 말한다. "많이 먹으렴."

"차 마실 사람?" 그녀가 묻는다. "커피 마실 사람?"

스웨덴 보모들은 차를 마시겠다고 하고 나는 물을 한 잔 청한다. 린든 부인이 눈치를 주자 내 또래의 여자아이가 내게 나의 조국에 대해 묻는다.

"노르웨이에도 인도人道가 있어?" 그 여자아이는 쏘는 듯한 눈빛으로 나와 스웨덴 보모들을 바라보며 묻는다. 나는 크래커를 한입 가득 물고 있어서 대답을 할 수 없다.

스웨덴 보모들이 까르르 웃으며 노르웨이에도 이곳처럼 인도와 거리, 건물, 자동차, 여름, 겨울, 도시, 들판, 새, 영화관이 있다고 대답해 준다.

"우리는 스웨덴 사람이야." 그 둘이 동시에 말한다. "그리고 이 아이는 노르웨이 사람." 둘은 이렇게 덧붙이며 나를 꼭 안는다.

"아하." 내 또래의 여자아이는 이렇게 대꾸하고는 천장의 보

불안

이지 않는 어느 점으로 관심을 돌린다.

"그거 정말 재미있네요." 린든 부인이 이렇게 말하는데, 표정을 보니 진심인 것 같다. "하지만 언어는 다르죠, 그렇죠? 아니면 서로 이해하는데 문제가 없나요?"

"오, 다르죠." 스웨덴 보모들은 이렇게 대답하며 나를 한 번더 안아준다. "하지만 이 꼬마 숙녀는 노르웨이어와 스웨덴어를 모두 유창하게 해요. 그래서 아무 문제가 없죠."

"재미있네요." 린든 부인은 내게 미소를 지으며 또 이렇게 말한다. "거기는 무척 아름다운 나라잖아요. 노르웨이와 스웨덴 말이에요. 스칸디나비아 지역을 꼭 가보고 싶어요."

나는 크래커를 하나 더 집는다. 애슐리라고 하는 내 또래의 여자아이는 자신의 어머니를 보고 인상을 찌푸리며 가고 싶다는 신호를 보낸다. 그녀는 연습을(체조? 농구? 치어리딩? 연극?) 갈 시간이고 누군가가(리자? 킴벌리? 매리? 미셸?) 기다리고 있는데, 지금 너무 오래 지체했다. 어머니와 딸은 내가 못 볼 거라고 생각하지만 다 보인다. 나는 다시 크래커를 집어서 치즈를 듬뿍 펴 바른다. 그리고 다음 크래커를 집을 때는 먼저 천까지 세겠다고 마음을 먹는다.

"여기서 사는 건 어때요? 그러니까… 미국에서?" 린든 부인이 이렇게 묻고는 미소를 지으며 나를 바라본다.

미소를 지으면 그녀의 입은 하얀 치아로 만든 작은 목걸이로 변한다. 나는 입 안에 크래커를 가득 넣고 있어서 전부 삼킬 때까지 아무 말도 할 수 없다. 그래서 나도 미소를 지은 채 고개를 끄덕이며 이런 뜻을 전하고 싶을 때 하는 몸짓을 한다. **잠시만요. 이것부터 삼켜야 제대로 대답할 수 있어요.** 얼른 대답하려고 물과 함께 크래커를 꿀꺽 삼킨 후 입가에 붙은 크래커 부스러기를 닦는다. 내게는 린넨 냅킨이 있다. 모두가 그런 냅킨을 갖고 있다. 입을 닦고 나니 냅킨을 어디에 둬야 할지 고민스럽다. 가끔 내 영어는 실제 실력보다 더 못하는 것처럼 들릴 때가 있다. 모르는 사람이 질문을 하면 단어가 생각나지 않아 자주 말을 더듬는다. 이런 문제(심장을 강타하듯, 난데없이 후려친다)를 해결하기 위해 나는 바닥만 바라보며 우물거린다. 아니면 눈을 꼭 감아 버린다.

"네…. 물어봐 주셔서 감사합니다…. 영어가 부족해서 죄송해요…. 저는 정말 좋아요."

"그것 참 다행이구나." 린든 부인이 대꾸한다. "언제 우리 애슐리랑 같이 놀면 좋겠네. 애슐리는 체조를 배우는데, 너도 같이 가볼래?"

애슐리가 경악에 찬 표정으로 제 어머니를 노려본다. 그녀의 두 눈이 가느다란 틈처럼 변한다. 나도 그런 눈을 할 수 있다.

"저는 체조를 배우러 다닐 시간이 없을 것 같아요." 내가 대답한다. 이제야 영어가 술술 나온다. "저는 발레를 배우거든요."

불안

"얘는 뉴욕에서 발레 수업을 들어요." 두 명의 스웨덴 보모 가운데 한 명이 냉큼 말한다. "우리는 일주일에 세 번씩 기차로 다녀와요."

"와, 그거 좋겠구나." 린든 부인이 손을 맞부딪히며 말한다. "그럼 애슐리와 체조 수업을 같이 들을 필요는 없겠네, 그렇지?"

그 대화 후 린든 부인조차 이야깃거리가 뚝 끊어지지만 모든 상황이 커피 테이블을 중심으로 차분하게 흘러간다.

크래커가 또 먹고 싶다. 지금 이백삼십사까지 세었다. 오백까지 참을 수 있을 것 같다. 그 크래커는 짭조름하고 허브 맛이고 너무 세거나 너무 약하지 않게 신경을 써서 깨물면 완벽한 **바삭** 소리가 난다.

우리는 린든 부인의 집에 오기 전에 이미 배를 채웠다. 스웨덴 보모들이 셋이 먹을 샌드위치를 만들었다. 샌드위치를 먹고 우리는 잠시 몸치장을 했다. 두 사람은 이웃집에 가다니 재미있겠다면서 내가 그 집 여자아이와 친구가 될 수도 있다고 했다. 크래커는 짜다. 사백칠십오, 사백칠십육, 사백칠십칠. 도저히 오백까지 못 참겠다. 그래서 벌떡 일어나 커피 테이블 바로 옆에 무릎을 꿇고 앉는다. 나는 크래커에 치즈를 펴 발랐지만 바로 먹지 않고 소파로 되돌아가 다시 앉는다.

"너 배고프구나." 린든 부인이 말한다. 그녀는 미소를 지으며 쟁반을 가리킨다. "가서 좀 더 가져올게."

밤에 가끔 앞머리를 내린 남자가 집으로 찾아온다. 어쩌다가 친구를 데리고 오기도 하지만 대개는 혼자. 그는 스토브에 올려놓은 양념 맛이 강한 스튜를 먹으려고 하지 않는다. 그래서 보모들이 그가 먹을 다른 음식을 만든다. 샐러드. 구운 치즈 샌드위치. 그는 쉬지 않고 피워댄다. 어느 저녁에는 내게도 한 모금 권한다. 나는 그것이 마리화나라는 걸 안다.

"안 돼. 하지 마." 스웨덴 보모 한 명이 만류한다. "그거 어서 치워, 존. 그러지 마."

"괜찮아." 그가 말한다. "한 번 해보라고 해." 그는 소파의 가장자리에 걸터앉아 내게 고다르의 〈내가 그녀에 대해 아는 두세 가지 것들〉에 대해 묻는다. 내가 고다르의 영화는 〈네 멋대로 해라〉밖에 못 봤다고 하자 우리의 대화는 대신 〈하라키리〉로 넘어간다. 왜냐하면 나는 그 영화를 두 번이나 보았기 때문이다. 그는 〈하라키리〉를 본 아이는 처음 봤다고 한다.

엄마는 센트럴 파크가 내려다보이는 맨하튼 중심부의 아파트에서 지낸다. 그리고 **엄마**에 관한 브로드웨이 뮤지컬에서 주인공을 맡을 예정이다. 나의 엄마가 아니라 **어떤** 엄마다. 뮤지컬의 엄마도 노르웨이 출신으로, 그녀는 20세기 초 샌프란시스

코의 슈타이너 스트리트에 사는 **한센 가족**의 가장이다. 한센 가의 아빠는 실직 상태였고 돈에 쪼들린다. 하지만 엄마의 영리함 덕분에 그녀나 아빠나 아이들이 고생하지 않는다. 나의 엄마는 노래도 못 부르고 춤도 못 춘다. 하지만 엄마는 수없이 많은 면모를 지닌 팔색조 같은 사람이다. 그래서 역을 제안 받자마자 그 자리에서 승낙한다. 그녀라고 브로드웨이에서 춤추고 노래 부르지 말라는 법이 어디 있는가? 엄마의 여러 면모 중 하나는 끔찍할 정도의 서투름이고, 둘째는 사랑스러움, 셋째는 오만함으로 넘어가기 직전의 위태로운 용기, 넷째는 상처받기 쉬운 연약함, 다섯째는 저항할 수 없는 매력, 여섯째는 시작도 끝도 없는 거대한 욕망이다. 엄마는 수없이 많은 솔로곡을 불러야 하지만 단 한 곡도 단 한 음도 제대로 내지 못한다.

발레 연습을 할 때처럼 뒤로 단단히 당겨서 제대로 올려 묶지 못해 눈에 머리카락이 들어가고, 제대로 된 **턴아웃**(발꿈치를 맞댄 자세―옮긴이)도 못하고, 재능 있는 발레 연습생처럼 비쩍 말랐지만 정작 재능은 없고, 음식을 먹지 않거나 먹은 것을 다 토해서가 아니라 원래 그렇게 태어나서 비쩍 마른 여자아이는 항상 뭔가를 먹고 있다. 물론 소스 위로 뼈가 비죽 솟아오른 스튜만큼은 먹지 않는다. 여자아이는 늘 배가 고프다. 하지만 애벌레처럼 비쩍 말랐다―동화책에서 빨간 사과 한 개, 배 두 개, 자두 세 개, 딸기 네 개, 오렌지 다섯 개, 초콜릿 케이크, 아이스크림, 피클 한 개, 스위스 치즈 한 조각, 살라미 한 장, 막대사탕 한 개, 체리 파이 한 조각, 핫도그 한 개, 컵케이크 한 개, 수박 한 조각, 녹색 이파리 한 장을 터널을 내듯 먹어치운 애벌레처럼. **하지만 어느 날 애벌레는 근사한 나비가 되지.** 앞머리를 내린 남자가 노란 집의 실크 소파에 앉아 마리화나를 피우면서 안토니오니의 〈욕망〉에 대해 이야기하던 중에 이렇게 말한다. 스웨덴 보모들이 웃음을 터트린다. 남자는 여자아이에게 고개를 끄덕인다.

"그 영화 봤어?"

여자아이가 고개를 가로젓는다.

"안토니오니가 네 아버지보다 훌륭해, 알다시피."

"그런가요."

"세상에 대해서 더 관심을 기울이거든."

"그런가 보네요."

"더 흥미롭고."

"그러던가요."

"언제 한 번 나랑 시내로 가서 〈욕망〉을 보지 않을래?"

"그러죠."

그를 제외하면 여자아이에게 나비에 대해 무슨 말을 해주거나 극장에 같이 가자고 한 사람은 아무도 없다.

두 번, 아버지는 곰브로비치의 《이보나, 브루군드의 공주》를 무대에 올렸다. 이 작품은 말이 없고 못 생긴 브루군드의 공주와 결혼하는, 자포자기한(왜냐하면 그는 매우 지루했기 때문이다) 지루한 왕자에 관한 희곡이다. 왕자의 부모는 이 사실에 경악을 금치 못한다. 궁정 전체가 충격에 휩싸인다. 나는 도대체 무엇이 가장 충격적인지 모르겠다. 공주가 못생겼다는 사실인가? 아니면 그녀가 한 번도 입을 열지 않는다는 사실인가? 결국 그들은 공주를 죽인다. 나는 여자아이의 아버지가 뮌헨 공연에 흡족해 했다고 생각하지 않는다. 공연에 대한 평은 형편없었다. 그는 제대로 해내지 못했다. 감을 잃었다. 비평가들은 이렇게 썼다.

곰브로비치는 《일기》에 남자와 여자의 차이점에 대해서 쓴 적이 있다:

"여자는 호감을 사고 싶은 욕망을 언제나 드러내고 만다. 그러므로 여왕이 아니라 노예다. 그리고 욕망할 가치가 있는 여신처럼 보이기는커녕 범접할 수 없는 아름다움을 정복하려고 애쓰는 모습이 끔찍할 정도로 어설프다."

　　　　　　　　　　　　　　　　　　　불안

어머니는 외모만 보면 끔찍할 정도의 어설픔과는 전혀 인연이 없는 것 같다. 나라면 오히려 어머니는 그런 서투름을 감추기 위해 욕망할 만한 여신으로 보이려 했다고 말할 것이다.

겉으로 드러나는 모습이 어머니에게 중요했다. 사물이 어떻게 보이는지. 자신이 어떻게 보였는지. 자신 주위의 삼라만상은 어떻게 보였는지. 어머니는 모습을 드러냄으로써 존재했다.

어머니는 여신이 아니다. 하지만 어머니의 미모는 모두에게 속하면서 아무에게도 속하지 않는—국립공원 같은—종류의 것이다. 여자아이가 어머니의 사진을 찍을 때면 수많은 다른 얼굴들이 보인다. 그 얼굴들이 연달아 보이거나 하나 위에 다른 하나가 겹쳐 보이기도 한다. 여자아이는 어머니에게 오로지 여자아이에게만 보여주는 별개의 아름다움—별개의 얼굴—이 있는 것이 아닌지 궁금하다. 어머니가 나를 보는 모습을 지켜보는 사람이 없을 때 나를 바라보는 어머니는 어떤 모습일까(여자아이는 궁금하다)?

그 노벨상 수상자는 자신이 모든 것을 의심하게 되었다고 말한다.

어머니와 어머니의 새 구혼자가 뉴욕의 작은 이탈리아 레스토랑에서 미트 소스 스파게티를 함께 먹고 있다. 어머니는 가슴 부분이 팽팽하게 당겨진 짙은 붉은 색의 긴 원피스 차림이다. 아마 그는 이렇게 생각할 것이다. 얼마 전만 해도 그녀가 세상에서 가장 아름다운 여자들 가운데 한 명이었다고.

그 노벨상 수상자는 도무지 설명할 수 없는 방식으로 그 여자아이의 아버지에게 유대감을 느낀다. 어머니에게는 구혼자들이 한둘이 아니었고 그들 가운데 여자아이의 아버지도 있었다. 다른 구혼자들은 **그녀**와 함께 있을 때면 **그**와 가까운 사이가 된 것처럼 느끼며 그에 대해 질문을 하거나 대체로 호기심을 품었다. 그 노벨상 수상자는 여자아이의 아버지와 음악에 대해서 이야기를 할 수 있을지 모른다고 생각한다. 그래서 여자아이의 어머니에게 지휘자인 프리츠 라이너와 모차르트의 **교향곡 40번**과 관련된 어린 시절의 추억에 대해 이야기하기 시작한다. 그리고 이참에 피아노에 올려놓은 여동생의 손에 대해서도 말해주고 싶다. 하지만 그 부분까지 가기도 전에 여자아이의 어머니가 탄성을 지른다.

"오, 나는 모차르트를 **사랑해요!**"

그 노벨상 수상자는 하던 이야기를 멈추고 시선을 피하며 주제를 바꾼다.

어머니는 자주 아버지의 **뮤즈**로 불린다. 아버지가 어머니의 뮤즈로 불리는 경우는 없다. 아버지는 남자였고 어머니는 어린 여자였다. 그는 나이가 더 많았고 그녀는 젊었다. 그는 모색 중이었고 그녀는 발견되었다. 그는 시선을 던졌고 그녀는 시선을 받았다. 이야기를 요약하자면 이렇다. 남자는 창조했고 여자는 영감을 줬다. 아버지는 자식을 아홉이나 두었다. 하지만 어느 아들이나 딸도 아버지의 뮤즈라 불리지 않았다. 아버지에게 자식들은 작업에 방해물이거나 적어도 그 비슷한 존재였다. 적어도 어머니들과 아버지는 그렇게 믿는 것 같았다. 아버지가 관계가 없는 사람이 된 후로 그녀들이 아이들에 대한 책임을 모두 떠맡았을 텐데도 말이다—또 다른 구구절절한 이야기는 이쯤에서 그만하자. 어머니들은 거의 모두(슬하의 아홉 자녀들에게 다섯 명의 어머니가 있었고 아버지의 어머니도 계산에 넣으면 모두 여섯 명이 된다) 뮤즈로 묘사되었다. 아버지의 마지막 반려자였던 잉그리드는 현실적인 여자였고 그런 이유로 아버지는 그녀를 가장 사랑했다. 그리고 그녀가 죽었을 때 애도했다. 슬픔을 가눌 수 없어 따라 죽고 싶어 할 정도였다. 아버지는 현실적인 문제들이 처리된다는 조건 하에서만 사랑을 지속할 수 있다고 믿었다. 현실적인 면의 중요성은 절대 과소평가해서는 안 된다. 이 규칙은 사랑만 아니라 일에도 적용된다. 아버지는 평생 그 여자들을 뮤즈라고 부르지 않았다. 나는 아버지가 뮤즈라는 단어를 쓴 적이 있는지조차 의문이다. 아버지는 그들을 뮤즈가 아니라 스트라디바리우스들—바이올린들—악기들—이라고 불렀다.

노르웨이어 사용자에게 **뮤즈**는 좀 우스운 단어다. 왜냐하면 그 단어를 들을 때마다 발음이 비슷한 (그리고 쥐나 여성의 성기를 의미하는) **무사musa**가 떠오르기 때문이다. 1700년대 초, 사제이자 시인이었던 페터 다스는 시인이자 찬송가 작사가인 도로테 엥엘브레스다테르에게 수많은 편지를 썼는데, 그 가운데에는 이런 시를 담은 편지도 있었다.

부인! 어떻게 지내시는지요?
…
레이디 미네르바의 하루하루는
어떻게 흘러가고 있나요?
눈물의 나날을 품느라

그녀의 기쁨은 모두 스러져버렸나요?

이제 파르나소스의 찬사는

피 흘린 채 힘없이 쓰러져 있나요?

뮤즈가 무기력에 고통 받고 있나요?

님프들은 모두 숨진 채 쓰러졌나요?

모든 시인의 친구, 즉

그녀의 글쓰기 도구들이 소임을 거부하나요?

종이와 잉크 깃털 펜이

쓸쓸히 버림받았나요?

페터 다스는 답장을 기다렸지만 아무 소식도 듣지 못했다. 그는 도로테 엥엘브레스다테르를 한없이 존경했으며 그녀를 절대 **자신의** 뮤즈라고 부르지 않았다. 실제로 이 시만 봐도 그가 그녀를 자신의 동료이자 대등한 문우文友이며 진정한 시인으로 여긴다는 것을 잘 알 수 있다. 통 답장이 오지 않자 그는 **그녀의** 뮤즈가 무기력에 고통 받고 있어서 그녀가 침묵하는 것인지 궁금해 한다. 이 점에서 그는 보들레르를 백오십 년이나 앞섰다. (보들레르가 침체된 **자신의** 뮤즈에 대한 유명한 시를 쓴 해는 1857년이다.)

내가 만약 페터 다스로부터 그런 편지를 받았다면 나는 도로테와 달리 답장을 보냈을 것이다. 아마도 편지에 답장을 하는 순수한 즐거움을 누리고 싶기 때문일 테다. 하지만 좀 더 그럴 듯한 이유를 꼽자면, 보내는 이가 '안녕, 아무개야'라고 (**어떤 뒷골목을 가야 이름으로 부르면 될까요,라고 물을 수 있을지**) 가볍게 부르지 않고 상냥하게도 "부인! 어떻게 지내시는지요?"라고 안부를 물으며 시작하는 편지라면 나는 두 번 생각하지 않고 답장을 쓸 것이다.

아버지는 어머니가 자신의 스트라디바리우스라고 말했다. 나는 뮤즈나 스트라디바리우스라는 표현에 대해 어머니가 불쾌해하는 모습을 한 번도 보지 못했다.

그런데 어머니는 정말 **바이올린**이 되고 싶었을까?

피에루스 왕은 딸이 아홉이었는데 그들이 너무 아름다워서 아홉 뮤즈도 빛을 잃을 것이라고 믿었다. 그러나 그것은 착각이었다. 결국 언제나처럼 자만심이 벌을 받고 아홉 공주들은 까치가 된다.

이보다 더 나쁜 운명도 있다. 뮤즈의 **레종 데트레**(존재의 이유라는 뜻—옮긴이)는 위대한 예술가에게 거울이 되어주는 것이다. 예술가가 없으면 뮤즈도 없다. 까치는 어느 누구의 거울도 아니다. 그러므로 까치는 자신의 거울에 제 모습이 온전히 보일 것이다. 게다가 까치는 거울 속에서 제 모습을 알아본다. 까치처럼 거울 속 제 모습을 알아보는 동물은 그리 많지 않다. 몇 종류의 유인원—예를 들면 보노보—과 일부 돌고래, 특별한 종류의 개미 정도다. 이 개미의 경우, 거울에 비친 자신의 모습에서 머리에 묻은 얼룩을 보면 그 얼룩을 닦아낸다. 거울을 봐도 머리에 얼룩이 없을 때는 그런 행동을 하지 않았다. 거울을 보는 코끼리의 반응을 살펴본 연구도 있다. 어떤 코끼리들이 거울에 비친 자신의 모습을 알아보았다. 하지만 모든 코끼리가 그런 것은 아니다. 코끼리를 대상으로 한 연구는 거울이 충분히 크지 않았다는 사실 때문에 결과를 일반화하기 어렵다.

어쩌면 그녀가 **내게도** 뮤즈가 될 수 있을지 몰라. 노벨상 수상자는 이렇게 생각하며 여자아이의 어머니를 바라본다. 몇 년후, 연착된 비행기를 기다리던 그는 면역학 분야에서 진행된 방대한 연구조사를 바탕으로 의식에 관한 이론의 틀을 잡았다. 그 무렵은 그와 어머니 사이의 연정이 사라진지 오래였다. 그때의 그는 뮤즈가 필요하지 않았을 것이다. 필요한 것이라면 까치나 거울이 아니라 연착된 비행기뿐이지 않았을까?

그는 자신이 그녀와 같은 여자를 얻을 수 있다는 사실을 온세상에 드러내고 싶지만, 한편으로는 그녀가 자신이 원하는 사람이 아니라는 의혹을 억누를 수 없다. 그녀는 마흔이다. 그리고 무대에서 스스로 바보 꼴이 되고 있다(그녀의 노래와 춤이 도무지 사랑스럽지 않다. 그렇기는커녕 당혹스럽다). 자긍심과 수치 사이에는 그 둘을 잇는 아치가 있다. 그런데 그 노벨상 수상자는 자신이 그 아치의 어느 쪽, 어느 지점에 있는지 늘 확신이 서지 않았다. 한시도 헤어나지 못하는 불안함이 그의 최대 약점이다.

그는 여동생의 손가락들이, 그 작은 양 손이 건반 위를 넘나드는 모습을 상상한다. 그는 입을 열고 그녀에게 그 손가락과 손에 대해 말을 하려고 하다가 결국 다시 입을 다문다. **오, 나는 모차르트를 사랑해요.** 이 말이 여전히 악취처럼 그곳을 떠돌고 있다.

어머니는 여자아이에게 그 노벨상 수상자가 뇌를 창조하려는 중이라고 말해 준다. 어느 날 어머니는 그를 만나기 위해 연구실을 찾는다. 그날 어머니의 뇌리에는 두 가지가 박힌다. 하나는 사방에 돌아다니는 쥐들이고, 다른 하나는 이 관계에 무슨 미래가 있는 지에 대한 구체적인 의심이다. 어머니는 그 쥐들이 가슴 아플 정도로 불쌍하지만 동시에 역겹다.

여자아이의 어머니는 그것을 사랑이라고 부른다. 그러나 그것도 관계가 시작되고 고작 몇 주 동안뿐이다. 세월이 흘러 그녀는 그가 자신에게는 **그냥 그렇게 좋은 사람이 아니었다**고 말할 것이다.

그도 어린 시절에는 피아노를 연주했다. 그의 부모님은 둘만의 시간을 보내고 싶을 때면 그와 여동생을 카네기 홀의 박스석에 데려다 주었다. 오빠와 여동생은 프리츠 라이너가 모차르트의 곡을 지휘하는 동안 생쥐처럼 조용하게 앉아서 감상했다. 그는 여자아이의 어머니에게 여동생이 입었던 하얀 원피스며 뒤로 넘겨 단정하게 땋은 검고 긴 머리카락에 대해 이야기해 줄 수도 있다. 마지막에 그녀의 작은 손을 잡고 절을 하며 끝냈다고 말해 줄 수도 있다. 하지만 그러지 않는다. 대신 손을 들어 올려 두 번째 손가락을 그녀를 향해 흔든다.

"내 손가락을 당신에게 흔드는 동작에 정확히 뇌의 어느 부위가 관여하는지조차 우리는 몰라요." 그가 말한다.

여자아이의 어머니의 눈에 매니큐어를 칠한 손톱과 섬세하고 보드라운 그의 손이 들어온다. 그의 손톱은 그녀의 것보다 더 손질이 잘 되어 있다.

어머니가 검지를 들어 마주 흔든다.

잠시 두 사람은 서로를 향해 검지를 흔들며 앉아 있다.

"내가 당신이 아니라는 사실은 확실하게 알아요." 그가 난데없이 이런 말을 한다. 어머니는 허를 찔린 기분이다. 어머니는 두 사람이 완전히 하나로 녹아들 정도라 누가 누구인지 더이상 구별할 수 없는 사랑을 꿈꾼다. 하지만 그 노벨상 수상자는 사랑 이야기를 하는 게 아니다. 그는 정확히 뇌 속에 든 무엇이

우리의 동작기능을 제어하는지 이해하기 어려우며 우리는 각
자의 동작의 총합이라는 말을 하고 있을 뿐이다.

"아무 것도 정체되어 있지 않아요. 아무 것도 정해져 있지
않죠. 모든 것은 움직임이에요."

"흠." 어머니는 이렇게 말하며 자신과 그가 이렇게 마주 앉아
얼마나 더 서로에게 손가락을 흔들어야 하는지 궁금해 한다.

그가 손을 내린다.

그가 와인을 약간 마신다. 어머니는 말이 없다. 그러자 그가
말문을 연다.

"상상해 봐요. 대뇌 피질이…."

어머니는 장교 군복을 입고 있는 아버지의 푸른 초상화를
떠올린다. 온갖 색조의 푸른색을 담고 있는 초상화. 그녀는 그
의 말을 끊고 싶지도 멍청한 말을 하고 싶지도 않다. 그녀는 이
따금 자신이 멍청하게 느껴진다. 대신 그녀는 남자들로 하여금
스스로 천재라고 느끼게 만드는 독특한 시선이 있다. 천재조차
어머니의 시선을 받으면 자신을 천재라고 느낄 정도다.

"사소한 것들의 복잡함." 그가 말한다.

"사소한 것들의 복잡함." 어머니는 그의 말을 따라한다. 두
통이 시작되는 것 같다. 편두통이 아니다. 어머니는 편두통이
없다. 어머니의 두통은 성가신 가려움 같다. 통증이라기보다
불편함. 뭔가가 어머니의 몸을 통해 걸러지는 듯한 느낌이다.

살아있는 뇌는 솜사탕 같은 분홍색이지 회색이 아니다. 살아있는 뇌는 솜사탕처럼 분홍색이지 회색이 아니라고 말해야겠다는 생각이 퍼뜩 떠오른다. 하지만 그때까지 수많은 뇌를 보았을 그 사람이라면 아마 회색 뇌물질만 보았을 것이며—왜냐하면 뇌는 죽으면 회색이 되기 때문이다—그는 살아있는 뇌는 잘 알지 못할 것이라는 생각이 곧장 뒤를 따른다. 문득 아무 말도 해서는 안 된다 싶다. 지금 하려는 말은 그가 말하는 내용과 아무 상관도 없을 것 같기 때문이다. 이런 느낌이 들 때면 그녀의 머릿속에서는 쉬지 않고 생각이 걸러진다. 신경이 배배 꼬인다. 어머니는 와인을 더 마신다. 대개는 그러면 좀 편해진다. 마음이 차분히 가라앉는다.

어머니는 모든 것이 아주 조용할 때가 가장 좋다고 말하고 싶다.

입고 있는 붉은 원피스가 꽉 끼고 따끔거린다. 겨드랑이에서 배어나온 땀을 남자가 알아볼까봐 걱정이다.

그 노벨상 수상자가 노란 집에 찾아오면 그는 대부분의 시간을 거실의 실크 소파에서 꼼지락거리고, 어머니에게 가고 싶다고 소곤거린다.

그가 한 번은 여자아이에게 주방으로 가서 컵과 설탕을 찾아 설탕을 컵에 부은 후 컵 안의 설탕 분자가 몇 개인지 계산해 보라고 말한다. **정답**을 알아내면 그때 거실에 다시 올 수 있고 그에게는 정답을 말해주면 된다. 사소한 것들의 복잡함. 상을 주겠다고 했을 수도 있지만, 지금은 기억나지 않는다. 여자아이는 주방으로 달려갔지만 설탕을 찾을 수 없다. 그래서 어머니를 찾는다. **엄마, 엄마, 설탕은 어디에 있어요?** 어머니는 한숨을 쉬고 주방으로 와—어머니도 설탕이 어디에 있는지 모른다—찬장의 문을 열고 닫기 시작한다. 스웨덴 보모들은 쉬는 날이다. **그녀들**이라면 설탕이 어디에 있는지 알 것이다. 하지만 그들은 필요할 때 없고 무엇보다 과분한 봉급을 받고 있다. 노벨상 수상자가 어머니를 큰 소리로 부른다. 그는 어머니가 자신과 함께 거실에 있기를 원한다. 이 분자 퀴즈는 그 사생아(이 남자는 여자아이가 근처에 없다고 생각할 때면 그녀를 이렇게 부른다)를 다른 곳에 붙잡아둬서 어머니를 자신과 단 둘이 있게 만드는 것이 목적이다. 그는 아내와 아이들, 큰 집이 있고 노벨상과 경력이 있으며 정부情婦와 보낼 **한정된 시간**이 있다. 그 사생아는 계획에 없다. 그런데 지금 꼼수가 수포로 돌아가려 한다. 여자아이는 컵은 찾았지만 설탕을 찾지 못하고, 어머니는 보모들에 대해 불평을 늘어놓으며 노란 방들을 종종거리며 돌아다닌다. 노벨상 수상자는 자신의 시계를 확인한다.

나는 엄마의 전화통화를 엿듣는다. 가끔 어머니는 그 사실을 알아차릴 때가 있는데, 그럴 때면 통화를 끝낸 후 우리는 사람들이 얼마나 멍청한지 이야기한다. 가령 그 노벨상 수상자 같은 사람 말이다. 그를 향한 엄마와 나의 반감이 점점 커져간다. 다른 쪽에서 전화통화를 엿듣고 싶을 때 수화기를 드는 특별한 방법이 있다. 수화기를 아주 천천히 조심해서 들어야 한다. 절대 딸깍 소리를 내면 안 된다. 그 소리가 나면 들킨다.

"당신은 내 여자야!" 그 노벨상 수상자가 전화로 말한다.

그는 굳게 확신하고 있다. 그의 목소리는 음침하고 거칠다. 엄마는 선택받았고 가장 사랑받는 사람이다. 엄마는 그의 시선을 받고 있고 그를 위해 존재한다. 게다가 그가 멍청이처럼 굴어도 이 사실은 변함없다.

나는 설탕 컵에 든 분자의 수를 계산하지 못했다. 엄마와 나는 설탕을 찾지도 못했다. 하지만 그 대신 내가 계산해 낼 수 있었던 혹은 알아낼 수 **있었던** 해답은, 나는 여전히 여자아이이고 얼마의 신뢰를 얻는다고 해도 누군가의 **여자**로 불릴 수는 없다는 사실이었다.

나는 침대에 누워서 일어나지 않겠다고 고집을 부렸다. 모두에게 아프다고 했다. 처음에는 사흘 동안 침대에서 나오지 않았다. 두 번째는 그곳에서 이레를 버텼다. 세 번째는 침대에서 열흘을 지냈다. 그 열흘 동안 나는 침대에 자리를 잡고 딱지투성이 고양이를 끌어안고 있었다.

"왜 그 애는 항상 열이 나는 거야?" 엄마가 전화로 묻는다.

"우리도 모르겠어요." 두 명의 스웨덴 보모 중 한 명이 소곤거린다. "학교 교복 때문에 몸이 얼어붙을 것 같대요. 바깥은 영하 십도에요. 그러니 당연한 일 아니겠어요?"

보모들은 차와 담요를 가져다주면서 내 볼을 토닥거린다.

나는 두 번 다시 프렌치 양이 군림하는 교실에 발을 들여놓고 싶지 않다. 나는 그녀의 아름다움을 더이상 견딜 수 없다. 당신은 원하는 것을 손에 넣겠지만, 바라는 대로는 아닐 것이다. 세 번의 열병이 지나간 후 마침내 나는 학생들이 사복을 입어도 되는 그 지역의 공립학교로 전학을 간다. 내가 내 또래의 남자아이인 아담을 알게 된 곳이 바로 그 학교다. 그 아이는 내 것과 똑같은 하얀 무늬가 있는 푸른색 울 스웨터를 입는다. **마리우스 스웨터**. 내 나라에서 이 스웨터를 부르는 이름이다. 노르웨이에서는 누구나 그 스웨터를 입는다. 하지만 미국에서는 아담과 나를 제외하고 아무도 입지 않는다. 그는 학교가 끝나면 노란 집으로 놀러 와서 함께 모노폴리를 하고 빌리지 피플과 수퍼트램프를 듣는다. 아담은 코밑이 거뭇거뭇하다. 코와 입술 사이의 움푹 들어간 어린아이 같은 인중을 부분적으로 가려주는 갓 돋은 보송보송한 까만 콧수염. 나는 그 수염이 좋다. 재미있다. 남자다운 모습이라는 생각마저 든다. 아담과 입을 맞추면 그 콧수염 때문에 윗입술이 간질거린다. 그가 스웨터 위로 가슴을 아슬아슬하게 피해가며 내 몸을 어루만진다. 사실 보드라운 젖꼭지 하나라 가슴이라고 할 것도 없지만 말이다.

한동안 아담은 나의 유일한 친구였다. 얼마 후 나는 이웃집에 사는, 검은 머리를 길게 기른 바이올렛과 친구가 된다. 바이올렛은 세상에서 가장 흉한 것이 남자아이의 콧수염이라고 한다. 혐오스럽단다. 콧수염은 아담이 얼마나 멍청한 꼬맹이 바보인지 드러내줄 뿐이다—바이올렛은 아담이 그녀의 오빠인 제프처럼 진짜 콧수염을 기르거나 면도를 할 일은 꿈에도 없을 거라고 한다.

아담은 체구가 작다. 그의 모든 것이 작고 섬세하다. 어깨는 좁고 독서를 좋아한다고 내게 털어놓을 때 떨던 손도 작다. 요즘은 우리 반 아이들이 전부 《앵무새 죽이기》를 읽고 있어. 내가 도와줄게. 그는 이렇게 말한다. 우리 같이 읽고 토론해 보자. 그는 내가 외국에서 왔고 외국어를 쓰기 때문에 읽기 숙제를 제대로 따라가지 못한다고 걱정하지 않아도 된다고 한다. 내가 《앵무새 죽이기》를 다 읽으려면 며칠, 몇 주, 몇 달이 걸린다.

바이올렛과 보내는 시간이 점점 더 늘어난다. 어느 날 나는 아담에게 앞으로는 노란 집에 오지 말라고 이른다. 나는 더이상 모노폴리를 하거나 책을 읽거나 빌리지 피플과 수퍼트램프를 듣고 싶지 않다고 한다.

바이올렛이 가장 좋아하는 곡은 레드 제플린의 '스테어웨이 투 헤븐'이고 나도 마찬가지다.

아담은 노란 집에 오는 날이면 그 노벨상 수상자가 늘 앉았던 노란 거실의 노란 소파에 앉는다. 나는 이미 마음을 정했다고, 이게 마지막이라고, 이제 끝났다고 말한다. 그러자 그가 울음을 터트린다. 나는 그가 혐오스럽고 우리가 함께한 일들이 모두 역겹기만 하다. 아담은 끔찍하게 눈치 없는 아이가 아니다. 아담은 노란 소파에 앉아서 아기처럼 징징거리며 울고 있는 역겹고 자그마한 눈치 없는 아이다.

"캐더린은 **대단해**." 엄마가 말한다. "기억해! **대단하다고**. 그리고 지금 이 순간부터 캐더린이 대장이 되는 거야." 엄마가 이렇게 덧붙인다. "캐더린마저 보모를 관두면 신의 가호가 있기를. 그렇게 되면 어떻게 해야 할지 나도 모르겠다."

엄마의 생각은 생각대로 되지 않았다. 그런 적이 드물다. 스웨덴 보모 두 명을 고용할 때는 내심, 한 명이 일을 제대로 못하면 나머지 한 명이 책임을 질 거라 생각했다. 그것이 한 명이 아니라 두 명을 고용한 이유였다. 그런데 지금 둘 다 관두고 싶어 한다. **미국을 보고 싶어요**. 그들이 말한다. 젊음은 한 번 뿐이잖아요─앞머리를 내린 남자도 그들과 동행할 계획이다. 세 사람이 돈을 모아 자동차를 마련했다. **인생을 살고** 싶어요─그 사람들이 엄마에게 한 말이다─**자신의 삶을 살아야 해요. 그러면 인생이 길을 보여줄 거예요.** 두 사람은 동시에 입을 열어 앞으로의 계획을 장황하게 늘어놓는다. 앙리 카르티에 브레송으로부터 인생의 길을 얻은 앞머리 남자로부터 얻은, 길을 보여주는 인생에 대한 이야기를.

엄마의 말로는 캐더린은 수녀가 되고 싶어서 몇 년 동안 수

녀회에서 살기도 했다. 그런데 어떤 남자와 사랑에 빠졌다. 그 일로 인해 캐더린은 수녀가 될 수 없었다. 그녀는 **세속의 사랑**을 선택했다고 엄마가 말한다. 그랬다. 그래서 캐더린은 그 남자와 함께 있기 위해 수녀회와 자신의 서약과 자신이 믿는 것을 모두 버렸다.

엄마는 아이에게 비밀을 털어놓으면 안 된다는 여자 친구들의 조언을 완전히 잊었다.

그리고 캐더린이 수녀회를 버리고 나온 지 얼마 후 그 남자가 그녀를 버렸다.

"**대단해.**" 엄마가 반복해 말한다. "그러니까 너는 정말, 정말, 정말, 정말 캐더린에게 착하게 굴고 말을 잘 들어야 해."

엄마는 또 다시 장기 여행을 떠날 예정이다. 이번에는 일정 끄트머리에 뮌헨에도 들른다. 뮌헨은 아빠의 도시다. 그곳은 아빠가 사는 곳이다. 특별히 아빠를 만나려고 가는 건 아니지만 어차피 뮌헨에 가면 마주치게 될 거야. 엄마는 이렇게 말한다. 그러더니 한숨을 쉰다. 모두가 나를 귀찮게 해. 모두가 내게 뭔가를 원해. 어디로 훌쩍 떠나서 잠이나 푹 자면 좋으련만.

나는 열세 살 생일을 앞두고 있다. 나는 받고 싶은 생일선물 목록을 만들었는데, 이런 것들이다. 립그로스와 마스카라, 루즈, 아이라이너.

불안

"내가 캐더린에게 여기로 들어오기 전에 한 번 들리라고 했어." 엄마가 알린다. "네 생일날 올 거야."

"왜요?"

"내가 말했다시피 인사를 할 기회를 가져야 할 것 같아."

"이해가 안 돼요."

"뭐가 이해가 안 돼? 내가 우리 집으로 오라고 불렀어. 그러면 여기로 들어오기 전에 너랑 캐더린이 낯을 익힐 수 있잖아."

"알았어요. 그런데 왜 하필 내 생일에 오는 거예요?"

"왜냐하면 일 년 중에 네가 무례하게 굴지 않을 유일한 날이 네 생일이니까." 엄마가 대답한다.

**

아빠와 엄마가 만날 것이다. 엄마는 내가 유의해서 듣지 않는다고 생각한다. 평소 나는 엄마가 하는 이야기를 귀담아 듣지 않는다. 하지만 엄마가 어디로 가고 얼마나 떠나 있을지 알려 줄 때면 그 어느 때보다 귀를 쫑긋 세우고 듣는다.

엄마와 아빠가 **마주치게 될 거라고** 엄마가 말한다. 두 사람이 **서로 만날** 것이라고 말이다. 그리고 그 만남은 뮌헨에서 일어난다. 나는 뮌헨에 대해 아빠가 사는 곳이라는 사실 외에 아무 것도 모른다.

문득 이런 의문이 떠오른다. **나는 뮌헨에 어떻게 가지?**

나는 허락을 받지 않으면 혼자 비행기를 타지 못한다. 나는 관절과 뼈의 무더기에 불과하다. 이곳에서 저곳으로 가기 위해 성인과 그들의 돈에 의지할 수밖에 없는 가여운 아이. 적어도 이곳에서 저곳으로의 이동이 대서양을 가로지르는 여행을 의미할 때는 그렇다. 무더기. 영락. 폐허는 아름답다. 나는 아름답지 **않다**. 밀로의 비너스는 양팔이 있을 때보다 없을 때 더 아름답다. 사람들은 그녀의 팔이 어떻게 되었을지 궁금할 것이다. 그녀는 미스터리다. 나는 곧 열세 살 생일을 앞두고 있었다. 나는 깡마른 팔다리와 커다란 입이 뒤죽박죽된 존재에 불과하다. 나는 미스터리가 **아니다**.

내가 혼자 뮌헨으로 날아가 엄마와 아빠가 있는 방에 들어갈 수만 있다면, 나는 우리 세 사람의 사진을 찍어달라고 아무에게나 부탁을 할 것이다.

나는 우리 세 사람이 찍힌 사진을 갖고 싶다.

나는 나의 낮과 나의 밤이 함께 만나는 자리에 같이 있고 싶다.

고개를 들어 캐더린을 본다. 그녀는 아무 말도 하지 않는다. 나도 마찬가지다. 캐더린은 엄마에게 **완전하고 충분한** 책임의식을 갖고 여자아이를 돌보겠다고 약속한다. 하지만 그녀는 이 특별한 여자아이가 밤에는 잠을 자지 않고 아침에는 일어나지 않을 수 있다는 사실을 모른다. 왜냐하면 그 여자아이는 언제나 낮의 한가운데나 밤의 한가운데에 있기 때문이다. 엄마는 곧 떠날 것이다. 캐더린은 공포의 의미를 모른다.

"혹시라도 무슨 일이 생기면." 엄마가 신경질적으로 웃으며 설명해 준다. "미스터 P에게 전화를 해요. 그 사람 전화번호는 서랍에 있어요."

나는 어딜 가나 엄마의 여행일정표를 가지고 다닌다. 타자기로 친 종이는 여기저기 얼룩덜룩하고 날짜와 장소, 도시, 호텔의 이름이 흐릿해져 있다. 나는 그 일정표를 거의 다 외우고 전화번호 몇 개도 기억한다. 하지만 어떤 경우에도 내가 기억하는 전화번호로 전화를 걸 수 없다. 국제전화비 때문이다. 낮에는 그 일정표를 수학책에 끼워 책가방에 넣어 두고 밤에는 침대 옆 테이블에 놓고 그 위에 코코아 컵을 놓는다.

(작은 여행가방과 오보에 하나를 들고 노란 집으로 온) 캐더린은 매일 밤 꿀을 탄 뜨거운 코코아를 내게 침대에서 마시게 한다. 그러면 마음이 안정될 거란다. 나는 잠이 들기 전에 내 카세트 플레이어와 공책, 어머니의 여행일정표, 코코아 컵이 침대 옆 작은 테이블 위 정해 놓은 자리에 정확하게 놓여 있는지 확인해야 한다. 이 물건들의 배치는 아름다울 정도로 대칭적이다.

원칙 같은 강박. 연출 같은 강박.

사실, 노란 집에서는 절대로 컵과 유리잔을 테이블에 올려 두지 못하게 되어 있다. 그 덩치 큰 집주인이 이런 규칙을 매우 확실하게 밝혔다. 노란 집으로 이사 온 후 엄마는 몇 주 동안 이곳에서 지냈다. 그 동안 우리는 틈만 나면 서로에게 이 규칙을 읊어야 했다. 엄마가 깜박하고 와인 잔에 컵받침을 받치지 않으면 엄마는 **내**게 1달러를 주기로 했다. 반대로 내가 컵 아래에 컵받침을 깔지 않을 경우 내가 **엄마**에게 1달러를 주어야만 했다. 엄마가 뉴욕의 아파트로 거처를 옮긴 후 나는 노란 집에서 지내지만 이따금 그랜드 센트럴 역까지 가는 기차를 타고 엄마를 찾아간다. 엄마의 뉴욕 아파트에서는 테이블에 자국이 나건 말건 전혀 중요하지 않다. 우리는 커다란 퀸사이즈 침대에서 가게에서 사 온 중국 음식을 먹는다. 게다가 나는 콜라나 진저에일을 마시고 캔은 아무 데나 원하는 곳에 내려둬도 된다. 네가 여기에 자국을 남기면 남길수록 더 좋아. 엄마는 이렇게 말하며 내게 입을 맞추고 내 쇄골 언저리에 코를 묻고 비빈다. "마우스, 내가 너를 얼마나 사랑하는지 몰라. 네가 곁에 없으면 너무너무 보고 싶단다." 이제 **마우스**라고 불리기엔 내가 너무 컸다는 사실을 엄마도 나도 알지만 개의치 않는다. 가끔 엄마와 나는 TV에서 방영해 주는 영화 서너 편을 연속으로 본다. 그럴 때면 항상 먼저 잠에 곯아떨어지는 사람은 나다.

하지만 엄마가 미국을 떠나 장기간 여행을 가자, 나는 엄마의 여행일정표를 꺼내서 침대 옆 테이블에 내려놓고 그 위에 코코아 컵을 올려 둔다.

결국 일정표는 코코아 컵의 동그란 자국으로 뒤덮여버렸다. 엄마가 떠나있는 시간이 길어질수록 나무 속 나이테가 늘어나듯 일정표에 찍힌 동그라미도 늘어난다.

나는 엄마가 언제 레닌그라드나, 모스크바나, 베오그라드나 런던에 있는지 정확하게 안다. 그리고 뮌헨까지는 아직 갈 길이 멀다. 지금 엄마는 철의 장막 너머 모스크바 모호바야 가에 있는 내셔널 호텔에 머무르고 있다. 그래서 전화를 걸기 힘들다. 엄마는 이점에 대해 단단히 일러두었다. 철의 장막을 넘어가면 어디든 전화를 걸기가 힘드니까 걱정하지 말아야 한다고 했다. 엄마의 전화가 없으면 그것은 **전반적인 국제 상황** 때문이라고 했다. 냉전과 공산주의 때문이지 엄마가 나를 사랑하지 않기 때문이 **아니라고** 말이다.

캐더린은 내가 엄마의 전화를 마냥 기다릴 만한 상황을 아예 만들지 말라는 지시를 받았다. 일단 기다리기 시작하면 상황이 걷잡을 수 없게 될 게 뻔했다. 나는 엄마의 전화를 기다릴 능력이 없다. 나는 과민반응을 하고, 겁을 먹고, 히스테리를 부리고, 손 쓸 도리가 없게 된다. 캐더린은 내 관심을 다른 곳으로 돌려 이런 불행한 사태를 방지할 방법을 찾아야 한다. 만약 위기 상황이 터졌는데 엄마와 연락이 닿지 않는다면 캐더린은 미리 언질을 받은 대로 미스터 P에게 전화를 걸면 된다. 그리고 그의 전화번호는 서랍에 있다.

어느 저녁 엄마가 전화를 해서는 **나는 너를 사랑해, 내 아가,** 라고 소리친다. 하지만 잠음이 너무 심해서 대답할 틈을 찾지 못한 나는 주방에 서서 수화기를 움켜쥔 채 고개만 끄덕인다. 나도 엄마를 사랑해요. 정말로요. 아마 엄마도 내 마음을 알 것이다. 엄마에 대한 사랑이 너무나 복받쳐 그만 울음이 터진다.

"어서 대답해야지. 얼른 말해." 캐더린이 속삭인다. "얼른!"

그녀는 내 앞에 서서 초조한 듯 양발로 번갈아 체중을 싣는다. 나는 엄마가 마침내 전화를 걸어줘서 캐더린과 나 가운데 누가 더 안심했는지 모르겠다.

"네가 고개를 끄덕여도 엄마는 볼 수가 없잖아." 캐더린이 이렇게 속삭이며 격려하는 몸짓을 한다. "엄마는 네가 우는 소리밖에 못 들으시잖아. 울지 마. 왜 우는 거니? **무슨 말이라도 해야** 엄마가 네 목소리를 들으시고 네가 계속 침울하게 있지는 않구나 하실 거야."

나는 스웨덴 보모들의 얼굴과 이름이 지금도 기억난다. 그들의 체형이며 얼굴, 체취도 기억한다. 그러나 이름이 캐더린이었던 여자를 떠올리면 아무 것도 기억나지 않는다. 그러니까 그녀가 어떻게 생겼던지 체형이나 얼굴이 전혀 기억에 남아 있지 않다. 그러나 늘 그녀를 감싸고 있었던 음울하고, 심오하고, 우울하고, 비애에 찬 분위기는 아직도 기억이 난다. 그녀를 과일에 비유한다면 나는 블랙베리라고 말할 것이다. 그녀는 오보에를 연주했다. 내가 침대에서 나오기도 전인 이른 새벽에 연습을 했는데, 나는 그 소리에 늘 잠을 깼다. 듣기 좋은 선율이었지만 조금 지겹기도 했다. 언제나 같은 악절을 반복해서 연주했기 때문이다. 한번은 캐더린이 이런 말을 했다. "정원에서 작업을 하거나 음식을 만들거나 오보에를 연주하거나 그저 숲을 산책하며 살 수 있도록 허락받는다면, 나는 사도 바울이 말한 대로 살고 싶어. **항상 기뻐하라. 쉬지 말고 기도하라. 범사에 감사하라**(데살로니가 전서 5장 16~18절 ―옮긴이)."

그때를 제외하면 그녀는 한 번도 자신의 신앙에 대해 말하지 않았다. 그녀는 내 어깨에 손을 얹고 살짝 힘을 주어 의자에 앉혔다. 그녀는 내게 그만 울라고 했다. **항상 기뻐하라. 쉬지 말고 기도하라. 범사에 감사하라.** 나는 이 말이 성경에 나오는 구절이라고 장담할 수 있었다. 그도 그럴 것이 아빠가 종종 성경을 인용하고 난나도 그러기 때문이다. 하지만 캐더린이 보여줬던 열의 같은 것은 느껴지지 않았다. 나는 이해할 수 없었다. **항상 기뻐하라**니. 캐더린은 내가 만난 사람들 가운데 가장 서글픈 사람이었다.

엄마가 유럽으로 떠나기 전 캐더린은 엄마에게 이렇게 말한다:
"따님에게 새 옷이 필요해요. 늘 입고 있는 푸른색과 흰색의
울 스웨터 말고 다른 걸로요. 아이가 자신이 어디에도 어울리
지 못한다고 느껴요. 아이를 데리고 쇼핑을 갔으면 해요."
캐더린은 매일 저녁 요리를 한다. 그녀는 항상 잔과 병을 놓
을 때 받침을 먼저 깐다. 그녀는 내가 《앵무새 죽이기》를 읽고
써야 하는 작문 숙제를 도와준다. 내가 교정기를 제거해야 할
때가 되자 나를 치과에 데려다준다. 교정기를 제거하자 그녀는
양손으로 내 얼굴을 감싸 쥐더니 내가 예뻐 보인다고 말해준
다. 그녀는 매일 고양이털을 빗어주며 털이 한 움큼씩 뜯겨 나
오지 않게 엉킨 털을 잘 푼다.

계절은 어느새 늦은 가을인데도 공기는 여전히 따스하다.
그래서 나는 주말 밤마다 창문으로 몰래 빠져나가 노란 집 옆
물가에서 바이올렛과 그녀의 오빠, 친구들과 어울린다. 우리는
음악을 듣고 바이올렛 부모님의 술장에 들어 있던 병에서 따
라 온 술을 섞은 음료나 맥주를 마신다. 바이올렛의 부모님은
술이 얼마나 남아 있는지 알 수 있도록 술병에 표시를 해 뒀지
만, 바이올렛은 싱크대 서랍에서 깔때기를 가져와 없어진 만큼

물로 채워 넣는다. 정확하게 채워 놓는 게 중요해. 바이올렛은 깔때기를 제 자리에 되돌려 놓으며 말한다.

우리는 모닥불 주위에 둥글게 모여 앉는다. 나는 바이올렛에게 블라우스와 바지를 빌렸다. 그녀는 나보다 나이가 많고 나보다 좋은 옷을 입는다. 고개를 돌리니 캐더린이 보인다. 그녀는 우리에게서 조금 떨어져 물가에 서 있다. 태양은 수평선에 내려앉아 우리를 이글거리는 눈빛으로 바라보고 있다. 제프가 음악을 틀었다. 그가 테이프를 고른다. 붐 박스(대형 휴대형 카세트 플레이어—옮긴이)가 그의 것이기 때문이다. 캐더린의 머리카락이 바람에 휘날린다. 그녀는 검은색 원피스를 입고 있다. 그녀가 내게 소리친다. 내 이름을 외친다. 큰 소리로는 아니다—**외치다**는 정확한 표현이 아니다. 캐더린은 절대 나를 내 이름 외의 다른 호칭으로 부르지 않는다. 나는 다시 일행에게로 관심을 돌리고 모닥불은 활활 타오른다. 나는 그녀를 못 본 척한다. 그녀는 계속 소리를 친다. 아니 소리는 치지 않았다. 아무튼 그녀는 하던 걸 계속 한다. 결국 나는 바이올렛에게 가야겠다고 한다. 나를 데리러 왔어. 내가 말한다. 그리고 곁눈질을 한다. 모두 캐더린을 바라본다. 그녀는 더이상 다가오지 않는다. 해가 서서히 자취를 감추자 바닥에서 싸늘한 바람이 불어온다. 어깨가 움츠려진다. 나는 가야하는 사람이다. 속이 울렁거리지만 잔을 다 비운다. 나는 서두르지 않는다. 캐더린이 나를 놓아줄 것 같지 않다. 꿈속에서 그녀가 그렇게 말했다. **나는 너를 절대 놓아주지 않을 거야.** 나는 소지품과 신발을 챙긴 채 맨발로 모래밭을 가로지른다. 캐더린이 내 손을 잡지만 나는 손을 잡아 뺀다. 그녀는 내가 열세 살이 되던 날 노란 집에 왔다. 그녀와 함께 그녀의 슬픔과 기도와 포기도 따라 왔다.

내가 말한다: "남자친구가 당신을 원하지 않는다는 말이 전혀 놀랍지 않아요. 당신은 못 생겼어요. 나도 당신을 원하지 않아요. 당신이 미워요."

결국 미스터 P에게 전화한 사람은 나였다. 전화번호는 위급 상황을 대비해 주방 서랍에 넣어둔 종잇조각에 적혀 있었다. 이건 분명 위급상황이다. 미스터 P는 비서가 있고 비서는 미스터 P가 회의 중이라고 한다. 나는 그녀에게 그와 당장 이야기를 해야 한다고, 회의실에 가서 그를 데리고 와 달라고 부탁한다. 위급상황이라고 말이다.

내 영어는 훌륭하다. 나는 상대에게 단도직입적으로 말한다. 또렷하게. 곧추 서서.

"안녕하세요." 미스터 P가 전화를 받는다. 그는 나를 **미스**라고 부르는데, 대개는 나를 약 올리기 위해서다. "무슨 일인가요?"

나는 그에게 돈을 인출해 내게 비행기 표를 사달라고 말한다. "나는 뮌헨에 갈 거예요."

"흠." 미스터 P는 이렇게 반응할 뿐이다.

내 부모님이 구체적으로 지시를 한 것이라고 말해 본다. **부모**라는 단어가 놀랍도록 설득력이 있다.

"흠." 그가 다시 이렇게 말한다.

나는 지금 당장은 부모님과 연락이 닿지 않는다고 말한다.

"지금 미스를 보살피는 분과 이야기를 할 수 있을까요?" 미스터 P가 묻는다.

"캐더린은 지금 여기 없어요."

"그 분도 이 일에 대해서 압니까…? 미스가 내게 전화를 걸어서… 뮌헨에 가려고 한다는 사실을?"

미스터 P가 망설인다. 그것은 좋은 징조다. 그는 뭔가 확신을 내리지 못하고 있다. 마음이 흔들리는 것이다.

"물론 알고 있죠! 엄마와 이야기가 다 됐어요."

나는 다른 사람의 허락을 받아야 할 어린아이가 아니라고 말하고 싶은 충동을 억누르기 위해 싸워야 한다.

나는 부탁한 대로 뮌헨 행 표를 사주되 편도 표를 사야 한다고 강조한다. 그리고 이왕이면 나를 공항까지 태워다줄 차를 마련해주면 고맙겠다고 덧붙인다.

"흠." 이번이 세 번째다.

엄마는 모스크바에 있다고 그에게 알린다. 철의 장막 뒤에 있어서 지금 당장 연락이 불가능하다고 강조한다. 그 점은 미스터 P도 잘 알고 있다. 그리고 아빠는 무슨 상황에서도 절대 **방해하면** 안 되는 사람이라고 덧붙인다. 나는 그의 전화번호조차 모른다. 말하자면 아빠는 자신의 철의 장막에 갇혀 있는 셈이다. 이런 이야기를 모두 미스터 P에게 쏟아낸다. 내게는 계획이 있다. 나는 계획을 꼼꼼하게 글로 썼다. 즉흥적으로 벌인 일이 아니다. 그리고 캐더린에게는 아무 말도 하지 않는다. 나를 공항으로 데려갈 자동차가 노란 집 밖에 설 때까지 말이다.

나는 내 여행 가방을 끌면서 주방으로 들어간다.

캐더린은 점심을 만드는 중이다. 토요일 오후다.

"나는 지금 떠나요, 알았죠."

그녀는 고개를 들고 나를 바라본다.

"지금 뭐라고 했니?"

나는 내 가방을 꼭 쥔다. 들어 올릴 수 없기 때문에 내내 끌고 다녀야 한다.

"말했잖아요. 지금 떠난다고요."

"어디로 가는데?"

나는 심호흡을 한 번 하고 최대한 힘주어 말한다:

"뮌헨에 가요."

그 노벨상 수상자는 더이상 우리 곁에 없다. 내가 뮌헨으로 도망쳤을 때 캐더린도 관뒀다. 마침내 우리는 오슬로로 돌아가 엘링 샬리손 거리에 있는 커다란 아파트로 들어갔다.

엄마는 다른 사람들을 위해 뭔가를 하고 싶어 한다.

그녀는 쓸모 있는 사람이 되고자 한다.

전 세계를 둘러보고 그곳을 더 나은 곳으로 만들려 한다.

엄마는 (엘리자베트 보글러처럼) 침묵하지 않을 것이다.

당신이 내가 필요하다면. 엄마가 말했다.

내가 그립다면.

내가 오기를 원한다면.

말하고 싶다면.

내가 당신 곁에 있어주기를 원한다면.

엄마는 런던으로 떠났다. 나는 이유를 모르겠다. 하지만 나는 더이상 전화기 옆에 붙어서 엄마의 전화를 기다리지 않았다. 물론 엄마를 잃을까봐 두려운 마음은 그대로였다. 이따금 나는 동네를 빠른 걸음으로 백 번이나 돌거나 지쳐서 비명이 나올 때까지 계단을 뛰어서 오르내리기도 했다. 한 번은 물에 소금을 타서 억지로 마시기까지 했다. **어서 해. 안 그러면 엄마가 죽을 거야!** 내게 이런 일들을 억지로 시키는 건 내 망상이라는 걸 나도 알았다. 그 망상은 다름 아닌 내 머릿속에서 나왔다. 그러므로 그런 생각을 무시하고 내 일을 하면 된다는 사실도 알았다. 나는 일상을 살아갈 몸과 생각을 할 몸이 따로 필요했다. 나는 발레 수업에 빠졌다. 그런 건 중요하지 않았다. 나는 발레를 관뒀다. 그것도 중요하지 않았다. 나는 이제 열네 살이었다. 하이디와 나는 밤을 함께 보내며 남자들과의 삶을 준비했다. 그녀는 이미 부드러운 살결과 몸을 움직이는 방법, 방안을 통과하거나 거리를 걸어갈 때 지어야 할 표정 등을 다 알고 있었다. 그녀는 자신의 오래된 두려움을 극복했고 그 빈자리를 새로운 두려움으로 대체했다. 나는 오래된 것과 새 것 사이의 어딘가를 헤매는 중이었다.

런던에서 엄마는 유고슬라비아 TV 프로그램을 촬영했다. 보그단은 슬라브 계열의 이름으로 '신이 주신'이라는 뜻이다. 그는 하얀 린넨 정장을 입고 내 어머니를 인터뷰하다가 사랑에 너무 깊이 빠진 나머지 짐을 싸서 어머니를 좇아 오슬로까지 왔다 그가 오슬로의 포르부네 공항에 도착한 모습을 상상해 본다. 그는 버스를 잡아타고(택시가 아니다) 올라브 키레스 광장에 내려서 여행 가방을 끌며 백오십 미터를 걸어 와 엄마와 내가 삼층의 두터운 진홍색 커튼 너머에 살고 있는 백 년이 다 되어 가는 크고 흰 아파트 건물 앞에 섰으리라. 그리고 가을 낙엽이 맴을 돌며 떨어지는 오슬로의 얼음장 같은 공기 속에 여행가방과 (어깨에 맨 커다란 가죽 가방 속의) 책을 들고 서서 깊고 낮은 목소리와 엉터리 영어로 함께 살아도 되는지 묻는다.

"나는 모든 것을 다 버렸어요." 그가 말한다.

그리고 날개를 펼쳐서 훌쩍 날아오르려는 것처럼 양팔을 활짝 벌린다. 엄마는 계단을 다급하게 뛰어 내려가 건물 출입문을 연다. 그가 양팔을 활짝 벌렸을 때 엄마는 그가 포옹을 하려는 줄 안다. 하지만 그는 단지 자신이 버리고 온 **모든 것**이 얼마나 큰지 보여주고 싶은 거다. 부슬부슬 비가 내리기 시작한다. 그는 엄마를 향해 한 걸음 다가오며 말한다.

"당신과 함께 살고 싶어서 왔어요."

엄마는 마흔두 살이었다. 그 남자는 엄마보다 한 살 더 많았다. 유고슬라비아 TV 방송이 진행한 인터뷰 전반부에서 엄마는 머리를 뒤로 한데 모아 탄탄하게 묶었고 후반부에서는 풀어 내렸다. 엄마에게 머리를 풀어내리라고 한 사람은 그가 아니었다. 마침 엄마는 영화 촬영 중이었고 인터뷰는 그 영화를 촬영하는 사이사이에 녹화했다. 영화를 보면 어디에서는 엄마가 머리를 뒤로 묶었고 어디에서는 풀어 내렸다. 인터뷰를 반쯤 진행했을 때, 그 남자는 엄마에게 인터뷰를 할 시간을 내 줘서 고맙다고 한다.

이 인터뷰는 후에 유고슬라비아 전역에 방송되었는데, 그 남자가 소파에 앉아 TV 시청자들을 향해 몇 마디 하는 장면으로 시작한다. 그 말을 마친 후 남자는 엄마에게로 관심을 돌린다. 엄마는 소파에 앉아 있다. 이제 카메라는 온전히 엄마만 바라본다. 엄마가 카메라의 시선이나 그 남자의 시선 혹은 둘 다의 시선을 의식하는지 잘 모르겠다. 그 남자가 질문을 던지면 엄마가 대답을 한다. 그는 베케트를 인용한다. 엄마가 깊은 인상을 받는다. 엄마는 자신이 좋은 인상을 받는 과정을 눈빛으로 표현한다. 이것이 기술인데, 남자들을 미치게 한다. 엄마가 남자들을 바라본다. 마치 그들의 눈에 빨려 들어갈 것처럼 뚫어져라 바라본다. 그럴 때 남자들은 평생 한 번도 이런 식으로 시선을 받아본 적이 없다고 느끼는 게 아닐까. 나도 거울을 보며 엄마를 따라해 본 적이 있다. 하지만 내가 하면 눈을 찡그리는 것처럼 보인다. 그 남자가 엄마에게 아름다운 외모가 부담이 되지 않는지 묻자 엄마는 말문이 막혀 살짝 웃는다. 그러자 남자는 엄마에게 어릴 때 들은 말 가운데 기억에 남은 단어들이 있는지 묻는다. 엄마는 소녀 같은 자그마한 목소리로 어머니가 불러줬던 자장가라고 속삭이듯 대답하고는⋯ 직접 부르기 시작한다.

그 자장가를 유고슬라비아 전역에 있는 시청자들이 아니라 그 남자에게만 들려주기 위해서 부르는 것처럼 목소리가 나직하다. 마치 엄마와 그 남자를 노래로 재우고 싶은 것처럼 부른다:

아가야, 단잠을 자거라.
고요하고 편히 쉬려무나.
내 발치에서 천사들이 너를 지켜봐.
편히 자거라, 내 사랑하는 아가야.

내게 엄마는 그 남자가 배에 홀쩍 올라탔다고, **버리고 떠났다**고 말했다. 그 말은 그가 되돌아가는 배에 홀쩍 올라타거나 집에 돌아갈 수 없다는 뜻이라고 했다. 그는 우리와 함께 머무르는 **수밖에** 없었다. 우리가 선택하고 말고 할 문제가 아니었다. 그는 갈 곳이 없었기 때문이다.

철의 장막에 가로막힌 사랑은 이번이 처음이 아니었다. 설명하기 힘들어. 엄마가 말했다. 나는 관심이 없었다. 나는 더이상 듣지 않았다. 내가 통 이야기를 듣지 않는다고 엄마는 짜증을 냈다. 내가 곁눈질을 한다고. 말을 걸었는데 대답하지 않는다고. 보그단은 내 어머니와 사는 상상을 할 때 깜박하고 내 존재를 끼워 넣지 않았다. 나는 그의 계획에 없었고 그도 내 계획에 없었다. 그는 베오그라드에 아이들이 있었지만 내 어머니와 함께 있기 위해 그들을 버렸다. **사람은 경솔하게 생각해서는 안 된다.** 그와 나는 협정을 맺었다. 침묵의 협정. 그는 내가 담배를 피워도 아무 말하지 않았고, 나는 그를 혼자 있게 해 주었다. 엄마는 왔다가 떠났다. 봄이 왔다. 엄마가 방으로 들어왔지만 우리는 아무도 고개를 들지 않았다. 겨울이 되었다.

엄마가 말했다: "낮인데도 해가 뜨지 않아."

보그단은 큰 아파트의 방마다 담배연기 고리를 뿜었다.

봄이 왔다.

여름이 왔다. 그러던 어느 날 밤 그가 내 침실의 문을 두드리며 어서 와보라고 했다. 한밤중이었고 나는 잠에 빠져 있었다. 나는 더이상 어린아이가 아니었다. 별명으로 불리지도 않았다. 나는 잠들어 있었다. 나는 무겁고도 가벼웠다. 따뜻한 담요를 덮고 잠든 내게 손을 뻗어 마구 흔들어 깨우기란 불가능했다. 하지만 그는 내게 당장 일어나야 한다고 말했다. 꿈결처럼 그의 목소리가 들렸다. 처음에는 나직했지만 점점 더 커졌다. "뭘 어떻게 해야 할지 모르겠어." 그가 말했다. "나는… 그녀가…."

평소에 그는 말을 많이 하지 않았다. 적어도 내게는 그랬다.

우리끼리 말을 주고받을 때는 영어를 썼다. 그의 영어는 엉터리였고 낡은 목공품처럼 단순했다.

"그녀가 저기에 있어."

그가 엄마의 침실 문을 가리켰다. 문이 살짝 열려 있었다.

"네 엄마 말이… 내 생각에는 나를 겁주고 싶어서 그러는 것 같은데…." 그는 문장을 완전히 끝맺지 않았다. "그런데 네 엄마는 **그런 게 아니라고** 하는 구나."

나를 바라보는 그에게서 망설이는 기색이 느껴졌다.

"네가 엄마와 이야기를 해 볼래?"

나는 엄마의 방으로 들어가 황금 침대기둥이 달린 침대에 올라가 엄마 옆에 누웠다. 축축하고 텁텁한 잠과 독주의 냄새가 났다. 흐릿한 붉은 경계선이 그려진 하얀 벽지. 내가 어릴 때 엄마와 나는 침대에 같이 누워 손가락으로 그 경계선을 따라가곤 했다. 그러면 엄마는 가사를 모르는 자장가를 흥얼거렸다.

엄마가 무슨 말을 속삭였다.

엄마는 잠들고 싶었다. 내게 방을 나가라고 했다. 혼자 있게 내버려 두라고 했다.

나는 엄마 옆으로 더 다가가 부드럽게 말했다: "엄마, 수면 제를 먹었어요?"

"아니, 안 먹었어…. 살짝 과음을 한 것 같아."

침대 옆 테이블에 수면제 병이 놓여 있었다. 병을 집어 들어 우리 사이에 내려놓았다.

"엄마?"

"내가 먹은 게 아니야…. 이미 비어 있던 거야."

엄마의 몸은 가장 따스한 곳이었다. 엄마의 팔을 들어 품으로 파고 들었다. 그러자 엄마가 한숨을 쉬었다. 못 말린다는 느낌이 아니라 한밤중에 잠에서 깼다가 포근함을 느끼고 마침내 다시 잠이 드는 어린아이가 내쉴 법한 한숨이었다. 나는 눈을 감았다. 엄마의 잠은 너무나 광활해서 우리 두 사람이 함께 있을 공간이 충분했다. 열린 창문으로 미풍이 들어왔고 엄마가 몸을 뒤척였다. 누가 잠이 들고 누가 지켜보고 있는지 가늠하기 어려웠다. 하지만 그때 엄마가 울음을 터트려 모든 것이 명확해졌다.

"나는 그러려던 게 아니야." 흐느끼는 소리 사이로 간신히 엄마의 목소리가 들렸다.

그러더니 엄마가 속삭였다: "나도 어떻게 해야 할지 모르겠어."

보그단은 어두컴컴한 거실의 의자에 앉아서 담배를 피웠다. 그가 어디 있는지 궁금하면 아파트 안을 휘감으며 흘러가는 가느다란 하얀 연기를 따라가면 된다.

구급대원들이 요란한 발소리를 내며 계단을 올라와 아파트로 들어오자 나는 몸을 숙여 엄마를 불렀다.

"엄마?"

엄마가 몸을 돌리며 신음소리를 냈다.

"잘 봐." 엄마가 말했다. "네가 지금 무슨 짓을 했는지 잘 보라고."

엄마는 침대에서 몸이 들려 들것으로 옮겨졌다. 그러자 구급대원이 말했다:

"아무래도 두 사람은 자가용으로 병원에 오셔야 겠어요."

내가 보그단을 위해 통역을 해 주었다. 구급대원이 말했다: "우리가 환자를 태워 갈 테니까 두 분은 자가용으로 뒤따라 오세요. 알겠죠?"

그리고 구급대원이 나를 보더니 다시 한 번 말했다: "우리는 이제 가야 해. 그러니까 두 사람은 자가용을 타고 따라 와."

나는 고개를 끄덕였다.

나는 보그단과 함께 병원에 가려고 택시에 오를 때까지 여전히 잠옷 차림이었다.

"네 생각에는." 그가 말문을 열었다. "네 엄마가 남자와 함께 있는 동안 행복한 적이 있었을 것 같니?"

"몰라요. 그걸 내가 어떻게 알겠어요?"

"도대체 왜?"

"모른다고요."

"모르니? 그녀가 정말로…."

"몰라요!"

"나는 그저 그녀가 남자와 함께 행복한 삶을 사는 게 가능한지 궁금한 거야."

나는 몸을 돌려 그를 바라보았다.

"보그단, 나는 몰라요."

택시 기사는 백미러로 계속 우리를 힐끔거렸다. 그는 우리가 탐탁지 않았다. 내 나이트가운에는 얼룩이 있었다. 보그단의 몸에서 담배 냄새가 났다. 내가 차에 토를 하면 택시 기사가 불같이 화를 낼 것 같았다.

"질문 좀 그만 해요!" "나도 몰라요! 속이 울렁거려요!"

보그단이 내 손을 잡고 살짝 힘을 주었다.

택시의 좌석들은 검은색이었고 반짝거렸다. 나는 반짝거리는 그 검은색 위로 내가 토하는 모습을 상상했다. 공기 중에 와이퍼 유액 냄새가 희미하게 감돌았다.

여자 의사가 내 어깨에 손을 얹었다. 나는 그러지 않기를 바랐기에 어깨를 움직여 손을 피하려고 했다. 하지만 그 손은 그 자리에 그대로 머물렀다. 크고 축축하고 느릿느릿 움직이는 해파리 같았다.

"어머니가 최근에 많이 우울해 하셨니?"

보그단이 와서 내 옆에 섰다. 그리고 의사의 손을 잡아 내 어깨에서 떼어 냈다. 그는 영어로 그녀에게 몇 마디를 했다. 그러나 의사는 영어로 대답하지 않았다. 영어를 못 하는 척했을 수도 있다. 아무튼 그녀는 그와 눈을 마주치려고도 하지 않고 대신 나와 눈을 맞추려고 했다.

"어머니가 최근에 많이 우울해 하셨니?"

의사는 머리를 땋았다. 그녀는 엄마보다 젊었다. 나는 그녀가 땋은 머리를 풀어야 한다는 생각이 들었다. 그녀는 어린 아이처럼 보였다.

"어쩌면." 나는 시선을 돌리며 대답했다. "어쩌면 뉴욕에 사는 편이 더 나았을 지도 몰라요. 나는 모르겠어요."

파티는 **솜브레 세파레**에서 열린다. **이별의 방**이라는 뜻이라고 엄마가 말해준다. 프랑스어구나. 내가 대꾸한다. 우리가 있는 곳은 독일이지만요. 맞아. 엄마가 말한다. 여기는 뮌헨에서 제일 좋은 레스토랑 중 하나야. 매니저가 우리의 코트를 받아들고는 기다란 나선 계단을 가리킨다. 엄마는 드레스 치마폭을 잡고 계단을 뛰어오른다. 엄마는 달리고 달리고 또 달린다. 늦으면 안 돼. 엄마는 홀쩍 뛰어오르는 중에 몸을 돌려 이렇게 말한다. 실크 드레스의 치맛단이 펄럭거린다.

그녀는 꽉 닫힌 금박 문을 가리키며 알려준다. "우리는 저기로 들어갈 거야."

나는 엄마 옆에 선다―사람들의 목소리와 웃음소리가 문 너머에서 들린다. 나는 엄마를 향해 몸을 돌린다.

"아빠도 안에 있어요?"

"그래. 아빠도 있고 다른 사람들도 있어."

"이제 들어갈 거예요?"

"잠깐만. 숨 좀 고르고."

"아빠는 내가 여기에 있는 거 알아요?"

엄마가 살짝 웃는다.

"네가 집을 뛰쳐나와서 여기까지 왔다는 걸 아냐고… 물론,

알고말고."

"거기는 집이 아니었어요."

"뭐라고?"

"나는 **집**에 있지 않았어요. 그러니까 내가 집에서 뛰쳐나왔다고 말하면 안 돼요."

"그래."

"캐더린은 내 엄마가 아니에요."

"캐더린은 그냥 슬픈 거야. 그녀는 네가 **뛰쳐나갔다**고 느끼고 지금은 더이상 우리 집 보모를 하고 싶어 하지 않아."

"그래서 엄마는 화났어요?"

"아니."

"아빠는요?"

"안 났어."

나는 엄마의 손을 잡는다.

"음, 이제 들어가요?"

엄마가 나를 본다. 엄마의 두 볼이 눈부시게 빛난다. 엄마의 실크 드레스는 너무 길고 얇아서 나이트가운 같다.

"오늘 엄마 예쁘니?" 엄마가 묻는다.

"네." 내가 대답한다.

"알았어. 자, 들어가자." 엄마가 이렇게 말하며 문을 막 열려고 한다. 나는 시간을 조금만 더 끌고 싶어 엄마의 손을 꼭 쥔다.

"나는 어때요? 나도 예뻐요?"

엄마는 내게 미소를 짓는다. 엄마는 내 손을 놓고 대신 내 어깨를 쥐고 나를 찬찬히 바라본다. 나는 푸른 원피스를 입고 있다.

"정말 예뻐." 엄마가 대답한다.

제4부

나를 궁휼히 여기사

그는 스스로 단어들을 주조하도록 강요받았다.
그리하여 한 손에 고통을 쥐고 다른 한 손에는 순수한 소리 덩어리를
쥐고(바벨의 사람들이 처음에 그랬던 것처럼) 있었는데,
그 두 가지를 충돌시켜
비로소 새로운 단어가 튀어나오도록 하기 위해서다.

— 버지니아 울프,《아픈 것에 대하여》

여자 아버지는 할아버지와 신에 대해 이야기하신 적이 있어
요?

남자 아버지와 내가?

여자 할머니와 증조할머니에 대한 이야기를 많이 들려주셨잖
아요. 그래서인지 제가 태어나기도 전에 돌아가셨지만 그
분들을 잘 아는 느낌이 들어요. 하지만 할아버지에 대해
서는 아는 게 거의 없어요. 할아버지는 목사셨다면서요?

남자 그래, 그런데 아버지는 무척 차가운 분이셨어. 말수가 없
고 냉담하셨지. 아무도 아버지와 깊이 이야기를 나누지
못했어.

여자 한 번도요?

남자 그래. 아버지는 특정한 규칙을 따라야만 하셨지. 아무리
규칙이 유용하다고 해도 아버지에게는 늘 **규칙, 규칙**뿐이
었어…. 젠장맞을! 점심은 언제 먹냐? 아직 점심시간 아
니니?

여자 곧 준비될 거예요. 작업도 금방 끝날 거고요.

남자 (우물쭈물하며) 안 돼….

여자 네, 오늘은 이야기가 길어졌어요. 내일은 토요일이지만 평
　　　소처럼 11시에 만나요. 수첩에 이 일정도 적어야 할까요?

남자 물론이지.

여자 그리고 일요일은 쉴 거예요.

남자 아, 알아.

남자는 그녀의 시선을 피한다.

여자 이 이야기를 수첩에 적어요?

남자 우리가 내일 쉰다는 걸?

여자 아니에요. 내일은 작업을 할 거예요. 일요일에 쉬고요. 이
　　　이야기를 수첩에 적어둘까요?

남자 그래. 그래도 될 것 같구나.

**여자가 일어서서 수첩이 있는 곳으로 걸어간다. 그것은 책상에 놓
여 있다.**

　보지도 않고 그걸 어떻게 아느냐면 여자의 목소리가 마이크
에서 점점 멀어지기 때문이다. 남자의 목소리는 여전히 가깝게
들린다. 이런 상황이 두 목소리 사이에 새로운 불협화음을 만

든다.

여자 (멀리서) 궁금한 게 있어요…. 우리가 내일 만나면… 저, 할아버지에 대해서 몇 가지 물어봐도 돼요?

남자 (마이크에 얼굴을 바짝 대고 말을 하는지 매우 가깝게) 안 돼.

여자 오케이 안 해주실 거예요?

남자 절대 오케이 안 해, 안 돼.

여자 왜요?

남자 왜냐하면 오늘은 **오케이**를 잔뜩 했으니까. 나는 곧 피곤해질 테고 내일이 오늘 같은 날이 되는 건 싫어.

여자 내일은 작업을 안 하고 싶으세요?

남자 그래.

여자 그럼 그렇게 해요. 내일은 만나지 말아요.

남자 오케이냐?

여자 그럼 모레 작업을 할까요? 일요일에?

남자 싫어.

여자 토요일과 일요일은 프로젝트에서 벗어나 쉬고 싶으신 거죠?

남자 그래.

여자 그러면 월요일에 할까요?

남자 그래. 그러자꾸나.

여자 수첩에 이 내용을 쓸까요?

남자 못 할 건 뭐니.

여자 그러면 제가 적어둘게요. 월요일 11시… 오케이?

남자 오케이.

아버지는 건강을 잃기 전만 해도 잠이 오지 않을 때면 늘 침실용 탁자에서 글을 쓰곤 했다. 그 탁자에 올려둔 종이가 아니라 탁자 표면을 글로 채웠다. 아버지에게는 검은색 마커가 있었다. 테이블은 흰색이었다.

아버지가 글을 쓴 곳은 침실용 탁자뿐만이 아니었다. 아버지는 벽에도 이를 테면 이런 글을 썼다. **불을 켜라!** 서재와 거실의 탁자도 예외가 아니었다. 이름이며 전화번호, 절대 잊으면 안 되는, 아마도 라디오에서 하는 콘서트 중계 같은 것의 시간과 날짜.

그러나 침실용 탁자는 밤을 위해 아껴두었으며 단어와 문장, 메모, 꿈으로 표면이 빼곡하게 뒤덮여 있다. 멀리서 보면 그 탁자의 표면은 달의 지도처럼 보인다.

그 탁자 어느 구석에는 마치 삼행시처럼 이런 글이 적혀 있다.

진정한 악몽은

사라방드

빌어먹을 백내장이 번지고 있다.

언젠가 아버지는 바흐의 〈무반주 첼로 모음곡 5번〉의 사라방드를 두 사람이 추는 고통스러운 춤으로 상상했다고 말했다.

남자 더이상 일을 할 수가 없어. 이제 끝이야.

여자 아니에요…. 끝이 아니라고요.

남자 맞아. 끝이야.

여자 아버지와 저는 일주일 내내 이야기를 했잖아요…. 이제 **끝**이라고 생각할 만한 계기는 없었어요.

남자 그래? 정말 그렇게 생각하니? (**열의를 담아**) 이따금 내 창의력이, 글을 쓰고 싶은 욕망이 신이 보내준 것처럼 돌아와서 내 어깨에 내려앉아 말을 붙이는 것 같아. 그럴 때면 나는 당장이라도 내 노란색 종이를 들고 책상에 앉고 싶은 마음을 걷잡을 수가 없어. 그 종이들이 지금도 저기 서랍에 들어 있어…. 글을 쓰는 일이 **재미**있을 때의 이야기를 하고 있는 거야…. 글쓰기가 **신**이 날 때…. 그럴 때면 내면에서 충동이 끓어올라…. 그러다가 이튿날이 되면…. 음, 짐작하겠지만, 그런 게 전부… 이튿날이면 그런 충동이 사라져버리고 없어.

여자 그렇군요. 하지만 아버지는 규율만 잘 지키면 된다고 하셨잖아요.

남자 그래, 전에는 그랬지.

여자 전에는 그랬는데 지금은 아니에요? 왜 지금은 아닌 거예요?

남자 나도 몰라. 이건… 게임이 더이상 게임이 아닌 거지… **어휴, 아니다. 방금 내가 한 말은 다 잊어. 다 헛소리야.**

여자 잊다니 뭘요?

남자 게임에 관한 말.

여자 그게 헛소리였다고요?

남자 그래, 그건 내가 한 게임이었다…. 그리고 그게 핵심이라고 생각했지. 그런데 이제 다 사라졌어.

여자 영화와 연극에 관한 것들이 전부 게임이었다는 말씀이세요?

남자 아니, 그게 아니야. 글쓰기 말이야. 저술. 나는 매우 정확하고 매우 꼼꼼한 사람이야…. 내 동료들에게서 이미 들었겠지만.

여자 네. 제가 아버지에게 들은 것 이상이었어요.

남자 맞아.

여자 아버지는 즉흥적인 걸 절대 좋아하지 않으셨다면서요.

남자 맞아. 그런 건 싫어.

남자가 웃음을 터트린다.

여자 싫어하시죠!

남자 (**계속 웃으며**) 싫어. 하하하. 즉흥적인 건 나랑 맞지 않아. 〈마술 피리〉를 만들 때 나는 놀이를 하는 어린아이 같았지. 그건 게임이었어. 매일 모차르트의 음악이 기다리고 있었지. 하지만 명심해. 그 모든 것이 철저하게 미리 계획된 것이었어. 정확성. 정확성. 정확성.

닥터 N은 체구가 자그마하고 갈색 트위드 재킷과 보우 타이를 유난히 고집하며, 손과 치아가 작고 속눈썹이 긴 노인이다. 그는 옛날 의사들처럼 왕진을 한다. 옛날이라고 해도 그렇게 옛날도 아니고 지금이라고 하기도 애매한 7년 전이다. 그러므로 **현재**라고 불러도 무방할지 모른다. 아빠를 보살피는 여섯 여자들 중 한 명이 부엌에서 닥터 N에게 커피 한 잔을 대접한다. 커피를 마시고 나면 그는 아빠가 휠체어에 앉아 기다리고 있는 거실로 안내된다. 나는 소파에 앉아 있다. 닥터 N이 아빠와 내게 인사를 하자—어찌나 예법을 따라 정중하게 하던지 누가 봤으면 우리가 격식을 갖춘 파티라도 여는 줄 알았을 것이다—나는 일어나서 거실을 나간다. 나가면서 나는 이런 말을 한다. **이제 두 신사분이 오붓하게 담소를 나누시도록 저는 이만 물러나겠습니다.** 나가면서 거실의 문을 채 닫기도 전에 아빠가 닥터 N에게 자신이 낯선 사람들 사이에 있다고 말하는 소리가 들린다.

아빠가 목소리를 낮추고 속삭인다.

"저 여자가 친척 같기는 한데 잘 모르겠어요."

"그분은 따님이십니다." 의사는 이렇게 말하고는 살짝 난처했던지 웃음을 터트린다. "**하하하.** 아마 막내 자제분이실 걸요."

"그래요? 그래요. 그러고 보니 선생님 말씀이 맞는 것 같군요." 아빠가 말한다.

두 사람이 잠시 말없이 앉아 있다.

그러다가 아빠가 말문을 연다. "그 여자는 몇 살인가요?"

"어, 음, 저는 모르죠." 닥터 N은 이렇게 대답하더니 현명한 남자라면 숙녀의 나이를 짐작하려 들지 말아야 한다는 내용의 말을 중얼중얼 한다.

"일흔 정도인가." 아빠가 말한다.

"아뇨. 그럴 리가요." 닥터 N이 대꾸한다.

"아니라고요? 그 여자가?" 아빠가 되묻는다.

"환자분이 살짝 높게 잡으신 것 같은데요." 닥터 N이 말한다. "제 짐작으로는 마흔 언저리일 것 같습니다."

"아하." 아빠가 수긍한다. "그게 맞을 것 같군요."

불안

여자 잉그리드에 대해서 말씀해주실 수 있어요? 여기 잉그리드 사진이에요. 보이세요? 사진을 보실 수 있어요?

침실 벽에는 젊은 시절의 잉그리드 사진이 붙어 있다. 여자는 그 사진을 떼서 남자에게 보여준다. 잉그리드는 풍성한 검은 머리를 땋아 뒤로 늘어뜨렸다. 남자가 찬찬히 사진을 본다. 여자가 사진을 거울처럼 남자 앞에 들자 사진 속 잉그리드가 남자를 똑바로 본다. 그녀의 두 눈에 웃음기가 살짝 걸려 있다.

남자 (들릭락말락한 목소리로) 잉그리드에게 삶이란 곧고, 넓고, 시원하게 뚫린 도로 같아서 우리 두 사람이 안전하게 여행을 할 수 있는 곳이었어.

여자 두 사람 모두에게? 아니면 아버지에게만? 잉그리드도 안전하게 느꼈을까요?

남자 그래. 그랬지.

여자 요즘도 잉그리드에게 말을 거세요?

남자 그럼. 언제나 내 근처에 있거든.

여자 돌아가시면 잉그리드와 다시 만날 수 있다고 믿으세요?

남자 나는 굳게 확신하고 있어.

여자 잉그리드 말고 다른 사람들도 만날 거라고 믿으세요?

남자 그건 나도 모르겠어. 하지만 잉그리드는 만날 거야. 나는 알아. 나는 반드시 만날 거라고 생각한다. 그 확성기는 지금도 켜져 있니?

아버지는 **확성기**라고 했지만 **마이크**를 말하는 것이다.

여자 네. 괜찮으세요? 금방 끝날 거예요.

남자 이제 끝났어.

여자 피곤하세요?

남자 그래, 피곤하구나.

여자 점심 드시기 전에 좀 쉬시겠어요?

남자 모르겠어. 점심은 언제 먹니?

여자 45분 후요…. 아니, 아니다(**여자가 손목시계를 본다**)…. 40분 후에 먹을 거예요..

남자 점심?

여자 네. 40분 후에.

남자 12시에?

여자 지금 12시 20분이에요. 점심은 1시에 먹고요. 점심까지 40분 남았어요.

남자 뭐라고…. 모르겠구나.

불안

여자 네, 하지만 저는 알아요. 아버지는 1시에 점심을 드실 거예요.

남자 내가 1시에 점심을 먹는다고?

여자 네, 1시에 오믈렛.

남자 1시에 오믈렛.

여자 그러니까 지금부터 30분가량 남았어요.

남자 그거 확실해?

여자 그럼요. 절대적으로 확실해요.

남자 절대적으로 확실하다고?

여자 노르웨이어로 **Skråsikker**라고 해요. 양피지라는 뜻의 skra에서 온 단어에요.

남자 그게 무슨 뜻인데?

여자 **Skråsikker**. 그러니까 피부에 새겨놓은 것처럼 확실하다는 뜻이죠.

긴 침묵.

남자 음, 자, 오늘은 작업을 여기서 끝내야겠구나.

여자 그럼 이것부터 끝낼게요. 있잖아요, 아버지. 제가 잉그리드에 대해 물어서 마음 상하셨어요?

남자 그래.

여자 죄송해요.

남자 아니야. 내가 마음이 상할 줄 네가 어떻게 알았겠니. 하지만 마음이 상한 건 사실이야. 어이쿠!

여자 오늘은 이쯤에서 그만하도록 해요.

남자 그래.

여자 그런데 있잖아요…. 제가 정리를 할 수 있게 오늘 하루 이 수첩을 가지고 있어도 돼요?

남자 음, 글쎄다. 그러면 일이 복잡해질 거야.

여자 왜요?

남자 왜냐하면 여기에 일하러 오는 여자들 가운데 한 명이 계속 여기에 남아서 우리를 도와줘야 할 테니까 그래…. 우리가 그 사람들을 하루 종일 여기 붙잡아 둘 수는 없지 않니.

여자 우리가 그 수첩을 가지고 있으면 다른 사람들을 성가시게 하지 않고도 원하는 내용을 기록할 수 있잖아요?

남자 안 돼. 그건 불가능해.

여자 알겠어요…. 그러면 내일 11시에 만나는 건 괜찮으시죠?

끝없이 이어질 것 같은 긴 침묵.

남자 그래.

여자 썩 내키지 않으시는 것 같아요.

남자 음, 그래. 알다시피 나는 매우 바쁜 사람이거든.

여자 네, 그러시죠.

남자 바쁜 남자는 내키지 않아할 권리도 있어.

여자 네, 맞아요.

남자 너만 괜찮다면 1시에 만났으면 좋겠구나.

여자 안돼요. 그때는 점심 드셔야 하잖아요.

남자 그러면 같이 점심을 먹으면 되지! 그 사람들이 오믈렛을 만들어 줄 거야. 그러면 와인도 한 잔씩 할 수 있겠구나. 우린 계획이 있잖니, 그렇지?

아버지는 무거운 머리를 숙인 채 잠자코 앞에 놓인 오믈렛을 쿡쿡 찔렀다. 이윽고 고개를 들어 나를 보더니 이내 고개를 숙이고 오믈렛을 한 입 먹고 다시 고개를 들었다. 마침내 아버지가 입을 열었다. 먹기 위해서가 아니라 말을 하기 위해서.

우리는 이미 영원 같은 시간을 말없이 앉아 있었다. 그래서 마침내 아버지가 말문을 열려는 찰나 나는 마음이 가벼워져 몸을 앞으로 기울였다. 아버지는 쪼글쪼글해지고, 존재감도 희미해지고, 눈은 어느새 흐릿해졌지만 두 볼만큼은 장미꽃처럼 발그레 했다.

앤 카슨이 어딘가에 쓴 이 문장을 나는 좀처럼 머릿속에서 지워버릴 수 없다. "왜 우리는 죽기 전에 홍조가 들까?"

아버지는 우리 사이에 놓여 있는 케첩 병을 가리켰다. 그것도 붉은색이었다. 누군가 일부러 꺾어 온 야생화를 꽂아 놓은 작은 유리 화병 다음으로 흉한 물건이었다. 식탁은 친숙한 물건이었고 소나무와 야생화도 그랬지만 케첩 병은 하나부터 열까지 엉터리였다. 아빠의 집에 있는 크고 흉하고 붉은색의 엉터리 물건들처럼.

긴 침묵 후에 아빠는 내게 케첩을 먹어보았냐고 물으셨다. 나는 이 질문이 아버지가 어떻게든 대화를 시작해보려는 시도라는 사실을 깨달았다. 이 점심식사가 파티라면 아버지는 파티를 연 주인이고 나는 손님이었다. 아버지는 내가 아직도 케첩을 먹지 않았다면 인생의 크나큰 기쁨 가운데 하나를 모르고 지나친 거라고 했다. 이 질문에 뭐라고 대답해야만 했을까? 케첩에 대해 무슨 말이라도 했어야 했을까?

나는 열여섯 살 이후로 파티를 열었고 늘 지독한 일이 일어나리라는 기분을 느꼈다.

아버지는 어떤 날은 나를 알아보고 어떤 날은 그러지 못했다. 매일 아침 나는 후자가 아닌 전자의 상태이기를 바랐다. 잠시 후 나는 첫 번째나 두 번째보다 더 당혹스러운 세 번째 상태가 있다는 사실을 알게 되었다. 아버지는 나를 알아보고도 자신이 알고 있는 사실이 과연 사실인지 의심하게 되었다.

죽음에는 시간이 걸렸다. 죽음은 지속적인 과업이었다. 그래서 그해 여름 누군가 내게 "아버지는 요즘 어떠셔?"라고 물었다면 나는 돌아가실 날만 기다리며 누워 있다고 대답했을 것이다 하지만 엄밀히 말해 꼭 그렇다고만은 할 수 없었다. 왜냐하면 아버지가 대부분의 시간을 마냥 **누워** 있는 게 아니라 **앉거**

나 **웅크리기도** 했고 이따금 오지랖이 넓거나 마음씨 좋은 여자들에게 **들려** 휠체어에 **태워져** 주방으로 와 오믈렛을 먹었기 때문이다.

나는 아버지의 머리가 몸이 감당할 수 없을 정도로 점점 무거워질까봐 두려웠다. 마치 아버지가 헝겊 인형처럼 찢어지고 뜯어져 풀릴까봐 겁이 났다. 아버지의 체중은 사과 한 자루에 불과했다.

침실 창문은 파리와 벌레가 들어오지 못하도록 늘 닫혀 있었다. 하지만 여전히 벽이며 천장에는 나비들이 (앉아? 서? 매달려?) 있었다. 그 나비들은 어딘지 나른하고도 겨울 분위기가 났으며 하얗게 페인트를 칠한 표면에 난 검은 점처럼 보였다. 아버지의 침대에 누워 천장을 바라볼 때면 나는 눈을 꼭 감아 시야에 들어오는 모든 것이 흐릿해지게 했다. 그러면 그 나비들이 다른 것처럼 보였다. 그들은 점점이 흩뿌려진 핏자국 같았다. 어쩌면 혈흔 분석에 관한 기사를 막 읽었기 때문일지 몰랐다. 그 기사는 혈흔으로 범죄 현장에서 무슨 일이 벌어졌는지 알아낼 수 있다는 내용이었다. 나비들은 눈에 묻힌 자갈처럼 보였다. 아버지의 침실은 따뜻하고 공기가 탁했다. 바깥도 따뜻하고 실내도 따뜻하니 나는 눈이 그리웠다. 나는 아버지 옆에 누워서 눈을 갈망했다. 하다못해 쌀쌀한 바람이라도 불기를 바랐다. 나는 이따금 아버지에게 말을 걸거나 노래를 부를

불안

때도 있었다. 그럴 때면 아버지는 내가 침대에 같이 누워서 말을 붙이거나 노래를 부르는 게 싫을 지도 모른다는 생각이 들었다. 혼자 조용하게 있다가 평화롭게 죽기를 바라는데, 너무 쇠약해 내게 그렇게 말할 힘이 없는 건지도 몰랐다.

나비들은 형체가 있다고도 심지어 물리적이라고도 표현할 수 없는 종류의 존재였다. 세어보니 나비는 하나, 둘, 셋, 네 마리였다. 나비 한 마리는 아름답다. 나비 한 마리가 길을 잃고 당신의 방으로 날아들어 오면 당신은 그 상황에 의미를 부여하고 나비의 아름다움을 찬미할 것이다. 그토록 진귀한 생물이 스스로 당신 앞에 나타났다며 감사할 것이다. 하지만 한 번에 나비 여러 마리―컴컴하고 후텁지근한 방안에―는 완전히 다른 문제다. 한 마리는 한 마리고 여러 마리는 여러 마리다. 그것들은 당신에게 아무 것도 원하지 않는다. 심지어 도망치려 들지도 않는다. 나는 침대에서 일어나 커튼을 걷고 창문을 활짝 열었다.

"안 돼, 그러지 마." 햇살이 곧장 얼굴로 떨어지자 아빠가 나를 말렸다.

나비들이 창문이 열린 기회를 놓치지 않고 방을 빠져나갔으려니, 넓은 날개를 활짝 펼치고 빛을 향해 퍼덕거리며 날아갔겠지 하겠지만 그런 일은 일어나지 않았다. 나는 그곳에 서서 작은 소리로 **슈슈**하며 몸을 좌우로 움직이고 손을 흔들며 보았지만 나비들은 벽에 붙어 꼼짝도 하지 않았다.

그 집은 아버지가 확장된 곳이었다. 그곳에서는 어떤 것도 마음대로 옮길 수 없었다. 모든 것에 규칙이 있었다. 예를 들어 나는 단 한 번도 물 잔을 주방에서 거실로 가지고 가지 않았다. 누구도 그러면 안 된다고 말하지 않았다. 누구도 이렇게 말하지 않았다. 거실에 물 잔을 가져가면 안 돼. 나는 그냥 알았다. 너무나 잘 (그리고 오랫동안) 알았기 때문에 굳이 머릿속에 떠올릴 필요도 없었다. 조약돌 해변과 발트해를 바라보고 누워 있는 길고 좁은 그 집은 아이들이든 어른이든 그곳에 사는 사람이라면 각자의 일을 하고, 시간을 지키고, 감정적인 호들갑을 피하는 담백한 규칙을 지켰다. 그 작은 세계는 모든 일을 사전에 대략적인 틀을 잡고 계획을 세웠다.

잉그리드가 살아있을 때만 해도 집에 나비가 들어오는 일은 없었을 것이다. 나는 손잡이가 긴 빗자루를 가져오려고 현관과 주방, 거실을 가르는 복도에 있는 선반으로 갔다. 솔로몬 왕이 함마르스의 집에 왔다면 그는 모든 것에 **정해진 시간**이 있을 뿐만 아니라 **정해진 장소**도 있다고 말했을 것이다.

매일 아침 잉그리드는 양탄자 먼지 터는 기구를 들고 온 집 안을 돌아다니며 안락의자와 소파, 침대에 놓아둔 쿠션과 베개를 두드렸다. 그녀가 쿠션을 한바탕 두드린 후에 당신이 그 소파에 앉으면 소파가 무너져서 납작하게 퍼져버렸을 것이다. 잉그리드는 아빠보다 훨씬 먼저 죽었지만 이따금 그녀가 이 방저 방을 돌아다니며 여전히 소파를 두드리고 있는 것처럼 느껴진다.

아버지가 휠체어에 앉아 있으면 내 눈은 자연히 막대기 같이 가느다란 아버지의 다리와 커다란 양가죽 슬리퍼에 싸인 두 발로 향했다. 아버지는 슬리퍼 한 짝에는 L을, 다른 짝에는 R이라고 써두었다. 철자는 평소처럼 검은색 마커로 썼다. 슬리퍼에 R과 L을 쓴 후로 벌써 몇 년이 흘렀다. 이제 아버지는 아무 것도 쓸 수 없을 것이다.

아버지의 줄무늬 잠옷용 셔츠가 무릎 언저리에서 펄럭거렸다. 셔츠가 너무 커서 아버지보다 훨씬 덩치가 큰 다른 사람의 옷처럼 보일 지경이었다. 그 훨씬 덩치가 큰 사람은 너무 작고 꽉 끼는 셔츠를 입고서 집을 돌아다니며 자신의 잠옷을 찾아 다녔을 것이다. 휠체어에 태워져 침실에서 주방에 들어온 아빠는 큰 소리로 외쳤다. 싫어! 그러더니 흡사 휠체어 속으로 사라지려는 듯, 아예 휠체어가 **되려는** 듯 몸을 웅크렸다. 아버지는 시간을 들여 죽어가고 있었다. 그것은 단순히 누워서 죽어가거나, 앉아서 죽어가거나, 웅크린 채 죽어가거나, "싫어!"라고 소리치고 죽어가는 것과 달랐다. 아버지는 중얼거리고 소리치고 속삭이고 가르랑거렸다. 어느 날 나는 아버지 옆에 같이 누워 자장가를 불렀다. 내 아이들에게 불러주던 바로 그 자장가였다. 평소처럼 암막 커튼이 쳐져 있었다. 그래서 한낮이고 밖에는 태양이 작열하는데도 방안은 컴컴했다. 아버지는 자신의 악몽과 죽음에 대한 생각이 백주대낮을 배경으로 펼쳐진다고 늘 말했다. 그래서 바닥까지 내려와 먼지가 쌓여 있는 베이지색의 두터운 커튼을 내가 걷으려고 할 때마다 만류했다. 내게는 그곳의 모든 것이 어둡고 갑갑하게 느껴졌다. 게다가 나비에 계속 시선을 고정하고 있어야만 하는 것도 마음에 들지 않았다. 그래도 나는 그 컴컴한 방에 누워서 아버지에게 자장가를 불러주었다. 내 아이들이 무척이나 좋아했던 곡이었다. 나는 아버지가 또렷하게 보이지 않았다. 아버지도 내가 잘 보이지 않았다. 우리는 나란히 누운 두 개의 그림자였다. 그중 한 그림자가 노래를 부르고 다른 하나는 가만히 들었다. 아버지는 한참 아무 말도 하지 않았다. 노래를 중간쯤까지 부르는데 혹시 돌아가셨을지도 모른다는 생각이 들었다. 차라리 그랬으면 좋겠다 싶었다. 흔히 하는 말처럼 **자다가 조용하게 돌아가셨으면 좋겠**다고 말이다. 자장가는 몇 절이나 되었다. 그래서 아이들이 그 노래를 좋아했다. 노래를 끝까지 부르려면 시간이 걸린다. 아이들은 내가 자장가를 부르기 시작해서 밤 인사를 하고 불을 끄고 문을 닫고 나갈 때까지 최대한 시간을 끌려고 했다. 에바는 밤을 무서워한다. 잠이 들어야만 하는 순간이 두려워서 늘 그 순간을 미루려고 한다. 그래서 잼을 바른 빵을 달라고 하고, 물 한 잔을 달라고 하고, 뽀뽀를 해달라고 하고, 긴 노래를 한

절도 빠짐없이 전부 불러달라고 청한다. 어쨌든 아버지와 침대에 나란히 누웠을 때—삼 절인지 사 절인지를 부를 즈음—나는 이렇게 생각했다: 지금 돌아가신 거 아닐까?

하지만 몇 절을 더 불렀을 때 거칠거칠한 목소리가 가느다랗게 들렸다: "정말 아름답구나."

아버지의 목소리는 그 어느 때보다 또렷했다. 마치 오래 전의 목소리 같았다. 그 순간은 새로운 시간이었다.

우리는 언제나 서로에게 정중했다. 나는 이렇게 물었다: "그렇게 생각하세요?" 하지만 대답을 듣지 못했다. 그래서 다시 물었다: "이 노래를 한 번 더 불러드릴까요?" 그러자 아버지가 대답했다: "괜찮아, 고맙구나."

정중함은 중요했고, 나는 그 정중함에 감사한다. 우리는 마지막 순간까지 노력을 기울였다.

여자 하지만 아버지는 늘 죽음에 대해서 깊이 생각하는 캐릭터들을 그리셨잖아요—죽음이 없는 곳이 없었어요. 아버지의 영화며 연극, 글에서요.

남자 오, 그랬어?

여자 그렇게 생각하지 않으세요? 단지 죽음에 사로잡힌 것 이상이 아니었어요?

남자 음, 어쩌면 그렇게 생각할 수도 있겠지. 하지만 그렇게 과한 정도는 아니었어. 내가 죽음에 사로잡혔다고 해도 꽤 온당한 수준이었어, 실제로 말이지.

여자 아버지가 그렇게 말씀하시다니 놀랍네요.

남자 구전설화로서의 죽음, 판타지로서의 죽음, 그래. 하지만 나는 죽음을 진지하게 받아들인 적은 없었어. 물론 이제는 그렇게 해야겠지만.

여자 그게 무슨 말씀이세요?

남자 아하, 무슨 질문이 이렇게 많은지!

여자 제 질문이 언짢으세요?

남자 아니야, 아니. 그렇지 않아.

여자 그만하시고 싶으면 말씀해 주세요.

남자 아니야, 아니라니까.

여자 뭔가를 진지하게 받아들여야 한다는 말씀이 무슨 뜻이에요?

남자 뭔가를 진지하게 받아들인다는 건 **구체적**이라는 뜻이야.

여자 구체적이요?

남자 구체적이어야만 한다는 사실이 나는 두려워.

여자 왜요?

남자 모르겠니? 왜냐하면 현실이기 때문이야. 그건 바꿀 수 없어. 손에 잡힐 듯 구체적이고, 끝까지 가봐야만 하는 것이야. 수선을 피우는 게 아니야. 이 문제의 진실은, 지금껏 내가 아무 것도 진지하게 받아들이지 않았다는 거야.

침묵.

여자 아버지가 그런 분이었다는 거예요? 아무 것도 진지하게 받아들이지 않는 사람?

남자 그래, 가끔 그렇게 생각을 해. 한편으로는 아니야—나는 정반대의 사람이기도 하거든.

여자 모든 것을 진지하게 받아들이는 사람?

남자 맞아…. 내가 어느 쪽이 되어야 하는지 모르겠구나.

불안

아버지가 이 세상에서 보낸 마지막 해에 아버지를 돌보았던 여자들은 교대로 일을 했다. 그들은 출퇴근을 했고 침실 커튼을 걷고 치는 것보다 훨씬 더 많은 일을 했다. 한 명은 저녁에 라디오를 들었고, 또 한 명은 거실에서 다림질을 했고, 또 한 명은 주방에서 원피스를 번갈아 입어보았고, 또 한 명은 노래를 불렀고, 또 한 명은 이렇게 말했다. **그분 말씀이 나를 보면 그분의 어머니가 떠오른대.** 또 한 명은 커다란 열쇠고리를 들고 쩽그렁쩽그렁 집안을 돌아다녔다. 그러는 사이 집은 조금씩 변해갔다. 노란 집의 모든 것은 특정한 규칙에 맞추어 정해진 공간과 구체적인 시간 속에서 일어났다. 아빠를 제외하면 아무도 저녁에 라디오를 듣지 않았고, 아무도 거실에서 다림질을 하지 않았고, 주방에서 원피스를 입어보지 않았다.

그 여자들의 얼굴을 떠올리려고 하면 모든 것이 흐릿해진다. 그들을 떠올리면 그들의 손이 떠오른다.

아버지는 죽음을 미리 정해 놓았다. **나는 조약돌 해변과 옹이진 소나무들, 바다, 쉴 새 없이 변하는 빛을 바라보고 서 있는 내 집의 내 침대에서 죽을 것이다.** "누구나 자신만의 세계를 품어야 한다." 헨리 아담스는 이렇게 썼다. "그리고 사람들은 대부분 자신의 이 옷이 어떻게 그만의 세계를 지탱했는지 소박한 관심을 갖고 알아내고 싶어 한다."

아버지를 보살폈던 여자들은 그 전에는 아이들과 노인들을 보살폈기에, 그들은 산전수전을 다 겪은 경험이 많은 일손들이었다. 하지만 나는 배려하는 일손들이었다고 부르기는 망설여진다. 어쨌든 그것은 모두 아버지의 뜻대로 정한 일이었다. **나는 빌어먹을 양로원에는 들어가지 않을 거야. 나는 무기력하게 내 아이들에게 기대지 않을 거야. 나는 격해진 감정을 절대 드러내지 않을 거야.**

그 여자들은 늘 해왔던 일을 했다. 적어도 성인이 된 후로 늘 했던 일이었다. 나는 그들이 어린 여자아이였을 때의 모습이 상상조차 되지 않는다. 그해 여름 만사가 죽음에 사로잡혀 있었다. 죽어가는 일과 삶에 기댄 죽음, 죽음에 기댄 삶. 아버지는 아침에 눈을 떠 밤에 잠이 들었지만 그런 것과 상관없이 매일 죽음을 맞이했다. 심장은 여전히 뛰고 있었다. 하지만 존재가 사라지고 없다는 느낌이 모든 것을 압도했다. 섬에서 와 평생 해온 일을 했던 여자들은 자신들이 아는 방식으로 아버지를 보살폈다—휠체어를 밀고, 아버지를 들어올리고, 먹이고, 씻기고, 토닥이고, 물기를 닦아주었다. 그리고 가끔은 이마를 어루만지거나 손을 꼭 잡아 주었다.

불안

나는 손잡이가 기다란 빗자루를 가지고 아빠의 방으로 돌아갔다. 내가 어렸을 때는 아빠와 잉그리드의 침실이 있는 집의 이쪽 끝에서 다니엘과 내 방이 있는 반대쪽 끝까지 몇 보나 되는지 세어보곤 했다.

그 당시 빨래를 하고, 진공청소기를 돌리고, 다림질을 한 사람은 잉그리드였다. 양말을 수선하고 아버지의 원고를 타자로 정리한 사람도, 건조실에 시트와 린넨을 걸고 빨래를 탈수기에 넣어 짜고 어디에도 튀어나온 곳이나 주름이 생기지 않게 시트를 팽팽하게 간 사람도, 장을 봐서 식사를 만든 사람도, 여기저기 돌아다니며 청소를 한 사람도, 자료를 정리하고 회계를 담당하고 편지에 답장을 쓴 사람도 잉그리드였다.

나는 발끝으로 서서 조심스럽게 빗자루로 나비 한 마리를 툭 건드렸다. 빗자루에 너무 힘이 들어갈까 걱정스러웠다. 나는 나비를 죽이고 싶지 않았다. 파리라면 두 번도 생각하지 않고 죽였겠지만 나비는 아니었다. 나도 왜 그런지는 몰랐다. 이 나비들은 심지어 예쁘지도 않았는데 말이다. 내가 쿡 찌르기까지 했는데도 나비는 꿈쩍도 하지 않았다. 나비들은 벽에 계속 붙어 있었다. 한 마리, 두 마리, 세 마리, 네 마리 그리고 미처 보지 못했던 나비까지 다섯 마리가 날개를 접은 채 그곳에 붙어서 아무 데도 가려하지 않고 아무 것도 원하지 않았다. 나는 결국 포기한 채 빗자루를 구석에 세워 놓고 아빠 옆에 다시 누웠다.

아버지 몸이 사과 한 자루보다 가벼웠다는 말은 사실이 아니다. 아버지가 커다란 나무 한 그루보다 더 무거웠다고 써도 상관없을 것이다. 사실 아버지가 무거웠는지 가벼웠는지 나는 모른다.

나는 누워있던 아버지가 물을 마실 수 있게 아버지의 상체를 일으켜 세울 수가 없었다. 아버지가 일 톤은 되는 것 같았다—커다란 나무 한 그루의 무게는 얼마나 나갈까? 가령 느릅나무는? 결국 아버지는 물을 마시기에 불편하고 전혀 어울리지 않는 자세로 반은 눕고 반은 앉은 엉거주춤한 자세가 되었고 침대 가장자리에 아슬아슬하게 걸터앉은 나도 반은 앉고 반은 누운 자세가 되어, 한 팔로 아버지의 어깨를 감싸 안고 다른 팔로 침실용 탁자에 놓인 잔을 더듬더듬 찾았다. 우리 둘은 흡사 출처를 알 수 없는 미완성 조각상처럼 그 자세에 갇히고 말았다. 내가 마침내 잔을 움켜쥐고 아버지의 입으로 가져가고 나서야, 나는 간신히 아버지와 내 자세를 바로잡을 수 있었다. 우리는 교착상태에서 빠져나왔고 움직일 수도 있었다. 하지만 아빠는 입을 열어 물을 마실 수 없었다. 나는 아버지의 입술에 살며시 잔을 들이밀었다. 아버지가 갈증을 느껴 물을 마시고 싶을 거라는 생각을 내가 어떻게 했는지 모르겠다. 그도 그럴 것이 아버지는 목이 마르다고 소리 내어 말하지 않았기 때문이다. 그렇다고 물 잔을 가리키지도 않았다. 아버지는 며칠째 입을 열지 않았다. 어쩌면 더이상 물을 마시지 않기로 마음을 정했을 지도 몰랐다.

나중에 가서야 물로 아버지의 입술을 축였어야 했다는 생각이 났다. 나는 그때까지 한 번도 누군가의 임종을 지키지 않았다. 그렇지만 책을 그렇게 많이 읽었으니 이런 상황에서 할 일을 알았어야 하지 않을까. 입술을 축여주면 된다. **나를 긍휼히 여기사 나사로를 보내어 그 손가락 끝에 물을 찍어 내 혀를 서늘하게 하소서**(누가복음 16장 24절―옮긴이). 부자는 물 한 잔을 청하지 않는다. 그는 빈자에게 손끝을 물에 담가 그의 입술을 축여달라고 한다. 죽은 것도 산 것도 아닌, 그 사이의 어디쯤에 있는 부자는 목이 마르고 자신에게 무엇이 필요한지 어떻게 전달해야 할지를 잘 알았다.

나는 그 기회를 망쳤다. 나의 서투름, 끔찍할 정도의 서투름 탓에 망쳤다. 내 가족의 여자들―부계 말고 모계―은 모두 이런 끔찍한 서투름 탓에 난처한 꼴을 당하기 일쑤다. 나는 멀쩡히 길을 걷다가 가로수로 곧장 돌진을 하고 와인을 마실 때는 바닥에 자꾸 흘린다. 이번에는 아빠에게 물을 쏟았다. 물이 아버지의 목을 따라 흘러내려 옷깃 속으로 들어가 가슴을 적시고 시트까지 다 적셨다. 아버지는 피부에 물이 닿자 눈을 찌푸렸다. 물을 이렇게 차게 느낀 적이 없었던 걸까. 하기야 아버지의 피부에 대해, 그 피부에 뜨거운 것과 찬 것이 닿았던 경험에 대해 내가 뭘 알겠는가. 다만 그때처럼—목으로 떨어진 물이 쇄골과 가슴을 따라 흘러내려간 것처럼—물이 몸에 닿은 지는 아주 오래 되었다는 사실만은 알 수 있었다. 그래서 아버지가 굳이 입을 열어 말을 한 거라고 나는 믿는다. 또렷하지는 않았지만 아버지가 내게 한 마지막 말은 이랬던 것 같다.

"망할 년." 아버지가 말했다.

내가 사과했다. "죄송해요, 아빠."

그러자 아버지가 이렇게 덧붙였다. "지독하게 차갑네…. 망할 년."

불안

늙어가는 건 일이다. 늙어가는 육신이 뇌를 고분고분 따르도록 설득하고, 결과적으로 뇌가 그 자신에게 고분고분 따르도록 설득하는 일이다. 한 마디로 신에게 자비를 구하는 일이다. 아빠는 평생 신앙과 불신, 회의 사이에서 방황했다. 언젠가 이런 말을 했다. "한편으로는 잉그리드를 다시 만날 거라고 믿지만 다른 한편으로는 죽는다는 건 촛불을 훅 불어 꺼버리는 것과 다르지 않다는 생각이 들어."

아버지가 그랬다: "침대에서 일어나. 샤워를 하고 양말과 말끔한 옷을 입고 신을 신어. 아침을 먹고 자전거에 올라타 일터로 가라."

신발끈 묶는 기술. 사실 이 기술에는 신체적 노력과 손재주, 영리함이 필요하다. 여섯 살에서 아홉 살 사이의 아이라면 누구나 이 기술을 안다. 어린 시절에는 끈 묶기가 대단한 일이다. 매듭은 세계 최고의 미스터리다. 손가락과 손, 끈이 한데 어울려 난공불락의 요새가 된다. 그러나 일단 그 기술을 익히고 나면 그 과정이 얼마나 복잡한지 잊어버리게 된다. 그러다 세월이 흐르고, 어느 날 당신은 발을 내려다보며 양말 바람으로 서 있다.

밤이면 아버지는 안식처를 찾아 작은 방들로 가서 긴 의자나 침상에 앉아 다른 사람들에 대한 생각에 빠져들곤 했다. 이런 의식에 대해 아버지가 이렇게 말한 적이 있다. "내 앞에 여자가 보여. 그녀의 입술과 시선, 형체가. 그녀의 이름을 크게 부르지. 그녀의 이름을 부르는 내 목소리가 들려. 그러면 그녀가 나를 돌아보는 거야. 돌아서는 동작에 어색한 구석이 있을 수도 있어. 웃고 있을 수도 있지. 그래서 그녀의 웃음이나 그녀가 한 말을 생각해…. 있잖니, 꼭 여자일 필요는 없어. 남자나 아이일 수도 있지…. 나는 다른 사람들에 대해서 생각해. 그리고 그들을 위해 초를 켜. 살아있건 죽었건 내가 알았던 사람들을 위해서."

불안

남자가 여자에게 커튼을 걷어 달라고 부탁한다. 여자가 일어나 창가로 다가가 커튼을 양쪽으로 걷는다.

남자 빛이 좀 더 들어오게 해주려무나.

여자는 창가에 계속 서 있다.

여자 이제 바다를 볼 수 있겠어요.

남자 나는 안 보여.

여자 커튼을 더 걷을까요?

남자 아니.

여자 추우세요?

남자 아니.

여자 담요 한 장 더 갖다 드려요?

남자 아니.

여자 알았어요. 그럼 아버지 옆에 앉을 게요.

남자 누군가 내게 어디 사냐고 물으면 매번 내가 입을 열기도 전에 다른 사람들이 대답을 해버려. 그들이 그러더구나. 내가 함마르스에 산다고.

여자 아버지가 거기 사시니까요.

남자 그래.

여자 스톡홀름이 그리우세요?

남자 그래.

여자 연극 무대가 그리우세요?

남자 그래.

내가 이십대였을 때, 아버지는 내게 모두 7부로 구성된 소설인, 아그네스 폰 크루센셰르나(스웨덴 소설가—옮긴이)의 《미시즈 폰 팔렌》을 읽어보라고 했다. 나는 1부를 읽다가 고작 몇 페이지 만에 지겨워져서 책꽂이에 다시 꽂아놓고 말았다. 내가 그 책을 읽지 않았다는 사실을 알게 된 아버지는 실망감과 짜증을 감추지 못했다. 몇 년 후 나는 샬로타 노르덴플뤽트가 1741년에 쓴 시 〈여자들이 자신들의 위트를 써야하는 의무〉를 읽었다고 아버지에게 말했지만, 《미시즈 폰 팔렌》을 읽지 않은 사실에 대한 보상은 되지 않았다. 세월이 흘러 아버지는 도서실—직접 그린 스케치를 바탕으로 소나무와 빛, 유리를 조합해—을 지었고 함마르스의 집은 훨씬 더 길어졌다. 그 도서실에서 나는 헤드비드 샬로타 노르덴플뤽트의 시집을 보았다. 그녀가 목사였던 두 번째 남편 야코브 파브리시우스와 결혼한지 고작 9개월 만에 사별하고 쓴 시집인 《비애에 잠긴 멧비둘기》였다. 원제는 '비애에 잠긴 멧비둘기 혹은 열정적인 감상자가 아름다운 멜로디로 곡을 붙이고 수집한 수많은 비가悲歌'다.

아버지는 장서가 수천 권이었고, 항상 글을 읽고 중요하다고 생각하는 부분에 밑줄을 그었다.

잉그리드가 죽음을 앞두고 있을 즈음 아버지는 울라 이삭손의 《E에 관한 책》을 읽었다. 그 책은 알츠하이머로 남편을 잃은 여자에 관한 이야기다. 아버지는 내게도 그 책을 읽어보라고 했다. 아버지는 검은색 펠트팁 펜을 손에 쥐고 그 책을 읽었다. 여백에는 메모가 적혀 있었다. 밑줄이 그어진 문장들도 있었다. 아버지가 먼저 읽고 메모를 한 책을 읽는 일은 엉뚱한 말을 할지도 모른다는 걱정 없이 아버지에게 말을 하는 것과 비슷했다.

잉그리드의 장례식이 있고 몇 주 후, 우리는 거실 소파에 앉아 밤새도록 소나무 숲과 해변, 바다를 지켜보았다. 손을 맞잡고 발트 해의 저 깊은 곳에서부터 눈을 멀게 할 정도로 붉은 태양이 활활 타오르며 서서히 올라오는 모습을 지켜보았다.

"이 고독한 곳의 바닷가에서." 헤드빅 샬로타 노르덴플뤽트는 이렇게 썼다. "그녀는 파도를 바라본다."

아버지는 내게 자꾸 오슬로로 돌아가라고 했다. 내가 그곳에 있는 것을 원치 않는다고 말이다. 그러면서도 내 손을 놓으려고 하지 않았다. 꽉 맞잡은 우리의 손 마디마디는 밤새 희어지다 못해 푸르스름하게 변했다.

"나는 일흔네 살이야." 아버지가 말했다. "그런데 하필 지금 신이 나를 이 세상에서 쫓아내기로 마음을 먹었어."

《E에 관한 책》에서 울라 이삭손은 스웨덴의 시인 엘린 벵네르를 인용한다. "지옥에서조차 당신은 가구를 배치해야 한다." 이 부분에 아버지는 느낌표를 찍었다.

내가 일곱 살일 때 아빠는 내게 글에 느낌표를 쓰지 말라고 했다. 나는 새끼 고양이 세 마리에 대한 이야기를 썼다. 그 글의 제목이 "세 마리 새끼 고양이!"였다.

나이가 들면서 아버지의 필체는 점점 더 알아보기 힘들어진다. 손이 떨리고 한쪽 눈의 시력이 점점 떨어진다―알파벳들이 겹쳐 적혀져서 한데 엉킨 것 같다.

책의 여백에 아버지가 적은 느낌표는 이 모든 변화를 담은 증표다. 짧은 수직선과 점 하나. 타오르는 양초, 부러진 나뭇가지. 본토와 섬.

남자 가끔은 거실에 가서 이렇게 말해: 우리 같이 벽에 걸린
저 사진에 대해서 뭔가 했으면 좋겠어…. 그리고 고개를
돌려 거실에 서 있는 남자를 마주하는 거야…. 익명의 사
람이지. 내가 말해: 저 사진은 내가 이 집에 왔을 때 이미
걸려 있었어요. 그러면 익명의 사람이 말하지: 그때 여기
에는 아무 것도 없었어요. 저 사진을 걸고, 설계를 하고,
짓고, 방에 가구를 채워 넣은 사람은 바로 당신이잖소.
이게 다 당신의 작품이라는 거요…. 그 말—**이게 다 당신
의 작품이라는 거요**—이 모습을 달리해서 계속 재생돼….
꿈에서 왕궁으로 가는 내 모습을 봤어. 그런데 어떤 남자
가 따라오는 거야. 완전히 익명인 사람이. 그 사람이 이
렇게 말해: 그래, 당신은 어디서 오는 겁니까. 그러면 내
가 대답하지: 나는 포뢰에 있는 함마르스에서 왔습니다.
그러면 그 사람이 이렇게 말해: 그곳에도 사람이 산다는
사실을 이제야 알게 되었군요. 그러면 내가 회의를 떨쳐
내지 못하고 대답하지. 그래요. 아마도 내가 그곳에 사는
사람 같아요.

제5부

밤의 당신의 형제

우리가 헨리 포터에 대해서 확실하게 아는 사실은
그의 이름이 헨리 포터가 아니라는 것뿐이다.

– 밥 딜런/샘 셰퍼드

실존 인물들—부모님이나 아이들, 연인들, 친구들, 적들, 형제들, 삼촌들, 이따금 지나치는 사람들—에 대해서 글을 쓰려면 그들을 허구로 만들어야 한다. 그들에게 숨결을 불어넣는 방법은 그것뿐이라고 나는 확신한다. 기억하는 것은 다시 또다시 주위를 둘러보며 매번 똑같이 경탄하는 행위다.

"자서전은 홀로 있다는 감각으로부터 시작한다." 존 버거는 이렇게 썼다.

나는 우리가 그 어디에도 속하지 않는 사람들이라도 된 듯 책에 등장하게 할 수 있다면 어떤 일이 벌어질지 알고 싶었다. 내게 그것은 이런 모습이었다. 나는 아무 것도 기억나지 않았다. 그런데 조지아 오키프의 사진을 마주친 순간 아버지가 떠올랐다. 나는 기억하기 시작했다. 나는 이렇게 썼다. "나는 기억한다." 내가 얼마나 많이 잊었을지 불안감이 엄습해 왔다. 내게는 편지도, 사진도, 어수선한 신문 스크랩도 있다. 하지만 내가 왜 다른 기사가 아니라 바로 그 기사들을 간직해 뒀는지 모르겠다. 내게는 녹음을 해 둔 아버지와의 대화가 여섯 개 있지만 그 녹음을 할 즈음 아버지는 이미 너무 연로해 아버지의 역사만 아니라 우리가 함께 만든 역사도 대부분 망각 속으로 사라졌다. 나는 무슨 일이 일어났는지 기억한다. 무슨 일이 일어났는지 기억한다고 **생각**한다. 하지만 어떤 일은 아마도 내가 지어냈을 것이다. 몇 번이나 반복해서 들은 이야기들과 단 한 번만 들은 이야기들을 떠올린다. 때로는 귀담아 듣고 때로는 흘려들었다. 이야기 조각들을 모두 나란히 늘어놓고 조각을 차례차례 쌓아 올리기도 했다. 그렇게 그 조각들이 서로 충돌하도록 내버려 둔 채, 어떤 방향을 찾아내려고 한다.

지난 몇 년 동안 나는 뜬눈으로 밤을 보냈다. 한동안 수면제를 먹고 잠을 청했다. 나는 나의 불면을 한 번도 유용하게 써먹지 못하고 그저 잠자리에 누워 천장만 바라보았다.

얼마 전에 남편이 다락에서 녹음기를 찾아냈다. 내가 **재생** 버튼을 누르자 그곳에 우리가 있었다. 아빠와 내가. 우리의 목소리가 저 멀리서 들렸다. 테이프들이 워낙 오랫동안 사라져 있었기 때문에 나는 아빠와 내가 나오는 꿈을 꾸는 게 분명하다는 생각이 들기 시작했다.

아버지는 잠을 이루지 못할 때면 침실용 탁자에 글을 썼다. 나는 아버지가 돌아가신 후 그 탁자의 사진을 찍었다. 그리고 사진을 내 휴대폰에 저장했다. 나는 탁자 표면 여기저기를 확대해 볼 수 있다:

10년

나는 <u>미친듯이</u>

잉그리드를 찾아 다닌다

겁에 질렸다

겁에 질렸다

겁에 질렸다

겁에 질렸다

겁에 질렸다

꽤나 우중충하고 지겨운

영화를 만들었다: 표현하고 싶었던 것은

<u>자이트가이스트</u>(시대정신—옮긴이)

잉그리드도 두려워했다

지독한 실패를

그리고 악의적인 평들을

똥 같은 밤

아버지가 이 글을 쓸 때 사용했던 침대는 지금은 가지런하게 잘 정리되어 있다. 수없이 많은 세월 동안 그랬다. 코바늘로 짠 하얀 담요가 베개들과 시트를 다 덮도록 펼쳐져 있다. 아버지의 마지막 여름, 누군가가 침실 벽에도 글귀를 적었다. 지금 그 글은 깨끗하게 지워졌다. 침실 벽에 그런 글을 쓴 사람은 아버지가 아니었다. 아버지가 도우미 여자들 가운데 한 명에게 글을 쓰게 했다. 그녀는 아버지가 늘 쓰던 검고 굵은 마커를 쥐고 대문자로 아버지의 이름을 쓰고 **함마르스, 포뢰, 스웨덴, 유럽, 세계, 우주**라고 썼다. 아버지의 방은 봉투였다―아이의 한결같은 집.

모든 것이 아버지가 지내던 때와 똑같은 모습으로 보존되어 있다. 함마르스의 집은 말 그대로 **후세를 위해 보존되어** 있다. 낯선 사람들이 이 방 저 방으로 돌아다닌다. 어떤 사람은 사진을 찍는다. 어떤 사람은 의자나 소파에 앉아 보거나 소지품을 여기저기 있는 탁자 위에 올려놓는다. 전기스위치를 켰다가 *끄고* 매트리스를 살펴보려고 아버지의 침대에 살며시 눕기도 한다.

여기 오슬로에서 지내던 어느 저녁 나는 TV를 켰다가 우리가 비디오 자료실이라고 불렀던 방에 놓인 녹색 안락의자에 중년의 유명 영화감독이 앉아 있는 모습을 보게 된다. 그곳에

불안

는 녹색 의자가 두 개 있는데, 하나는 잉그리드, 하나는 아빠의 것이었다. 그 중년 영화감독은 잉그리드의 의자에 앉아 카메라를 똑바로 바라보며 이야기 하는 중이다.

비디오 자료실—방의 시놉시스: 다니엘과 내가 커서 어릴 때 쓰던 방을 못 쓰게 되자, 아빠는 그 두 방을 하나로 터서 커다란 TV방으로 만들었다. 아버지는 방대한 규모의 VHS 카세트를 소장하고 있었고, 그 모두를 분류해서 주문 제작한 선반에 알파벳 순서대로 정리했다. 11시에서 오후 3시 사이에 함마르스의 집으로 오면 그 카세트를 빌릴 수 있었다.

카세트를 빌릴 때마다 영화의 제목과 날짜를 기입하고 서명을 해야 했다. 반납을 할 때는 반납 날짜와 시간을 기록해야 했다. 작은 테이블에는 이 모든 정보를 기록하기 위해 펜 한 자루와 노란색 노트가 놓여 있었다.

가끔 필름을 찾고 있으면 아버지가 그곳에 들어온다.

"〈클레어의 무릎〉(에릭 로메르 감독의 1970년작—옮긴이)은 어떠냐?"

"싫어요. 별로예요. 오늘은 말이에요, 아빠. 그 영화를 몇 번이나 봤는지 몰라요."

"로메르 영화야."

"네, 알아요."

아버지가 선반을 훑으며 카세트를 살펴본다.

"〈겨울의 심장〉(클로드 소테 감독의 1972년 작품으로 우리나라에서는 '금지된 사랑'이라는 제목으로 개봉했다—옮긴이)은?"

그때 아버지가 슬리퍼의 안쪽에 대문자 L을 쓰고 다른 한쪽에 대문자 R을 쓴 것이 눈에 들어온다. 언제부터 슬리퍼에 철자를 쓰기 시작하셨어요? 이런 말이 입에서 나오려고 한다. 하지만 그런 말 대신 이렇게 웅얼거릴 것이다. 그러네요…. 소테 좋죠.

아버지가 나를 혼자 두고 가주면 좋겠지만 좀처럼 그럴 기색이 아니므로, 나는 아버지를 내보낼 요량으로 〈겨울의 심장〉을 골랐다가 나중에 되돌아와 다른 영화를 빌린다.

"〈겨울의 심장〉은 수도 없이 봤어요. 그러니까 오늘 밤에는 우디 앨런을 볼까 싶어요."

아빠가 천장을 빤히 바라본다. 안경알은 두껍고 때때로 아버지가 입을 어찌나 가늘고 길게 단단히 다물고 있는지 집의 양쪽에서 입을 잡아당기고 있는 것 같다.

"음, 그래. 한 번 권해 봤어. 그런데 내가 권한 영화는 네가 다 본 것 같구나. 확실히 우디 앨런은 일류야. 〈범죄와 비행〉은 걸작이야. 그런데 너는 〈맨해튼〉을 골랐구나. 그것도 좋아. 보고 싶은 걸 보려무나."

그리고 몇 년이 흐른 후 여기 오슬로에서 TV를 트니 중년의 유명 영화감독이 카메라를 향해 자신이 **거장**과 유대감을 느낀다는 이야기를 하고 있다.

그는 잉그리드의 녹색 안락의자에 앉아 비디오 카세트로 둘러싸여 유대감을 느낀다고 말한다. 그의 속눈썹은 길고 새까맣고 검은 머리는 구불거리고 부수수하다. 테이블에는 물 한 잔이 놓여 있다. 노란 노트와 펜이 늘 놓여 있던 테이블이기도 하다. 이따금 그는 물로 입을 축인다. 그는 허리를 펴고 똑바로 앉지 않고 의자 등에 기대 몸짓을 섞어가며 말한다.

그 방에 물을 가져오면 안 돼. 이 멍청아. 컵을 놓으면 테이블에 동그란 자국이 남잖아.

영화감독은 그 방에서 자신이 거장의 존재를 느낄 수 있다며 안주머니에서 스톱워치를 꺼낸다. 그는 그 스톱워치가 마법의 추라면서 만약 추가 움직이기 시작하면 거장이 와 있다는 사실을 알려주는 **증거**라고 주장한다. **네, 그래요.** 그는 살며시 숨을 쉬며 시계를 앞뒤로 흔들었다. **보세요. 움직이는군요. 움직여요. 그분이 여기 계시네요.**

모든 방—서재와 거실, 두 개의 소나무 테이블이 있는 주방, 비디오 자료실, 도서실, 심지어 침실—이 그대로 보존되어 있다.

죽음은 아버지가 17분이나 지각을 했을 때 시작되었다. 칠 년 아니 팔 년 후 나는 그 시간을 설명해 보려 한다. 지각한 그 몇 분. 그 시간을 뭐라고 불러야 할까? 문서 보관 담당자라면 이렇게 물을 것이다. 무엇을 보존해야 하나? 무엇을 폐기해야 하나? 무엇을 어떤 기준으로 분류해야 하나?

아버지의 소지품은 모두 경매에서 팔렸다. 그것이 아버지의 뜻이었다. 아버지는 모든 지시사항을 정확하게 밝혔다: 나는 내 갈색 코듀로이 바지와 붉은색 체크무늬 셔츠, 적갈색 니트 조끼를 입은 채 묻히고 싶다. **감정적인 호들갑**을 드러내는 행동은 어떤 상황에서도 용인해서는 안 된다.

유언장에는 생존한 여덟 자식이 "그들의 아버지에 대한 기념으로" 오천 크로네 이하의 값어치를 지니는 유품을 하나씩 가질 수 있다고 명시되어 있었다.

모든 물건을 "우선적으로 경매에서" 가장 높은 가격을 부르는 경매인에게 팔아야 한다.

나는 경매에 나갈 등이 곧은 의자들과 테이블들, 적갈색 소파, 녹색 안락의자들, 침대, 침대 옆 테이블들, 책상, 사진들이 강물이 흐르듯 차례차례 함마르스에서 스톡홀름의 경매소로 옮겨지는 모습을 그려본다.

그들의 아버지에 대한 기념으로.

나는 무용가이자 안무가인 피나 바우쉬를 찍은 사진을 골랐다—그녀가 제작한 〈카페 뮐러〉의 첫 공연을 위한 포스터 액자로 그녀의 서명이 들어 있다. 잉그리드가 죽은 후 아버지의 말상대나 되려고 함마르스에 갔을 때, 아버지는 뎀바에서 영화를 보는 일에 통 관심이 없었다. 그런데 며칠 후 비디오 자료실에서 대형 TV로 오페라나 무용 공연을 보고 싶다고 했다. 그 자료실은 무용 공연과 오페라 테이프를 방대하게 갖추고 있었다. 며칠 동안 아버지와 나는 피나 바우쉬의 춤사위를 지켜보았다. 〈카페 뮐러〉는 꿈이자 밤이고 망각이자 기억이다. 그녀의 부모는 부퍼탈에서 작은 카페를 했는데, 그녀는 무대에 그 카페를 재창조했다—의자들과 테이블들, 몽유병자들. 어떤 남자가 다급하게 무대를 돌며 몽유병자들이 발이 걸려 넘어지지 않도록 앞에 놓인 의자들을 다 치운다. 피나 바우쉬는 큰 키에 여위었으며 물처럼 창백하다. 오슬로의 내 집에서 계단을 내려갈 때마다 그녀는 그곳에 속이 거의 비칠 것 같은 헐렁한 흰색 잠옷 차림으로 걸려 있다. 사진 속의 그녀는 문인지 가리개인지 모를 물건 뒤에 몸을 반쯤 숨긴 채 눈을 감고 서 있다. 그녀는 금방이라도 부서질 듯 연약하면서 강인하며 늙지도 젊지도 않다. 그녀의 의상이 너무 헐렁하게 그녀의 팔다리를 휘감고 있느라 왼쪽 가슴이 거의 드러났다. 그녀를 지나쳐갈 때면, 내가 살짝 스치기만 해도 그 의상이 스르르 사라져버릴 것만 같다.

피나 바우쉬의 포스터 옆으로 내 어머니와 아버지의 사진이 액자에 걸려 있다. 아들이 내게 준 사진이다. 두 분이 나란히 앉아 있다. 두 분은 더이상 부부는 아니지만 친구이자 동지다. 아버지는 카메라를 정면으로 응시하고 어머니는 아버지를 보며 우스꽝스러운 표정—눈을 가늘게 뜨고 입을 불퉁하게 만든—을 짓고 있다. 어머니와 아버지는 딱 붙어 앉아있다. 올라는 그 사진을 인터넷에서 찾았는데, 두 분이 너무 행복하고 자유롭고 얼빠진 듯 보여서 내게 주고 싶었다고 했다.

"두 분이 즐거워 보여요." 올라가 말했다.

아버지는 부모님이 돌아가시고 자신도 늙어가자, 부모님에 대한 글을 쓰기 시작했다.

아버지는 그 소설 한 편에서 이렇게 썼다.

"사진들을 보고 있으면 두 분에게 강력하게 끌리는 것만 같다. 그들은 내 어린 시절과 청년기를 압도했던, 반쯤 몸을 틀고 있으며 **신화적**이고 실제보다 더 큰 피조물과 거의 모든 면에서 전혀 닮지 않았다."

불안

나는 내 부모님의 사진들을 보면 이런저런 의문이 떠오른다. 두 분은 누구이고 누구였나. 내게 두 분과 닮은 점이 있나. 떠오른 의문에 대한 해답을 두 분이 가지고 있었을까. 지금 내게서 시간이 빠져나가는 방식처럼 두 분도 시간이 빠져나간다고 느꼈을까.

아버지의 집을 구입한 사람이 아버지의 유품도 모두 사들였다. 그는 모든 것을 되돌려 원래 자리를 찾아주어야 한다고 결정했다. 가구처럼 더 무거운 물품들은 이쪽 벽에서 저쪽 벽까지 이어지는 양탄자 위에 남은 홈이 사라지기도 전에 되돌아왔다. 소수 정예의 전문가들이 줄자와 서류(짐을 모두 들어내기 전에 방이 어떻게 꾸며져 있었는지에 대한 설명과 사진들)로 무장한 채 살림살이들을 모두 되돌려놓는 과정을 감독했다. 그들은 등이 곧은 소나무 의자들이 엉뚱한 집의 엉뚱한 방에 엉뚱한 테이블과 함께 놓이지 않는지, 거실 끝에 서 있던 대형 괘종시계가 맞은편 끝의 린넨을 넣어두는 낡은 식기장과 여전히 일직선을 이루는지 살폈다. 대형 괘종시계에 난 작은 문과 린넨 식기장의 육중한 문이 직선으로 이어져야 했다. 시계도 식기장도 모두 집안에서 내려오는 물건들이었다. 시계는 아버지가 친가에서, 식기장은 외가에서 물려받았는데 그 반대일지도 모른다. 이제 그 가구들은 집으로 되돌아와 거실의 양쪽에서 서로에게 코웃음을 치며 마주보고 서있게 되었다. 시계는 똑딱거렸고 장은 삐걱거렸다. 나머지 가구들은 아버지가 직접 구입했다. 소나무 가구를 잔뜩 사고 천 가구도 잔뜩 샀다. 그 천들은 처음에는 녹색과 적갈색이었지만 지금은 햇빛에 다 바랬다. 검은 색이었지만 이제 갈색이 된 낡은 안락의자 두 개와 발 받침대 두 개도 샀다. 안락의자와 발 받침대 한 쌍은 서재에, 한 쌍은 도서실에 두었다. 내가 1967년에 어머니와 함께 그 집에 처음으로 갔을 때는 모든 것이 갖추어져 있었다.

아버지가 돌아가신 후 아버지의 유품은 전부 스톡홀름으로 흘러갔다가 다시 함마르스 집으로 되돌아왔다. 나는 혼자 그 집을 돌아보았다. 모든 것이 옛 모습 그대로였다. 엉뚱한 곳에 놓인 가구가 단 한 점도 없었다. 모든 방이 예전의 그 모습 그대로였다. 나는 거실에 놓아둔 작은 테이블 두 개의 위치가 바뀌었거나 세 번째의 훨씬 더 큰 테이블이 큼지막한 안락의자 두 개 사이가 아니라 엉뚱하게 소파 앞에 잘못 놓여 있기를 바라는 나 자신을 언뜻 느꼈다. 하지만 모든 것이 제 자리를 찾았고 사방이 고요했다. 창문을 모두 열어놓고 바닥에 앉았다. 벽난로에서 재 자국이 보였다. 이제 아무도 이 집에 살지 않았다. 아버지가 생전에 쓰시던 물건은 사물로써의 의미를 상실했다. 릴케가 쓴 대로였다. **오, 물건들이 없는 밤이여.**

***

나비들이 나를 깨운다. 혹은 깨우지 않았을 수도 있다. 물론 깨우지 않았다. 나비는 아주 오래 전 일이었다. 그것들은 벽과 천장에 붙어 있었다. 나는 아버지에 대한 생각을 멈출 수 없다. 지금 일어나면 커피나 내려야겠다. 계단을 내려가 주방으로 가서 내가 마실 커피를 만들면 된다. 자리를 잡고 앉아서 글을 쓸 수도 있다. 남편의 숨소리가 들린다. 딸의 숨소리도 들린다. 우리 세 사람은 한 침대에서 잔다. 개의 숨소리도 들린다. 귀를 기울이면 도로를 지나가는 자동차 소리도 들린다. 아직도 한밤중 혹은 이른 새벽이다. 이 시간을 어떻게 규정할지는 당신이 누구이고, 어떻게 키워졌고, 하루 중 다양한 시간대에 어떤 경험을 하는지에 달렸다. 지금은 3시 45분이다. 이 시간을 당신은 아침으로도 밤으로도 부를 수 있다. 나는 아침이지만 일어나기는 이른 시간이라고 부른다. 휴대폰으로 시간을 보고 들어와 있는 메시지도 확인한다. 일어나 앉았다가 다시 드러눕는다. 차 몇 대가 창문 바로 밖으로 지나간다. **저기 그리고 저기 그리고 저기.** 더 조용한 흐름 속으로 사라진다. 야간에 들리는 자동차 소리는 한낮의 소리와 다르다. 오늘은 10월의 첫 날이다.

버지니아 울프는 우리가 건강한지 병중인지에 따라 글을 읽는 방식이 극적으로 다르다고 썼다. 아파서 더이상 '직립군대'의 병사가 아니고 누워만 있다거나, 운이 좋아서 발에 담요를 덮은 채 응달에 놓인 의자에 앉아 있을 정도라도 되면, 우리의 독서행위는 **버림받기** 전보다 훨씬 더 대담하고 경솔해지는 경향이 있다. 흩어져 있는 아이디어들을 페이지 전면에서 모으면 "단어를 표현할 수도 이유를 설명할 수도 없는 마음 상태"를 불러일으킨다고 그녀는 썼다. "불가해성은 아마 직립상태일 때보다 병중에 있는 우리에게 더 타당한 방식으로 지대한 영향력을 발휘한다." 잠 못 이루는 밤이건 이른 새벽이건 심장이 뛰고 모든 것이 긴장을 풀고 있을 때, 나는 겁에 질리고, 지치고, 내 자신이 아닌 상태가 된다. 말 그대로 내 자신에서 빠져나와 버린다. 지금 내가 일어나면 내 자신에게 걸어가 옆에 설 것이다.

서 있고 걸으면서 보는 세상은 누워서 보는 세상과 다르다. 똑바로 누워서 천장을 본다고 하자. 이를 테면 지금의 나나 베케트의 《컴퍼니》에 나오는 이름 없는 늙은 남자나 울프가 병에 대해서 쓴 에세이에 나오는 이름 없는 환자(독자, 저자)처럼 누워 보면 평소에 다른 것에 주의가 쏠리기 시작한다. 얼룩이나 파리, 페인트 얼룩, 벽지의 가장자리, 창문, 하늘, 끊임없이 모습을 바꾸는 구름. 울프가 쓴 "텅 빈 집을 향해 영원히 상영되는 거대한 영화"처럼.

밤이면 우리 집은 조용하다. 개가 계단을 타박타박 밟는 소리가 들리는 것 같다. 하지만 개는 침대 옆 바닥에 푹 퍼져서 잠들어 있다. 혹시 지금 키우는 개에 앞서 키웠던 개의 발소리를 듣고 있는 것일까? 나는 사람은 사후에 이승을 떠돌 것 같지 않은데, 개는 어떨지 궁금하다. 개들이 우리 곁을 떠난 후로도 오랫동안 그들이 발을 끌며 걷던 소리를 들을 수 있을지 궁금하다.

나는 수면제를 먹는 대신 그냥 일어났다. 침대에서 나와 계단을 내려간다. 벌써 새벽 4시가 다 되었다. 나는 거실로 들어가 소파에 앉아 개방형 주방을 멍하니 바라본다. 커피 머신에 불이 깜박거린다. 노트북에서 은은한 불빛이 새어나온다. 냉장고에서 윙 소리가 난다. 집은 삼층집이다. 방들은 자그마하다. 가끔(모두가 깨어 있는 낮에) 아무 층에서 요란한 소리가 나기도 한다. 요즘은 이 집에 네 식구가 산다. 원래는 여섯 식구였지만 장성한 두 아이가 독립해 나갔다. 사람 네 명과 개 한 마리가 산다. 우리는 번갈아가며 바닥에 물건을 떨어뜨리거나 뭔가에 부딪히거나 발이 걸려서 넘어진다. 매번 누군가 사고를 치면 나머지 세 명은 뭘 하고 있건 하던 일을 멈추고 이렇게 소리친다. 거기, 무슨 일이야? 문제없어? 괜찮아? 대개 물건은 멀쩡하고 금세 이런 대답이 들린다: 그럼. 아무 문제없어.

***

1969년 8월 17일 아버지는 내 어머니에게 편지를 쓰고 이렇게 서명을 했다. "당신의 밤의 형제." 아버지는 어머니와 처음 사랑에 빠졌던 시절 편지를 보냈고 두 분 관계가 끝나자 다시 편지를 썼다.

나는 부모님이 주고받은 편지를 전부 사본으로 가지고 있다.

이것은 이 사본들에 대한 이야기다: 아버지가 돌아가시자 어머니는 아버지로부터 받은 편지를 모두 아카이브에 기증했다. 아카이브는 개인 서류와 노트, 자필 원고, 사진 등으로 구성된 아버지의 유산을 관리하기 위해 만든 재단이다. 아카이브는 애초에 아버지의 제안으로 생전에 발족했다. 게다가 자신의 두 딸(내 언니와 나)에게 재단의 이사회에 들어가 아버지를 대신해 모든 과정을 감독하라고 시켰다. 이사회는 스톡홀름에 있는 스웨덴 영화 인스티튜트의 본관 삼층에서 열린다. 아카이브—꾸준하게 커지고 있으며 아버지의 평생의 작업을 보유하고 있다고 주장한다—는 그 건물의 지하에 있다. 그 후 아버지가 돌아가셨다. 이사회는 여전히 삼층에서 열리며 아카이브는

지하에 있다. 이 일은 마치 거대하고 형태가 일정하지 않은 동물을 계속 감독하는 것과 같다. 나는 한 번도 그 아래에 내려가지 않았다.

어머니가 소장품을 아카이브에 기증하기 전, 대학교 사서인 시아버지가 내 어머니에게 편지를 간직하고 원할 때마다 읽을 수 있도록 그것들을 전부 분류해 사본을 만들어 주겠다고 제안했다. 나는 어머니가 그 편지 모두를 사돈에게 맡길 때 무슨 이야기를 나눴는지 모른다. 그 무렵 나는 그 편지며 편지에 쓰인 내용에 전혀 관심이 없었다. 내 관심은 어머니가 최대한 빨리 아카이브에 그것들을 넘기는 것뿐이었다. 아버지가 돌아가시고 몇 주와 몇 달이 흐르는 동안 나는 걸핏하면 **만장일치에 의한 합의와 되돌릴 수 없는 합의와 회의록에 명시된 대로** 같은 표현을 들먹이며 모든 업무가 **적절하게** 처리되어야 한다고 주장하는 사람으로 변해갔다. 만약 내가 당시의 내 모습을 그리려고 하면—지금 마지못해 떠올리고 있는데—눈앞에 떠오르는 나는 너무 큰소리로 말하고 너무 빠르게 걸으며 상대해 주려는 사람이 아무도 없는 불안에 집어 먹힌 여자다. 나라도 이런 사람과는 가까이하고 싶지 않을 것이다. 그녀는 새된 소리로 말을 하고 언제나 길고 긴 이메일을 보낸다. 매일 아침 그녀는 남편이 잠에서 깨어 눈을 뜨기도 전에 먼저 잠자리에서 일어나 앉

아 자신의 아버지의 집에 대해 쉴 새 없이 떠들어 댄다—울부
짖는다. 그러면 아버지의 집은 어떻게 되는 거야.

시아버지는 어머니의 편지를 모두 분류하고 사본을 만드는
작업을 끝내자, 사본을 커다란 갈색 폴더 두 개에 나눠 담았다.
폴더는 검은색이며 빳빳한 등은 검은색 실크 리본으로 마감되
었고 표지에는 대학 도서관 사본 콜렉션의 로고가 뽐내듯 찍혀 있
었다. 몇 년 후, 시아버지도 돌아가시자 어머니는 (한때 어머니
와 나와 난나와 몇 명의 보모들과 보그단이 살았던) 엘링 샬리손 거
리에 있는 커다란 아파트의 선반에 보관되어 있던 폴더들을
찾아 내게 보여주려고 집으로 가지고 왔다.

"네가 아빠에 대한 책을 쓴다면서." 어머니가 말했다. 가끔
어머니가 아빠라고 할 때면, 내 아버지와 외할아버지 중 누구
를 말하는 건지 혹은 내 아버지가 당신의 아버지이기도 하다
는 뜻인지 잘 모르겠다. 후자라면 우리는 자매가 된다. 물건들
은 공감하기가 더 쉽다. 대형 괘종시계. 피나 바우쉬의 사진이
들어간 포스터. 침대. 창문. 식탁. 의자들. 밤에 하품을 하는 꽃
들이 그려진 벽지.

당신의 밤의 형제. 하루는 작정을 하고 아버지가 어머니에게

쓴 편지를 몽땅 읽었다. 몇 시간이 족히 흘렀고 아무리 봐도 아버지의 필체를 알아보기 힘들어 남편의 도움을 받기까지 했다.

1969년 어머니는 아버지를 떠났다. 아이도 데려 갔다. 봄이었고 여자아이는 그해 여름에 세 살이 될 터였다. 아버지는 함마르스에 남았다.

부모님은 결별을 공식화하기 위해 결별증서를 작성했다. 내가 **결별증서**라고 한 것은 두 분이 당시 빠져 있던 혼란과 자신들을 기다리고 있는 새로운 혼란에서 길을 찾아 빠져나오기 위해 시스템 혹은 규칙의 카탈로그를 만들어보려고 했기 때문이다. 이 증서는 여기저기 손으로 쓴 메모와 목록으로 이루어져 있는데—실제 카탈로그로는 그다지 인상적이지 않다—나는 그곳에서 진하게 배어나오는 진실함에 감동을 받았다: "우리는 이제 더이상 함께 살지도 않는데 당신에게 뭘 기대할 수 있겠어요? 그렇다면 당신은 누군가요? 우리는 서로와 우리 자신에게 무슨 이야기를 들려줄까요?"

아마 함마르스의 책상에 두 분이 나란히 앉아 증서를 썼을 모습을 상상해본다. 두 분은 **앉은 자리에서** 내처 글을 쓰고 있다. 그 여자아이는 시리나 로사나 다른 보모가 돌보고 있었다. 아버지가 증서를 쓰자며 애용하는 노란색 공책 한 권을 권하고 그날 빈 낱장들이 어머니의 손 글씨로 가득 채워지는 모습이 떠오른다. 두 분은 각기 다른 언어를 사용한다. 노르웨이어와 스웨덴어. 그래서 다른 방식으로 말을 하고 글을 쓴다. 부모님은 더이상 같이 살 수 없는 이유가 자신들이 똑 닮았기 때문이라고 강변한다. 하지만 내가 보기에 두 분은 밤과 낮이다. 문득 내가 누구고 왜 나는 저렇지 않고 이런지 궁금할 때면 내 귀에 속삭이는 목소리가 들린다: **네가 이런 건 바로 어머니 때문이야. 네가 저런 건 아버지 때문이지.**

두 분의 결별 증서(이것은 부모님이 아니라 내가 만든 표현이다)에 어머니는 이렇게 썼다: "순수한 삶—신의가 있는 삶—이란 것은 없어요. 우리는 서로에게 절대 그런 삶을 줄 수 없어요. 하지만 당신이 내 손을 잡고 내가 당신 손을 잡은 채 절대 놓지 않는 한—당신의 손이 십만 킬로미터나 떨어져 있는지 이불 속 내 옆에 있는지 신경 쓰지 말아요—비밀과 외로운 삶이 포함된 우리의 삶을 어떻게 살지는 우리에게 달려있겠죠."

바로 이때, **외로운**이라는 단어를 쓰고 어머니가 펜을 아버지에게 건네는 모습을 상상해 본다. 이제 아버지가 글을 쓸 차례다. 하지만 펜을 다시 어머니에게 건넨다. 아마 자신보다 어머니의 필체가 더 알아보기 편하다는 이야기를 하는 것 같다. (나는 검은색 폴더에서 어머니가 정말 **아버지의 편지를 읽는지** 아니면 읽

불안

는 척하는지 궁금해 하는 내용의 아버지의 편지를 찾았다. 어떤 편지
는 글씨가 온통 검은색 대문자였는데, 흡사 한 글자도 빼지 말고 모두
읽어달라고 말하는 것 같았다.) 부모님이 당면한 과제 즉, 결별이
기정사실이므로 앞으로의 인생 계획을 세우느라 마음이 분주
한 와중에도 가볍게 웃을 여유가 있었을지 궁금하다. 그 상황
을 부모님이 결별이라고 표현했을 것 같지 않다. 나는 결별이
라는 단어를 생각하면 두 분이 아니라 내 인생이 떠오른다. 두
분은 별거라는 단어를 썼을 것이다. 게다가 그 카탈로그에 무
엇을 집어넣고 어떻게 표현할지 결정한 사람이 어머니였을 것
이라 생각한다.

1. 심사숙고하라. 다른 사람이 할 법한 말을 듣지도 않은 채
   그 사람에게 영향을 미칠 수 있는 결론을 내리지 마라.
2. 이중생활을 하지 마라.
3. 까다로운 상황에서의 정직.

원래 이런 번호는 따로 없었다. 나는 목록이 체계적이라는
인상을 주고 싶지만, 사실 부모님이 노란색 종잇조각에 쓴 내
용은 전혀 그렇지 않았다. 두 분은 더이상 같이 살지 않기 때문
에 앞으로 이렇게 되었으면 좋겠다는 생각을 나란히 앉아 적
어보았을 뿐이다. 그 내용을 체계적으로 정리해서 번호를 붙이

고 목록을 만들고 정리하는 사람은 바로 나다. 이런 식으로 나는 두 분에게 말을 걸면서 대화에 끼어들고 있다.

1969년 나는 세 살이 다 되었고 부모님은 헤어지는 중이다. 우리는 함마르스에 있다. 때는 봄. 결론은 났고 이제 끝이다. 하지만 부모님은 당분간 아무 일도 없는 것처럼 행동한다. 서로를 떠나는 일이 홀로 남겨지는 것과 같지 않고, 따로 사는 삶이 함께 사는 삶과 별반 다르지 않은 것처럼 군다. **하지만 당신이 내 손을 잡고 내가 당신 손을 잡은 채 절대 놓지 않는 한—당신의 손이 십만 킬로미터나 떨어져 있는지 이불 속 내 옆에 있는지 신경 쓰지 말아요.** 나는 여전히 내 방과 아기 침대, 귀를 잡아 당겨도 가만히 있는 개가 있다. 작은 개다. 나보다도 덩치가 작다. 그리고 내 방의 창밖에는 소나무 두 그루가 서 있고 아침에 눈을 뜨자마자 듣는 소리와 밤에 잠이 들 때 마지막으로 듣는 소리는 그 나무들 사이를 빠져나가는 바람 소리다. 나는 두 살 때 들었던 갖가지 소리들, 그러니까 파도 소리며 구두 굽에 자갈돌이 밟히는 자박자박 소리, 주방의 냉장고 돌아가는 소리, 거실의 괘종시계 소리, 엄마가 항상 창문을 열어두는 바람에 들어온 파리들이 유리창에 붙어 윙윙대는 소리, 꽃무늬 벽지에서 까무룩 조는 꽃들의 소리까지 다 기억한다고 스스로에게 말한다. **벽지의 꽃들은 밤이 되면 잘 때가 되어서 하품을 한단다.** 엄마나 아빠가 이런 이야기를 하곤 했다. 그리고 몸을 뒤척이면 갓 빨래한 침구에서 나는 소리며 밤과 모든 이가 잠자는 소리, 엄마와 아빠가 집을 돌아다니던 소리, 두 분의 음성을 기억한다고 스스로에게 말한다. 나는 침대에 누워서 두 분이 이 방에서 저 방으로 돌아다니는 소리를 듣는다. 집은 요새처럼 길고 좁다. 마침내 우리가 떠나는 날이다. 날씨는 온화하다. 엄마는 내 털 스웨터와 긴 소매 셔츠 들을 남겨두고 자신의 옷도 일부는 남겨둔다. 다 끝났다는 걸 알지만 끝이기를 원치 않기 때문이다. 엄마가 내 손을 잡아 택시의 뒷좌석에 태워주는데, 아빠가 문가에 서서 우리를 뚫어지게 바라보고 있다. 그 당시에는 고틀랜드를 통틀어 택시가 한 대 뿐이었다. 택시기사가 뚱하게 굴거나 엄마를 오만하다고 생각하지 않도록 엄마는 유난히 상냥하게 그에게 인사를 한다. 개가 주위를 뛰어다닌다. 그 개는 궂은 날씨에는 밖으로 나오려 하지 않는다. 그날은 축복받은 듯 하늘이 청명하다. 어머니가 그날을 온화하고 맑고 따스했다고 기억하는 건 그 개가 날씨에 유난히 민감했던 덕분이다. 비나 천둥이나 강풍이 찾아올 조짐이 보이기만 해도—함마르스에는 고약한 바람이 불곤 한다—그 개는 바깥을 뛰어다니지 않으려고 했다. 녀석은 닥스훈트였다. 녀석은 아빠와 함께 그곳에 남았다.

다음으로 나는 기도로 위장된 경고로 위장된 비난으로 읽히는 항목에 도달한다.

4. 손수 만든 안전을 허물지 말고 조금 더 보태라.

정말 기묘한 문장이다. 무엇보다 손수 만든 안전이라는 표현부터 의아하다. 나는 아버지나 어머니가 저런 표현을 사용한 기억이 전혀 없다. 자식들은 부모가 전매특허처럼 쓰는 단어와 표현을 알고 있지 않은가. 자식은 부모가 입버릇처럼 쓰는 말들을 알기 마련이다. 엄마는 늘 이런 말을 했다. **신경이 배배 꼬이고 있어.** 아빠의 입버릇은 이거다. **독을 탄 간 소시지처럼 화가 난다.** 그런데 손수 만든 안전이라니? 한 번도 들어본 적이 없다. 손수 만들다—무엇에 대응하는 개념일까? **통조림이 된 안전?** 부모님은 모두 요리에는 젬병이었다. 아마 두 사람 모두 식사준비를 할 줄 모른다는 사실도 헤어지게 된 이유 중 하나일 것이다. 내가 과장하는 것일 수도 있다. 하지만 부모님이 옷을 다리거나 바닥을 닦는 일만 모르는 게 아니라 아이를 키우는 법도 모른다는 사실을 나는 크면서 깨달았다. 자식을 향한 사랑을 말하는 것이 아니다. 자식을 분명 사랑하셨다. 내 말은 양육에 대해서 몰랐다는 뜻이다. 가정을 이루어 가족을 꾸린 후 치러야 할 대가에 대해 말하는 것이다. 부모님은 부르주아 계급 출신이었다. 따라서 현대적이고 스칸디나비아의 중산 계급의 삶을 꾸려나갈 능력이 없었다. 그리고 싶어 하지도 않았다. 부모님은 자유를 꿈꿨다. 늘 아이로 남기를 꿈꿨다. 두 분은 자유와 예술에 대해 이야기를 했지만 미지의 것이 너무 과하다고 증명될 때마다 안전으로 도망쳤다. 두 분은 작은 세상의 아이들이었다. 어머니와 아버지는 잃어버린 아들이 되고 싶었다. 그래서 재미있는 일들이 모두 끝나면 집으로 가고 싶어 했다. 아니면 도망치거나. 아니면 집으로 가거나. 아니면 도망치거나. 잃어버린 아들은 사랑을 독차지한다. 그런 아들이 언제나 가장 귀한 대접을 받는다. 아버지는 그 아들이 돌아오면 마을 밖까지 한달음에 달려 나가 맞이하고 도축업자들이 살이 통통 오른 송아지를 잡아 먹이는 반면 효성스러운 장남에게는 부스러기나 주며 입을 막는다. **아버지가 이르되 얘 너는 항상 나와 함께 있으니 내 것이 다 네 것이로되 이 네 동생은 죽었다가 살아났으며 내가 잃었다가 얻었기로 우리가 즐거워하고 기뻐하는 것이 마땅하다 하니라**(누가복음 15장 31~32절―옮긴이).

어쩌면 엄마와 아빠는 **아버지**가 필요했을지 모른다. 그들을 사랑하고 환영하고 길을 잃을 때마다 보살펴주고 오매불망 귀향을 기다릴 누군가를 말이다.

아니면 **아내**가 필요했거나. 예술가는 아내가 필요하다. 어머니 혹은 부모님이 **안전**이라는 단어를 정의하려고 할 때 떠올린

이미지는 음식과 보금자리를 아우르는 단어일 것이다. 그래서 **손수 만든**. 그 다음으로 어머니는 "그러나 조금 더 보태라"를 덧붙였다. 아버지는 어머니가 간신히 일군 손수 만든 안전을 허물지 않고 닭고기 스프에 소금을 치듯 조금 더 보탰다.

부모님은 그 여자아이에 대해 이야기를 많이 나누지 않았다. 아버지가 어머니에게 쓴 그 많은 편지에서도, 결별 증서에서도. 아버지와 어머니는 그 여자아이의 삶에서 의미심장한 역할을 했다. 물론 그 여자아이도 부모님의 삶에서 모종의 역할을 했다고 나는 믿는다. 하지만 **함께하는 삶**에서는 아니었다. 세 사람이 함께 한 삶은 존재하지 않았다. 어머니와 아버지는 항상 이야기를 나누고 함께 작업을 했다. 하지만 두 분의 대화에 딸에 대한 이야기는 없었을 것이다. **그래, 그 애는 오늘 잘 놀았어? 들어봐요. 이야기해 줄게요.** 이런 이야기 말이다.

부모님은 그들만의 일, 그들만의 게임이며 비밀언어를 잔뜩 공유했다. 아버지의 여러 편지에는 아마도 **위험**을 의미할 검은 퓨마에 대한 이야기가 나온다. 그리고 한 번씩 **piiiiitsjjjhhhh**가 툭툭 튀어 나온다─도무지 뜻을 짐작도 할 수가 없다. 두 분은 두 분만의 비밀 기호와 비밀 레퍼런스, 섬의 비밀 장소가 있었다. 그리고 함께하는 작업이 있었다. 두 분의 아이─나, 여자─

는 그 어디에도 없었다. 두 분이야말로 아이들이 하는 것처럼 머리를 맞대고 앉아 앞으로 시작할 게임을 진지하게 만드는 아이들이었다.

그런데, 온전히 그 아이에 관한 내용이 한 가지 있다.

5. 아이에게서 한 달(삼십 일) 이상 떨어져 있지 마라.

시간엄수는 중요하다. 어떤 일이 언제 일어나며 **언제까지** 지속될 것인가. 우리는 이곳에서 시작해 저곳에서 끝난다. 우리는 지각하지 않는다. 일찍 오지도 않는다. 어릴 때 아빠는 지각은 일찍 오는 것보다 아주 **조금 더** 나쁘다고 설명했다. 즉흥적이라는 것은 존재하지 않는다.

그런데 위의 조항이 무슨 의미일까? 두 분 중 누구도 내게서 한 달 이상 떨어져 있을 수 없다는 뜻일까? 아니면 **엄마**가 절대 나를 한 달 이상 떠날 수 없다는 뜻일까? 아이라고 했지만 이름이 따로 적혀 있지 않았다. 내가 아직 세례를 받기 전에도 부모님은 나를 이름으로 불렀다. 어쩌면 이 항목은 나와는 전혀 관계가 없을지도 모른다. 혹시 두 분이 **서로**로부터 한 달 이상 떨어져서는 안 된다는 뜻이 아닐까? 이 조항은 결국 두 분의 결별이 진짜가 아니라는 또 다른 재확인인 것이다. 마지막 마지막이 아니고, 실제로는 끝이 난 것이 전과 다름없이 계속 이어지리라는 확인 말이다.

　나는 조심스럽게 아빠의 서재 문을 연다. 모든 것이 예전 그대로다. 낡은 검은색 안락의자와 발받침대가 작은 판유리로 만든 커다란 창문 옆에 놓여 있다. 그 창문은 바다와 조약돌 해변, 바닷바람에 뒤틀려 옹이진 채 듬성듬성 서 있는 소나무 들을 향해 나 있다. 창문 아래에는 간이침대 비슷한 좁고 긴 붙박이 소파가 있다. 내가 아기였을 때 어머니는 나를 무릎에 올리고 그 소파에 앉아 있기도 했다. 아마 그때가 유일했을 것이다. 아버지는 서재에서 작업을 할 때 어머니와 내가 그 공간에 함께 있는 걸 좋아하지 않았다. 양가죽 러그와 회색 울 담요가 소파 위에 활짝 펼쳐져 있다. 매일 오후, 아버지는 책상에서 하던 작업이 끝나면 낡은 안락의자에 앉아 다리를 발 받침대에 올려두고 책을 읽는다. 아버지는 4월 말에 함마르스에 와 9월 말까지 그곳에서 지내는데, 책에서 눈을 떼고 창밖으로 소나무와 해변, 하늘을 보면 날짜와 시간을 정확하게 안다. 빛은 거짓말을 하지 않는다. 하지만 아버지는 빛이 있건 없건 날짜와 시간대를 안다. **당연한** 일이다. 집에는 사방에 시계가 있으니까. 방 중앙에 놓인 아버지의 책상 위에는 책이 한 권 있다. 아버지는 그것을 수첩이라고 부르며 매일 기록을 한다. 때로 그 긴 소파에는 책이 몇 무더기 쌓여 있다. 선반에는 양옆으로 스피커를 거느린 전축이 놓여 있다. 아버지가 모차르트의 〈마술 피리〉 음반을 걸어놓았나 보다. 타미노가 빛이 있는지 묻자 코러스가 대답한다. **곧이라네, 젊은이. 지금이 아니면 두 번 다시 오지 않으리.**

벽에는 아무 것도 걸려있지 않았고 다만 문 뒤에 노란색 포스트잇 두 장이 투명테이프로 붙여져 있다.

이 문을 열 때면 항상 엄마와 아빠가 그 책상에 앉아 있다. 두 분은 나란히 앉아 키득거리거나 속삭이거나, 글을 쓰거나, 입을 맞추다가 엄마가 고개를 돌려 나를 바라본다. 내가 문가에 서 있으면 엄마도 나를 바라보지만 웃음기는 사라지고 없다. 아니면 계속 변하는 빛의 소행이었을까? 그날은 오늘 같은 날이다. 전형적인 노르딕의 봄날. 해가 비치나 싶으면 어느새 먹구름이 끼는 날씨 말이다. 1969년의 봄은 온화하지만 얼음장 같은 바람이 분다. 엄마의 얼굴에는 빛이 지닌 모든 뉘앙스가 살아 있고 너무 젊어서 내 딸처럼 보일 지경이다. 나는 마흔여덟이고, 그때 엄마는 서른한 살이다. 우리가 결국 이렇게 되리라 엄마가 걱정을 하는 것 같다. 아버지는 어머니의 얼굴을 향한 카메라를 언제까지나 돌릴 것이다.

6. 매년 여름에는 한 가족으로 포뢰에서 6주 동안 지내기

실제로는 그렇게 되지 않았다. 어머니는 그런 적이 없다. 우리도 그런 적이 없다. 세 식구가 그런 적도 없다. 그러나 나는 매년 여름 함마르스에서 몇 주를 지냈다. 6주까지는 아니어도 보름은 넘게 지냈다. 그리고 오랫동안 나는 매년 그곳에 나를 데려다 주는 원동력이었던 거대하고 고양된 사랑에 대해 아무것도 몰랐다.

***

2007년 5월에 녹음한 테이프에서 들려오는 아버지의 음성은 많이 떨리고 더듬고 문장을 마무리 짓기 위해 고군분투한다. 마치 바닥에 뉘인 아기가 고개를 가누려고 용을 쓰는 것처럼. 내가 어린 아이였을 때 아버지와 나는 당혹스러운 호기심으로 서로를 바라보았다.

아버지가 한 번은 이렇게 말했다. 관계를 이어 나가려면 번갈아 어른과 아이가 될 수 있는지 잘 확인해 두어야 한다고. 네가 아무리 원해도 항상 아이일 수는 없는 법이라고.

***

아버지가 돌아가시자 나는 차마 테이프를 들을 수 없었다.

불안

어딘지 허둥대고 적당한 단어를 찾느라 말이 계속 느려지는 아버지의 음성을. 그리고 레퀴엠이 한창 연주되는 가운데 혼자만 들떠버린 플루트 주자 같은 내 목소리도.

***

나는 흔히 일어난 일과 드물게 일어난 일을 기억한다. 평범함과 특별함. 어떤 기억이 어느 쪽에 속하는지 항상 명확하지는 않다. 이 일은 늘 일어났기 때문에 기억하는 걸까? 아니면 딱 한 번 일어났기 때문일까?

밤마다 내게 글을 읽어주던 아빠를 나는 기억한다. 그런 밤에 대해 수차례 글도 썼다. 아버지가 내 방의 문을 열고 침대 가장자리에 걸터앉아 노란 종이를 펼치거나 침대 옆 테이블에 놓아둔 책을 펼치던 모습을 기억한다. 아버지가 환한 미소를 지으며 "자, 시작한다!"라고 말하던 모습을 기억한다. 그러면 방안에 기대감이 차올라 벽지의 꽃들마저 입을 크게 벌리고 "네!"라고 외칠 것만 같았던 것도 기억한다.

네! 네! 생명을 얻어 벽지 무늬에서 스르르 빠져나오는 모든 생물들을 떠올리면 신기하다.

별들이 산산이 부서졌다는 것을 알 때

나는 내 심장을 듣는다

내 심장이 있다

나는 이름, 얼굴, 단어, 날짜, 장소, 대화, 사건, 남자친구, 읽은 책, 들은 노래, 본 영화 들을 잊는다. 심지어 내가 직접 쓴 글도 잊는다. 한 번은 내가 쓴 소설의 제목을 잊어버렸는데, 어떤 남자가 최근에 쓴 내 책의 제목에 대한 질문을 해서 순간 뭐라고 대답해야할지 몰라 머릿속이 하얘진 적도 있다. 나는 의사를 찾아가 내게 무슨 문제라도 있는지 상담을 했다. 그 의사는 아무 문제가 없다고 했다. 다만 내가 지쳤고, 기력이 쇠했고, 아마도 우울하기 때문일 지도 모른다고 했다. 나는 언제나 사진 같은 기억력을 가진 사람들이 부러웠다. 내 기억력은 그와 정반대라―이런 기억력을 뭐라고 부르면 좋을까?―파티에서의 게임을 피하고 모든 종류의 퀴즈를 싫어한다. 딱 한 번 퀴즈풀이에 끼었던 때, 나는 남편이 다른 여자와 사랑에 빠지는 순간을 목격했다. 나중에서야 그 사실을 깨달았다. 우리는 몇몇 사람들과 테이블에 둘러앉았고 성경의 어느 구절과 관계가 있는 질문이 나왔다. 검은 머리에 손목이 가느다란―분명 나보다 연하일―아가씨가 바로 정답을 생각해내고 속삭이듯 말했다. 그녀가 성경 구절을 속삭였는지 성경구절이 문제의 일부였는지 기억이 나지 않는다. 사실 퀴즈 자체도 기억이 나지 않는다. 다만 성경의 어느 대목을 인용한 것과 관계가 있었다는 것만 어렴풋이 기억이 난다. 그날 저녁 남편이 말했다. 그 아가씨가 대답을 작게 말하는 거 알았어? 내가 대답했다. 아니, 나는 몰랐어. 그러자 남편이 말했다. 그랬어. 사람들이 남의 말은 듣지 않고 소리만 지르면서 자기 말만 하고 있었지만 그녀만은 정답을 알고도 그저 가만히 있었지. 그때 알아차렸어야 했다. 남편은 계속 말했다. 그 아가씨는 숫기가 없어서인지 모두 떠들어대니 말문이 막혔는지 그냥 속삭일 수밖에 없었던 거지.

***

그때의 성경 인용문이다. **주께서 나를 깊음 속 바다 가운데에 던지셨으므로 큰물이 나를 둘렀고 주의 파도와 큰 물결이 다 내 위에 넘쳤나이다**(요나 2장 3절—옮긴이).

***

그 해는 1981년이었다. 그 남자는 미국인 사진작가였다. 나는 그를 뉴욕의 웨스트 57번가에 있는 건물의 엘리베이터에서 만났다. 그는 내게 머리를 더 짧게 잘라 보라고 했다. 나는 열다섯 살이었다. 우리가 테이블을 사이에 놓고 얼굴을 마주보며 앉았던 일이 기억난다. 그곳은 중국 식당이었고 테이블에는 음식이 놓여 있었다. 크고 붉은 등이 그의 얼굴을 환히 비추고 그가 젓가락으로 연신 자신의 와인 잔을 두드리던 모습을 아직도 기억한다.

이걸 들어봐. 그는 이렇게 말하더니 지미 헨드릭스의 음반을 전축에 걸었다. 우리는 그의 스튜디오에 있었다. 이 사람이 누군지 알지, 응? 알아요. 내가 말했다. 몇 해 전 아빠와 함께 〈아포칼립스 나우!〉라는 영화를 함께 봤을 때 들은 기억이 났다. 제목이 뭐지? 그가 물었다. 몰라요. 내가 대답했다. 네가 음악에 대해 좀 더 알 줄 알았는데, 의외구나. 남자는 이렇게 말하며 다른 곡을 틀었다. 그럼 이 곡은 뭐지. 네 아버지가 누구인지 생각하면 **놀랍구나**. 네가 알기로 네 아버지는 음악을 좋아하실 텐데. 내가 좀 더 알고, 기억하고, 들었으면 좋았겠죠. 하지만 그게 무슨 상관이에요. 나는 이렇게 쏘아붙였다. 누구든 내 부모님에 대한 이야기를 시작할 때면 나는 그렇게 말하곤 했다. 나는 누군가의 딸이 아니었다. 나는 열다섯 살이고 그 누구의 아이도 아니었다.

한동안 나는 그 사진작가가 시키는 대로 다 했다. 그가 무척

불안

좋아했던 하얀 여름 원피스를 입었고 〈아 유 익스피리언스드〉를 샀다. 물론 나는 경험하지 않았다. (혹시 지미 헨드릭스를 통해 내게 질문을 하려던 의도였을까?) 나는 이 앨범을 수도 없이 들었다. 이윽고 나는 학교가 끝나면 그의 스튜디오에 가서 구석에 놓인 검은색 가죽 소파에 자리를 잡고 콜라를 마셨다. 그 소파에는 온갖 옷과 백과 모자, 라인석 장신구, 라이터가 널려 있었다. 그 동안 그는 담배를 피우고 여자들의 사진을 찍으며 쉴 새 없이 떠들어댔다. 어느 날 저녁 그는 나를 길모퉁이에 있는 중국식당으로 데려 갔다. 그곳에 손님이라고는 우리뿐이었다. 그가 왜 나만 데리고 갔는지 이유는 몰랐지만 나는 우쭐했다. 그리고 그는 젓가락으로 연신 잔을 치면서 이야기를 했다. 오늘 내 생일이야. 마흔이 되었지. 너무 늙어버렸어. 네 아버지라고 해도 되겠어. 따지고 보면 할아버지뻘이야. 내가 어느 정도 늙었냐면 우주인이 달에 착륙하던 순간을 기억할 정도야. 너는 달착륙을 기억하니? 그러더니 그가 웃음을 터트리며 툭 말했다. 젠장…. 그는 그 장면을 TV로 보았으며 결코 그 순간을 잊지 못했다. 그리고 오하이오로 달려가 닐 암스트롱의 사진을 찍고, 그에게 맥주 한 잔을 사면서 이야기를 시키고 단 한 번이라도 진짜 일을 하는 꿈을 꿨다고 했다. 뉴욕과 파리에서 하고 다니는 빌어먹을 엉터리 일들이 아니고, 늘 지금처럼 되어 버리는 것들이 아니고, 술도 약도 섹스도 아니고, 한때는 흥미로

웠던 옛 친구들도 아니고, 한 번도 흥미롭지 않았던 새 친구들도 아니고, 빌어먹을 여행과 반쯤 벗었고, 젊고, 시키는 대로 하고, 언제든지 대체할 수 있고, 어릴 때 가지고 놀았던 주석 병정들처럼 스튜디오를 들고 나며 왔다 가는 모델이 아니라. 하지만 평범한 여자가 계단을 뛰어 올라와 치맛자락을 추어올려 내 눈에 그 여자의 무릎이나 허벅지가 슬쩍 보이면 나는 하루 종일 그 생각만 하게 되는 거야. 그 여자. 알지. 그는 이렇게 말했다.

그는 번아웃 상태였고 찾는 사람이 많은 패션 사진작가였다. 돌발적으로 불면증에 시달렸으며 언제나 조증이거나 울증이거나 새로 나왔거나 전부터 있던 약물에 절어 있었다. 그도 가끔은 숲으로 산책을 가서 버섯이라도 따는 편이 더 좋았을 것이다. 마법의 버섯이 아니라 평범한 살구버섯 말이다. 헨드릭스는 좀 쉽게 하고 케이지의 '4분 33초'(작곡가인 존 케이지가 1952년에 작곡한 피아노곡으로, 연주자는 4분 33초 동안 아무 연주도 하지 않은 채 퇴장한다—옮긴이)를 들어도 좋았으리라. 물론 그가 인내심을 가지고 4분 33초 동안 무에 귀를 기울였을 것 같지는 않지만 말이다. 이런 생각이 지금에야 든다. 그때가 아니라. 열다섯 살의 내가 아니라. 나는 존 케이지가 누구인지도 몰랐다. 음악에 대해서 아는 게 별로 없다고 했던 그 사진작가의 말이 옳았다. 그래서 우리는 대신 영화에 대해 이야기했다. 장 뤽 고다르와 클로드 샤브롤에 대해서. **이 사람들 작품이 네 아버지 것보다 만 배는 더 흥미로운 것 같아.** 그러더니 그는 담배에 불을 붙이고 영화를 보러 가자고 했다. 이제 그는 여든을 앞두고 있다. 나는 인터넷에서 그를 찾아보고 아직도 살아있다는 사실에 깜짝 놀랐다. 그러니까 이미 죽음을 맞이한 사람들, 죽기에는 너무 어렸음에도 죽어버린 사람들, 그 누구도 예상하지 못한 갑작스러운 죽음을 맞이한 사람들, 늙었거나 지쳤거나 병들었거나 배를 주렸거나 너무 많이 먹고 죽었거나, 그때부터 지금까지 일어난 수많은 전쟁에서 목숨을 잃었거나, 화재나 눈사태, 수해 등으로 죽은 사람들, 죽고 싶었거나, 선택의 여지가 없었거나, 스스로를 너무 몰아붙였거나, 고독해서 죽은 사람들, 이 모든 사람들과 우리 모두를 생각해 보면 그가 아직도 살아있다는 사실이 낯설게 느껴진다. 그에게 이메일을 써볼까 잠시 생각했다. **나를 기억하세요**라거나 **짧은 머리의 여자아이?** 같은 내용으로 말이다. 그는 굉장히 상냥하다가도 폭력적인 분노에 쉽게 휩쓸리곤 했다. 처음 만났을 때 그는 우리가 친구로만 지내야 한다고 말했다. 그는 어른이고 나는 아이였다. 어른과 아이가 친구가 되지 말란 법이 없지 않은가. 우리는 서로에게 손끝 하나 대지 않았다. 그를 만지고 싶다는 생각 자체가 내게 떠오르지 않았다. 그는 너무 나이가 많았다. 나는 남자 아이들과 잤다. 두 명이었다. 그러나 대개는 그냥 해치워 버리는 식이었다. 그렇게 해서라도 어른의 삶으로 얼른 뛰어들고 싶었다. 그는 내 얼굴에서 아무도 보지 못한 아름다운 면모를 보았다. 내 눈에는 보이지 않는 것을 보았다. 거울 속 여자아이와 사진 속 여자아이는 완전히 다른 사람이었다. 아마도 그는 내 얼굴을 보는 새로운 방식을 찾아낸 것일지도 모른다. 비밀스러운 앵글을 말이다. 그게 뭔지 나는 모른다. 어쩌면 그와 나는 그가 찍은 내 사진과 살짝 사랑에 빠졌던 것 같다. 사진 속 여자아이를 우리는 다른 아이라고 불렀다. 나보다 나이가 조금 더 많고 내 눈과 어울리지 않는 차분함이 눈매에 깃들어 있었다. 내 얼굴은 차분함과는 거리가 멀었다. 내 얼굴의 어느 것도 원래 있어야 하는 대로 자리 잡지 않았다. 그 사진작가는 키가 크고 머리를 길게 길렀다. 그의 피부는 안장 제작자가 가게 뒷방에 줄곧 보관해 둔 가죽 같은 느낌이 났다. 오래 되었고, 햇빛에 그을리고, 주름이 져 있었다. 그는 얼마 후 프랑스 잡지사의 의뢰로 파리로 가면서 나를 데리고 가려고 했다. 훨씬 더 짧아진 머리에 화장기가 거의 없는 채로 내 사진을 찍을 거라고 했다. 정말 대단할 것이고 실로 오랜만에 해보는 최고의 작업이 될지도 몰랐다. 그는 어머니에게 전화를 걸어 나를 파리에 데려가고 싶다고 했다. 어머니는 거절했다. 안 돼요. 그 애는 겨우 열다섯 살이라고요. 나는 그 애를 파리에 보낼 수 없어요. 내가 어머니에게 사정을 했지만 대답은 똑같았다. 그러자 그가 다시 어머니에게 전화로

불안

어떤 종류의 사진을 찍고 싶은지 설명을 했다. 아주 근사한 작업이 될 것이며 내 아버지의 영화에 등장했던 나를 무척 높이 평가하고 있다며 내가 대단한 예술가의 뮤즈라고 칭찬했다. 하지만 어머니는 반대했다. 내가 안 된다고 했잖아요. 이렇게 말했다.

보그단의 담배 연기가 엄마와 보그단과 내가 함께 살았던 웨스트 81번가의 널찍하고 어둑한 아파트의 방들을 떠돌아 다녔다. 담배 연기는 바흐의 〈무반주 첼로 모음곡 5번〉과 함께 떠돌았다. 보그단은 이 곡을 수도 없이 연주했다. 이 곡을 연주하는 데는 내가 담배 한 개비를 피우는 시간이 걸려. 카잘스가 가보트를 연주할 때도 마찬가지였지. 한 번은 보그단이 이렇게 말했다. 나는 너무 외로워요. 엄마의 말소리가 들렸다. 엄마는 보그단을 찾았지만 방 어디에도 그가 없었다. 그곳에 연기가 있었다. 그리고 음악이 있었다. 전축에서 음반이 돌고 있었다. 첼로가 인간의 음성과 가장 비슷한 소리를 내는 악기라는 걸 알아요? 그가 이런 말도 했다. 엄마는 그 사실을 몰랐다. 게다가 그를 여전히 찾을 수 없었다. 나는 너무 외로워요. 엄마가 말했다. 어쩌면 그가 스르르 분해되어 자신의 담배 연기 속으로 스며들었을 지도 몰랐다. 나는 너무 외로워요. 내 말에 대답해 줄 수 있어요…. 엄마는 내가 파리가 가기를 원치 않았다.

하지만 결국 허락했다. 압박감 때문이었다. 어머니는 나의 파리행을 원치 않았다. 엄마는 이 방에서 저 방으로 옮겨 다니며 이 말을 몇 번이고 반복했다. 나는 너무 외로워요. 그래서 그 아이가 파리로 가는 걸 원치 않아요. 이 방에서 저 방으로 오고 가며 마치 방의 벽들과 깔개, 의자, 등, 잿빛 벽지 가장자리를 따라 무한히 이어지는 띠처럼 벽지를 따라 휘감겨 있는 담배 연기로부터 지지를 얻으려는 것처럼 말이다. 엄마는 항상 혼자 결정을 내려야 했다. 의논을 할 상대가 없었다. 여자아이의 아버지는 관심도 없었다. 보그단도 마찬가지였다. 보그단은 어디에 **있었을까**. 엄마가 방방마다 떠돌아다니는 빌어먹을 담배 연기가 아니라, 긁어대는 듯한 첼로 소리가 아니라 마지막으로 그와 마주해 음성을 듣고 얼굴을 본 것은 언제였을까. 아직도 C장조로 말할 수 있는 아름다운 것들이 수도 없이 많아요. 보그단은 한 번은 이렇게 말했다. 그는 툭하면 인용을 했다. 엄마는 두 사람의 관계를 이야기하기 위해 그것들을 좋아했을 것이다. 엄마는 마흔세 살이었고 홀로 자식을 키우며 홀로 생계를 책임져 자식과 남자친구를 먹여 살려야 했다. 그런데 엄마는 무엇을 하면 좋을지 갈피를 잡지 못했다. 결정을 내리거나 재정과 식사 문제, 여자아이의 학교에서 온 편지에 대해 상담할 사람이 아무도 없었다. 학교에서는 여자아이의 결석률이 비정상적으로 높으며 성적은 실망스러운 정도로 형편없다고 알렸다. 그런데 이제 보그단을 어디에서도 찾을 수가 없었다. 어머니는 나의 파리행에 동의했지만 실은 거절하려고 했고 압박감을 느꼈다는 이야기를 반복했다. 그나저나 이 사진작가는 대체 뭐하는 작자야?

내가 파리로 떠나기 전날, 엄마가 나를 메이시 백화점에 데리고 갔다.

"쇼핑을 해야겠어. 여행을 가서 입을 새 옷이 필요해." 어머니가 말했다.

하지만 내가 가는 걸 원하지 않잖아요. 싫어요. 나도 엄마가 가는 게 싫어요.

예쁜 치마 한 벌. 따뜻한 스웨터 한 벌. 상의 두 벌. 타이즈 한 벌. 여행가방 하나. 나는 굽 높은 부츠도 사고 싶었다.

"열일곱 살이 되기 전에는 안 돼."

엄마는 막 머리를 자르고 앞머리를 내렸다. 내가 뭘 하려는 건지 나도 잘 모르겠어. 어머니는 이렇게 말하며 새로운 헤어스타일을 매만지다 와락 울음을 터트렸다. 우리 주위로 수많은 마네킹과 원피스, 모자, 벨트, 오고 가는 깡마른 판매여직원들, 선반, 옷걸이, 거울이 있었다. 엄마는 울먹이며 잘라버린 긴 머리가 그립다고 했다. 마음속에 떠오르는 생각이 너무 많아서 당장은 설명할 수 없다고 했다. 그리고 내 손을 잡고 꽉 힘을 주었다. 나는 어머니가 언제부터 손을 떨게 되었는지 모른다. 다만 메이시 백화점에서 처음으로 그 사실을 알아차렸다. 우리는 쇼핑백과 새로 산 여행 가방에 둘러싸여 한참이나 그렇게 서 있었다. 열 개 층 가운데 한 층이었지만 몇 층이었는지 기억나지 않는다. 내 손은 어머니의 손에 꼭 쥐어져 있었다.

서서히 수전증이 티가 날 정도로 악화되었다. 그래서 엄마는 문자 메시지를 보내거나 컴퓨터를 칠 수 없다. 열쇠를 제대로 끼우지 못한다. 게다가 차를 마실 때면 잔이 달그락거린다.

엄마가 마침내 울음을 그치자 우리는 바나나 스플릿을 파는 가게로 향했다. 메이시에는 없는 것이 없었다. 바나나는 위로야. 엄마는 이렇게 말하곤 했다. 내가 어렸을 때 엄마는 바나나와 초콜릿을 접시에 담아 해가 비치는 곳이나 밝은 전구 아래에 한참을 놓아두었다가 초콜릿이 녹고 바나나가 물컹해지면 그 둘을 포크로 살살 섞는 법을 보여주었다. 이때 초콜릿이 완전히 녹아도, 포크로 너무 세게 저어도 안 된다는 사실이 중요했다.

그날 오후에 어머니는 내게 재킷을 한 벌 사 주었다. 그러고는 어머니도 재킷을 사겠다고 해서 우리는 판매원에게 가 입고 있던 낡은 울 카디건을 벗어 쇼핑백에 넣었다. 그리고 새로

불안

산 옷을 그 자리에서 입었다. 우리가 산 재킷은 갈색이었고 살짝 작은 듯했다. 양쪽에 주머니가 달렸고 어깨에는 거북이만 한 패드가 대어져 있었고 옷깃이 시선을 끌었다. 조밀한 직물로 만들어서 그런지 입고 있으니 금세 땀이 났다. 하필 에스컬레이터가 운행하지 않아 우리는 어디로 가는지도 모르는 막막한 기분에 휩싸인 채 공중을 걸어가듯 계속 걸어 올라갔다. 엄마의 얼굴이 붉게 상기되어 있었다. **오늘은 더이상 어딜 올라가거나 내려가지 못 할 것 같아. 아이고, 이 재킷 때문에 더워.** 마침 백화점에 설치된 커다란 거울 하나에 비친 우리 모습이 눈에 들어왔다. 그곳은 사방이 거울이었다. 우리는 잘못 재단한 졸업반 무도회 정장을 입은 형제들 같았다.

파리에 도착한 후로 나는 방향 감각을 잃고 말았다. 나는 언제나 길을 잘 찾고 내가 있는 곳의 약도도 그릴 줄 알았다. 하지만 파리에 도착하자마자 나는 길을 잃었다. 나는 프랑스어를 몰랐다. 그래서 젊은 커플에게 길을 물었지만 짜증이 난 젊은 남자가 툭 내뱉은 **elle est stupide**(멍청한 여자라는 뜻—옮긴이)라는 말을 제외하면 한 마디도 알아듣지 못하자, 주위가 황혼으로 물들어 가는 가운데 그들 앞에서 그만 울음을 터트리고 말았다. 내 기억 속의 그 주는 내내 황혼녘이었다. 황혼녘이거나 한밤이거나. 결국 젊은 커플은 돌아서서 이름도 모르는 넓은 대로를 걸어가 버렸다. 그 일이 있은 후로 나는 항상 그 사진작가와 함께 다녔다. 그는 파리를 손바닥처럼 잘 알았고 프랑스어도 유창했다. 그와 처음으로 잔 날 나는 속을 다 게웠다. 속이 울렁거린 건 **그 사람** 탓이 아니었다. 그렇다고 그의 몸이나 내 몸 때문도 아니었다. 그가 애무를 하고 입을 맞추고 깊고 내 안으로 들어올 때의 살이 맞닿는 그 느낌, 그 쾌락 때문이었다. 나는 그가 계속 그렇게 해주기를 바랐고 그렇게 말했다. 계속 이렇게 해 줘요. 그리고 절정에 다다른 순간, 그 느낌이 어찌나 폭력적인지 나는 깜짝 놀랐다. 그 모습에 그도 같이 놀랐다. 그가 살짝 웃음을 터트렸다. 나를 비웃는 게 아니라 그도 의외였기 때문이다. 나는 여전히 작고 비쩍 말랐다. 내가 오르가슴을 느꼈다는 사실에 그는 더 크고 거친 오르가슴을 원하게 되었다. 그리하여 나는 다시 절정에 도달했고 우리는 함께 오르가슴을 느꼈다. 나보다 훨씬 길게 기른 그의 머리카락이 천 갈래 실처럼 내 얼굴에 펼쳐졌다. 정사가 끝나자 그는 내 입술에 키스를 했고 나는 어린 여자아이들이 목에 매달리듯 그의 목을 양팔로 안았다. 그 순간 역겨움이 치솟아 나는 욕실로 달려가 토를 했다. 그와 함께 자는 일은 현기증이 났다. 그를 다 토해내는 것도 현기증이 났다. 같은 동작의 양면이었다. 이럴 수도 있을 줄은 몰랐다. 나는 그를 원했고 동시에 그에게서 벗어나고 싶었다. 존재하고 사라지고 다시 존재하고 싶었다. 한번

불안

은 그가 내게 욕실에서 뭘 하는지 물었고 나는 화장을 고치고 있다고 대답했다. 나는 내가 토하는 소리를 그가 들었는지, 그 이유가 궁금하기나 했는지 종종 궁금했다. 넷째 날 그는 약속했던 내 사진을 마침내 찍기 시작했다.

***

보는 것. 이해하는 것. 이 모두는 당신이 어디에 있느냐에 달려 있다. 르네상스 시대에 천문학자이자 예수회 사제인 지오반니 바티스타 리촐리라는 사람이 살았다. 그는 달의 여러 바다와 분화구, 지형에 이름을 붙인 것으로 유명하다. 가령 **마레 트랑퀼리타티스**―고요의 바다―도 그가 지은 이름이다.

달의 지도―새로운 이름이 모두 실린―는 리촐리의 연하의 동료인 프란체스코 마리아 그리말디가 그렸다. **그들의 삶은 이름을 주는 것이었다.** 나는 그 둘을 상상해본다. 그들이 어떤 사람들이었으며 어떻게 연구를 시작하게 되었는지 등을 말이다.

그들은 친구 사이였을 것이다. 학식도 높았을 것 같다. 그리말디는 철학이 건강에 너무 부담이 되었다는 이유로 철학 교수직을 포기하고 수학 교수직을 맡았다. 나는 그들이 밤낮으로 연구하며 글을 쓰고, 계산을 하고, 실험을 하고, 개량된 도구들을 만들고 활용하는 모습을 상상해 본다. 예를 들어 그리말디는 구름의 높이를 측정할 수 있는 기구를 만들었다.

하지만 때때로 두 사람은 우뚝 서서 가만히 달을 바라보기도 했을 것이다. 그들이 안 지는 오래 되었다. 둘 다 대학도시인 볼로냐에 살았는데, 도시 내 어딘가 혹은 시외로 나가 평화롭게 관측연구에 몰두할 수 있는 인적 없는 들판을 찾았을지도 모르겠다. 두 사람은 말없이 서 있었을까? 연구 중에는 침묵한다는 규칙이 있었을까? 아니면 이야기를 나눴을까? 만약 그랬다면 두 사람은 하늘에서 본 것에 대해 이야기를 나눴을까? 아니면 다른 것들에 대해서 이야기를 나눴을까? 일상생활중에서 이를 테면—이를 테면 무엇? 17세기 예수회 천문학자두 사람 사이의 일상의 대화는 어떤 식으로 펼쳐졌을까?

두 사람은 연구를 대부분 야간에 했을 것이다. 그렇다면 친구들 혹은 형제들, 동료들, 아버지들, 아들들—나는 두 사람이자신들의 관계를 어떻게 규정했는지 모른다—의 대화는 낮 동안보다는 밤에 다른 톤으로 펼쳐졌을 것이다.

그리말디가 그린 달의 지도 사본이 워싱턴에 있는 항공우주박물관의 입구를 장식하고 있다. 나는 올라가 아직 어렸을 때아이를 데리고 그곳을 간 적이 있다. 하지만 우리는 일부러 발을 멈추고 그 지도를 보지 않았다. 그 지도를 알아보았는지조차 기억나지 않는다. 우리는 지독히 춥고 배가 고팠다. 그날 워싱턴은 비가 왔다. 그래서 우리는 몸을 녹이고 뭔가 먹을 수 있는 곳을 얼른 찾자는 생각밖에 없었다.

나는 지도를 만들고 분류하고 이름을 짓는 일에 평생을 바친 여자와 남자 들이―하늘이나 지상을 관측하기 위해 훈련을 받았거나 또는 그들이 관찰하는 대상이 근처에 있거나 저 멀리 있거나에 상관없이―조만간 자신의 과업에 압도되지 않았는지 궁금하다.

***

에바가 아직 유치원에 다닐 즈음에 시아버지는 그 근처를 매일 산책했다―유치원은 삼천 그루나 되는 나무로 유명한 공원에 있었다. 그래서 그는 뛰어노는 어린 손녀를 혹시나 볼 수 있을까 하는 마음에 떡갈나무 아래에서 발걸음을 멈추고 잠시 쉬어갔다. 그는 항상 거리를 유지했다. 그는 키가 크고 어깨가 넓었으며 백발이 풍성하고 지팡이를 짚고 다녔다. 탑처럼 우뚝 솟은 존재감이 두드러졌기에 시아버지는 쉽사리 주변 사람들에게 섞여들지 못했지만 누군가를 불편하게 하거나 방해할까봐 늘 조심했다.

그가 평소처럼 산책을 하던 어느 날, 에바가 고개를 들었다가 제 할아버지를 보았다. 그래서 유치원 친구들에게 소리쳤다. "저기 봐. 나무 아래에 우리 할아버지가 서 있어."

에바는 여섯 살이 된 후로 귀를 뚫겠다고 떼를 쓰기 시작했다. 우리는 아이에게 열 살 생일이 될 때까지 기다리라고 타일렀다. 그런데 아이의 친할머니가 돌아가시자 우리는 여덟 살이지만 귀를 뚫어도 된다고 허락해 주었다. 아버지는 에바가 세 살 때 돌아가셨다. 시아버지가 돌아가셨을 때 에바는 다섯 살이었다. 그리고 시어머니는 에바가 여덟 살 때 돌아가셨다. 그런데 이번에는 다급한 기분에 사로잡혔다. 왜 **다급하다**는 단어가 머리에 떠올랐는지 모른다. 어쨌든 아이의 친할머니가 돌아가시자 에바가 귀를 뚫는 일이 무엇보다 중요한 문제가 되었다. 되도록 장례식 전에 해치워야 했다. 우리는 동네 미장원을 찾아가 리브라는 여직원에게 말을 걸었다. 나는 리브에게 에바의 할머니가 돌아가셔서 일주일 후에 장례식을 치를 것이라고 말했다. 이 말을 듣더니 리브는 먼저 에바를 꼭 안아주었다. 흡사 두 개의 통과의례—늙은 여자의 죽음과 장례식 그리고 여자아이의 귀 뚫기—사이에 명백한 관계가 있는 것처럼 말이다. 에바와 나는 쇼핑을 가서 에바가 입을 상의와 치마를 샀다. 장례식에 참가할 일이 생기면 대개는 옷을 사야 한다. 아무리 지독한 슬픔이라도 무슨 옷을 입을지 고민하다보면 엷어진

불안

다고 프루스트가 그랬다. 아버지가 돌아가셨을 때도 나는 언니 한 명과 함께 장례식에 입을 옷을 찾아보려고 스톡홀름의 백화점에 들렀다. 그리고 감상에 젖어 아빠라면 좋아할 것 같은 값비싼 검은색 벨벳 원피스를 한 벌 샀다. 언니는 무슨 옷을 샀는지 기억나지 않는다. 언니는 캐시미어와 실크처럼 보드라운 감촉을 선호한다. 아무튼 이런저런 원피스를 입고 벗고 하다 보니 어느새 기분이 한결 나아진 기억이 있다. 나는 아버지의 장례식 이후로 그 벨벳 원피스를 한 번도 입지 않았다. 사실 내게 잘 어울리지도 않았다. 몇 번이고 장롱에서 꺼내 입어봤지만 금세 다시 벗어버렸다. 시어머니의 장례식 전날 나는 에바와 함께 리브의 미장원으로 출발했다. 아이의 귓불에 마취 크림을 발라뒀다. 귀를 뚫기 최소 삼십 분 전에 이 크림을 발라야 했다. 에바 학교의 어떤 여자아이는 마취 크림을 바르지 **않고** 귀를 뚫었다가 너무 아파서 귀를 붙잡고 며칠이나 엉엉 울었다. 결국 감염이 되어 한쪽 귀가 다른 쪽 귀의 두 배가 될 정도로 퉁퉁 부었다. 나는 그 이야기가 부풀려졌을 거라고 말했다.

미장원에 다 도착했을 즈음, 에바가 우뚝 멈춰 섰다. 눈앞의 넓은 공립 공원만 건너면 미장원이었는데 아이가 난데없이 걸음을 멈춘 것이다. 때는 가을이고 낙엽이 우수수 떨어졌다. 아이는 온통 가을과 바람과 휘날리는 낙엽들인 공원 한 가운데 서서 흡사 자신만 아는 눈보라에 갇힌 것처럼 꿈쩍도 하지 않았다. 그러더니 마침내 말문을 열었다. "마음이 바뀌었어요. 무서워요."

아이가 아침에 일어나면 우리는 욕실 거울 앞에서 나갈 준비를 한다. 내가 브러시로 아이의 머리를 빗겨 주는데, 머리를 끝까지 빗어 내리기가 쉽지 않다. **아야.** 아이가 소리친다. **엄마, 그만 해요.** 에바의 모발은 곱고, 엉켜있고, 길고, 가늘고, 끝이 갈라져 다시 엉켜버리는 지푸라기 싹 같다. 공공수영장에서 보면 에바의 머리는 녹색을 띤다. 나는 싹 같은 머리카락을 하나로 모아 단단하게 당긴다. 가끔 몸을 숙여 거울에 비친 우리의 얼굴을 보며 이렇게 묻기도 한다. 오늘은 머리를 올려줄까. 그러면 예쁠 것 같은데. 그러면 아이는 고개를 저으며 싫다고 한다. 그냥 풀어 내리고 싶어 한다. 날이 추워지고 눈이 올 것 같아서 머리를 잘 말린다. 올해는 가을이 따뜻했다. 작년도 따뜻했다. 따스하고 어두웠다. 매일 아침 회전하는 거대한 암흑을 보며 나는 곧 눈이 오기를 바란다. 정원의 장미들은 11월 초에 세 번째로 개화했다. 창틀에는 파리들이 나타났다. 그들은 자신이 죽었다고 생각했는데 깨어났다. 창틀과 개수대에 파리들이 떨어져 있었다. 숨이 끊어진 채 누워 있었는데 어느새 배관을 통해 날아올라 온다. 첫 번째 강림절 초에 불을 붙이기 직전 외로

불안

운 파리 한 마리가 느릿느릿 윙윙거린다. 파리가 노래를 부를 수 있다면 죽었다고 생각했다가 다시 깨어나니 이곳이 너무 춥다고 노래를 부를 것이다. 우리는 인류세에 살고 있어. 나는 이렇게 파리에게 말해 줄 것이다. 너희의 이름을 딴 시대에 사는 특권 따위는 없어. 11월에 장미가 만개하고, 11월에 벌레들이 출몰한다. 나는 거울 속 에바를 바라본다. 우리는 거울에 비친 서로의 모습을 본다. 다들 우리가 똑 닮았다고 말한다. 나는 에바에게 머리를 자를 때가 된 것 같다고 말한다. 그러자 아이는 막 머리를 잘랐다고 말하더니 이렇게 덧붙인다.

"엄마. 머리가 더 빨리 자라게 하려면 머리를 잘라줘야 한다는 말은 **오해**예요."

"네 말이 맞는 것 같아." 내가 말한다.

가끔 에바는 내게 다가와 바짝 붙어 서서는 나와 눈을 마주치려고 하거나 내 허리에 양팔을 감다가도, 내가 **바쁜** 눈치거나 **잠깐만** 같은 말을 하거나, **지금은 안 돼, 알겠지**라고 하거나, 아이의 말을 들어주는 척하면서 실은 딴생각을 한다는 걸 알아차리면 몸을 뗀다. 밤에는 아이의 목이 축축하다. 게다가 걸핏하면 이불을 차버린다. 아이의 아버지와 나는 각각 이불을 두 장씩 덮는다. 그러자 에바는 자신도 두 장을 덮고 싶다고 했다. 더워서 차 내버릴 거면서 말이다. 개는 숨소리도 거의 내지 않으며 바닥에서 잔다. 가끔 꿈을 꿀 때면 개가 시끄럽게 낑낑거려서 컴컴한 허공에 대고 개를 불러 멈추게 해야 한다. 가끔 개는 깊이 숨을 들이마신 후 한바탕 울고 난 아기가 낼 법한 흐느끼는 소리를 내며 숨을 내쉰다. 개는 침대의 내 잠자리 쪽에 깔아놓은 양가죽 러그에서 잔다. 개는 수명의 반을 살았고 앞으로 6년이나 7년 정도 더 살 것이다. 녀석은 개라는 존재가 무엇을 의미하는지 결코 모른다. 개는 항상 추측할 뿐이다. 내 남편과 나도 마찬가지다. 우리와 개는 우리가 어떻게 우리가 되는지 짐작도 못한다는 공통점이 있다. 이것은 영원히 추측만 하는 게임이다. 우리 개를 보고 있으면 물개나 작은 검은 말, 양 같은 동물이 자주 떠오른다. 이 세상에서 첫 해를 보낸 함마르스에서 양떼들 사이를 자유롭게 뛰어다녔기 때문일 지도 모른다. 한번은 남편이 우리 개가 호주의 오리너구리를 닮았다고 했다. 녀석—개—이 소파에 몸을 웅크리고 있으면 거대한 달팽이 같다. 주둥이가 머리에 비해 무척 큰데, 내가 손가락으로 주둥이를 훑어주면 좋아한다. 밥을 먹을 때는 밥그릇에서 멀찌감치 떨어진 곳에 자리를 잡는다. 그래서 아무도 자신을 지켜보지 않는다고 생각될 때 한 번에 한 입 씩 낚아채듯 얼른 먹는다. 개에게는 뭔가를 먹는 행위가 우리에게 절대 들키면 안 되는 비밀이라도 되는 것 같다. 개의 두 귀는 어찌나 보드랍고 윤기가 자르르 흐르는지 귀한 직물 같다. 그 귀를 보고 있으면 장례식을 위해 장만한 검은 원피스가 떠오른다. 아버지가 마음

불안

에 들어 했을 그 옷 말이다. 그도 그럴 것이 그 원피스가 내 몸매를 돋보이게 해주는 동시에 아버지가 썼을 법한 표현을 빌리자면 **클래식한** 분위기를 내기 때문이다. 아버지가 돌아가시기 오래 전인 약 삼십 년 전, 내가 아직 어렸을 때 나는 한 방에 함께 있는 어머니와 아버지를 만나기 위해 도망치듯 뮌헨으로 갔다. 엄마는 목 부분이 깊게 패인 실크 드레스를 입고 있었다. 드레스는 길고 푸른색이었다. 어머니의 머리도 길고 푸른색이었다. 아니면 내가 기억하기에―푸른색―누군가 천장에 푸른색 전등을 설치했는데 마침 어머니가 그 등 아래에 서 있는 것 같았다. 아빠는 내게 문을 열어주며 어머니의 깊이 파인 목 부분을 가리키며 속삭이다시피 이렇게 말했다. "맙소사, 다른 드레스를 입지 그랬어."

아버지는 개를 좋아하지 않았다. 개를 무서워했다. 적어도 말은 그렇게 했다. 하지만 아버지와 어머니는 함께 사는 동안 닥스훈트 한 마리를 키웠다. 두 분이 갈라섰을 때, 어머니는 나를 맡고 아버지는 닥스훈트를 맡았다. 아버지는 동물을 좋아하지 않는다고 말했지만 함마르스에서 아버지는 늘 토끼나 새 같은 짐승에 대해 이야기를 했다.

에바는 일어나면 개에게 아침인사 하는 걸 절대 잊는 법이 없다. 아이는 일어나면 침대를 빙 둘러서 개에게 가 바닥에 드러누운 후 개를 안아준다. 이것이 에바가 아침마다 제일 먼저

하는 일이다. 그 다음으로 몽유병자처럼 비척비척 욕실로 가서 샤워부스로 들어가 물을 틀고 머리를 타일 벽에 댄 채로 꼼짝도 않는다. 그러고 있으면 섣불리 다가가지 못할 것 같다. 샤워기에서 물이 세차게 떨어진다. 내가 이름을 불러도 아이는 고개를 들지 않고 눈도 뜨지 않은 채 망아지처럼 서서 잔다. 그러면 내가 말한다.

"이제 눈을 뜨고 비누를 들어. 움직일 시간이야." 그리고 잠시 후 또 다그친다. "그만 씻고 아래층에서 아침 먹을 시간이야."

나는 에바를 묘사할 때는 신중할 것이다. 에바가 그래주기를 원할 것이다. 가끔 에바는 가늠할 수 없을 정도로 그 애의 것이면서 동시에 **다른** 것이기도 한 표정으로 나를 당황하게 만든다. 어린 시절의 한 가운데에서 어린 시절을 꽉 쥐고 절대 보내주지 않을 것 같은 표정이다. 그리고 그 표정은, 조만간 아이가 그것을 버리거나 그것이 아이를 떠나간다고 해도, 결국 남은 평생 그 아이를 따라 다닐 것이다.

***

아빠와 내가 함께 쓰기로 이야기를 한 책 프로젝트가 중단되었다. 나는 테이프에 여섯 개의 기나긴 대화를 녹음했다. 때로는 또렷하게 들리고 때로는 음성이 뭉개지기도 했다. 얼마 후 아버지는 도저히 녹음을 계속할 수 없을 정도로 정신이 흐려졌다(**흐려지다**가 정확한 표현일까?). 그리고 얼마 후 아버지가 돌아가셨다. 나는 그 테이프를 기껏해야 5분 이상은 들을 수 없었다. 게다가 녹음기를 제자리에 두지 않았다. 나는 그것을 제대로 보관하지 않았다는 사실에 면목이 없었다. 물건을 제대로 간직하지 못했다는 사실 말이다. 차라리 다른 책을 쓰자. 나는 이렇게 생각했다. 지난여름에 대해서, 아버지와 나에 대해서, 아버지와 딸에 대해서, 아버지들과 딸들에 대해서, 노인에 대해서. 장소에 대해서. 이따금 나는 사람보다 장소를 더 애도한 게 아닌가 할 때가 있다. 낡은 안락의자며 조약돌 해변이 보이는 풍경, 옹이진 소나무 숲의 그늘 들을 말이다.

아버지가 살아 있었을 때, 침실에는 한 번도 나비가 들어오지 않았다. 하지만 아버지는 살아 **있었다**. 그리고 그곳에 나비가 있었다. 침대에 누워 천장을 바라볼 때도 아버지는 살아 있었다. 아버지가 나비를 보았는지 나는 모른다. 하지만 아버지는 살아 있었다.

그해 여름 나는 정확하게 언제부터 아버지를 과거 시제로 생각하게 되었을까?

규칙이었다. 실내에 벌레가 들어와서는 안 된다. 아버지는 창문에 대해서 아주 엄격했다. 모든 창문은 항상 꼭 닫아 두어야 했다. 내가 어렸고 함마르스에 내 방이 있었을 때, 나는 항상 내 방에서 아버지의 침실로 뛰어가 아버지와 잉그리드 사이에 몸을 웅크리고 누웠다. 같은 방, 같은 침대, 같은 노란 침구, 같은 창문, 같은 나무들, 같은 조약돌들, 같은 바다.

나비들이 벽에 앉았다가 일어서서 매달렸다. 나는 아버지 옆에 누워서 천장을 바라보았다.

이따금 아버지는 자신이 어디에 있는지 이야기했다. 우리는 이야기를 그리 많이 나누지 않았다. 하지만 이따금 아버지가 기꺼이 말문을 열 때도 있었다. 녹음은 오래 전에 그만 두었다. 나비를 보고 있으니 눈 생각이 났다. 눈이 남긴 자국들. 지저분한 눈, 좀처럼 녹지 않는 눈. 다른 눈이 다 녹아도 길가에 여전히 남아 있는 눈, 4월의 눈, 5월의 눈, 사라지지 않으려 저항하는 눈, 눈 더미와 눈 둔덕들, 눈이라기엔 먼지와 자갈, 배기가스에 더 가까운 눈, 사람들이 밟고 다니고 동물들이 배설을 해 놓은 눈. 나는 내가 노려보고 있던 것을 나비라고 부를 수 있는지조차 모르겠다. 그 곤충은 검은색에 흉측했다. 나방의 일종이었을지도 모르겠다. 아무 무늬가 없는 커다란 날개에 전체적으로 더 육중하고 다부져 보였으니 말이다.

***

시간이 해결해 줄 거야. 나처럼 아버지를 여읜 친구가 위로했다. 임신을 했을 때와 비슷했다. 임신을 하면 어딜 가나 임신부가 보인다. 어느새 그들을 찾아 두리번거리고 눈에 띄면 말없이 인사를 건넨다. 일종의 자매애다. 마찬가지로 아버지를 잃으면 똑같이 아버지를 잃은 사람을 찾아 두리번거린다. 아버지 혹은 어머니를 잃은 작가들의 책과 기사를 찾아 읽는다. 깊이 생각하지 않아도 돌아가신 어머니보다 아버지에 대해 글을 쓴 작가들이 더 많이 떠오르지만 말이다. 나는 아버지를 어떻게 애도해야 할지 몰랐다. 아버지가 돌아가셨을 때만 아니라 돌아가시고 몇 년이 흐르는 동안에도 여전히 내가 아버지를 애도하는 방법이 틀린 것 같다고 생각했다. 그래서 나는 아버지나 어머니나 양친을 모두 잃은 작가의 책을 수도 없이 읽었다. 다음으로는 배우자를 잃은 작가의 책을 읽었다. 상실과 다른 형태의 애도를 다룬 책을 아무리 읽어도 충분하지 않았다.

1895년 바냐라고도 하고 바네츠카라고도 불렸던 어린 이반이 성홍열로 세상을 뜨자 그의 어머니는 그로부터 이 년 동안 일기를 쓰지 않았다.

아이가 죽기 전, 그녀는 아들의 병을 보살피는 불안한 밤이며 아들이 회복의 징후를 보이자 찾아온 안도감과 기쁨을 일기에 기록했다. 그녀는 그 후 일상과 매일의 근심걱정에 대해 몇 차례 더 일기를 썼는데, 아이는 덜컥 병이 재발해 숨을 거두고 만다.

그 어머니의 이름은 소피아 톨스타야였다. 아버지는 레프 톨스토이였다. 톨스토이의 일기에는 빠진 기간이 없고 대신 자전거 이야기가 있다. 그는 예순일곱 살로 그때까지 자전거를 타기는커녕 가져본 적도 없었다. 이제 그의 일기에는 온통 새 자전거 이야기뿐이다. 그의 일기는 이 물건에 대한 이야기로 가득하며 특히 그에게 왜 이런 탈것이 필요한지를 설명하는 확고한 도덕적 이유들이 나열되어 있는데, 특히 L. K. 포포프가 쓴 〈신체 훈련으로서의 자전거의 역할에 대한 과학적 설명〉까지 언급한다.

톨스토이가 사랑했던 영지領地인 야스나야 폴랴나에 체홉이 찾아오자 톨스토이는 강에서 함께 수영을 하자고 제안했다. 그런데 체홉은 영 수영이 내키지 않았다. 그는 톨스토이를 몹시 존경했지만 그것이 꼭 그와 함께 **수영**을 하러 가고 싶을 이유는 되지 않았다. 충분히 이해가 된다.

톨스토이가 자신의 새 자전거 옆에서 포즈를 취한 사진이 있다. 이 사진에는 소피아도 있다. 그녀는 검은색 드레스를 입고 속내를 읽을 수 없는 표정을 짓고 있다. 아들을 잃은 슬픔에 잠긴 걸까? 남편에게 두 손 두 발 다 들었을까? 어쨌거나 냉정하게 자신의 역할을 다해내자고 마음을 단단히 먹었을 것이다. 나는 그녀의 일기장에 비어있는 시간을 생각한다. 이 년의 침묵. 이 년의 무無. 톨스토이는 온통 흰색이다. 헐렁한 흰색 면 셔츠인지 튜닉 같은 상의에 자그마한 흰색 차양이 달린 모자를 쓰고 풍성한 백발 수염을 길렀다. 그는 약간 분개한 표정이다. 그리고 자신의 자전거를 결연한 태도로 쥐고 있다. 무슨 걱정거리가 있는 듯도 하다.

톨스토이와 그의 자전거를 찍은 사진에서 아버지를 떠올린다. 뭔가를 보다가 다른 일을 떠올리는 일이 있지 않은가.

사진 속 톨스토이는 인생의 마지막 시기에 나타나는 노인 남성의 특성을 제외하면, 아버지와 전혀 닮지 않았다. 아버지는 턱수염을 기르지 않았다. 적어도 톨스토이처럼 풍성하고 흰 수염을 기른 적이 없다. 게다가 아버지는 물이 얼음처럼 차가운 수영장에서 매일 아침 알몸으로 수영을 했지만, 혼자 하는 편을 더 좋아했다.

그 사진을 보다가 아버지를 떠올리게 된 계기는 다름 아닌 자전거였다.

크고 빨간 여성용 자전거를 타던 내 아버지.

1910년 톨스토이는 자신이 죽기 며칠 전 아내인 소피아에게 이런 쪽지를 남기고 집을 나갔다. "나는 내 나이의 늙은 남자들이 으레 하는 일을 할 것이오. 고독과 고요함 속에서 인생의 마지막 날들을 보내기 위해 이 세속을 떠나는 것이오."

아빠는 이런 쪽지를 남긴 적이 없다. 물론 아빠도 마지막 나날을 고독과 고요함 속에서 보낼 수 있기를 염원했다. 하지만 인생은 아버지의 계획대로 흘러가주지 않았다. 세속의 삶이 마지막 순간까지 끼어들었다. 하지만 톨스토이와는 조금 다른 식이었다. 사람은 죽음의 순간이 평화롭기를 바란다. 집을 말끔히 정리하고 필요한 조치를 다 취해 둔다. 그러나 매사 결과는 생각과 다르다. 아버지가 돌아가신 후, 나는 서재의 벽에 붙여 놓은 노란색 포스트잇 두 장을 보게 되었다. 아버지가 메모를 한 그 포스트잇들은 문 뒤에 가려져 있었다. 덕분에 한동안 사람들 눈에 띄지 않았다. 나는 포스트잇을 뗐다. 소나무로 만든 벽에서 그것들이 붙어있던 부분만 색이 더 연했다.

왼쪽의 포스트잇에는 이렇게 적혀 있었다:

살아있는 신의 손아귀로 굴러 떨어지는 일은 두렵다. 그러나 사람은 그때서야 비로소 속죄할 수 있다.

불안

오른쪽에는 이렇게 적혀 있었다:

어쩌면 그것이 우리가 죽음 앞에서 진정한 자신이 되기 위해 평생을 기울여 찾는 것, 상상할 수 있는 최악의 슬픔, 이다.—루이 페르디낭 셀린

***

1998년 12월 24일이었다. 눈을 뜨니 눈이 내리고 있었다. 당시 내가 살았던 소리엔프리 거리에 있는 아파트의 빈 방이나 다름없는 방들로 눈이 내렸다. 공항으로 가는 버스를 타려고 마구 뛰어갈 때도 눈이 왔고, 오슬로에서 스톡홀름으로 가는 비행기가 막 이륙했을 때도 눈이 왔다.

나는 아빠와 함께 크리스마스 이브를 축하할 계획이었다. 게다가 아빠는 저녁을 어떻게 보낼지 계획도 세워 두었다:

오후 3시　네가 칼라플란에 있는 아파트에 도착한다.
오후 3시　우리가 함께 걸어서 네 할아버지인 에릭 베리만이 30년 간 목사였던 오스테르말름스토리의 헤드비그 엘레오노라 교회에 간다.
오후 4시　크리스마스 미사
오후 6시　저녁. 미트볼. 마시고 싶으면 너는 와인을 마셔도 된다.

오후 6시 반~10시 반 **담소**.

오후 10시 반 끝.

나는 서른두 살이었고 이혼을 했다. 아들은 제 아버지와 크
리스마스를 보내고 나는 혼자 크리스마스를 보낼 작정이었다.
크리스마스를 홀로 보낸 적은 한 번도 없었다. 수면제를 먹고
크리스마스 내내 잠이나 자버릴까? 성당에라도 갈까? 성당을
간다고 해도 밤 내내 나를 붙잡아 둘 만큼 미사가 길 리 없었
다. 아버지는 여든에 홀아비였다. 아버지의 아이디어였다. 함
께 책을 쓰자는 말이 아니라—그 이야기는 몇 년 후다—함께
크리스마스를 보내자는 제안 말이다. 책 쓰기는 **작업** 카테고리
로 들어갔다. 게다가 그 단어만으로도 우리가 만날 정당한 이
유가 되었다. 함께 크리스마스를 축하하는 시간은 완전히 다른
카테고리였다.

주말에 입는 제일 좋은 옷을 입은 채 음식을 차려놓고 크리
스마스 트리에 불을 밝히고 창가에 서 있다가 곁에 있는 사람
에게 이렇게 말하는 것. **저기 봐. 내 가족이 오네.**

일주일 전 아빠와 나는 전화통화를 했다. 이야기를 하다 보

니 우리는 각자의 고독을 우연히 엿보게 되었다. 아닐 수도 있고—어쨌든 그때는 그렇게 생각했다. 나는 이렇게 짐작했다. 우리가 크리스마스 이브에 서로를 위해서 함께 하는 것이라고 말이다. 하지만 이 논리에는 어딘지 이가 맞지 않는 구석이 있다. 잉그리드가 살아있을 때만 해도 아버지는 크리스마스라고 특별히 축하하고 싶어 하지 않았다 그래서 잉그리드는 캐서롤 두 개를 만들어서 데워먹는 방법을 적어둔 후 자신의 아이들과 손주들과 함께 크리스마스를 보내러 갔다. 그녀가 죽고 나서도 아버지는 크리스마스를 혼자 보냈다. 그렇다면 내 생각과 달리 우리는 **서로의 고독을 우연히 엿본 게** 아닐지 몰랐다. 아버지는 내가 필요하지 않았다. 반면 나는 아버지가 필요한 사람이었다. 그러자 아버지가 운을 뗐다. **스톡홀름으로 오렴.**

다음은 내가 크리스마스에 대해 갖고 있는 최초의 기억이다: 그때 나는 생후 18개월이었다. 그러므로 기억이라고 부르면 거짓말일 테다. 누군가에게 들은 내용일 것이다. 누군가 내게 이런 이야기를 들려줬을 것이다. 네 아버지는 크리스마스를 축하하고 싶어 하지 않았어. 그 사람은 크리스마스 파티도, 선물도, 쿠키도, 트리도, 크리스마스 장식과 양초도 전부 금지했어. 네 어머니가 얼마나 서운했을지. 그 해 크리스마스는 두 분이 부모가 되어 함께한 첫 크리스마스였거든. 그녀는 아주 젊고 세상에서 외떨어진 함마르스에서 네 아버지와 함께 살았어. 바깥은 눈이 쏟아지는데다 컴컴했어. 게다가 모든 결정을 내리는 사람은 네 아버지였지. 그래도 네 어머니는 크리스마스를 축하하고 싶었어. 크리스마스 이브가 다른 날과 다름없는 평범한 날인 척 눈감아 버리고 싶지 않았던 거야. 두 분은 함께 키우는 아이가 있었지. 아무리 그래도 그 아이를 위해서라도 노력을 해야 하는 것 아니니? 그 아이가 크리스마스 이브와 한 해의 나머지 날들의 차이를 이해할 만큼 큰 아이가 아니라는 사실은 이 상황과 아무 상관도 없었어. 네 아버지는 자신이 작업을 하는 동안은 집안에서 어떤 소리가 나는 것도 용납하지 않았기 때문에 네 어머니가 아기를 데리고 차를 몰아 초를 사러 상점에 갔다는 사실을 꿈에도 몰랐지. 가게는 무척 멀었어. 포뢰와 포뢰순드를 오가는 여객선은 한 시간에 한 번만 운행했어. 그날은 1967년 크리스마스 이브였지. 상점에 도착한 네 어머니는 양초를 카트 가득 샀어. 어쩌면 카트 두 개를 가득 채웠을지도 몰라. 아무튼 양초를 잔뜩 샀어. 아름다운 원통형 유리 용기에 들어 있는 굵고 하얀 양초들이었지. 그녀는 사우어크라우트 통조림과 냉동햄(냉동인지 몰랐다), 겨자도 샀어. 네 어머니는 다시 차를 몰고 집으로 돌아갔어. 그때까지도 네 아버지는 작업에 몰두해 있었고 서재의 문은 굳게 닫혀 있었단다. 네 어머니는 이 방 저 방 살금살금 돌아다니며 창턱과 탁자

불안

마다 초를 올렸어. 거실과 주방에도 초를 밝히고 하늘은 칠흑 같아도 하늘에서 내리는 하얀 눈송이에 희부옇게 빛나는 쌓인 눈 위에도 초를 켰지. 모든 곳에 초를 키자 그녀의 눈에 세상은 동화 속 한 장면처럼 보였어. 그런데 그날 저녁 네 어머니가 몰랐던 사실이 있어. 네 아버지가 그녀에게 사실대로 말을 했는지 안 했는지는 몰라. 그건 바로 그 양초들이 묘지를 밝히는 용이었던 거야. 그녀는 상점에서 제일 예쁜 양초를 골랐어. 망자를 위한 것인 줄 꿈에도 몰랐지. 그리고 마침내 크리스마스를 축하하기 위해서가 아니라 저녁을 먹으려고 서재를 나섰을 때 네 아버지 눈에 들어온 장면은 온 집안과 심지어 눈 위에서까지 펄럭거리고 있는 묘지용 양초의 불꽃들이었어.

그리고 식탁 한 가운데는 사람 머리통만한 햄이 녹아 물이 뚝뚝 떨어지고 있었단다.

내가 칼라플란에 있는 아버지의 아파트에 도착하자 우리는 둘 다 신경이 바짝 곤두선 바람에 좁은 복도를 암탉들처럼 부질 없이 서성거렸다. 내가 코트를 벗자 아버지가 그것을 받아 코트 걸이에 걸었다. 내가 의자에 앉아 부츠를 벗고 있자 아버지가 말 했다. "이제 곧 나가야 해, 미사에. 그러니까 코트는 안 벗어도 될 뻔했구나." 그래서 내가 말했다. "아, 그렇네요." 나는 벗던 부츠를 다시 신고 일어서서 코트 걸이에 걸린 내 코트로 팔을 뻗었다. 그러자 아버지가 말했다. "그런데 나가려면 20분은 더 있어야 해. 그러니 코트를 벗고 들어와서 잠시 앉아 있으렴."

그때는 눈이 그쳤었는데, 막상 20분 후에—이번에는 진짜로—코트를 입으려고 복도로 나오니 굵은 눈발이 다시 쏟아지기 시작했다.

"눈이 와요." 내가 창밖을 가리키며 말했다.

"그래. 하루 종일 오는구나."

아버지는 복도 벽장을 열어 녹색 울 코트와 녹색 울 모자를 꺼냈다. 나도 울 타이즈를 신고 코트와 모자를 챙겼다. 다음으로는 등이 딱딱한 똑같은 의자 두 개에 앉아 각자의 구두와 부츠를 신기 시작했다. 우리 부녀는 나란히 앉아 구두를 신는 일이 그때가 처음이었다. 여름에 함마르스에서는 집으로 들어가기 전에 슬리퍼를 벗으면 끝이다. 나는 몸을 이리저리 움직이며 굽 높은 부츠에 다리를 집어넣었다. 아버지가 구두를 신고 그 위에 덧신 장화까지 다 신었을 즈음 나는 오른쪽 부츠를 간신히 신은 참이었다. 아버지는 의자에 그대로 앉아 내가 왼쪽 부츠를 신으려고 낑낑대는 모습을 말없이 지켜보았다. 잠시 후 아버지가 말했다. "도대체 왜 이런 날씨에 굽 높은 구두를 신는 거니?"

마침내 외출 준비를 끝낸 우리는 엘리베이터를 타고 내려가 눈 내리는 거리로 나섰다. 사위가 점점 어두워지기 시작했지만 가로등이 켜져 있고 주위 건물의 창마다 빛을 쏟아내고 있었다. 그 창으로 크리스마스 장식을 한 트리들과 저녁 만찬을 준비 중인 사람들이 보였다. 차례로 지나치는 창문을 곁눈으로 보니 스톡홀름의 크리스마스 트리들은 내가 사는 오슬로의 트리보다 훨씬 더 크다는 생각이 들었다. 어쩌면 우리가 길에 있고 다른 사람들이 집안에 있기 때문에 그렇게 보였는지도 모르겠다. 나는 이 도시의 오래되고 커다란 주거용 건물들로 둘러싸인 휑하고 어둑어둑한 대로를 걸었다. 나란히 걷고 있는 아버지 위로 눈이 떨어졌다. 우리는 보폭을 맞추어 나란히 걸었다. 아버지는 나를 기다릴 필요가 없었고 나도 아버지를 기다리지 않아도 되었다. 나는 굽 높은 부츠를 신었고 아버지는 지팡이를 짚었다. 하지만 아버지 위로 떨어진 눈으로 녹색 울 코트와 모자가 하얗게 변하는 중에도 우리의 걸음은 빠르고 조용했다. 목적지에 거의 다 왔을 즈음 아버지가 살며시 나를 깨우는 것처럼 내 볼을 톡톡 두드리고는 어딘가를 가리키며 말을 했다. 마침내 우리는 도착했다. 웅장한 돔 위로 눈이 소용돌이치는 노란색의 큰 교회가 서 있었다.

"헤드비그 엘레오노라에는 종이 세 개 있어." 아버지가 말했다. "리틀 벨. 미들 벨. 빅 벨이지. 빅 벨은 무게가 5톤이나 되는데다 햄릿의 고향에서 주조했단다."

"헬싱외르(세익스피어의 희곡 《햄릿》의 배경인 크론보르 성이 있는 섬—옮긴이)에서요."

"그래, 헬싱외르. 1639년의 크론보르 성이 있는."

그리고 다시 아버지는 침묵에 빠졌다. 나는 아버지가 목사였던 할아버지에 대해 무슨 이야기를 들려줄지 모른다는 생각에 내심 기다렸다. 아니면 아버지 자신에 대해? 푸라고 불렸던 소년에 대해? 아니다, 당장은 아니었다. 아버지는 이렇게 말했다. "미사가 10분 후에 시작될 거다. 코트를 벗고 밝은 실내에 눈이 적응할 시간은 충분해."

나는 아버지를 향해 돌아서며 아버지의 어깨에 떨어진 눈송이들을 털었다. 밖은 어느새 어둠으로 거의 물들었다. 아버지는 이 거리들과 이 동네, 이 교회, 이 눈에 대해 잘 알았다. 나는 모든 것이 새로웠다. 아버지와 함께 이 거리들을 걸어본 일도 처음이고 아버지가 눈을 맞은 모습을 본 것도 그때가 처음이었다.

우리는 집으로 돌아와 삶은 감자를 곁들인 미트볼과 샐러드를 먹었다. M이라는 여자가 일주일에 며칠씩 아버지를 돌봐주었다. 그녀는 요리와 청소를 하고 장을 보고 설거지와 빨래를 하고 다림질도 했다. 두 사람은 잘 지냈다. 그녀는 아버지보다 열 살이나 젊었고, 음식 솜씨도 훌륭했다. 게다가 쓸데없이

불안

감정에 휘둘리지 않고 시간을 칼같이 지켰다. 그녀가 없다면 아버지는 어떻게 되었을까. M은 우리가 교회에 간 동안 저녁을 준비해 두었다. 식탁에 음식을 차리고 내가 마실 와인도 꺼내 놓았다. 그녀는 모든 것이 제대로 준비되어 있고 우리가 식탁에 앉는 것까지 확인한 후, 인사를 했다. 안녕히 계세요, 메리 크리스마스. 그래서 우리도 인사했다. 메리 크리스마스. 그녀는 자신의 아이들과 손주들과 함께 축하할 자리를 기대 중이라고 했다. 그러자 아빠가 말했다. 크리스마스가 바로 엊그제 같은데 우리가 여기 모였네. 여기 이렇게. 그녀는 아빠의 아파트에서 자신의 딸네 집까지 몇 걸음 되지 않지만 이제 서둘러야 한다고 말했다. 우리는 다시 한 번 메리 크리스마스라고 인사를 했다. 그리고 아빠는 옷을 따뜻하게 입으라고, 밖은 눈보라가 휘몰아치니 감기 걸리지 않게 조심하라고 당부했다.

눈은 그날 저녁 내내 내렸다. 거실에 서 있는 괘종시계가 한 시간에 두 번씩 댕댕 울렸다. 그날 아버지에게 내게 크리스마스는 하나부터 열까지 아이들을 위한 날이라고 말한 기억이 난다. 아버지는 크리스마스란 하나부터 열까지 추억을 위한 날이라고 말했다. 그렇게 우리는 다른 곳에 있기를 바라고, 집으로 돌아가기를 바라고, 제 시간에 갈 수 있기를 바라며 그 시간을 함께 보냈다. 나중에서야 아버지와 함께 보낸 크리스마스는 그때가 유일했는데, 정작 그때는 다른 곳에 있었으면 좋겠다고 바랐다니 내 자신이 너무나 한심했다는 생각이 들었다. 그날 이후로 아버지가 기억을 잃고 모든 것을 잊어버릴 때까지, 우리는 그날 우리가 얼마나 어색했으며 시간은 또 얼마나 더디게 흘렀는지를 우스갯감으로 삼곤 했다. 10시 반에 택시가 오도록 예약해놨지만 아버지도 나도 7시나 8시나 9시에 그쯤에서 자리를 정리하고 "자, 오늘은 이쯤으로 하자."고 말할 용기를 내지 못했다.

나도 외롭고 아버지도 외롭고 마음속이 그리움으로 꽉 차 있지만, 정작 곁에서 외로움을 씻어줄 사람은 서로가 아니라고 생각했던 기억이 난다. 요즘은 그 일에 대해 많이 생각하지 않는다. 대신 눈을 맞으며 함께 걷는데 아버지가 내 뺨을 톡톡 건드리고 휘몰아치는 하얀 눈에 갇힌 거대한 교회의 돔을 가리키며 이렇게 말했던 때를 자꾸 떠올린다. "봐라, 애야, 거의 다 왔구나."

***

남자 아무래도 잘 모르겠어…. 물어봐야겠어…. 물어봐야 해…. 우리 집을 드나드는 여자가 있어. 오늘 여기서 일하는 사람의 이름이 뭐지?

여자 앤 마리예요.

불안

남자 그래, 앤 마리. 나는 그 사람이 마음에 들어. 목소리가 아름답거든…. 예전에 오페라 가수였어. 알고 있었니?

여자 네, 알아요.

남자 아무튼 앤 마리에게 들어와서 확인을 해달라고 부탁해야 해. 내…. 빌어먹을, 저걸 뭐라고 하지 …?

여자 아버지의 수첩이요? 이 말이 하고 싶으신 거예요? 앤 마리에게 여기 들어와서 아버지 수첩을 확인하도록 도와달라고 하고 싶으신 거예요? 아버지 책상 위에 올려놓은 거요?

남자 그래…. 내가 거기에 썼어…. 너도 거기에 썼고…. 네가 네 이름을 쓰고, 내가 내 이름을 쓰고, 우리가 시간을 썼어…. 음…. 내가 여기에 이렇게 앉아 있다는 사실에도 불구하고…. 정각에…. 네가 오기를 기다리고 있는데, 부탁을 해야 하는 형편이지 뭐냐…. 그 여자 이름이 뭐라고?

여자 앤 마리요.

남자가 팔걸이를 쥐고 휠체어에서 일어나려고 애를 쓴다. 그의 입에서 끙 하는 신음소리가 새어나오고 다시 휠체어에 앉는다.

남자 못 하겠어. 여기서 벗어날 수가 없어.

남자가 바퀴를 밀어보려고 한다.

남자 이걸 어떻게 움직이는지 제대로 배울 기회가 없었어….
내 처지가 어찌나 불쌍하고 비참한지.
여자 아니에요, 아빠. 그런 말씀 마세요.
남자 나는 걸을 수가 없어. 눈도 안 보이고.

그는 허벅지에 양손을 툭 떨어뜨리고 한동안 입을 열지 않는다.

남자 이 상황은 말도 못하게 불편하고 너무 불안해. 게다가 수
치스러워, 알겠니? 어쩌다보니 내 주위가 온통 소품들이
야…. 나는 걷고 걷다가 문득 정신을 차리면 소품에 둘러
싸여 있거나 빌어먹을 똑같은 카메라 앵글에 잡혀 있어.
항상 똑같은 소품들. 똑같은 꿈들…. 꿈이 시작되는 순간
꿈을 볼 수 있어…. 알겠어…? 그런데 이제 나가기에는
너무 늦었어…. 나는 더이상 이걸 하고 싶지 않아.
여자 제가 어릴 때 아버지는 제게 꿈에 대해 물어보셨어요. 그
리고 저를 앉히고는 그 꿈이 무슨 뜻인지 말씀해 주셨죠.
잠시만이라도 아버지가 아버지를 벗어날 수 있다면 매번
다시 돌아오는 그 꿈들에 대해서 뭐라고 말씀하시겠어
요?

남자 너는 내 말을 안 듣고 있는 거냐? 너와 나는 사물을 바라보는 방식이 완전히 달라. 완전히 다른 방식으로 보고 있다고…. 너는 네 어머니의 방식으로 봐…. 너에게는 나의…. 내게 있는…. 그게 뭔지 나도 모르겠구나….

남자는 전축을 바라보지만 음반을 걸지 않는다.

남자 나는 도망칠 수 없는 꿈에 완전히 발이 묶였어. 이제 더 이상 재미있지 않아. 꿈을 즐기지 않아. 즐겁게 꿀 수 있는 꿈이, 빌어먹을 하나도 없어. 이 꿈… 이 꿈들은 현실과 아무 관계도 없어.

여자 그렇다면, 요즘 아버지에게 진짜는 어떤 거예요?

남자 너는 진짜지.

여자 맞아요. 저는 진짜예요.

남자 네가 도착하기 전에 나는 여기 20분 동안 앉아서 작업을 할 준비를 다 끝냈어. 그런데 덜컥 걱정이 되는 거야. 내가 혹시라도 네게 전화를 걸어서 취소를 해버린 게 아닐까. 그래서 네가 아예 오지 않으면 어쩌나…. 혹시 내가 부탁을 했어야 했나…?

여자 앤 마리에게요.

남자 맞아, 앤 마리…. 그 사람이 내가 책상에 가도록 도와줘서 내가 수첩을 확인할 수 있었단다. 우라지게 기분이 좋더구나. 내가 꿈이라고 생각했던 일이랄지 확실치 않은 것 같았던 일들이 실은 명료했던 거야… 그런데 마침 네 목소리가 들리는 거야. 하느님 감사합니다. 네가 여기 온 거야. 나는 여기 있고. 그래, 원래 그렇게 되는 거였어.

남자가 여자의 손을 잡는다.

여자 제 손은 차가워요.

그가 앞으로 몸을 숙이고 그녀의 이마에 이마를 댄 후 그녀의 손을 비빈다.

남자 나는 코가 차가워.
여자 네, 차가워요. 그거 좋은 징조에요.

그가 다시 몸을 곧추세운다.

남자 그러니?
여자 네, 적어도 개와 고양이는 코가 차가워야 해요.

불안

여자가 남자의 이마에 손을 댄다.

여자 아버지 이마가 따뜻하지 않아요. 그렇다고 차갑지도 않
고요. 열은 없으세요.

남자 그래, 나는 지금 건강상태가 아주 훌륭한 것 같다. 이제
작업을 시작해도 되겠구나.

***

여기도 눈이 내리기 시작했다. 창밖을 내다보니 두 시간 후
에바를 깨울 즈음이면 눈이 꽤 쌓여있을 것 같다. 그러면 아이
를 쉽게 깨울 수 있을 것이다. 귀에 대고 이렇게 속삭이기만 하
면 된다. 일어날 시간이야. 지금 눈이 오고 있어. 그러면 아이
는 갓 쌓인 눈을 직접 보려고 침대에서 벌떡 일어날 것이다.

나는 계단을 올라가 남편과 딸의 옆에 다시 눕는다.

"어디 갔었어?" 남편이 누운 채로 소곤소곤 묻는다.

에바는 우리 사이에 누워 있다. 체구도 가장 작고 말랐으면
서 자리는 가장 많이 차지한다.

"아래층에. 테이프를 들어보러."

"눈이 와."

"알아."

에바가 몸을 뒤척인다.

"저 졸려요." 아이가 말한다. "엄마. 아직 아침도 아니잖아요. 그러니까 조용히 해주세요."

"하지만 나는 지금 소곤소곤 말하고 있는 걸." 내가 소곤소곤 말한다.

아이의 숨소리는 우리보다 더 빠르지만 경직되어 있지 않고 더 부드럽다. 아이의 머리를 토닥이자 아이의 온기가 내게로 흘러들어온다. 에바의 머리카락은 뻣뻣하고 엉켜 있으면서도 손에 달라붙을 것처럼 부드럽다. 마치 슈거 파우더 사이로 손가락을 집어넣은 것 같다. 에바는 요즘 머리를 기르는 중이다. 아무리 길어도 부족해요. 아이는 이렇게 말한다.

나는 아이의 얼굴로 흘러내린 머리카락을 치우고 볼에 입을 맞춘다.

에바는 누운 채로 작은 조개처럼 몸을 웅크린다.

불안

제6부

지그

(바로크 시대의 역동적인 춤곡—옮긴이)

그걸 다 두고 가야 한다면
필시 몹시 따분할 거야.

–스완의 마지막 말 가운데

상여꾼들은 평생 그 섬에서 살았다. 그들은 포뢰구베르―섬에서 오래 산 사람들―다. 아버지도 포뢰구베로 불리기를 원했다. 아버지는 그 사람들을 한 사람씩 찾아가 묻는다. 내가 죽으면 내 관을 무덤까지 운구해 주실 거요?

아버지는 자신이 에필로그라고 불렀던 부분으로 자꾸 되돌아갔다. 그런데 나는 아버지가 말하는 **에필로그**가 아직도 건강하고 목이 부러질 것 같은 속도로 지프를 몰고 다니면서 함마르스에 스스로를 유폐했던 시절의 마지막 몇 해를 의미하는지, 아니면 눈이 먼 채 침상과 휠체어에 의지했던 마지막 반년을 의미하는지, 아니면 죽어가는 과정 자체와 그 여파, 장례식을 의미하는지 모르겠다. 장례식에 관해서라면, 장례식 챕터혹은 장례식이라는 공연은 다른 모든 것처럼 꼼꼼하게 계획되어 있었다. 아버지는 유언장을 일단 작성했다가 다시 고쳐 썼다. 직접 묘지를 찾아 골라두었다. 아버지는 홀로 혹은 교회지기와 함께 포뢰에 있는 교회 안마당을 둘러보며 나무 아래나돌담 곁에 다른 망자들과 함께 또는 모퉁이에 홀로 묻히는 경우의 장점과 단점을 꼼꼼하게 따졌다. 아버지는 죽으면 잉그리드 곁에 묻히고 싶었다. 그래서 스웨덴의 다른 곳에 있는 그녀의 묘를 이장하기 위한 허가를 받는 절차를 시작했다. 아버지는 목사—그녀는 종종 붉은 꽃 한 송이를 머리에 꽂곤 했다—와 함께 장례식 중에 해야 할 말과 하지 말아야 할 말에 대해서도 의논을 해두었다. 아버지는 목사에게 설교에 충실하고 **일을 벌이지** 말라고 못을 박았다. 일을 벌인다는 표현은 연기 중에 배우들이 지시를 벗어나 즉흥 연기를 시작할 때 아버지가 쓰던 표현이었다. 누군가가 **일을 벌이고** 싶을 때는 여러 이유가 있다—관객으로부터 웃음이나 눈물, 애정을 이끌어내고 싶거나 단순히 박수를 더 받고 싶었을 지도 모른다. 아버지는 평단의 찬사를 받은 알세스테가 **일을 벌이려고** 했기 때문에 몰리에르의 연출을 취소한 적도 있다. 그런 아버지가 이제 축제를 취소한다는 선택지는 결코 선택할 수 없는 상황에 처했다.

아버지는 섬에 아는 목수와 목공사가 몇 명 있었다. 그래서 함마르스의 집은 위로 올리지 않고 한쪽 끝에는 도서실을, 다른 쪽 끝에는 조용한 방을 만들어서 옆으로 늘릴 수 있는 한 늘리며 증축했다. 나는 증축한 그 방을 **조용한 방**이라고 불렀는데, 아버지는 **명상실**이라고 불렀다. 아버지가 짓기로 한 가장 마지막 방인 이 특별한 방은 집에서 가장 작은 방이었다. 나무 상자와 비슷한 그 방에는 바다로 난 창문과 간이침대, 양초 한 자루, 라디오 한 대가 있을 뿐이었다. 휠체어에 몸이 묶이기 전만 해도 아버지는 밤에 잠이 오지 않으면 그 방으로 가 초를 밝히곤 했다.

아버지는 여든 살이고 영원히 함마르스로 옮겨 온다. 아버지는 다시는 영화를 찍지 않을 것이다. 다른 연극을 계획하지도 않을 것이다. 아버지는 스톡홀름의 칼라플란에 있는 아파트를 팔 것이다. 그리고 이제부터는 함마르스의 집에서 살 것이다. 마지막 날이 올 때까지 살 것이다. 전축으로 음반을 듣고 계절의 변화를 좇을 것이다. 그게 아버지의 계획이다. 아버지와 집은 계약을 맺었다. **네가 과제를 모두 끝내면 여기로 오라. 네 모습 그대로 오라. 홀로 와서 내 안으로 스스로를 유폐하라.** 겨울은 그 섬의 진정한 의상이다. 겨울에는 모든 것이 어둡고 정지되어 있다. 모든 붉은 것이 자신의 붉음과 마주할 때 볼을 붉힌다. 그 붉음이 퇴색하고 침식될 때까지 붉게 상기된다. 양귀비들이 사라지고 타오르듯 떠오르는 해도 사라진다. 지프가 집 앞의 키 높은 소나무 아래에 세워져 있다. 자전거는 자전거 창고에 있다. 아침이면 지프와 자전거가 서리와 성에로 뒤덮인다─눈이 내린 날은 눈도 쌓여 있다. 아버지가 문을 열고 밖으로 나서면 모든 것이 새하얗다.

아버지는 더이상 매일 영화를 보러가지 않는다. 영화를 보러가지 않을 때면 오후에 포뢰순드로 가는 여객선을 타고 신문을 사러 간다. 이따금, 차를 몰고 나왔는데 여객선 출발까지 시간이 넉넉하면, 여객선 선착장으로 가기 위해 좌회전을 하는 대신 교회 옆에서 우회전을 해 오래된 가게를 지나 수데르산드로 간다. 오래 전 아버지는 수데르산드에서 멀지 않은 카를베르가에 집을 한 채 구입했다. 아름다운 정원과 커다란 헛간이 딸린 하얀색 석회암 농가였던 그 집은 아버지의 집들 가운데 가장 아름다울 것이다. 잉그리드가 죽고 얼마 지나지 않아 그 집은 팔렸다. 아마 아버지는 카를베르가까지 차를 몰고 가 그 집을 한 번 보고 와야겠다고 생각했을 것이다.

그 헛간은 어두웠다. 그리고 컸다. 천장이 훌쩍 높고 실내는 물건들로 가득 차 있었다. 대부분 영화 소품들로 바닥에서 천장까지 탑을 이루었다. 테이블 위에는 소파가, 소파 위에는 의자가, 침대 위의 의자 위에는 깔개가 쌓여 있었다. 오래 전에 잉그리드가 나를 그곳에 한 번 데려간 적이 있었다. 그녀가 헛간의 문을 활짝 열었다. 그러자 눈부신 햇살이 쏟아져 들어와 그 안의 모든 것을 환하게 비췄다. 내 주위의 사물들이 호흡을 하고 김을 뿜어냈다. 흡사 버려진 가구들이 사로잡혀 안절부절못하는 짐승들처럼 쉭쉭 움직이기 시작한 것 같았다. 잉그리드는 침실용 스탠드를 찾으러 왔다가 탁자와 매트리스 사이에 묘한 자세로 끼어 있는 청동 램프를 찾았다. 언제적 물건인지 가늠이 안 되는 램프는 가늘고 긴 목에 노란색 도자기로 된 갓이 씌어져 있었다. 그 램프의 갓 안에서 살고 있던 열 마리가 넘는 벌들이 열린 문을 향해 날아갔다. 잉그리드가 몸을 뒤로 확 빼는 순간 손에서 램프가 떨어졌다. "오, 세상에." 그녀는 벌에 쏘이지 않았지만 비명을 질렀다. 그러고는 머리를 한데 묶고 허리를 숙여 깨진 램프 조각을 모았다.

가는 도중 아버지는 초등학교와 유치원을 지나친다. 그 학교는 곧 폐교될 운명이다. 매년 그 섬의 인구가 조금씩 줄어들고 있다. 하지만 유치원은 조금 더 살아남을 것이다―오후가 되면 아이들은 창가에 옹기종기 모여서 자신을 데리러 올 부모를 기다린다. 아버지는 어스름한 황혼녘에 아이들을 힐끔 본다. 창가에 모인 아이들의 얼굴이, 한쪽에 셋, 다른 쪽에 둘이다. 학교는 길고 땅딸막한 석회암 건물이다. 시간은 막 3시가 지났다. 아이들은 실망한 눈치다. 아버지의 지프는 아이들이 기다리는 차가 아니다. 아이들은 멀리서 엔진 소리가 들리자마자 알아차렸다. 아이들은 창을 닫아 놓은 교실에서도 소리만으로 차를 구별할 수 있다. 지프가 쏜살같이 지나가는 모습을 보기 전에도 아이들은 그 사실을 알고 있었다. **저 차**는 자신들이 기다리는 차가 아니라고, 저 소리가 아니라고 말이다. 그리고 박쥐 날개 선글라스를 쓴 노인은 손을 흔들어주지 않는다. 그는 절대 손을 흔들지 않는다. 그들에게는 아니다. 노인은 눈앞의 길만 똑바로 바라볼 뿐이다. 황무지에는 양들이 조용히 서 있다. 양들은 고개를 들어 지나가는 차를 바라보지 않는다. 메에 하고 울지도 않는다. 움직이지도 않는다. 그들은 지난 천 년 동안 그렇게 서 있었고 앞으로 올 천 년 동안 또 그렇게 서 있을 것만 같다. 뭘 모르는 방문객들은 이 섬의 이름이 포뢰Fårö인 것은 섬에 양(**Får**는 양이라는 뜻이다)이 많기 때문이라고 생각한다. 원래 이 섬은 파뢰외Faroø라고 불렸는데, **여행하다to fare**의 **far**에서 비롯되었다. 그런데 내 아버지였고 **포뢰구베**로 불리고 싶었던 남자가 큰 길을 따라 달리고 있다. 그는 카를베르가에 갔다가 3시 반 전에 충분히 선착장으로 되돌아 갈 수 있을지 가늠을 못하고 있다. 대시보드의 시계를 얼른 보니 시간이 벌써 3시 10분이다. 틀렸다. 도저히 시간에 맞출 수 없다. 그는 급히 브레이크를 밟아 차를 세운 후 지프를 되돌려 다시 달리기 시작한다. 왔던 길을 되돌아 달리며 또 다시 유치원과 창가의 창백한 얼굴들, 교회, 오래된 상점, 황무지, 방앗간을 지나 그 길이 끝나는 지점까지 계속 달린다. 이곳 여객선 선착장

에 도착하니 검은색 글자가 굵게 적힌 커다란 노란색 표지판
이 그를 기다리고 있다: **위험한 물건을 운반하는 차량의 운전자는 승
선하기 전에 반드시 선장을 찾아 주십시오.** 아버지는 내가 어렸을 때
꽃무늬 벽지를 바른 내 방의 침대에 누워 세상을 지배하는 남
자들의 목록과 계급을 만들 때, 그 목록의 제일 꼭대기에 아버
지를 올렸지만 얼마 후 **여객선의 선장**이 아버지를 눌렀다는 사
실을 모른다.

아버지는 시간에 딱 맞춰 3시 28분에 도착한다. 그리고 서
서히 속도를 늦춘다. 가로대가 올라가고 아빠가 트랩 위를 지
나간다. 저 위 갑판에서 방수모와 우비를 입은 선원이 손을 들
어 흔든다.

불안

2005년 4월, 아버지는 비디오 자료실에 설치된 대형 TV 앞에 홀로 앉아 교황 요한 바오로 2세의 장례식을 지켜보고 있다.

아버지가 외우고 있는 성경 구절이 TV에서 흘러나오고 있다.

진실로 진실로 내가 네게 이르노니, 젊어서는 네가 스스로 띠를 띠고 원하는 곳으로 다녔으나 늙어서는 네가 네 손을 내밀 터인즉 다른 사람이 네게 띠를 띠워 네가 원하지 않는 곳으로 너를 데려가리라, 하시니라(요한복음 21장 18절―옮긴이).

아빠는 살이 너무 빠져서 바지가 흘러내리지 않도록 끈을 하나 구해 허리에 묶었다. 고독에 묻힌 삶. 식사량은 아예 먹지 않는 것과 다름이 없다. 아침은 토스트 한 장과 차 한 잔, 점심은 발효유, 저녁으로는 (양념도 채소도 곁들이지 않은) 고기나 생선 한 조각이 전부다. 매일 집안일을 돌보는 여자가 와서 저녁을 차리고 집을 치우고 빨래와 다림질을 한다. 점점 여자들의 수가 늘어난다. 일손을 거들 사람을 고용하는 일을 맡고 있는 세실리아가 일주일에 몇 번 집으로 온다. 아빠는 음식에 크게 연연하지 않는다. 원래 그랬다. 음식은 모든 악과 위통의 뿌리이다. 와인도 마찬가지다. 저녁에 맥주 한 잔을 마실 때도 있다. 창문은 반드시 닫아놓아야 한다. (복통을 유발하는 종류의) 음식은 반드시 피해야 한다. 와인은 맛이 없고 두통을 일으킨다. 그 무엇도 과해서는 안 된다. 하루의 일과는 반드시 엄격하게 지켜야 한다.

"바지가 흘러내리지 않게 끈으로 허리를 동여매야 해." 아버지가 전화로 말한다. "그래도 적어도 내 손으로 끈을 묶어."

교황의 장례식은 장엄하게 치러진다. 웅장한 행렬. 화려한 태피스트리, 진홍빛 법복들, 하얀 모자 등. 다채로운 색에서 아버지는 예전에 찍은 영화를 떠올린다. 붉은 방과 흰 옷을 입은 여자들이 나온 영화다. 아버지는 오래 전 노트에 이렇게 썼다. "가끔 내게 뭘 원하는지 뚜렷하게 밝히지도 않은 채 이미지들이 불쑥 되돌아온다. 그러고는 사라졌다가 또 되돌아오는데, 늘 같은 이미지로 나타난다. 흰 옷을 입은 여자 네 명과 붉은 방. 여자들이 방안을 돌아다니며 서로 소곤거리고, 몹시 비밀스러운 분위기다." 아버지는 다시 TV 스크린으로 돌아간다. 교황이 뉘어져 있고 모든 사람들이 무엇을 해야 하는지 잘 알고 있다. 즉흥적인 것은 아무 것도 없다. 모든 움직임이 대칭을 이루며 우아하다. 아버지는 당신이 무대에 올렸던 마지막 희곡들을 떠올린다. 《인간 혐오》. 《겨울 이야기》. 아버지는 연극 무대를 그리워한다. 배우들을 그리워한다. 아침에 일어나 밤에 자리에 들고 그 둘 사이에 일을 하던 시절을 그리워한다. 그 시절이 지금보다 훨씬 더 즐겁다. 아버지는 이제 여든여섯이고 여름에 여든일곱이 된다. 가끔 아버지는 고독이란 것이 과대평가된 것이 아닌지 의문이 든다. 어쩌면 스스로 시작한 유배 생활을 청산하고 스톡홀름으로 되돌아가 희곡을 쓰거나 연극을 연출하거나 하다못해 연주회장을 다시 찾고 음악가들과 어울리는 편이 더 나을지도 모른다. 아버지는 교황의 관을 뚫어져라 바라본다. 호화롭기 그지없는 그곳에서 홀로 단순한 나무 상자다. **나도 저런 거면 돼.** 아버지가 중얼거린다. 며칠 후 아버지는 지프를 타고 슬리테에 있는 오랜 친구인 목수를 찾아간다. 나는 여기서 친구라는 단어를 가장 넓은 의미로 썼다. 안면이 있다는 표현이 더 적당하다. 요즘 아버지는 스트린드베리가 **사적인 감정을 개입시키지 않는 지인들**이라고 부르는 사람들에 둘러싸여 있다. 안면이 있으니 스쳐 지나가거나 차를 몰고 지나갈 때 고갯짓으로 인사를 하는 사람들. 당신과 마찬가지로 어떤 종류의 친밀함도 피하고 싶어 하는 사람들. 아버지는 바로 이런 것을 원한다. 이것이 계획이다. 아버지는 평화롭게 홀로 남기를 원한다. 아버지는 당신의 집에서 이 방에서 저 방으로 돌아다니며 아무에게도 아무 말도 하지 않는 삶을 원한다. 그러나 교황의 장례식 후 점점 더 따사로운 봄날이 찾아오자 아버지는 문득 기분이 들뜨며 안절부절못하게 된다. 아버지는 슬리테에 있는 목수를 찾아가 신문에서 오린 기사와 사진을 보여주며 설명을 시작한다. 목수는 커피―성경의 표지처럼 진한 검은색의 설탕을 타지 않은―를 한 모금 마신다. 그는 말을 많이 하지 않고 노인이 용건을 다 말할 때까지 기다린다. 아버지는 커피가 끌리지 않는다. 대신 생수가 좋다. 물이 아버지 앞에 있다. 목수는 몸을 내밀어 그 사진들을 살핀다. **교황의 관.** 단순한 나무 상자죠. 아빠가 말한다. 화려한 장식도 없다. 목수는 들릭락말락 한숨을 내쉰다. 음, 알겠어요. 그가 말한다. 그는 커피를 다 마시고 일어서서 메모지와 연필을 꺼내 다시 앉아 슥슥 스케치를 한다. 이 지역에서는 삼나무를 구할 수가 없어요. 그는 대답을 따로 기다리지 않는 듯 웅얼거린다. 일반적인 소나무나 전나무로 만들어야 해요. 그러더니 메모지를 테이블 위로 쑥 내밀어 아빠에게 보여준다. 아빠가 몸을 숙이고 스케치를 살펴보더니 고개를 끄덕인다.

"좋아요." 아버지는 이렇게 말하며 메모지를 테이블 위로 민다. "바로 이런 관을 원해요."

불안

함마르스의 집에는 계단이 없었다. 마지막에는 문턱도 사라졌다. 아버지가 휠체어에 의지하게 되자 세실리아가 문턱을 모두 없애서 이론적으로는 아버지가 이 방에서 저 방으로 자유롭게 이동할 수 있게 되었다.

아버지는 휠체어를 좋아하지 않았다. 휠체어에 앉아서 움직이는 법도 휠체어 자체를 어떻게 조작하는지도 이해하지 못했다.

아버지는 백묵처럼 하얀 스니커즈를 신고 해변을 산책하거나 숲에서 자전거를 타던 시절이 그리웠다.

아버지는 붉은 지프가 그리웠다. 이를 테면 함마르스에서 뎀바로 영화를 보러 가거나, 잉그리드를 위해 초를 밝히려고 함마르스에서 교회로 가거나, 포뢰순드에서 신문을 사려고 함마르스에서 여객선 선착장으로 갈 때 좁은 도로를 쌩쌩 달리며 가속 페달을 밟으면 지프에서 나는 굉음을 좋아했다.

끝에 이르며 아버지의 안에는 더이상 상실이라는 말이 존재하지 않았다. **이런 게 그리워라거나 저런 걸 갈망해**라는 말을 더이상 하지 않았다. 그러므로 아버지가 지프와 자전거, 스니커즈를 그리워했다는 생각은 온전히 나의 짐작이다. **끝에 이르러라**는 표현은 그해 여름 아버지가 이 세상에서 보낸 마지막 몇 주를 말한다. 이 무렵 우리 형제들이 함마르스에서 지냈다. 우리는 한 번에 한 명씩 아버지와 대화를 했다. 나는 더이상 아버지와의 대화를 녹음하지 않았다. 아버지 안에는 **테이프**라는 단어가 없었다. 아니면 작업도. 아니면 아이들도.

우리가 만든 끝에서 두 번째 녹음에서—봄이었다—아버지는 스니커즈와 지프를 찾아서 여행을 떠나야 할지도 모른다고 생각한다. 아버지는 평생 함마르스를 그리워했다. 오직 그곳에 있을 수 있기만을 바랐다. 가을이 오면 짐을 챙겨 스톡홀름이나 뮌헨으로 가지 않아도 되기를 바랐다. 그곳에 있을 수 있기를 바랐다. 그런데 마침내 여기 함마르스에 **있는데**, 이번에는 어디론가 떠나고 싶어 한다. 어쩌면 도시로 되돌아가고 싶은지도 모른다. 스톡홀름으로.

아버지는 여행을 좋아하지 않았다. 여행을 하면 복통이 찾아왔다. 한 장소에서 다른 장소로 옮겨가는 행위를 떠올리는 것조차 싫어했다. 낯선 거리와 낯선 방들, 낯선 얼굴들, 낯선 목소리들을 떠올리기 싫어했다. 여행은 꼼꼼하게 계획되어 있고 몸속 깊이 각인된 일상으로부터 시간을 훔쳐갔다. 특히 아버지가 **직업 활동**이라고 부르는 것을 할 시간을 앗아갔다.

불안

사람들은 대부분 여행을 좋아한다. 그런데 그렇지 않은 사람들은 여행을 대개 이런 식으로 경험한다. 이들에게 여행은 단순히 그 여정만을 의미하지 않는다. 여행에는 떠나기 **전**과 집으로 돌아온 **후** 그 경험을 **파고드느라** 보내는 시간까지도 포함된다. 이 경우 **파고든다**는 표현이 적절한지 모르겠다. 여행에 대해 용케 **파고들지** 않을 수도 있지만, 여행이 어떤 식으로든 의식에 스며들어 버렸다는 느낌을 피할 수 없다. 그 느낌이 당신 주위를 멤 돌기 시작할 것이다. 그래서 여행을 떠나기 오래 전부터는 물론 여행이 끝난 후에도 오랫동안—독감처럼—그 느낌을 안고 살아야만 한다.

나는 이륙과 착륙을 앞두고 긴 활주로를 달려야 해. 아버지는 이렇게 말하곤 했다.

이 모든 성가심에도 불구하고—생애의 막바지에 다다르기는 했지만 아직은 **갈망**이라는 단어를 기억할 수 있었던 아버지는 여행을 갈망했다. 섬을 떠나 도시로 돌아가는 여행을.

***

남자 그래, 헤드비그 엘레오노라 교회 근처 어딘가에 작은 방이 두 개 딸린 아파트 한 채가 있으면 좋겠어…. **스토리아**

탄, 융프루가탄, 시뷜레가탄…. 나는 극장에 가던 시절이 그
리워. 연주회장에 가고 싶어. 이런 것들을 그냥 놓아버리
기가 힘들구나.

**남자가 휠체어의 바퀴에 손을 올리고 팔을 어떻게 해도 여전히 꼼
짝하지 않는다는 사실을 여자에게 보여준다.**

남자 방 하나인 그 작은 아파트에서 내가 사는 모습이 그려
져…. 기억하니? 그레브 투레가탄의 그 아파트? 내게 이
상적인 곳이었어. 내 인생의 가을을 보내고 싶은 곳이 바
로 그 아파트야. 하지만 그런 일은 일어날 리 없겠지, 그
렇지?

남자가 과장되게 한숨을 쉰다.

여자 모르겠어요…. 어쩌면?
남자 어쩌면?
여자 네, 안 될 게 뭐예요?
남자 모르겠어…. 네가 상상할 수 있을지 모르겠구나. 오케스
트라 리허설 현장에 있다는 건 그 무엇과도 비교할 수 없
는 경험이야. 문을 열고 커다란 연주회장으로 걸어 들어
가면….

불안

***

    칠 년 후 나는 오슬로에 있는 내 집의 거실 소파에 누워 있다. 남편과 딸은 위층에서 잠들어 있다. 밤이기도, 이른 새벽이기도 하다. 동이 트려면 몇 시간 더 있어야 한다. 나는 테이프를 다 듣고 있다. 지금은 새벽 4시다. 나는 비스듬히 누워 맥북을 다리에 올려놓고 우리가 입 밖에 낸 단어를 하나도 빠짐없이 기록하는 중이다. 녹취를 하면서 스웨덴어를 노르웨이어로 번역한다. 이 과정에서 해방감을 느낀다. 아마 번역으로 이 목소리들의 소유권을 갖게 되기 때문인 것 같다. 나는 에바에게 커다란 푸른색 헤드폰을 빌렸다. 테이프에서 아버지는 스톡홀름으로 돌아가고 싶다고, 헤드비그 엘레오노라 교회 근처의 방 두 개짜리 작은 아파트로 옮겨가고 싶다고 말하고 있다. 그 무렵 아버지에게 남은 시간은 불과 이 개월이다. 이런 대화를 나눈 기억도 나지 않지만, 내 목소리로 미루어보아 나는 아버지의 말을 반박할지(아뇨, 아빠, 이제는 이사를 하실 수 없어요. **여기 이곳이 바로 아버지가 계시고 싶어 하신 곳이에요**) 아니면 기분을 맞춰줄지(당연히 스톡홀름으로 돌아가서 도시에서 지내셔야죠) 고민을 하는 중이 분명하다. 결국 우리의 대화는 타협 비슷한 것이 된다. **모르겠어요**. 내가 말한다. **어쩌면?** 잠시 후 이렇게 덧붙인다. **네, 안 될 게 뭐예요?** 우리는 죽음에 대해서는 거의 이야기하지 않는다. 아버지는 지금의 삶과 드잡이를 해야 할 일이 너무 많다. 망각. 왔다가 가는 꿈들. 왔다가 가는 여자들. 활짝 열려 있는 모든 창문들, 그 여자들은 창문은 반드시 꼭 닫아 두어야 한다는 사실을 모른다. 세실리아가 그들에게 미리 말해 두지 않았다. 봄이고 햇살이 찬란하다. 파리가 창턱에서 붕붕거린다. 아버지는 눈에 대해 이야기를 많이 한다. 비스비 병원에 6월 18일 오후 3시에 잡혀 있는 수술을 걱정한다. 그곳까지 차를 타고 갈 걱정. 수술 과정. 병원. 함마르스에서 비스비까지 한 시간 반이 걸린다. **포뢰구베**라면 절대 제 발로 비스비 병원에 입원을 하지 않는다는 말이 아버지의 입버릇이었다.

비스비 병원에 입원을 하면 절대 살아 나오지 못해. 비스비 병원보다 집에서 죽는 게 나아.

***

심장의 초기 발생 과정에 대한 기록:

초기의 심장혈관은 임신 5주째가 반쯤 지났을 때 길어지기 시작하는데, 처음에는 알파벳 C자 형태지만 점점 눌린 S자처럼 발달한다.

내가 딸인 에바를 임신했을 때의 일이다. 태어날 아기의 이름이 에바가 되리라는 사실을 알기 오래 전 어느 날 밤, 나는 경련과 하혈을 하면서 잠에서 깼다. 그 밤이 오기 전 이미 두 번의 임신이 유산으로 끝났다. 한 번은 임신 12주. 또 한 번은 임신 10주. 임신부들이 으레 그렇듯이, 나도 내가 어떤 상황인지 이내 알아차렸다. 그날 밤 나는 임신 11주 차였다.

2003년 여름이었다. 우리는 그 섬에서 며칠 동안 머물렀다. 우리는 엥엔에 있는 집에서 지냈다. 우리는 개도 데리고 갔는데, 지금 키우는 개가 아니라 말론 다음으로 키운 브란도였다. 덩치가 큰 개였다. 나는 아빠에게 우리가 개를 데려왔다는 이야기를 차마 꺼내지 못했다. 어느 저녁 아버지가 엥엔으로 우리를 보러 온 날, 우리는 브란도가 낑낑거리지만 말기를 바라며 위층 침실 하나에 가둬 두었다. 나는 아빠가 화를 내거나, 개를 버리라고 하거나, 아예 개를 데리고 떠나라고 하거나, **자신과 개** 중에 하나를 고르라고 할까봐 걱정이 되었다. 아버지는 빌어먹을 개가 사방으로 뛰어다니는 걸 좋아하지 않았다. 나는 매일 속이 울렁거렸다. 때로는 침대에서 나가지도 못했다. 남편은 오전에는 글을 쓰고 오후에는 아이들을 해변으로 데리고 나갔다. 그해 여름 나는 한 글자도 쓸 수 없었다. 오후에 뎀바로 영화를 보러 가는 일도 거의 없었다. 녹색 안락의자에 구토를 해 그곳의 출입이 영원히 금지될까봐 두려웠다. 언니는 이렇게 말했다. 아냐, 그럴 리 없어. 잉마리에도 임신을 했을 때 속이 울렁거렸다고 했다. 이 증세는 집안 내력이야. 나는 잉마리에가 **집안 내력**이라고 말해 줘서 좋았다. 출입금지를 당할 리 없잖아. 언니가 말했다. 하지만 계속 속이 울렁거리면 차라리 집에 있는 편이 나아. 집에 혼자 있으면 개가 내가 누운 침대로 올라와 내 배 옆으로 몸을 뉘었다. 그러면 속이 편해졌다. 남편은 TV와 DVD 플레이어를 침실에 설치했다. 그래서 매일 개와 나는 침대에 누워 〈소프라노스〉의 초기 에피소드를 시청했다.

아버지가 내게 전화를 걸어 다정한 목소리로 물었다:

"오늘 오지 않을래? 배에 담요를 덮으면 돼. 그러면 속이 가라앉을 거다. 우리는 그레고리 펙이 나오는 걸 볼 거야."

"어떤 걸로요?"

"음, 제목이 뭐더라? 둘 중의 하나인데… 그레고리 펙이 나오는 거야."

그해 여름 엥엔에서 지낸 우리 가족은 모두 다섯이었다. 남편과, 내가 낳은 아들, 남편이 데려온 두 아이. 그러던 어느 날 밤 나는 문득 뱃속의 아기를 잃을지 모른다는 두려움에 사로잡혔다. 남편이 위의 두 아이를 깨워서 나를 데리고 병원에 가야 한다고 말했다. 그러니 둘이서 막내 여동생을 돌봐주라고 당부했다. 동생에게 아침을 먹이고, 잊지 말고 개를 산책시켜 주는데 함마르스 근처로는 가지 말고 숲을 지나 황무지 쪽으로 가라고 말해 두었다. 마침내 남편과 나는 차를 타고 비스뷔

에 있는 병원으로 향했다. 내가 말했다:

"비스뷔 병원보다 집에서 죽는 게 나은데."

그러자 남편이 대꾸했다.

"가끔 보면 당신은 장인어른이 한 말에 너무 얽매이는 것 같아."

여객선의 승무원들은 우리가 간다는 소식을 벌써 전해 들었다. 그들은 우리가 어디로 왜 가는지 이미 알고 있었다. 그렇게 그 특별한 날 아침 여객선은 우리를 기다렸다. 병원의 복도는 고요했고 산파도 말이 없었다. 그녀는 내가 의사에게 진료를 받고 초음파 검사를 받아야 한다고 소곤거리듯 말했다―내 기억에는 그렇다. 그녀는 나를 도와 소지품을 챙겨주었고 우리를 복도 저편으로 보냈다.

나는 양손으로 얼굴을 감싼 채 누워 있었다. 남편은 내 곁에서 있었다. 우리는 이런 일이 처음이 아니었다. 하혈. 경련.

잠시 후 의사가 내 팔을 살며시 건드렸다.

"환자 분." 그가 말했다.

남편이 내 손을 내 얼굴에서 떼어 냈다.

의사가 스크린을 가리키며 초음파영상 주위로 조심스럽게 손가락을 움직였다. 마치 우리에게 희귀한 지도를 보여주는 것 같았다. 그러나 우리가 눈으로 보고 있는 모습과 의사의 말을 좀처럼 믿지 못하자, 의사는 소리를 키워 심장이 쉬지 않고 뛰는 소리를 들려주었다.

***

끝에서 두 번째 녹음에서 아버지는 방 두 개짜리 아파트에서 살고 싶다고 했다가 방 하나짜리 아파트에서 살고 싶다고 했다가 문을 열고 새들이 훨훨 날아다니는 거대한 연주회장으로 들어간다.

남자 그리고 내가 문을 열면 그곳에는 150명이나 되는 연주자들이 있어. 엄청나고 도저히 분석되지 않는… 분석할 수 없는……말로 형언할 수 없는 경험이 나를 기다리고 있다는 사실을 나는 알아. 베토벤 교향곡이야. 아니면 합창단의 모든 성부와 오케스트라의 모든 파트를 완벽하게 갖춰 연주하는 마테 수난곡일 수도 있어. 압도적인 경험이지. 표현할 길이 없어. 그건 최고 중의 최고야.

여자 최고 중의 최고요?

남자 바로 그거야. 그래. 사는 게 그보다 더 좋을 수 없어.

불안

뎀바는 주건물과 부속건물, 영화관, 그리고 작은 집으로 개조한 낡은 방앗간으로 구성되어 있다. 그 작은 집의 일층에는 작은 부엌이 있고 좁은 계단을 한 층 올라가면 꼭대기에 거대한 침대가 자리 잡고 있는 침실이 나온다. 우리 형제들이 모두 젊었을 때 연인과 함께 포뢰에 가면, 그 방앗간은 갓 사랑에 빠진 이들 차지였다.

"신나게 섹스를 하다보면." 아버지는 지난 백 년 동안 꿈적도 하지 않고 멈춰 있는 풍차의 네 날개를 가리키며 말했다. "저 날개들이 돌기 시작할 거다."

영화관으로 들어가 비탈진 계단 네 칸을 올라가면 영사실이다. 그리고 사다리를 닮은 좁고 가파른 계단을 다시 올라가면 영사실에서 세실리아의 작업실로 갈 수 있었는데, 그 방은 한동안 편집실로도 사용되었다.

주건물로 들어가면 보기만 해도 아찔한 계단이 방문객을 반긴다. 그리고 밖에는—영화관과 황무지, 라일락 군락, 정원으로부터 직선 방향에—푸른색 난간이 달린 수수한 목재 계단이 있다.

부속건물에는 원래 외벽에 계단이 설치되어 있어서, 일층에서 이층으로 가려면 먼저 밖으로 나가 계단을 오른 후 다시 안으로 들어가야 했다. 그 후 부속건물을 개축하면서 계단을 건물 안에 재설치했다.

아버지는 섬에서 40년 동안 살면서 현지의 건축가들과 목수들, 목세공인들에게 집의 공사를 맡겼다. 아버지는 지치지도 않고 집을 개축해 넓혀 나갔다. 어디선가 슬리테에서 온 관 제작자가 계단 대부분을 만들었다는 이야기를 읽은 적도 있다.

나는 남편과 딸, 개와 함께 2008년 늦은 여름에 그 섬으로 건너가 그로부터 한 해를 살았다. 아버지가 돌아가셨기 때문에 그 집들의 운명이 결정될 때까지 누군가가 관리를 해야 했다. 아버지가 돌아가시고 처음 맞는 가을과 겨울을 우리는 엥엔에서 보냈다. 그때 에바는 유치원을 다녔다. 나는 남편과 에바에게 우리가 이제부터 **섬사람**이라고 말했다. 가족은 반대하지 않았다. 하지만 섬사람들은 내 말에 동의하지 않았을 것이다. 우리는 이방인이었다. 우리는 그곳에 속하지 않았다.

첫 번째 가을, 우리가 아직 엥엔에서 지낼 때 에바가 도서관 사서인 제 친할아버지한테서 편지를 한 통 받았다. 시아버지는 편지를 보내고 몇 주 후 돌아가셨다. 그때 에바는 다섯 살 생일을 앞두고 있었는데, 편지를 받고 뛸듯이 기뻐했다. 난생 처음 자신 앞으로 온 편지를 받았으니 왜 아니겠는가. 봉투를 뜯어 보니 엽서가 나왔다—푸른색 벨벳 가방 안에 회갈색 새끼 고양이 한 마리가 들어 있는 사진.

엽서에는 이렇게 적혀 있었다:

사랑하는 에바에게.

귀여운 아기 고양이가 노르웨이에서 스웨덴까지 네게 안부를 전하려고 달려왔어! 고양이의 하얀 발들을 봤니? 할아버지와 할머니는 너를 다시 만날 날을 손꼽아 기다리고 있단다. 오늘 할아버지는 산책을 하다가 공원에 있는 너의 옛 유치원을 지나갔어. 그런데 아이들이 건물에 꽁꽁 숨어 있어서 목소리밖에 듣지 못했단다.

긴 겨울을 보내고 우리는 뎀바로 옮겼다. 여름도 마찬가지로 길었다. 게다가 고요하고 무척 덥고 습했다. 우리는 밤마다 매트리스와 이불을 두 대의 그랜드 피아노가 있는 방으로 가져갔다. 셰비가 그 피아노들을 쳤는데, 한 대로 연습을 하고 다른 한 대로는 연주회를 열었다. 하지만 이제 피아노는 겨울철의 말들처럼 검은색 담요들을 뒤집어쓰고 있었다.

두 대의 그랜드 피아노가 있는 방은 그 집에서 가장 시원했다. 그래서 나와 남편, 에바, 개는 모두 방바닥에 드러누웠다.

2009년 8월의 어느 느지막한 아침이었다. 남편이 차를 몰고 오슬로로 떠났다. 남편은 손목이 가느다란 아가씨를 만나기로 한 외레브로에 1박 2일 동안 머물 예정이었다. 남편은 그 여행을 몇 달 동안 계획했는데, 나는 당시에는 눈치 채지 못했다. 남편의 차가 멀어지는 모습을 지켜보며 너무 빠르다고, 좁고 더러운 길에서 너무 급하게 차를 몬다고 생각했다. 그러나 남편이 여객선을 두 번이나 타야 하니 서두르는 것일 거라고 고쳐 생각한 기억이 난다. 우리는 오슬로의 집으로 다시 돌아갈 예정이었다. 남편은 개와 우리의 짐을 대부분 챙겨 떠났다. 에바와 나와 더 큰 아이들은 며칠 후 비행기로 돌아갈 터였다. 차 소리가 더이상 들리지 않자 나는 영화관 앞에 있는 벤치로 걸어가 앉았다. 주머니에는 영화관의 열쇠가 들어 있었다. 그 해 내내 나는 모든 집의 열쇠를 가지고 다녔다. 그래서 한 번은 함마르스의 집에 들어가 의자마다 다 앉아보고 침대마다 다 누워보고 부엌의 서랍을 다 뒤져보고 서재의 와인을 마시고 창문을 모두 열었다.

그곳의 집들은 모두 매물로 나와 있었다. 그래서 나는 이 모든 일들—**나는 버림받은 집처럼 슬픔에 잠겨 방마다 돌아다녔다**—이 곧 끝나겠구나 생각했다.

나는 적갈색 문을 열고 영화관으로 들어갔다. 〈마술 피리〉에 나오는 등장인물이 모두 나오는 커다란 태피스트리가 벽에 걸려 있었다. 올라가 어렸을 때 어른들을 따라와 영화를 봐도 된다는 허락을 받았을 때, 우리는 그 애에게 그 태피스트리 앞에 서서 등장인물을 가리키며 이름을 정확하게 말해 보라고 했다. 사라스트로와 모노스타토스, 파미나, 타미노, 아빠제나, 아빠제노, 밤의 여왕 같은 이름들을. 나는 가파른 계단을 올라 영사실로 갔다가 다시 계단을 올라가 세실리아의 낡은 사무실로 향했다. 아버지가 돌아가신 후 세실리아는 영원히 섬을 떠났다. **내 일을 모두 마쳤어요.** 그녀는 이런 말을 남기고 섬을 나갔다. 사무실은 엉망진창이었다. 우리 중 누구도 분류를 하지 못한 서류와 바인더들. 조만간 모여서 모두 정리해야 할 것 같았다. 나는 진공청소기를 찾아서 아래층으로 가지고 내려가 녹색 안락의자 두 개와 녹색 양탄자를 청소했다. 사방에 파리가 죽어 있었다. 나는 청소기를 사무실에 올려다 놓은 후 불을 끄고 밖으로 나와 문을 잠그고 다시 벤치에 앉았다.

벤치에 앉아 있는데, 멀리서 젊은 남자가 자전거를 타고 내 쪽으로 오는 모습이 보였다. 그는 힘겹게 도랑을 건너는 중이었다. 그래서 타지에서 왔다는 사실을 한눈에 알 수 있었다. 자전거는 흰색이었다. 그는 검은 머리에 갈색 반바지와 큼지막한 검은색 티셔츠를 입고 있었다. 그는 쉬지 않고 페달을 밟아 내가 있는 곳까지 와서는 자신이 마침내 여기 왔으니 잘 보라는 듯이 자전거로 한 바퀴 빙 돌았다.

"안녕하세요." 그가 외국 억양이 섞인 영어로 인사를 했다.

"안녕하세요." 나는 인사를 한 후 이내 시선을 돌렸다.

그는 내 앞에 자전거를 세웠다. 손을 뻗으면 그를 만질 수도 있는 거리였다. 아예 자전거를 발로 차버리는 편이 좋을 것 같았다.

"여기가 그 영화관인가요?" 그가 물었다.

"네." 내가 대답했다. "원래는 헛간이었죠."

"거장의 개인 영화관이군요." 그는 몇 번이고 입에 올렸을 존경심을 담아 말했다.

나는 다시 시선을 돌리고 아무 말도 하지 않았다.

"저는 독일에서 여기까지 왔어요." 그가 말했다.

"자전거를 타고요?" 내가 물었다.

그가 큰소리로 한참을 웃었다. 그러더니 느닷없이 웃음을 뚝 그치고 말했다.

"아뇨. 이 자전거는 포뢰순드에서 빌렸어요. 어쨌든 독일에서 여기까지 왔어요…. **거장**을 만나려고요."

"독일 어디에서요?"

"함부르크요."

"음, 이런 말을 하게 되어서 유감이지만, 당신이 만나러 온 그분은 이 세상 사람이 아니에요." 내가 말했다. "두 해 전에 세상을 뜨셨죠."

"알아요." 그가 목소리를 낮추며 말했다. "하지만 저는 사방에서 그분의 존재감을 느낄 수 있어요. 제게는 일종의 순례죠."

그는 자전거에서 내려섰다. 그리고 자전거가 풀밭 위로 넘어가도 개의치 않고 내 옆에 앉았다.

"방금 거기서 나오시는 모습을 봤어요." 그가 말했다. "열쇠를 가지고 계시는군요. 혹시 제게 안을 보여줄 수 없나요?"

"없어요." 내가 거절했다.

그는 청천벽력이 떨어지기라도 한듯 놀랐다. 그리고 그런 놀라움을 드러내는 걸 즐기기까지 했다. 마치 내가 딱 잘라 거절한 게 아니라 **당신이 벼락을 맞으면 어떻게 되는지 보여주세요**라고 부탁을 하기라도 한 것처럼 말이다.

"없다고요?" 그가 되물었다.

"네." 내가 말했다.

그가 나를 빤히 바라보았다.

나는 벤치에서 일어나 원피스 주머니에 양손을 찔러 넣고는 그가 풀밭에 훌쩍 던져 놓은 자전거를 바라보았다. 그리고 주머니에서 손을 빼 자전거를 일으켜 세운 후 석회암벽에 기대 놓았다.

"하지만 저기서 나오시는 걸 봤어요." 그가 말했다. "열쇠를 가지고 있잖아요."

"그건 그래요." 내가 말했다. "하지만 나는 다시 들어가고 싶지 않아요. 뭐랄까 좀 어색해요….” 나는 말꼬리를 흐렸다. 굳이 뭔가를 해명하고 싶지 않았다.

그가 일어섰다.

“하고 싶지 않다고요?” 그가 언성을 높였다. “당신의 그 귀한 시간을 단 5분만 제게 할애해서 안을 보여주고 싶지 않다고요?”

“그래요.” 내가 말했다.

“그래요?”

그는 앉았다가 다시 일어나더니 읍소하다시피 다시 말했다.

“하지만 그 먼 길을 달려왔다고요.”

“음, 미안해요.”

그는 자전거로 가서 올라타더니 페달을 밟기 시작했다. 잠시 후 그는 자전거를 세우고 뒤를 돌아보았다.

“당신은 그리 좋은 분이 아니군요.” 그가 소리쳤다. “여기까지 오면서 많은 사람들을 만났어요. 다들 좋은 사람들이었지만 당신은 아니네요.”

그가 자전거를 몰아 공터를 가로질러 도로로 나섰다.

“잠깐만요.” 내가 그를 불렀다.

갈색 반바지 아래로 튀어나온 그의 다리가 창백했다.

“잠깐만 기다려 봐요.” 나는 이렇게 소리치며 그를 따라 달리기 시작했다.

그는 멈춰서 발을 땅에 디딘 채 돌아보았다. 나는 도로로 뛰어갔다. 우리는 도랑을 사이에 두고 잠시 대치했다. 그는 갓 스무 살을 넘긴 것 같았다.

"돌아와요." 내가 차분하게 말하려고 애쓰며 말했다. "문을 열어줄 테니 영화관을 둘러봐요."

"싫어요." 그는 팔짱을 끼며 말했다.

"봐도 돼요." 나는 살짝 다가가며 말했다. "당신이 불쑥 나타나서 내가 좀 어색했을 뿐이에요. 여기에는 늘 나 혼자 뿐이었거든요. 그런데 당신이 불쑥 나타났고…. 어쨌든 돌아와요. 내가 보여줄게요."

"됐어요." 그가 말했다. "너무 늦었어요. 보고 싶지 않아요."

그는 몸을 돌리고 페달에 발을 올린 후 다시 출발했다. 길모퉁이를 돌아가는 그의 뒷모습을 물끄러미 보고 있는데 마지막 순간 그가 몸을 돌려 소리쳤다.

"보고 싶지 않다고요! 당신이 다 망쳤어!"

그해 여름 나는 가끔 주건물의 계단을 뛰어올라갔다가 뛰어내려왔다. 단지 한 번도 멈추지 않고 몇 번이나 왕복할 수 있는지 알고 싶어서였다. 나는 에바에게 라일락 군락에 사는 유령 이야기를 들려주었다. 아이에게는 기억조차 거의 없는 할아버지인 노인은 유령이 찾아오는 게 싫으면 계단마다 포크와 나이프를 늘어놓아야 한다고 말하곤 했다. 에바는 그 이야기를 듣더니 그 말대로 해야 한다고 했다. 하지만 막상 밤이 되니 포크와 나이프에 대한 바보 같은 이야기를 왜 들려줬냐고 따지듯 물었다. 그러더니 잠들기를 두려워했다.

아이들에게 망각의 아름다움을 가르쳐라. 루 리드는 잊지 말고 아이들에게 가르쳐야 할 모든 것들에 대한 노래에서 이렇게 노래한다. 나는 아버지의 장례식에 대해 거의 기억이 없다. 목사가 길고 치렁거리는 머리에 장미꽃 한 송이를 꽂았고 고틀란드 섬의 자장가를 불렀는데, 가사가 현지의 방언이어서 알아듣지 못한 기억이 난다. 첼리스트가 바흐의 〈무반주 첼로 모음곡 5번〉의 사라방드를 연주한 기억도 있다. 예전에 햄릿을 연기했던 남자가 감정이 복받쳐서 서럽게 울며 흐느낀 기억도 난다. 관을 장식한 붉은 꽃들도 기억난다. 조문 행렬이 끝이 없고, 사람들이 차에서 내리고, 교회에 있다가 나오고, 마침내 교회 안마당을 통과해 아버지를 기다리고 있는 매장지까지 걸어갔던 기억이 난다.

불안

여섯 번째이자 마지막 녹음이 끝에 다다르자 아버지와 나는 계획을 하나 세웠다. 우리는 순조롭지는 않아도 적어도 작업—프로젝트든 책이든—에 진전을 만들어가는 중이었다. 그리고 어떤 일에 진전을 이루어 가는 중이라면 **어떻게 진행해 나갈지**에 대한 문제가 제기되기 마련이다. 그날은 2007년 5월 10일이다. 나는 오슬로로 돌아갈 예정이다.

"그런데." 내가 말한다.

"그런데?" 아버지가 말한다.

"그런데." 내가 운을 뗀다. "제가 두 주나 후에 다시 올 거예요. 그러니까 그때 여기서부터 다시 시작하도록 해요."

이것이 우리의 새 계획이었다. 나는 일단 집으로 갔다가 다시 돌아온다. 중단한 부분에서 다시 시작한다.

하지만 돌아와 보니 아버지가 너무 쇠약해져서 작업을 계속하고, 정해진 시간에 만나고, 테이프에 우리의 대화를 녹음할 상태가 아니었다. 아버지는 모든 것을 망각해 버렸다. 프로젝트도. 테이프들도. 나도.

그때까지 진행한 작업에 대해서는 이런 이야깃거리도 있다. 매번 작업이 끝나면 우리는 한 가지 의식으로 그날을 마무리했다. 제일 먼저, 작업을 마칠 시간이라는 데 몇 번이고 맞장구를 친다. 다음으로 점심으로 무엇을 먹을지 잠시 이야기를 나눈 후 마지막으로 내가 아버지의 휠체어를 밀어 함께 책상으로 간다. 그곳이 항상 수첩을 두는 곳이다. 책이라고도 하고 다이어리라고도 부르는 그것 말이다. 나는 페이지를 차라락 넘겨서 다음 작업의 날짜를 찾아 그 아래에 약속 시간을 적는다. 가끔 11시 말고 다른 시간에 약속을 잡으려고 하지만 결국 11시보다 더 좋은 시간은 없다는 결론에 다다른다. 그런 후에 마치 협정을 체결하기라도 하듯 수첩의 날짜 페이지에 아버지와 내이름을 쓴다. 나는 아버지의 이름을 쓰고 아버지는 내 이름을쓴다. 이 의식이 20분가량 걸린다. 아버지는 글씨를 느릿느릿쓰는데, 내 이름은 철자가 네 개다. 아버지는 휠체어에 앉아 있다. 나는 그 옆에 서 있다. 아버지가 일정표에 내 이름을 쓰는데 손이 떨린다. 나는 양손을 원피스 주머니에 집어넣고 아버지의 손에서 펜을 빼앗아 직접 그 일을 해치우고 싶은 마음을간신히 억누른다. **N 하나, 또 N 하나, 자 끝났다.**

아버지는 하루 종일 누군가의 조력—혹은 도움이나 보살핌—이 필요하다. 여섯 여자들이 교대로 아버지를 보살핀다.

불안

그러나 모든 결정을 내리는 사람은 세실리아다. 아버지가 여전히 뎀바의 영화관에서 영화를 보던 시절에 영사기를 조작한 사람도 세실리아였고, 운전을 하다 도로에서 벗어나 도랑에 처박혀 있던 아버지를 찾아낸 사람도 세실리아였고, 잉그리드가 죽었을 때 아버지의 총에서 총알을 모두 빼버린 사람도 세실리아였다.

원래 우리는 매일 만날 계획을 세웠다. 하지만 계획대로 되지 않았다. 우리는 매일 만나지 않았다. 이틀에 한 번도 만나지 못했다. 돌아가시기 전 몇 달 동안 아버지의 상태는 빠른 속도로 악화되었다. 여기서 **빠른 변화**라는 표현이 적당한지 모르겠다. 노화의 양상은 복잡하다. 빠름과 느림이 복잡하게 뒤섞여 있다. 노화에는 제동장치가 없다. 낮에도 밤에도. 가끔 우리는 음악만 들었다. 한번은 아버지에게 블루스 음반이나 재즈나 가스펠 음반을 틀어 변화를 주고 싶지 않은지 물었다. 마할리아 잭슨은 어때요? 그러자 아버지는 **쉬**라고 했다. 아니면 **바흐**라고 했다. 그리고 고개를 가로저었다.

첼리스트인 파블로 카잘스에게 아흔이나 된 나이에도 왜 여전히 하루에 여섯 시간 씩 연습을 하는지 묻자 그는 이렇게 대답했다. "왜냐하면 여전히 실력이 늘고 있다고 생각하니까요."

가끔 아버지는 아침이 되어도 일어날 수가 없었다. 그러면 나는 아버지의 침대 곁을 지키곤 했다. 어떤 날은 아버지를 돌보는 여자 중 한 명이 전화로 이렇게 전했다: 그분이 오늘은 너무 피곤해하세요. 아니면, 오늘은 좋은 날이 아니에요. 또는, 오늘은 안 오셨으면 좋겠대요. 나는 이런 전화가 아버지와 다른 여자들과 세실리아 중 누구의 생각이었는지 모르겠다. 내가 그곳에 없을 때도 내가 누구인지 아버지가 알았을지 나는 모르겠다. 여러 날짜와 얼굴, 음성의 경계가 흐릿해져 하나로 합쳐졌다. 안개가 슬금슬금 함마르스로 밀려와 그곳을 오고 간 사람들 모두를 휘감아 버렸다.

길고 검은 머리와 아름다운 얼굴의 세실리아가 메모를 써서 부엌 식탁에 올려 두었다: **그분은 조용하게 지내시기를 원하고 그럴 자격이 있어! 내일은 오지 마!**

세실리아는 나의 계획과 나의 조치와는 무관한 그녀만의 계획과 그녀만의 조치가 있었다.

***

아버지는 상대가 **유일무이한 존재**가 된 것처럼 느끼게 만드는 드문 재주가 있었다. 상대의 눈과 귀가 자신에게 쏠려 있고 자신이 선택받았다고 느끼게 하는. 아버지는 당신의 손을 잡고 이렇게 말할 것이다. **나와 함께 갑시다.** 그러면 당신은 짧건 길건 아버지가 난생 처음 그런 말을 한 사람이 당신이라고 생각할 것이다. 이곳에는 세상에게 등을 돌린 당신과 아버지뿐이라고 말이다. 고령이 되고 한쪽 눈의 시력을 잃고 노쇠하고 모든 것을 잊어버리고 입안에 종기가 점점 자라서 혀의 움직임을 방해하는 상태가 되어서도, 닫힌 일곱 개의 문 뒤에 있는 휠체어에 갇힌 마네킹이나 다름없는 존재가 되었어도, 아버지는 이 능력만은 잃지 않았다. **나와 함께 있어요. 나를 버리지 말아요. 당신은 내가 곁에 가까이 둔 유일한 사람이에요.**

아마 아버지는 이렇게 말했을 것이다: 우리는 너무 닮았어요. 당신과 나 말이에요. 잃어버린 아이들 같죠. 밤의 형제들.

당신은 사랑받고 있다. 당신은 사랑받지 못한다. 당신은 사랑받을 수도 있었다. 당신은 사랑받았다. 당신은 그 누구보다 사랑받고 있다. 아빠가 노래였다면 그 노래는―모든 여자와 모든 결별, 모든 후회, 모든 단어를 생각해보면―아버지가 특히 더 좋아하지도 않고 잘 알지도 못하는 두 장르인 컨트리와 블루스에 훨씬 더 가까웠을 것이다.

나는 여기서 사랑과 내 부모님에 대해 뭐라도 이해해 보려고 애쓰고 있다. 왜 두 분의 삶에서 고독이 그토록 중요한 역할을 했으며 왜 두 분은 이 세상에서 버림받는 것을 그 무엇보다 두려워했는지에 대해서도.

이것은 아버지의 다섯 아내들 가운데 네 번째였던 셰비 앞으로 1958년에 쓴 연애편지의 일부분이다.

오늘 나는 '무척 사랑받는 사람'으로부터 네 통의 매혹적인 편지를 받았습니다. 이 편지들 가운데 한 통에서 그녀는 내가 왜 그녀를 그토록 사랑하며 왜 '누구도 아닌 바로 그녀'인지 묻습니다.

나는 그 질문에 대답을 해야 할까요. 아니, 펜에서 술술 흘러나오는 아름다운 단어들의 모호함을 빌어 그 질문을 어물쩍 넘어가야 할까요.

'사랑'이라는 것은 너무나 독특하고 오용되고 있으며 슬픈 단어입니다. 그래서 나는 당신을 사랑하고 싶지 않습니다.

하지만 그럼에도 불구하고 내 안을 가득 채우고 있으며 바다처럼 내 안에서 차올랐다가 내려가는 것에 대해 이야기해 보려고 합니다.

아버지가 영원히 함마르스로 거처를 옮겼을 때 세실리아는 아버지에게 한 가지 약속을 했다. 아버지는 결코 그녀에게 아버지 같았던 적이 없다. 나는 두 사람이 자신들의 관계를 그런 식으로 생각했을 것 같지 않다. 그렇다고 구혼자나, 남매나, 친구 사이로도 생각하지 않았을 것이다. 그렇다면, 두 사람은 무엇이었을까? 평소 두 사람은 아침 미팅을 하고, 노란 메모지에

서로에게 남기는 메시지를 적었으며 그 메시지는 감정이 배제되어 있고 대신 그 자리에 약어 —FYI('참고로'의 약어—옮긴이)나 ASAP('가능한 빨리'의 약어—옮긴이), e.g.('예를 들어'의 약어—옮긴이), etc('등등'이라는 뜻—옮긴이), i.e.('즉'의 약어—옮긴이)— 가 가득했다. 현실적인 문제에 대한 간략한 메시지들이었다. 집과 영화관, 각종 청구서, 수리 문제 등 말이다. 아버지는 현실적인 사람이 아니었다. 아버지는 내 시아버지처럼 한 번도 숲으로 들어가서 적당한 나무를 찾아 칼이나 도끼 자루를 직접 깎을 수 없었다. 하지만 현실적인 것의 가치는 잘 이해했다. 상황에 딱 맞는 재주. 일을 제대로 하는 것.

"애야, 너는 현실적이 되어야 한다. 어느 때고 말이야. 일에 있어서건 사랑에 있어서건. **특히** 사랑에 있어서. 현실적이지 않은 사랑은 불운한 사랑이야. 너는—이걸 어떻게 말하면 될까?—너는 한 줌의 모래와 백 만 개의 아름다운 단어로는 집을 지을 수 없어. 내 말 듣고 있니?"

평생에 걸쳐 아버지는 여자들로부터 약속을 받아냈다. 제일 처음은 어머니인 검은 눈의 카린이었고 마지막은 세실리아였다.

너무 늙어서 더이상 스스로를 돌볼 수 없게 되자 아버지에게 어떤 일이 일어났을까?

아버지는 활력이 넘쳐난다. 스톡홀름의 아파트가 팔리자 마침내 일 년 내내 함마르스에서 살 수 있게 되었다. 때는 봄이고 사방에 야생화가 만발해있다. 그리고 아버지는 **퇴뢰구베**로서의 새 삶을 고대하고 있다. 그런데 왜 아버지는 지금 이 질문을 던지는 걸까?

젊은 여자가 고개를 옆으로 돌린 채 난간에 서 있다. 뛰어내릴 작정이라도 하는지 고개를 숙여 물을 들여다보고 있다. 그는 포뢰순드에 신문을 사러 가는 길이다. 비가 쏟아진다. 여자는 미동도 않고 가만히 있다. 그 여자가 고개를 돌려 그를 봐주면 좋겠다. 여자는 젊다. 날씬한 허리를 보면 알 수 있다. 여객선이 고동을 울린다. 비가 쏟아지자 그가 스위치를 킨다…. 그 단어가 뭐지? 모든 것이 멈춘다. 그를 둘러싼 모든 것이 변함없이 흘러가는데, 그의 내부에서는 뭔가가 멈춰버린다. 여자는 돌아보지 않는다. 비가 내리고 여자는 난간 위로 몸을 내민 채 물을 바라보고 그는 여자가 뛰어내리려는 건지 궁금해 하면서 스위치를 켠다… 음, 그걸 뭐라고 부르더라…? 비가 올 때 사람들이 스위치를 키면 좌우로 움직이고 슥삭-슥삭-슥삭 소리 나는 물건을?

아버지는 그 지프에 앉아있고 비가 퍼붓는 중이다. 그런데 와이퍼라는 단어를 떠올릴 수 없다. 내가 나 자신을 더이상 설명할 수 없을 때 어떻게 되는 걸까? 내 골반과 한쪽 눈이 내 맘대로 되지 않고 내 언어가 자취를 감추면?

불안

평생토록 아버지는 언어와 글과 씨름을 했다. 노란색 메모지와 펜. 아버지를 안에 가두는 문. 깨고 싶었지만 도저히 깰 용기가 없었던 엄격한 규칙들. 하지만 그런 충동은 글을 쓸 때가 아니라 배우들과 기술자들—자신의 일을 어떻게 하는지 잘 아는 사람들—로 둘러싸인 영화 세트장에서만 일었다. 아버지의 동료들. **아르벳스캄라테르**(Arbetskamrater, 동료라는 뜻—옮긴이). 가장 아름다운 스웨덴 단어. 하지만 글은 이런 사람들이 없어야 쓸 수 있다. 그 방에는 망령과 산 자, 죽은 자를 제외하면 아무도 없다. 그리고 이따금 빌어먹을 비평(**나는 당신을 경멸하고 증오하고 당신에게 악운이 닥치기를 바라. 무엇보다 당신 인생에서 적어도 한 번은 자신의 줏대 없는 자아와 일대일로 대면할 일이 생기기를 기원해**). 아버지의 글쓰기 방에 넘치는 침묵은 온전히 상냥하지만은 않다. 단어가 쉽사리 찾아오지 않는다. 아니면 엉터리 순서로 찾아온다. 문장은 뒤엉키고 시작도 끝도 없다. 내 언어의 한계가 내 세상의 한계라고 비트겐슈타인이 말했다. 그런데 노인은 이렇게 묻는다. 내가 내 언어를 잃어버리면 무슨 일이 일어날까? 무슨 일이? 이내 파편들 외에 아무 것도 남지 않는다.

아버지가 침대에서 일어나 앉아 스트린드베리를 생각했다. **당신은 도대체 어떻게 그걸 한 거요?** 그러자 스트린드베리가 대답했다. **나는 여러 언어의 혼돈 속에서 산다오.**

글쓰기라는 일에 대해 할 수 있는 이야기는 노화라는 일에 대해서도 똑같이 할 수 있다. 다시 한 번 통찰력 있는 스트린드베리의 말을 살펴보자. "내 자신과 나의 풍경 사이의 괴리가 내 신경을 옥죄는 통에 나는 조각조각 흩어질 것만 같다." 하지만… 가끔은 솔직히 글쓰기가 정말 재미있을 때도 있다. 글이 술술 써진다. 이따금 나는 어디서든 무엇에 관해서든 글을 쓸 수 있다. 물구나무를 서서도 쓸 수 있다. 세상이 확장된다. 세상이 새롭다. 이런 상황에서 사람은 감히 은총이라는 단어를 입에 담을지 모른다고, 아버지는 말했을 것이다. 날이 밝아 빛이 있고 글쓰기가 쉽게 느껴질 때.

하지만 늙어가는 것은 결코 이렇지 않다.

늙어가는 건 아주 힘들고 사람을 녹초로 만들고 긴 시간에 걸쳐 벌어지는 아름답지 않은 일 같아.

아버지가 책상을 떠나 천 개의 창문이 달린 댄스 홀 같은 그 집의 조용한 방들을 통과할 때마다 스트린드베리가 벽에서 못마땅한 눈빛으로 아버지를 힐끔 본다. 아버지는 그렇게 생각한다.

"눈앞에 상세한 계획을 세워놓고 과거의 어떤 사건을 되짚으려고 하다보면, 너무 많은 것들이 중요한 의미가 있는 것처

불안

럼 보이게 된다." 아버지는 부모님에 대해 쓴 자서전적 소설 세 편 가운데 한 편에서 이렇게 썼다. "더욱이 목적 없이 표류하는 파편 몇 가지로만 구성된 사건이라면 말할 것도 없다. 당신은 상식을 더하고 상상력을 충분히 지펴야 한다. 가끔 내 귀에 그들의 목소리가 들리지만 희미할 뿐이다. 그 목소리들은 '그 일은 **전혀** 그렇지 않았어'라고 하거나 '실제로는 완전히 **달랐다**'라고 말하며 나를 격려하거나 꾸짖는다."

어느 날 아버지는 세실리아를 불러 이야기를 나눴다. 잘 들어, 세실리아. 나는 자네를 신뢰해. 나는 앞으로 살날이 많지 않아. 슬슬 망각 속으로 사라지는 것들이 생기기 시작했어. 단어들 말이야. 이를 테면 **와이퍼** 같은 것. 걱정할 일은 전혀 없어. 나이가 들면 이렇게 되니까. 지금 불평을 하려는 게 아니야. 나는 여든넷이야. 징징거리려는 게 아니라네. 다만 조금 놀랐을 뿐이야. 뭐랄까, 음―내가 고루한 노인네가 되어가고 있잖아. 내게 벌어지는 일들이 좀 우스워. 통 말을 안 듣는 몸뚱이, 질병들. 다양한 형태의 놀라움이 있어. 그리고 이것도 그 놀라움 중의 하나. 놀라움이 늘 내 곁을 지켜 줘. 하지만… (아버지는 커다란 손을 가늘고 긴 세실리아의 손 위에 놓는다)… 자네는 지금부터 내가 당부하는 대로 하겠으며 다 끝나기 전에는 아무 데도 가지 않겠다고 약속해. 자, 이게 내가 당부하고

싶은 말이야:

나는 절대 양로원 같은 곳에는 가고 싶지 않아. 나는 내 집의 내 침대
에서 죽고 싶어. 무기력하게 남겨지는 것도 내 아이들의 결정에 좌우되는
것도 원하지 않아. 나 때문에 감정을 요란하게 드러내는 건 싫어. 나는 내
주위의 모든 것이 평화롭고 정돈되어 있기를 원해. 내 죽음이 온화하기를.

아버지가 처음 보롬으로 어머니를 보러 가고 싶다고 했을 때, 나는 이렇게 대답했다: 하지만 할머니는 돌아가셨어요, 아빠. 아시잖아요. 오래 전에 돌아가셨어요. 이 말에 아버지는 대노해 나와 더이상 말하지 않겠다며 세실리아에게 택시를 부르라고 했다. 나를 보내버리려고 택시를 불렀는지 아버지가 직접 탈 작정이었는지 지금도 모르겠다. 세실리아는 어깨를 으쓱하더니 하던 일을 계속했다. 잠시 후 아버지는 그런 일이 있었다는 것을 다 잊어버렸다. 두 번째로 아버지가 보롬으로 어머니를 보러 가고 싶다고 말했을 때, 나는 이렇게 대답했다: 그런데 우리가 거기까지 어떻게 가야할지 모르겠어요. 할머니가 거기에 계시는지 확실하지 않아요. 아버지는 나를 물끄러미 보았다. **도대체 지금 무슨 말을 하는 거니.** 잠시 후 아버지는 세실리아에게 택시를 부르라고 했다. 세 번째 아버지가 또 어머니를 보러 가겠다고 했을 때, 나는 아버지가 세실리아를 끌어들이는 것도 싫고 택시 이야기도 지긋지긋해서 이렇게 말했다. 저도 아버지와 함께 보롬에 가고 싶어요.

어쩌면 여기에 묻혀도 되겠어. 아버지가 말했다. 꼭 이대로는 아니지만 그 비슷한 말이었다. 그러세요. 하지만 지금 당장은 아니겠네요. 교회지기가 말했다. 대개는 직계 가족이 묏자리를 고른다. 하지만 교회지기는 아버지에게 그런 사실을 지적하지 않았다. 살았건 죽었건 그 몸뚱이의 주인은 아버지 아닌가? 우리가 우리의 죽은 몸인가? 그렇다고 해도, 오래 동안은 **아니다**. 육신은 먼지가 된다. 그러므로 어디에 묻히건 별로 중요하지 않다—적어도 매장을 한다면 말이다. 혹시 화장을 하더라도. 혹은 지난 수 세기 동안 이 섬의 사람들이 그리 되었듯이 바다에서 실종되더라도. 교회의 벽에는 그림 두 점이 걸려있다. 둘 중 더 큰 그림은 1618년 작품이고 더 작은 것은 1767년 작품으로, 모두 바다를 표류 중인 바다표범 사냥꾼들을 그렸다. 나는 교회지기가 수백 년 전 혹한의 부빙 위에서 몸을 맞대고 있는 그 사람들을 생각하는 모습을 상상해 본다. 지금은 봄이라 점잖은 두 노인, 그러니까 교회지기와 내 아버지를 태양이 따사롭게 비추고 있다. 하지만 두 사람은 아무도 재킷을 벗지 않는다. 인류가 출현한 이후로 몇 번이고 우리를 받아준 땅이 있어 다행이다. 내 아버지는 키 큰 나무들이 자라고 드문드문 비석이 서 있는 묘지를 바라본다. 두 남자는 말을 많이 하지 않는다. 이쪽으로 오세요. 교회지기가 말문을 연다. 조금만 더 가면 훨씬 더 좋은 자리가 있으니 보여드리죠.

2005년인가 2006년의 그날처럼 묘지를 가로지르면 돌담이 나온다. 그리고 그 담 너머에는 여름철에 양들이 풀을 뜯는 들판이 펼쳐져 있다.

여기, 돌담에 면한 이 모퉁이는 어떻습니까?

아버지와 교회지기는 한동안 그곳에 서 있었다. 온화한 바람이 물푸레나무의 우듬지를 살랑거리며 지나간다. 아무도 입을 열지 않았다. 두 사람은 그곳에 얼마나 서 있었을까? 아마도 아버지가 마음의 결정을 내리기에 충분한 시간이었을 것이다. 어쨌든 이야기는 그렇게 되었을 것이다.

매년 여름 환영의 노란색 메모지가 식탁에 놓여 있었다—
엥엔이건 뎀바건 카를베르가건.

월요일 오후 7시

사랑하는

막내딸아!

따뜻한 마음을 담아

환영한다.

네 늙은 아비로부터

내일 11시에 나를 보러 오너라

—단 네가 마음이 끌릴 때만.

불안

내가 열아홉 살이 되던 해에 아버지는 그리스에 갔는데, 아버지는 그 여행을 시간여행이라고 불렀다—고대로 돌아간다고 말이다. 아버지는 현기증이 날 정도인 여행공포—자유와 미지의 것, 무중력 상태에 대한 두려움—를 극복하고 스톡홀름에서 아테네로 날아갔다. 그곳에 도착한 아버지는 공항에서 훈장을 가슴에 달고, 양복 정장에 넥타이를 매고, 드레스를 입은 훌륭해 보이는 사람들과 TV 카메라와 마이크, 플래시, 찰칵거리는 소리, 다른 소리를 압도할 정도로 크게 **환영해요 마에스트로!**를 연호하는 목 쉰 여자 목소리들의 환영을 받았다. 아버지는 스톡홀름의 왕립드라마극장에서 에우리피데스의 〈바커스의 시녀들〉을 연출하는 중이었으며, 조수와 기술자, 안무가, 번안 자문 들로 구성된 스태프들을 이끌고 그리스로 갔다. 그들은 배우게 될 것이고, 보게 될 것이고, 델피의 신탁소를 찾아갈 것이고, 에우리피데스의 대극장을 오르게 될 것이었다.

잉그리드도 함께 갔는데, 아버지의 손을 잡아주기 위해서가 가장 큰 이유였다. 그런데 아버지가 왜 나를 그 여행에 데려갔는지 잘 모르겠다. 그리스로 가기 전 몇 해 동안 나와 아버지는 이야기도 별로 나누지 않았다. 나는 뉴욕에 살았고 아버지는 스톡홀름에 살았다. 나는 십대였고 아버지는 **네 늙은 아비**였다.

아버지는 일 년에 몇 번 내게 전화를 걸어 이야기를 나눌 때 자신을 이런 식으로 부르곤 했다. (내가 어릴 때 아버지가 이 사실을 이미 지적했다시피) 우리는 나이 차가 무척 많이 나는 부녀였다. 따라서 함께 나눌 이야깃거리를 생각해 내기가 늘 쉬운 일은 아니었다. 그러다가 어느 날 아버지가 제안하기를—말을 꺼낸 아버지나 제안을 들은 나나 당황스럽기는 마찬가지였을 것이다—그리스에 함께 가자고 했다. 스톡홀름에 와서 아버지와 잉그리드와 함께 아테네로 가자고. 나는 대학에서 문학을 공부하고 있었다. 게다가 에우리피데스에 대해 이런 저런 이야기를 한 탓일지도 모르겠다. 이런, 이런. 이것 좀 봐. 얘가 지금 대학에서 문학을 공부하며 잘난 체를 하고 있어. 다음에 벌어질 일은, 얘가 비평가가 되는 걸 내가 속수무책으로 지켜보는 거야. 내 말을 명심해! 나는 그런 일을 좌시하지 않을 거야! 유언장에서 얘를 빼버리겠어. 두 가지를 명심해라, 얘야. 나는 네가 비평가가 되는 게 싫어. 그리고 네가 왕족에 대해서 헐뜯는 소리도 듣고 싶지 않아. 스웨덴의 실비아 여왕님은 존경받아 마땅한 군주시다. 그분의 처신이 얼마나 아름다운지 한 번 보렴.

이건 위대한 연극의 시대로 되돌아가는 여정이야. 아버지가 말했다. 바로 순례지.

공항으로 가는 차에서 잉그리드는 내가 찢어진 청바지를 입

불안

었다고 화를 냈다.

아빠에게: "저 애는 여행에 입고 갈 만한 옷도 없어요?"

나에게: "너는 여행에 입고 갈 만한 옷도 없니? 적어도 구멍이 뚫리지 않은 멀쩡한 청바지를 입을 수는 없었던 거야?"

아빠는 여행을 끔찍하게 여겼기 때문에 바람을 먹었다. 아버지의 목소리는 차분했지만 듣는 사람은 차분할 수 없는 성질의 것이었다. 흡사 아버지가 그 자리를 떠나면서 자신의 옷을 입고 팔다리를 하고 독특한 이목구비와 으스스한 녹음 전의 음성을 부여한 다른 사람을 보낸 것 같았다. 아버지는 잉그리드와 같은 생각이라고 말했다. 하지만 젊은 여자들이 이미 찢어져 있는 청바지를 사는 시대라는 사실을 모르냐고 했다. 내 청바지가 절대 낡은 것이 아니라 오히려 **신상품**이며 청바지의 허벅지와 무릎, 정강이 아래에 난 구멍과 찢어진 부분은 단정하지 못한 옷차림의 증거가 아니라 오히려 잘 차려 입으려고 한 나의 노력이었다는 사실을 모르냐고 했다.

아버지는 고개를 돌려 나를 보며 숨죽여 웃었다.

우리는 일등석을 타고 갔다. 잉그리드와 아빠는 두 번째 줄에 앉았고 나는 제일 앞줄에 앉았다. 내 옆에는 영국인이 앉았는데, 그가 공간을 많이 차지했다. 그는 위스키를 마셨고 〈파이낸셜 타임즈〉를 읽으며 내 찢어진 청바지를 못마땅한 눈초리로 흘겨보았다. 나는 무릎과 팔이 싸늘했다.

좌석의 공간은 여유로웠다. 하지만 나는 차라리 창문으로 기어나가 사라지고 싶은 심정으로 창가에 몸을 바짝 붙이고 앉았다. 비행기 아래로 떠 있는 구름을 보며 뒤에서 불안에 젖은 아빠의 숨소리를 들었다. 옆자리 남자가 신문을 활짝 펼치더니 점점 더 내 공간을 침범했다. 숫제 그의 신문이 내 코앞에 있고 그의 팔꿈치가 연신 내 옆구리를 찔렀다. 혹시 자신의 옆자리에 내가 앉아 있다는 사실을 모르는 걸까? 나의 찢어진 청바지와 훤히 드러난 무릎을 못 봤을까? 혹시 내가 투명인간인가? 어느 쪽이 더 나쁠까? 눈총을 받는 것 아니면 무시를 당하는 것? 보이는 것 아니면 안 보이는 것? 내가 어떤 상태건 간에 내 코앞에 그의 신문이 펼쳐져 있고 그의 팔꿈치가 내 옆구리를 쿡쿡 찔렀다. 이 모든 상황을 아버지가 좌석 사이의 틈으로 지켜보고 있었던 것이 틀림없다. 왜냐하면 아버지가 벌떡 일어나서 앞으로 몸을 숙이더니 먹잇감을 덮쳐 공격할 준비를 하는 골든 이글처럼 양팔을 쭉 뻗어 영어와 독일어, 스웨덴어의 억양이 뒤섞인 독특한 말투로 그 남자에게 소리쳤기 때문이다.

"빌어먹을 팔을 옆자리에서 치우시오. 그리고 그 신문도. 당신 옆자리에 내 딸이 앉아 있단 말이오! 내 딸이!"

그러자 그는 얼굴을 붉히고 입을 다물었다. 신문을 접었다.

팔꿈치도 치웠다. 그 동안 아버지는 계속 선 채로 그 모습을 지켜보았다.

옆자리 남자와 눈이 마주쳤는데, 내가 다 미안할 지경이었다. 그가 이렇게 말하는데 내 얼굴이 화끈 달아올랐다.

"미안합니다, 아가씨."

아버지는 코웃음 소리와 히힝 하는 소리가 뒤섞인 소리를 내고는 다시 자리에 앉아 비행기가 착륙할 때까지 더이상 아무 말도 하지 않았다.

기원전 340년 건축가인 작은 폴리클레이토스가 치료와 의학의 신 아스클레피오스의 고향인 작은 마을 에피다우로스에 거대한 원형극장을 지었다. 병들어 건강을 되찾고 싶은 사람들에게 가장 중요한 장소이자 만 삼천 명 이상의 관객을 수용할 수 있는 대규모 극장이었다. 극장의 음향 수준은 자리의 위치에 상관없이 배우의 대사가 들릴 수 있는 정도였다. 예전에는 바람이 소리를 전달해주거나 배우가 쓰고 있는 가면이 확성기처럼 소리를 증폭시킨다고 믿었다. 후에 계단이 바람 같은 잡음을 걸러주는 '소리의 덫' 역할을 한다는 사실이 밝혀졌다. 이것은 무대에서 멀리 떨어진 뒤에 앉아도 사라진 소리를 청중이 스스로 채워서 듣는 '가상 피치' 현상 덕분에 가능했다.

아테네에서 에피다우로스로 출발하기 전날 저녁, 우리는 레스토랑에서 함께 저녁을 먹었다. 내가 한 번도 해보지 않은 일이었다. 우리는 레스토랑에 한 번도 같이 가지 않았다. 우리는 가족이 아닌 사람들과 함께 식사를 한 적도 없었다. 내가 어렸을 때 엄마와 내가 뮌헨의 호화로운 레스토랑에 나타났는데, 내가 재채기를 한다는 이유로 아버지가 나를 안아주지 않으려고 했던 때를 제외하면 한 번도 없었다. 내가 재채기를 하기는 했지만 아버지의 짐작처럼 감기 때문이 아니라 거의 1년이나 아버지를 보지 못했는데 아버지가 나를 본 순간 코가 간지러웠기 때문이다. 교정기를 하지 않는다는 사실을 아버지는 알아차렸을까? 아버지는 내가 예쁘다고 생각할까? 그런데 이제 나는 스웨덴과 그리스의 학자들, 연극 관계자들에 둘러싸여 아테네의 레스토랑에 아버지와 함께 앉아 있었다. 나는 열아홉 살로 더이상 아이가 아니고, 아빠는 체크무늬 플란넬 셔츠를 입은 채 그곳에 앉아 와인을 좋아하지도 않으면서 와인을 권하는 사람에게 "네, 주세요."라고 말하고 식전빵을 먹지도 않으면서 식전빵을 권하는 사람에게 "네, 주세요."라고 말했다. 아버지가 평소와 다르게 머리를 빗어서, 대머리 부분을 옆머리로 덮는 방식으로 정수리 위로 머리를 넘긴 모습이며 아버지의 영어 발음이 우스꽝스러운 수준이라는 사실이 내 주의를 끌었다. 나는 테이블에 앉은 다른 사람들도 그렇게 느낄지 궁금했다. 그리고 아버지가 스스로에 대해 입버릇처럼 말한대로, 이런저런 자리에서 자신이 스스로의 사촌이 된 것 같다는 말이 사실인지도 궁금했다.

아버지가 와인 잔을 들고 빵을 가리키며 이 세상의 대로를 한가로이 거니는 한량을 연기할 배우에게서 빌려온 듯한 목소리로 이렇게 말했다. "이 와인과 이 빵이라는 환상적인 발명품에 건배를 하고 싶습니다."

모두가 아버지를 따라 건배를 했다. 나도 했다. 잔을 맞부딪힌 후 아버지는 열의를 잃어버린 것 같았다. 마침내 음식이 나오자 아버지는 웨이터에게 작은 목소리로 맥주 한 잔을 할 수 있는지 물었다.

여러 차례의 가이드 투어와 강연을 소화하는 긴 하루를 보낸 후에야 나와 아버지는 에피다우로스 극장의 제일 꼭대기에 있는 벤치까지 걸어 올라가 마침내 그곳에 앉았다. 저 아래 무대 위에서는 사람들이 여기저기 돌아다니며 이야기를 나누고 있었다. 우리가 앉은 자리에서 그들의 말소리가 들렸다. 그들이 하는 말이 들리기는 했지만 모든 단어는 아니었다. 누구는 스웨덴어, 누구는 영어, 누구는 그리스어로 말했다. 그때 다른 사람들과 떨어져서 홀로 서 있는 젊은 여자가 눈에 들어왔다. 얼굴은 보이지 않았지만 어리다는 사실은 알 수 있었다. 나보다 두 살 정도 어릴 것 같았다. 그녀는 챙이 넓은 커다란 검은 모자와 검은 선글라스를 쓴 채 미동도 않고 가만히 서서 고개를 들어 하늘을 바라보고 있었다. 해가 막 서쪽으로 기울기 시작했기에 햇살은 따스하고, 하늘은 회색과 붉은색이 뒤섞여 있었다.

"어떤 트릭을 몰래 숨겨두고 있어도 무대에서 이런 빛을 재현할 수는 없을 거야." 아빠가 하늘을 가리키며 말했다.

나는 녹색 사이프러스들과 그 너머로 솟은 황토색 산봉우리들로 시선을 옮겼다. 한 줄기 바람이 훅 불어왔다. 여자의 머리에서 모자가 벗겨져 바닥을 미끄러지듯 날아갔다.

저 아래 목소리들이 잦아드나 싶더니 그 바람이 어디에서 왔는지 찬찬히 살피기라도 하듯 모두 한 몸처럼 산봉우리를 향해 고개를 돌렸다.

"그 이유를 알 것 같아⋯." 아버지가 이렇게 말하며 내 어깨에 팔을 둘렀다. 그러고는 말문을 닫았다.

"뭐라고요?"

"아니야. 나도 모르겠다. 사람은 이런 곳에 있으면 이런저런 생각을 하게 돼."

"무엇에 대해서요?"

"지금 너와 나처럼 수천 년 전 사람들이 바로 이곳에 앉아 있었다는 사실에 대해서⋯. 그러니까 이곳은 일종의 연주회장

불안

이야."

아버지의 팔이 여전히 내 어깨에 무겁게 얹혀 있었다. 나는
아버지에 좀 더 바짝 붙었다.

"내 말은 말이지." 아버지가 말했다. "그 당시 사람들이 신
들이 바로 근처에 있다고 생각한 이유를 알 것 같다는 거야."

우리는 함마르스의 갈색 얼룩 벤치 옆에 앉아 자갈이 깔린 진입로 너머를 바라보고 있다. 지프. 자전거. 소나무들. 아버지는 휠체어에 앉아 있고 내 의자는 접이식 의자다. 아버지가 내게 신을 가져오라고 한다.

"무슨 신이요, 아빠?"

"내 신. 침실 벽장에 있는 것."

"아버지의 스니커즈요?"

"그 흰색 신."

"지금 그 스니커즈를 신고 계시잖아요."

"잘 됐네. 왜냐하면 지금 어딜 가야 하거든."

"어디로요?"

"어머니를 만나러. 보름에 계시는."

"저도 가도 돼요?"

"당연히 너도 나와 같이 가야지. 기차를 타고 가려고 생각했는데 아무래도 지프를 타고 가야겠어."

"하지만 아빠, 저는 운전면허증이 없어요. 운전을 못해요."

아버지가 짜증을 내며 휠체어에서 몸을 뒤척인다.

"운전을 하는 사람은 네가 아니야!"

"오, 알았어요. 다행이네요."

불안

"내가 운전한다!"

"물론이죠!"

"곧 출발할 거야. 그리고 보롬으로 가는 거야. 너는 보롬에 가본 적이 있니?"

"아뇨. 한 번도 없어요."

"달라르나에 가본 적은 있고?"

"아뇨."

"얘야…. 너는 도대체 가본 데가 어디니?"

"달라르나는 아직 가보지 않았어요."

"그렇다면 내 말 잘 들어. 일단 가서 내 신을 가져와. 그런 다음에 우리는 지프를 타는 거야―운전은 **내가** 해. 네 생각은 어떠니―우리가 교회에 들려야 할까? 안 들려도 될 것 같아. 오늘은 토요일이 아니니까. 주말에 울리는 종이 울릴 리 없어. 한 번은 내가 종이 울리기를 기다리며 앉아서 기다렸어. 그런데 종지기가 끝끝내 나타나지 않지 뭐냐. 시간이 6시가 되고, 6시 5분이 되고, 10분이 되고. 나는 멍청이처럼 계속 거기 앉아서 기다렸어…. 잉그리드를 위해서 초를 밝히고 싶었거든…. 초를 밝히고 싶었어…. 그리고 시간이 6시 15분이 되자 지팡이를 짚고 탑으로 난 계단을 올라가서 빌어먹을 종을 직접 쳤어. 계단을 내려가는데 목사가 내 쪽으로 오더니 나는 탑에 올라가면 안 된다고 하더구나. 그리고 퓨즈가 나가버렸다나―**그것이** 종이 울리지 않았던 이유였어―퓨즈가 나가다니! 그래서 **내가** 말했지. 그게 사실이라면 당신은 **밧줄**이라는 물건도 못 들어봤소? 시간 엄수, 얘야. 시간 엄수. 그러고 보니 우리도 이렇게 앉아서 수다나 떨고 있으면 안 되겠구나. 얼른 가서 내 신을 가져와라. 여객선을 타러 가야 하니까. 우리는 배를 두 번 타야 해. 먼저 작은 배를 타고 다음은 큰 배를 타는 거야. 웁살라에 들렸다 가도 괜찮겠니? 거기에 들리면 둘러가는 거야, 나도 알아. 하지만 내가 어렸을 때 살았던 곳을 네게 보여주고 싶구나. 웁살라에는 가봤니?”

“아뇨.”

“아니라고. 그래도 상관없어. 어쩔 수 없지. 그런 후에 점심을 먹자꾸나. 도중에 잠시 들려서 쉴 만한 곳을 알아. 그곳은 하룻밤 묵을 수도 있고 호수가 보이는 전망이 아름다워. 음식도 맛있지. 하지만 무슨 일이 일어난다고 해도 그곳에서 밤을 보내고 싶지 않아. 어두워지기 전에 보룸에 가야 하니까. 우리는 잠시 야외에 앉아서 아름다운 날씨를 음미할 수는 있어. 너는 와인 한 잔을 해도 돼. 나는 광천수를 마실 거야. 광천수가 탈수를 유발할 수도 있다는 사실을 알았니? 기포와 관계가 있다는 것 같아. 이산화탄소. 소금. 의사가 내게 광천수를 마시지 말라고 하더라. 대신 생수를 마셔야 한대. 의사가 내가 탈수증세가 있다고 하더라! 자, 무슨 이야기 중이었지…. 내게는 그

기포가 잘 맞아."

"알았어요. 우리가 여행을 하는 동안에는 광천수를 드셔도 돼요. 괜찮아요. 아무에게도 말하지 않을 거예요."

"우리가 어디에 있니?"

"우리는 보롬으로 가는 중이에요."

"우리는 북쪽으로 운전해서 가고 있어."

"북쪽이요?"

"북쪽으로 한참. 두브네스는 볼렝에서 멀지 않아. 그곳이 너와 관계가 있는지 모르겠다만. 달라르나에."

"저는 달라르나에 간 적이 없어요."

"그래, 그렇지. 그리고 여기…."

"두브네스?"

"두느네스, 그래. 두브네스에서… 언덕 위로 조금 올라가면 기찻길 바로 위로 보롬이 나올 거야. 어머니가 창가에 서서 우리가 오나 지켜보고 계실 거야. 벌써 늦었어. 어머니가 도로를 보고 계실 거야. 커다란 자작나무가 그림자를 드리우고, 화물 열차들이 선로를 바꾸고, 가장 환한 낮에도 시커먼 강물이 흐른단다."

세실리아가 나를 보며 소리친다:

"너는 몇 시간이나 여기를 쿵쿵거리며 돌아다니며 그분을 성가시게 하는구나. 그것 때문에 불안해하신다고. 그걸 모르겠니?"

그녀는 내게 집의 열쇠를 돌려달라고 요구한다. 아버지가 평화롭고 조용하게 지낼 수 있도록 보살피는 것이 그녀의 책무다. 그렇게 해달라고 아버지가 원했다. 내킬 때마다 집에 오고 가는 시절도 이제 끝이다.

"하지만 아버지가 오라고 하셨어요." 내가 말해 본다.

세실리아가 어깨를 으쓱한다.

"그분이 **누군가**에게 오라고 하셨지. 하지만 그 누군가가 너인 것 같지는 않아."

아버지가 돌아가신 여름은 쌀쌀했다. 나는 아버지가 돌아가시기 몇 주 전에 아버지와 함께 찍은 사진이 몇 장 있다. 우리는 갈색 얼룩 벤치 옆에 앉아 있다. 둘 다 울 카디건을 입고 있다. 아버지의 다리에는 담요가 둘러져 있다. 나는 고풍스러운 밀짚모자를 쓰고 있고 아버지는 가장 좋아하는 녹색 울 모자를 쓰고 있다.

셰비는 여전히 여름을 뎀바에서 보낸다. 그녀는 음악가 친구 두 명과 함께 와 나와 남편을 저녁식사에 초대했다. 이 저녁식사에 우리는 마지막 연주회를 모의한다.

우리는 여섯 여자들 중 한 명의 도움도 받았다. 그녀가 아버지가 마지막으로 셰비의 피아노 연주를 들었으면 좋겠다고 생각한 덕분이었다. 이제 아버지는 거의 입을 열지 않는다. 대부분 침대에 누워 천장을 바라볼 뿐이다. 밤이면 횡설수설하며 수다스러워진다. 내가 안나라고 부를 그 여자는 아버지가 어마어마한 번역 작업을 하는 중이라고 내게 말해준다. 그녀는 아버지가 바깥바람을 쐬면 좋을 것이라고 믿고 있다. 게다가 이번 주는 낮에는 그녀가 아버지를 돌볼 예정이다. 우리는 세실리아에게 아무 말도 할 수 없다. 그도 그럴 것이 그녀는 오래 전에 아버지와 함께 만든 정확하게 짜 놓은 스케줄대로 아버지의 일과를 짜두었기 때문이다. 이를 테면, 침대에서 일어나기, 옷 입기, 아침 먹기. 서재에서 일하기, 집 앞 갈색 얼룩 의자에 앉아 있기, 점심 먹기, 저녁 먹기, 라디오 듣기, 잠자리에 들기, 이 모든 것을 다음 날 그대로 반복하기. 아버지가 더이상할 수 없는 일들(예를 들어, **침대에서 일어나 나오기**)을 그녀는 목록에서 과감하게 생략한다. 그녀가 목록에서 제하지 않은 유일한 항목이 오믈렛이다. 갑작스러운 변덕은 없다. 즉흥적인 것도 없다. 그런데 아버지가 돌아가시기 몇 주 전, 우리는 황홀할 정도로 즉흥적인 일을 계획 중이다. 그리고 그날이 오자 우리는 아버지를 몰래 밖으로 데리고나와 휠체어와 다른 것들을 챙겨 간다. 우리는 수적으로 더 많으며 차가 두 대나 있다. 일단 뎀바에 도착하면 힘을 합쳐서 아버지를 차에서 내려서 휠체어로 옮긴다. 안나가 휠체어를 밀고 황무지를 가로지른다. 그녀는 몹시 늙고 병든 남자가 외출을 할 때 필요할지 모를 필수품을 잔뜩 챙겨왔다. 그것들은 내가 들고 가는 검은 가방 안에 잘 들어 있다. 아빠가 제일 앞에 서고 안나가 바로 뒤에서 휠체어를 민다. 나는 세 번째로 가방을 들고 있다. 내 뒤를 남편이 따르고 그 뒤를 셰비의 두 음악가 친구들이 따른다. 우리는 걷고 걷는다. 저 멀리 파란 난간을 세운 계단의 꼭대기에서 셰비가 우리를 기다리고 있다. 그녀는 여든을 훌쩍 넘겼다. 머리를 틀

불안

어 올렸다. 미소를 짓고 있다. 서 있는 자세와 움직이는 자태에 그녀만의 아름다움이 깃들어 있다. 아버지가 휠체어에 앉은 채 몸을 틀어 안나에게 우리가 어디에 있고 어디로 가는 중인지 묻는다.

"우리는 뎀바로 가고 있어요." 내가 줄에서 튀어나와 아버지 옆으로 다가가며 대답한다. "셰비가 아빠를 위해 피아노 연주를 들려줄 거예요."

우리는 걷고 또 걸었다. 황무지와 정원이 이렇게 광활한지 처음 알았다. 우리 작은 무리는 아주 긴 행군을 하는 중이다. 우리는 뎀바로 간다. 두 대의 피아노가 있는 방이 우리의 목적지다. 우리는 세상에서 제일 작은 연주회장으로 가는 중이며, 그곳에서 셰비가 피아노를 연주할 것이다.

마침내 뎀바에 도착한 순간 모두가 당혹감에 휩싸인다. 파란 난간이 세워진 계단의 발치에 도착해보니 어떻게 계단을 지나 집안으로 아버지를 올릴 지 난감해진 것이다.

"힘내요." 두 음악가 친구 중 한 명이 말한다. "우리는 할 수 있어요."

행렬이 움직인다. 안나가 제일 뒤에 서고 나는 그녀 옆에 선다. 남자들이 휠체어 주위에 선다. 그리고 **하나, 둘, 셋** 소리에 아버지를 번쩍 들어 한 번에 한 칸 씩 계단을 올라 거실로 휠체어를 밀고 들어간다.

모두가 자리를 잡자 셰비가 피아노에 앉아 한 손을 들어 올리더니 쇼팽의 마주르카를 연주하기 시작했다. 그녀가 연주하는 동안 나는 아버지를 물끄러미 바라보았다. 아버지의 옆모습을. 아버지가 이곳까지 오고 싶었는지 알 길이 없다. 아버지가 그 순간 다른 곳에 있고 싶었다 한들 나는 알 길이 없다. 아버지는 오롯이 혼자였다. 저 먼 바다에 뜬 부빙 위에 있었다. 그리고 셰비는 자신의 쇼팽을 연주했고 햇살이 창문으로 쏟아졌다. 2시였다. 이윽고 2시 5분이 되었다. 셰비는 지금까지 천 번은 연주를 한 것처럼 연주했다. 아버지를 위해서 그리고 수많은 다른 사람들을 위해서. 그녀는 더 연주할 예정이었다. 연주회는 아주 자세하게 계획이 되어 있었다. 그러나 마주르카가 끝나고 그녀가 허벅지에 양손을 내려놓은 채 아마도 다음 곡을 소개하기 위해 그 앞에 모인 몇 안 되는 청중을 돌아보았을 때, 아버지가 고개를 들고 창문을 바라보았다.

"오늘 이 아름다운 저녁을 빛내 준 여러분 모두에게 감사하고 싶어요." 아버지가 말했다. 아버지는 모두에게 말하면서 동시에 아무에게도 말하지 않았다. 아버지는 밤과 낮에게 말했고 피아노 건반을 닮은, 넓은 목재 마룻바닥에 원을 그리며 떨어지는 밝은 오후 햇살에게 말했다.

우리는 숨을 삼켰다. 아버지가 이토록 긴 문장을 이토록 또렷하게 말하는 소리를 정말 오랜만에 들었기 때문이다. 이윽고 아버지가 다시 말문을 열었다.

"이제 늦었어요. 이 늙은이는 집으로 가고 싶구려."

모든 준비가 다 되었다. 빠진 것은 하나도 없다. 시간은 정해졌다. 조문객들이 오는 중이었다. 목사는 예배문을 모두 작성했으며 부를 노래를 연습했고 머리에 꽂을 장미꽃도 꺾어 두었다. 장례식 순서는 모두 출력해 두었다. 오르간 주자는 어떤 곡을 연주해야 할지 알고 있고 첼리스트도 그랬다. 관을 운구할 사람들은 휴일에 입는 제일 좋은 옷을 입고 왔다. 그리고 가까운 친지들이 마지막으로 작별 인사를 준비 중이었다.

우리 중 맏이인 잉마리에가 비스뷔에 있는 꽃집마다 일일이 전화를 걸어서 우리 가족의 희망사항을 똑똑히 전달했다. **오로지** 붉은 색의 꽃으로 관 주위와 위를 장식할 것. 가령 누가 노란색이나 분홍색이나 보라색 꽃을 급히 보내고 싶다고 하면 꽃집에서 책임지고 설득해 단념시켜야 했다.

잉마리에의 어머니인 엘세가 고인의 첫 번째 아내였다. 그녀는 죽었기에 장례식에 참석할 수 없었다. 두 번째 아내이자 아버지의 네 아이의 어머니인 엘렌도 이미 이 세상 사람이 아니었다. 두 사람의 장례식에는 무용가들과 안무가들, 배우들, 감독들이 참석해 추모를 했다. 세 번째 아내이자 조종사 오빠의 어머니인 군보르는 슬라브 언어를 가르쳤고 유고슬라비아와 러시아 문학의 번역가로도 활동했다. 특히 톨스토이의 《모든 것의 법칙》을 번역한 것으로 유명했다. 그녀도 죽었다. 고인의 네 번째 아내이자 피아니스트이며 다니엘의 어머니인 셰비는 참석했다. 물론 내 어머니도 참석했다.

어머니와 아버지는 결혼을 하지 않았다. 그래서 어머니는 네 번째와 다섯 번째 아내 사이에 끼여 있다. 하지만 두 분은 평생 친구였고 **아르벳스캄라테르**, 즉 동지였다. 그리고 먼 옛날 어머니가 아주 젊었을 때 아버지는 당신들이 고통스럽게 이어져 있다고 말했다.

아버지의 다섯 번째이자 마지막 아내이고 내 언니 마리아의 어머니인 잉그리드는 원래 묻힌 곳에서 이곳 포뢰의 묘지에 묻힐 아버지의 옆으로 곧 옮겨올 터였다.

고인은 가장 가까운 가족과 친구들, 동료들, 섬의 지인들─그를 보살폈던 여자들과 집을 짓고 증축했던 남자들─만 참석해 장례식을 조촐하게 치르도록 당부해 두었다.

그는 조문객 명단에 대해서도 미리 지시해 두었으며 특히 배우는 모두 다 초대하지 말고 몇몇만 초대하도록 했다. 그는 연극 무대를 떠나 함마르스에 정착한 후 그들을 몹시 그리워했다. 이윽고 배우들이 모습을 드러냈다─한명씩 두 명씩. 보글러 씨와 보글러 부인, 작은 오케르블롬 양이 왔다. 알마와 엘리자베트가 왔다. 자살자들과 기사들, 바람난 아내를 둔 남자들, 우는 아기들, 음악가들, 광대들이 왔다. 부르주아들이 왔다. 왕족들이 왔다(엘리자베스 여왕과 스코틀랜드의 매리 여왕). 적어도 왕자 한 명이 왔다. 파놓은 구덩이에 관을 내리자 왕자가 흐느끼기 시작했다. 어찌나 격하게 우는지 옆에 서 있던 **숨이 막힐 정도로 아름다운** 여자가 그를 부축해야 할 정도였다.

기자들과 사진사들도 왔지만 돌담을 지날 수 없었다. 그들은 교회는 물론 교회 안마당에도 입장할 수 없었다. 평화롭고 조용하게 식이 진행될 수 있도록 유가족은 절대 자신들의 임무를 가볍게 여기지 않는 경비원을 세 명 고용했다. 어찌나 목에 힘을 주고 일을 하는지, 그 모습을 지켜보는 사람들은 그들이 검은 양복이라는 갑옷과 헬멧을 착용하고 불과 물의 입구를 지킨다고 생각했을 것이다. 기자들은 괜히 제일 좋은 구두를 신고 왔다고 투덜거렸다. 돌담 주위에 풀이 웃자라 있었고 어디를 가건 양의 똥을 피할 수 없었기 때문이다. 추모객들은 도보나 차로 도착했는데, 대부분 식이 시작되기 한참 전에 도착했다. 양들은 눈도 들지 않았다.

전통에 따라 추모객들이 먼저 교회로 들어가 자리에 앉았다. 그리고 가장 마지막에 유가족이 교회로 들어와 작은 행렬을 이루어 신도석 제일 앞줄에 마련된 자리로 가 앉았다.

***

　장례식이 있기 며칠 전 나는 어머니에게 전화를 걸었다. 우리는 한동안 거의 연락을 하지 않았다. 드문드문 안부나 간단히 나누는 정도였다. 나는 어머니에게 장례식을 어떻게 치를지 이야기하고 싶었다. 식의 순서나 시간이나 장소 같은 현실적인 문제들 말이다. 어머니에게는 아버지가 돌아가시기 전 매일 밤 의미불명의 말을 주절거렸고 그 주절거림이 결국 통곡과 고함으로 이어졌다는 사실은 말하지 않았다. 나는 그런 밤이면 아버지를 돌보던 안나가 몸을 숙여 아버지에게 무슨 말을 하려는 건지 물었고, 그러면 아버지는 대규모 번역 작업을 진행 중이라고 대답했다는 이야기도 하지 않았다.

　죽음을 코앞에 둔 아버지와 함께 있었을 때에도 아버지가 **번역**이라는 단어를 입에 담은 기억이 없다. 아버지가 **번역**이라는 단어를 잊어버렸다고 생각했다. 그러나 안나의 말이 틀림없다면 그 단어야말로 이 모든 것을 마무리 짓는 정확한 단어였다. 노인을 위한 새로운 언어를 찾는 것. 새로운 사람을 위한 오래된 언어를 찾는 것. 아버지처럼 아주, 아주 늙어가는 일은 번역 작업이나 다름이 없었다—존재했던 것을 이제 막 온 것으로 치환하는 일이니 말이다.

***

아버지는 부모에 대한 소설들 가운데 한 편에서 이렇게 썼다.

"내 이야기의 진실성에 대해 언제나 과할 정도로 꼼꼼하게 확인했다고 말할 수는 없다. 나는 이야기 조각을 잇고, 더하고, 빼고, 폐기했다. 그러나 이런 종류의 게임이 종종 그러하듯이, 게임은 현실보다 더 명확해졌다."

***

스웨덴의 장례 풍습에는 최근친인 남자에게만 적용되는 복장 규칙이 있다. 장례식에서 남자는 모두 하얀색 넥타이를 매야 한다. 백 퍼센트 확신하지는 못하겠지만, 내가 아는 한 스웨덴은 그런 규칙이 있는 유일한 나라다. 장례식은 죽음의 극장이다. 아마 프루스트의 글일 것이다.

이번에는 비행기로 갔다. 먼저 오슬로에서 스톡홀름까지. 스톡홀름에서 다시 비스뷔까지. 우리가 상복으로 입을 원피스와 남자 양복은 모두 옷가방에 들어 있었다. 가방 하나에는 원피스, 다른 가방에는 남자 양복. 우리는 모두 여섯 명이었다. 나와 남편과 아이들이었다. 세 살인 에바가 가장 어렸다. 우리는 막내에게는 검은 상복을 입히지 않는다. 그래서 아이가 좋아하는 흰색 데님 치마와 분홍색 티셔츠를 따로 챙겼다.

스톡홀름 공항에 도착했는데, 남자들의 양복을 넣은 가방이 어디에도 없었다. 그 가방은 오슬로에도 없었고 스톡홀름에도 없었다. 완전히 사라져 자취를 추적할 수도 없었다. 새 옷을 사는 수밖에 없었다. 우리는 비스뷔로 가는 마지막 비행기를 타야 했고 새 옷을 마련할 시간이 고작 몇 시간 밖에 없었다. 그 사건으로 인해 나는 그달에만 두 번째로 왕립드라마극장 근처에 있는 호사스러운 스톡홀름 백화점에 갔다. 첫 번째는 언니와 함께 상복으로 입을 원피스를 사려고 들렀을 때였고 이번에는 남편과 아이들과 함께 상복을 사러 들르게 되었다.

남성복 코너에 가니 여자 판매원이 우리를 맞았다. 그녀의 가짜 속눈썹이 어찌나 길고 무겁고 까맣게 보이는지 비쩍 마른 그녀의 작은 몸을 그 안에 넣을 수도 있을 것 같았다. 나는 이 세 남자가 입을 양복이 필요하다고 말했다.

"뭐라고요?"

나는 우리가 양복을 사야 한다고 다시 말했다. 스웨덴어가 아니라 노르웨이어로 말했다. 나는 스웨덴어로 말할 때 음성이 날카롭고 높아진다. 게다가 나는 충분히 날카로웠다.

"뭐라고요?" 그 여자가 다시 물었다. 그녀가 눈을 깜박였다. 아들이 그 속눈썹을 빤히 바라보더니 제 형을 돌아보며 속눈

섭이 아플 것 같다고 생각하는지 물었다.

"뭐라고요?" 그 여자가 세 번째로 되물었다. "이해가 안 되네요…. 여성용 정장을 찾으세요? 여기는 **남성복 코너**에요."

"남성용 정장요." 남편이 스웨덴어로 버럭 소리를 질렀다. 그는 숨을 들이쉬고 좀 더 차분하지만 목소리는 살짝만 줄여서 다시 말했다. "우리는 남성용 정장을 사려고 해요! 지금 장례식에 가는 길이에요. 비행기를 타야 하고요. 지금 급해요. 내 말 이해가 됩니까?"

정장 재킷의 깃에 실크 손수건을 꽂고 콧구멍이 크고 예민해 보이는 중년 남자가 우리의 대화를 모두 듣고 있다가 얼른 달려왔다. 그는 그 여자 판매원의 팔에 손을 살짝 얹고 고갯짓으로 돌려보냈다. 그는 목에 줄자를 걸고 있었고 주머니에는 바늘꽂이가 들어 있었다. 목소리 또한 내가 원하던 조곤조곤하고 따스한 음성이었다.

"장례식에 가신다고요." 그가 말문을 열었다. "삼가 조의를 표합니다." 그는 우리 여섯 명을 휙 둘러보고 자신만만하게 고개를 끄덕였다. "보시다시피 우리는 가장 고급스러운 남성복 브랜드를 갖추고 있습니다. 휴고 보스, 아르마니, 겐조가 있습니다. 물론 다른 브랜드도 있습니다. 그다지 고가가 아닌 종류로요. 제가 늘 하는 말입니다만, 좋은 양복에 한 재산을 쏟아부을 필요는 없습니다. 무엇을 사든 훌륭할 겁니다. 비행기를 타러 가셔야 한다고 들은 것 같은데요? 유가족이십니까? 최근 친이신가요? 고인에 대해 여쭤도 될까요? 그분이… 아버지와 장인어른, 할아버지시라고요? 그렇다면 여러분은 모두 하얀색 넥타이를 매야 합니다. 어디 봅시다. 여기 이 발판 의자에 올라가 보시겠어요? 한 분 씩. 그래야 치수를 잴 수 있거든요."

우리는 늦을 게 분명하다. 내 아버지의 장례식에 가는 길인데 나는 늦을 것이다. **시간 엄수, 얘야, 시간 엄수.** 이게 다 흰 넥타이 때문이다. 에바와 나는 옷을 다 갈아입고 준비를 마친 채 밖으로 나와 아예 차에서 기다리는 중이었다. 남편의 열네 살 딸은 황무지를 이리저리 거닐고 있다. 그 아이도 옷을 다 입고 준비를 마쳤다. 뎀바에서 교회까지 차로 10분 정도 걸린다. 우리는 11시 45분까지 도착해야 하는데, 벌써 30분이다. 나는 일찌감치 도착해서 오래된 가게에 차를 세워놓고 잠시 차에 앉아 있고 싶었다. 그런데 우리는 제 시간에 도착하고 싶으면 당장 **출발해야 할** 지경이다. 나는 휴대폰을 찾아 남편에게 전화를 건다.

"오고 있어?" 내가 발끈해 소리친다.

"곧 갈 거야." 남편이 대답한다. "넥타이를 묶는 데 약간 문제가 있어."

"**무슨 문제?**"

내 목소리가 커지기 시작한다. 아버지가 돌아가셨기 때문이 아니라 아무도 넥타이를 매는 법을 모르고 우리가 시간에 맞춰 가지 못할 것이기 때문이다.

"나는 다 맸어." 남편이 대답한다. "그리고 지금은 애들 넥타이를 매주고 있어. 괜찮을 거야."

"괜찮을 **리 없어**." 나는 악을 쓴다. "괜찮을 리 없어. 괜찮을 리 없어. 괜찮을 리 없어. 다시는 다 괜찮을 거라고 하지 마."

"곧 나갈 거야." 남편이 말한다. "약속해. 늦지 않을 거야. 시간은 충분해."

"괜찮을 **리 없어**." 내가 울부짖는다.

나는 전화를 끊고 고개를 돌려 뒷좌석에 앉은 에바를 본다. 아이의 눈은 밝은 푸른색이다. 아이는 비스뷔에서 차를 렌트할 때 추가 요금을 내야 했던 카시트에 앉아 있다. 카시트도 밝은 푸른색이고 아이에 비해 많이 크다. 에바가 나를 본다. 난 손가락으로 머리를 넘기고 뭔가 할 말을 떠올려 본다. **미안해. 걱정하지 마. 엄마가 일부러 큰 목소리를 낸 게 아니야.** 나는 아이들 앞에서 소리를 지르고 싸움을 하며 흉한 꼴을 보이고 싶지 않다. 그러나 자꾸 자제력을 잃고 만다. 결국 에바에게 아무 말도 하지 않는다. 나는 시선을 돌려 창밖을 바라본다. 태양이 강렬하다. 아버지는 비를 좋아했는데.

"엄마." 에바가 부른다. 나는 고개를 돌려 딸을 바라본다. 아이가 나와 눈을 맞추며 하얀 데님 치마에 떨어진 부스러기를 집어낸다.

"엄마." 아이가 다시 부른다. "다 괜찮을 거야."

그때 황무지 저편에서 검은 옷을 입은 세 남자가 나를 향해 달려오는 중이다. 엄밀히 말해 남자 한 명과 남자 아이 두 명이다. 세 사람은 달리고 달리지만 좀처럼 거리를 좁히지 못하고 한없이 느리다. 게다가 바람이 거세지고 있다. 그래도 달린다. 하얀 실크 넥타이 세 개가 힘껏 뻗은 갈매기 날개처럼 공중에 휘날린다. 마침내 차에 도착하자 남편은 운전석에 타고 큰아이들 셋이 뒷좌석에 비좁게 앉는다. 차는 교회를 향해 좁은 도로를 전속력으로 달린다. 늙어 이제는 세상을 등진 아버지를 묻기 위해.

여자 지금까지 오랫동안 이야기를 나눴어요.

남자 하지만 좀 더 계속할 수 있어…. 나는 따로 할 일도 없으니까.

여자 그럼, 극장에서의 작업에 대해서 여쭤보고 싶어요.

남자 그래, 해 봐. 극장은 말하자면 내 전문이지.

여자 전문요?

남자 그래.

그가 큰소리로 웃음을 터트린다.

남자 정말이라니까. 모든 면에서 그래. 명백히. 연극…. 그리고
영화…. 그리고 잉그리드. 그리고 내가 아꼈던 모든 사람
들. 그런데 사랑을 말할 때는 순위라던가 높고 낮음 같은
건 없어. 그냥 있는 그대로지.

여자 연극이라는 작은 세계에 매몰된다는 걱정은 들지 않으셨
어요…? 제 말은 현실 세계가 있는 그대로의 모습이니까
요. 어떤 식으로든 하찮아지는 기분이 들지 않으셨어요?

남자 절대, 절대로 하찮은 게 아니야. 그곳은 항상 살아서 펄
떡이는 심장 같은 곳이야. 모든 것이 움직이고 있지. 움
직임이 멎었다면 그건 개나 주라고 해.

여자 저는 잘 모르겠어요….

남자 은총은… 그것은 가장 독특한 방식으로 모습을 드러낼
수 있어. 이를 테면 꿈속에서…. 그리고 그건 너나 나나
마찬가지야.

여자 무슨 뜻이에요, 아버지나 저나 마찬가지라니?

남자 오, 사랑하는 딸아. 너는 내게 늘 질문만 퍼붓는구나. 내
말이 무슨 뜻인지 너도 알잖니. 자, 밥이나 먹으러 가자.

여자 알았어요. 금방 끝날 거예요.

남자 우리 점심 먹을 거지?

여자 점심은 45분 후에 먹을 거예요.

남자 45분?

여자 네, 45분 후요. 그리고 제 말 좀 들어보세요, 아빠. 말씀드릴 게 있어요. 제가 잠깐 오슬로를 다녀와야 해요. 그래서 다음 달 말에나 아버지를 뵈러 올 수 있어요.

남자 어딜 가니?

여자 오슬로에 잠깐 다녀오려고요. 제가 거기 살잖아요. 두 주 후면 돌아올 거예요…. 그리고 돌아오면 책 작업을 다시 계속할 수 있어요. 그러니까 수첩에 우리가 다음에 만날 날짜를 적어둬야 할 거예요.

남자 됐어.

여자 왜요. 그렇게 해요.

여자가 휠체어를 밀어 남자를 책상으로 데려간다. 수첩을 차라락 넘기는 소리가 난다. 가리키기.

여자 저는 이 날짜에 올 거예요. 돌아오면 당장 작업을 시작할 거예요. 5월 28일 월요일. 보세요. 우리가 작업을 다시 시작하는 날짜예요.

남자 나는 모르겠어.

여자 제가 펜을 찾아서 우리 같이 기록해 둬요.

지그

남자 그런데 문제가 있어…. 내가 눈 수술을 받을 거잖아.

여자 네, 그래요. 하지만 그 수술은 6월 8일로 잡혀 있어요. 수술 날보다 훨씬 전에 돌아올 거예요.

남자 그렇구나.

여자가 수첩을 넘겨 날짜를 가리킨다.

여자 아버지가 눈 수술을 받으시는 날은 **여기**에요. 그리고 우리는 **여기** 이 날짜에 만날 거예요.

남자 5월 28일?

여자 네. 먼저 써둘까요?

남자 그래라.

여자 보세요. 5월 28일. 11시.

남자 그때 우리가 만나는 거냐?

여자 네.

남자 여기에 네 이름을 써야 할까?

여자 네.

남자가 글을 쓰는 동안 흐르는 긴 침묵.

여자 그러면 제가 여기 아버지 이름을 쓸게요.

불안

남자 그래.

여자 이건 날짜고요.

남자 우리 이제 다 끝났니?

멀리서 보면 그들은 춤을 추러 오라는 말을 듣고 모인 사람들 같다. 제일 앞에는 관의 앞과 뒤를 받쳐 들어 운구하는 사람들이 서고 그 뒤를 목사와 유가족이 차례로 따라간다. 유가족 다음으로는 배우들과 친구들, 이웃들, 섬에서 알게 된 지인들이 차례로 뒤따른다. 행렬의 가장 마지막에는 장의사에서 온 남자 세 명이 꽃송이가 굵은 붉은 장미를 양팔 가득 안고 따라간다. 하얀색 데님 치마를 입은 여자아이가 미리 파 놓은 묘지 구덩이로 향하는 행렬과 돌담과 사진사들과 담 건너편의 양들 사이를 쪼르르 뛰어다닌다. 여자 한 명이 여자아이를 따라가 번쩍 안아 들어 다시 상기시킨다. 우리는 다른 사람들과 같이 걸어야 해, 여자가 속삭인다. 환한 햇살을 받으며 걸어가는 행렬은 검은색과 흰색과 붉은색이 어우러져 있다. 교회와 바다 사이로 놓인 저 아래 도로로 자동차들이 쌩쌩 지나가지만 그 수가 그리 많지 않다. 관광 시즌이 끝나가는 중이라 대개 선착장을 오고가는 섬사람들이다. 그들 중 어떤 이들은 오래된 가게를 지나갈 즈음 속도를 늦춰 시선을 들어 교회와 묘지를 힐끔 본다. 추모객들은 서로 손을 잡고 길고 긴 행렬이 앞으로 계속 나아가도록 돕는 것처럼 보인다. 아무도 입을 열지 않는다. 아무도 선뜻 말을 하지 않는다. 그러나 천 가지나 되는 소음이

불안

이곳을 매우고 있다. 교회의 종들이 울리고, 카메라가 찰칵거리고, 한 줄기 바람에 치맛자락과 바짓단, 실크 스카프, 양복의 깃, 남자들의 넥타이, 목사의 상아색 가운이 펄럭거린다. 자그마한 여자아이가 까르르 웃으며 빙그르르 돈다.

인용한 작품들

— 헨리 아담스HENRY ADAMS, *The Education of Henry Adams. An auto-biography*, Modern Library, 1996

— 사무엘 베케트SAMUEL BECKETT, "Ill Seen Ill Said," *Nohow On: Company, Ill Seen Ill Said, Worstward Ho. Three Novels by Samuel Beckett*, Grove Press, 1980

The Letters of Samuel Beckett, Volume III: 1957-1965, Cambridge University Press, 2014

— 존 버거JOHN BERGER, "Mother," *Selected Essays*, Vintage, 2003

—ELLEN HOLLENDER BERGMAN / LINA IKSE BERGMAN, *Tre frågor*, Leopard förlag, 2006

— 잉마르 베리만INGMAR BERGMAN, *Bilder*, Norstedts, 1990

— 잉마르 베리만INGMAR BERGMAN, *Den goda viljan*, Norstedts, 1991

—잉마르 베리만INGMAR BERGMAN, *Söndagsbarn*, Norstedts, 1993

—군나르 비욜링GUNNAR BJÖRLING, *Skrifter, band IV*, Eriksson förlag, 1995

— 앤 카슨ANNE CARSON, *NOX*, New Directions, 2010

— 앤 카슨ANNE CARSON, *Glass, Irony and God*, New Directions, 1995

— 존 치버JOHN CHEEVER, "*The Swimmer*," Collected Stories, Vintage Classics, 2010

— 장 콕토JEAN COCTEAU, *The Art of Cinema*, Marion Boyars Publishers

Ltd., 2000

— NIELS FREDRIK DAHL, *Norsholmen*, Flamme forlag, 2010

— 페터 다스PETTER DASS, *Samlede verker*, Gyldendal Norsk Forlag, 1980

— 밥 딜런/샘 셰퍼드BOB DYLAN AND SAM SHEPARD, "Brownsville Girl," from the album *Knocked Out Loaded*, 1986

— 귀스타브 플로베르GUSTAVE FLAUBERT, *Madame Bovary*(Lydia Davis 번역), Penguin Classics, 2010

— 비톨트 곰브로비치WITOLD GOMBROWICZ, *Diary* (The Margellos World Republic of Letters), Yale University Press, 2012

— 셰비 라레타이Käbi Laretei, *Vart tog all denna kärlek vägen?*, Norstedts, 2009

— BIRGIT LINTON-MALMFORS, *Karin – åldrandets tid. Karin Bergmans dagböcker 1952~1966*, Carlsson Bokförlag, 1996

— WILLIAM NICKELL, *The Death of Tolstoy*, Cornell University Press, 2010

— NORSK HELSEINFORMATIKK, "Hjertets utvikling" (Development of the Heart), nhi.no

— 페르난도 페소아FERNANDO PESSOA, *The Book of Disquiet*, (Richard Zenith 번역), Penguin Modern Classics, 2002

— 플루타르크PLUTARCH, *Advice to the Bride and Groom*, (Sarah B. Pomeroy 편집), Oxford University Press, 1999

— 마르셀 프루스트MARCEL PROUST, *The Guermantes Way and Sodom and Gomorrah, In Search of Lost Time*, (Terence Klimartin 번역), Vintage, 1996

— 라이너 마리아 릴케RAINER MARIA RILKE, *Duineser Elegien*, Suhrkamp Verlag, 1975

— 라이너 마리아 릴케RAINER MARIA RILKE, *Die Aufzeichnungen des Malte Laurids Brigge*, Insel Verlag, 2012

— 알버트 슈바이처ALBERT SCHWEITZER, *J. S. Bach*, (Ernest Newman 번역), Dover Publications, 1967

— 아우구스트 스트린드베리AUGUST STRINDBERG, *Days of Loneliness*, (Arvid Paulson 번역), Phaedra Inc. Publishers, 1971

— MIKAEL TIMM, *Lusten och dämonerna*, Norstedts, 2008

— 리브 울만LIV ULLMANN, *Forandringen*, Helge Erichsens Forlag, 1976

— JEAN ELIZABETH WARD, *Du Fu: An Homage to*, Lulu Pr, 2008

— 버지니아 울프VIRGINIA WOOLF, *On Being Ill*, Paris Press, 2002